Al Borsdorf
Für immer
Teil 2

D1733955

Al Borsdorf

Für immer

Das Dorf

Fantasy

Impressum

Texte: © 2023 Copyright by P.J. Hauser
Umschlag: © 2023 Copyright by P.J. Hauser
Verantwortlich
für den Inhalt: P.J. Hauser
                Herbstweg 1a
                83064 Raubling
                hape.66@gmx.de

ISBN   978-3-759873-46-0

Druck: epubli – ein Service der Neopubli GmbH, Berlin

Ich treffe erneut meine beiden unsterblichen Freunde, deren Namen ich hier nicht nennen darf, im Café Rott in Bad Aibling. Im 21. Jahrhundert ist es für sie schwieriger geworden, unbemerkt zu überleben. Sie sind gezwungen, sich mit einem kriminellen Netzwerk einzulassen, um sich zu verstecken, was seinen Preis hat.

Während unseres Treffens erzählen sie mir von ihrer dramatischen Flucht im mittelalterlichen 15. Jahrhundert. Auf ihrer Reise entdeckten sie unbekanntes Land und machten dort eine überraschende Entdeckung ...

Agnes

Sie stand am offenen Fenster und gedankensensibilisiert blickte sie in die Ferne und am Horizont sah sie vier Männer, die auf der staubigen Straße ihre große Liebe mit jedem Schritt ihres Weges immer weiter von ihr entfernen würden. Es war spät und ihre Silhouetten warfen lange Schatten zurück. Sie wusste, ihr Liebster würde sich nicht mehr umdrehen, um einen letzten gemeinsamen Blick ihrer Liebe zu erhaschen.

„Man wird Basil zu den Soldaten stecken", dachte sie mit Kopfstimme, „mit denen er in irgendeiner sinnlosen Schlacht auf einem unbedeutenden Feld verbluten wird, weil man ihm ein Schwert in sein Herz gestoßen hat."

Ihre kleine aber starke Faust drückte noch fester den Inhalt ihrer rechten Hand und sie hatte sich entschieden.

Sie flüsterte zähneknirschend: „Ich darf nicht aufgeben!"

Sie fasste sich entschlossen ans Schlüsselbein. Der Beutel wog schwer, der um ihren Hals hing. Sie fühlte sich hilflos und allein. Ihre Gedanken kreisten in der Vergangenheit, in der sie von der Insel fliehen konnte, von Söldnern verschleppt wurde und im Gasthaus in Konstanz gestrandet war. Alles hatte sie gemeistert und überlebt. Hier auf dem Gutshof des Marquis lebte sie mit ihren neuen Freunden wie im Paradies, das buchstäblich in Rauch aufging. Gründe dafür erschlossen sich nicht für sie, aber sie war eine Kämpferin.

Mit kräftigen und entschlossenem Schritt eilte sie den Flur entlang und die Luft schmeckte nach kalter Asche. Sie stand vor der Tür, klopfte und trat ungebeten ein.

„Guten Abend!", sagte sie höflich, aber ohne Knicks. Sie wartete einige ihrer Herzschläge ab, die heftig in ihrer Brust pochten, „ich …"

„Was willst du noch? Geh!", unterbrach er sie seufzend und leer, jedweder Hoffnung auf Glück und Zukunft beraubt.

5

„Ich möchte mit euch kommen, Andrea di Cannoli."

Er lachte nur und schüttelte nicht mal verneinend seinen Kopf.

Sie aber wusste, dass sie ohne männliche Begleitung und Schutz ihr Ziel nicht erreichen würde. Er war vornehm und hochgeboren bekleidet; niemand würde sie in seiner Begleitung aufhalten. Sie musste ihm etwas anbieten und geben.

„Der Marquis, mein Mäzen ist weg. Alles aus! Alles verbrannt! Die Kunst und das Atelier von deiner Freundin dieser Feuerteufelin verschlungen. Ich kann dir nicht helfen, kleines Fräulein. Deine Freunde sind schuld und auf der Flucht. Der Marquis sucht nach ihnen und wird nicht aufgeben, bevor er nicht sieht, wie sie im Kerker verrotten."

 Sie schwieg und öffnete mit ausgestrecktem Arm ihre rechte Faust. Der letzte tiefstehende Sonnenstrahl des Tages, der durch die Fensterscheibe noch hereinschaute, erhellte ihre kleine Handfläche.

Sie sagte kurz und befehlend: „Seht her, Cannoli!"

Genervt und ohne ein Wort für sie verschwenden zu wollen, dreht er kurz seinen Kopf und stammelte dann mit letzter Atemluft: „Agnes!" Eilig und schnell durchschritt er mit starren Blicken den Raum als würde er von unsichtbaren Fäden gezogen werden: „Agnes! Mein Kind! Woher …?" Seine Stimme versagte ihm und es schien ihm nicht erforderlich, seine Frage präziser zu stellen, weil Agnes schon antwortete: „Alexx gab es mir. Es soll mir helfen, aber ich …" Sie wirkte kindlich und hilflos.

Cannoli lächelte zurück und nahm die Goldmünze vorsichtig und andächtig von ihrer Hand.

„Agnes!", es klang als würde er ihren Name malen, „Madame, sie überraschen mich."

„Was kann ich mir davon kaufen? Vielleicht Brot, wenn ich Hunger habe?", fragte Agnes dümmlich und lächelte mit am Rücken verschränkten Armen. Sie tänzelte etwas, wie ein ungeduldiges Kind, während Cannoli tief Luft durch seine Nase holte , als hätte Gold einen wohltuenden und sorgenvertilgenden Geruch.

„Sagt mir bitte, ob ich mir Brot davon kaufen kann!"

„Du kannst… Wir können viel mehr damit tun, Agnes", plapperten seine Lippen gedankenlos aus, während er die Münze in der einen Hand hielt und sanft ihr Gesicht mit der anderen streichelte. Agnes schmiegte ihre Wange mit geschlossenen Augen in seiner weichen Handfläche. Keine Narbe und keine Schwiele hatten diese Hand jemals verhärtet oder verkratzt. Hinterhältiges Gedankengut verpasste seinem sonst so freundlichem Gesicht ein clownhaftes und plakatives Grinsen.

„Wie kann ein einfacher Knecht Gold besitzen?", formten seine Lippen ungewollt und leise diese Frage, aber Agnes überhörte es.

Seine nächsten Fragen blieben aber sein Gedankengut: „Warum verschenkt Alexx Gold an eine Magd. Mädchen sollen kein Gold besitzen. Ich muss es haben, um … nach Paris zu kommen. Ich nehme Agnes mit und übergebe sie dort meinem Freund Lucard, der sicher Verwendung in seiner Wäscherei für sie hat."

Sie lächelte naiv weiter und er studierte die Münze.

„Sie ist schwer und unförmig", sagte er prüfend, aber dachte weiter, seine wahren Kenntnisse verbergend, „auf ihr sind lateinische Worte wie ´PAX GERMANICIS´, was Frieden mit irgendwas bedeutet", er hatte Latein nie gelernt; nur vom Marquis stückweise vernommen, „und auf der anderen Seite ist eine Büste mit den Worten ´CAESARI …` und so weiter. Sie ist sicher sehr wertvoll und …"

Agnes drehte sich weg, ging auffällig hüftschwingend zum Fenster und blickte kurz zu ihm lasziv zurück, bevor seufzend ihre Augen die endlosen, grünen Wiesen vorm Gutshaus suchten. Sie wollte für die kommenden Momente ihre Seele vom Hier entfernen, um sie nicht zu beschmutzen.

Einige Wimpernschläge später bemerkte sie, dass er hinter ihr stand.

Vorsichtig und unaufdringlich berührten seine Hände ihre Hüften. Sie hatte das Gefühl bei ihm, noch nein sagen zu können, aber sie tat es nicht, weil sie einen Plan verfolgte. Nur so sah sie einen Ausweg und eine Zukunft für sich.

Seine Hände drücken ihre Hüften nun stärker an sich und als er mit der Goldmünze zwischen seinen Zähnen versuchte ihren Namen liebvolle zu flüstern, lachte sie unvorsichtig. Mit einer Hand stemmte sie sich gegen die Fensterbrüstung; mit der anderen hielt sie den schweren Beutel unter ihrer Bluse fest, der für sie am sichersten Ort der Welt war. Alexx hatte ihr diesen Beutel voll Goldmünzen zum Abschied gegen und sie sollte versuchen das Kloster San Sebastian an der Atlantikküste in Spanien zu erreichen. Der dortige Mönch Christonius würde ihr helfen, wenn …

Agnes unterbrach ihre Gedankenpläne und sie atmete kurz auf um ihn zu ermutigen. Sie hatte gelernt, dass Männer das von Frauen so erwarten. Das Spiel nach ihren Regeln begann. Sie lächelte siegesbewusst.

„Mein Herr Cannoli", flüsterte sie vorsichtig, „bitte achten auf meine Unschuld und seid ritterlich!"

Er spuckte die Münze auf das Fensterbrett, die von der Schwerkraft angezogen nur kurz schepperte und schnell liegen blieb.

Er konnte sich nicht auf zwei Dinge gleichzeitig konzentrieren: Gold und Frauen.

Männer hören, sehen und fühlen in diesem Moment nichts, weil alle Sinneswahrnehmungen ausgeschaltet sind und alles auf eins fixiert ist. Sie würde bis drei zählen und sich dann wegdrehen. Dann wäre sie sich sicher, dass er ihr hörig wäre und er sie an ihr Ziel bringen würde. Diesen kurzen Moment musste sie nutzen, in dem Männer von Glücksgefühlen überhäuft einer Frau nichts abschlagen können.

„Gib den Männern Machtgefühl, Gold und Gefügigkeit", so dachte sie sein Tun an ihrem Körper überwachend, „dann hast du sie an der Leine. Wenn ich das Kloster erreicht habe, kann er", sie summte genussvoll, „die Goldmünze behalten und verschwinden. Er darf nur niemals das restliche Gold finden und sehen."

Sie schloss ihr Augen und ersehnte plötzlich seine sanften Hände.

Er war anders als alle bisherigen Männer, die sich ihr genähert hatten.

Er hatte Erfahrung damit, was Frauen sich wünschen und er ließ sich Zeit. Frühere Begegnungen mit Männern hatten nur ein Gutes, dass sie spontan begannen und abrupt endeten.

Ihre Mutter gab ihr den Rat, wehre dich nicht, weil der Mann stärker ist, dann kommt man ungeschoren davon. So sei die Natur, sagte ihre Mutter immer; damit entschuldigte sie fast alles.

„Zähle bis drei!", reimte ihre Mutter oft, „geh weg und es ist vorbei." Starke Lust überkamen sie und ihr Kopf war frei und leer für neue Gefühle. Sie verlor den Boden unter ihren Füssen. Sie musste sich nun mit beiden Händen am Fensterbrett festhalten, um ihre Gefühle im Zaum zu halten. Sie öffnete ihre Augen und sah ihren Atem wie er die Fensterscheibe benetzte und an ihr kondensierte.

„Oh Maria!", rief sie in ihrem Kopf, der zu einem Irrgarten der Begierde geworden war, „hilf mir! Maria, was passiert da!"

Sie krallte sich am Fensterbrett fest um nicht die Kontrolle zu verlieren, um nicht ihr Vorhaben zu vergessen und um sich diesem Mann nicht bedingungslos hinzugeben.

„Geh weg, Cannoli!", schrie ihre innere Stimme, aber gleichzeitig hielten eine Hand ihn fest und fester.

Sie starrte aus dem Fenster und sah den alten Diener, wie er mit einem Stock die Kühe antrieb. Sie wusste, er konnte nicht mit Tieren umgehen. Als würden das Vieh ihn verachten, ließen sie ihre Kuhfladen auf den Boden platschen. Ihr Kopf war wieder klar. Agnes atmete lang und tief aus und hatte diese Phase überstanden.

Als er mit seinen Zähnen an ihrem Hintern knabberte, fand sie es lustig und sie erkannte, er war noch nicht so weit. Sein Spiel mit ihrem Körper gefiel ihr. Sie summte leise und er biss heftiger.

„Was würde er wohl tun", dachte Agnes kichernd, „wenn ich jetzt pupsen könnte?"

Ihr Lachen war wie ein Gesang und ihre Stimme schien sein Feuer der Lust anzufachen. Sie aber wollte nicht ein zweites Mal ihre Beherrschung verlieren und so schickte sie ihre Seele und ihren Geist nach

Norden und verließ diesen Raum.

„Maria und Alexx waren in diese Richtung davongeritten", dachte sie fern jedweder Gefühle. Sie hoffte, dass es ihnen gut ginge und der Marquis sie niemals finden würden. Ihr war klar, dass sie ihre Freunde nie wieder sehen würde. Basile wurde von Soldaten weggezerrt; ihre einzige Liebe, hatte sie verloren. Sie hatte zu lange mit ihm gespielt und wertvolle Zeit vergeudet. Jetzt ist sie alleine mit viel Gold und sie muss sich diesem Mann hingeben, um sicher das Kloster zu erreichen. Wenn Cannoli hier fertig ist, wird er sie dort hinbegleiten. Das schuldet er ...

Plötzlich wurde sie aus ihren Gedanken gerissen und in die Realität zurückgeworfen. „Cannoli!", hauchte sie aus und zählte im Kopf: „Eins, zwei, …!"

Hausarrest

Maria unterbrach wieder ihr Gedankentagebuch, als könnte sie diese Lücke spüren. Als hätte sie mir beim Schreiben über meine Schulter gekuckt, dachte sie plötzlich zurück an ihre Freundin Agnes, mit der sie vor 600 Jahren zum ersten Mal in ihrem Leben in einer Badewanne saß.

Maria kicherte im Jetzt und verspürte Lust und Freude.

Sie wippte sich aus dem Bett und stand nach zwei großen Schritten am Fenster, um es zu öffnen. Kalte Morgenluft erfrischte ihr Gesicht und sie nahm einen tiefen Zug davon. Die nebelgeschwängerte Luft schmeckte süß vom Duft der Wiesenblumen. Sie hatte die Zeit völlig übersehen und die Nacht hindurch einzig und allein an Al gedacht.

„Was machst du jetzt, mein Freund?", sprach sie in den Morgen, „du hattest Recht damit, es war ein Fehler hierher zu kommen. Das Dorf hier ist verseucht von Intrigen. Nimué sitzt wie eine Spinnenkönigin im Netz und spinnt ihre Fäden. Ich kann hier aber nicht weg. Noch nicht, Al!" Sie nahm Wäsche und Duschgel aus ihrer Reisetasche und ging ins Bad.

„Jetzt wird es endlich interessant, Ignacio. Komm her!"

„Was macht sie denn, außer auf dem Bett zu liegen und einem leeren Zettel anzulächeln? Ich glaube, sie ist verrückt!"

„Du wirst es nicht glauben, aber sie geht ins Bad", berichtete er auf den Bildschirm starrend. Er drehte am Rad seiner PC-Maus.

„Lass das! Gib ihr etwas Privatsphäre, Goy!", mahnte er und warf einen kurzen Blick auf den vergrößerten Bildausschnitt.

„Sei kein Spaßverderber, Ignacio! Nimué befahl, sie zu überwachen!"

„Was denkst du denn, dass sie im Bad macht?"

„Ich geh kein Risiko ein! Ich bin nur gründlich", schmunzelte Goy auf seinen Monitor glotzend. Er vergrößere das Bild weiter, setzte seine Kopfhörer auf und lachte mit einem breiten Zahnfleischlächeln; breiter als Julia Roberts.

„Du bist ein Schwein!", sagte Ignacio und drehte sich weg, aber Goy hörte ihn nicht. Goy genoss die Bilder auf seinem Bildschirm und redete amüsiert, lauter sprechend weiter: „Sie ist toll, diese Aeterni-Frau. Wenn ich daran denke, dass sie 1000 Jahre alt ist und einen Körper wie eine 25-jährige hat, werde ich echt neidisch auf alle Männer aus ihrer Vergangenheit. Die Liste ihrer Liebhaber muss endlos sein und ich wäre gerne ihr letzter Eintrag. So eine Frau hat Erfahrung." Ein lang gezogener U-Laut vermischte sich mit dümmlichem Gelächter.

„Sei einfach still, Goy!", widersetze sich Ignacio angewidert, „ denkst du nicht an deine Familie, deine Kinder, wenn …"

Ignacio erschrak. Goy aber machte unverhohlen mit seiner Reportage weiter. Er kleidete seine Gedanken in Worte. Ignacio wandte sich ab und drückte auf den Startknopf ihrer Espressomaschine um mit dem Mahlgeräusch der Kaffeebohnen Goys Worte zu übertönen.

„Schau dir an wie das Duschwasser über ihren Körper läuft. Wie gerne wäre ich jetzt so ein kleiner Wassertropfen, der langsam und ungefragt Regionen ihres Körpers …", auch Goy unterbrach seine Worte abrupt, aber nicht wie Ignacio. Der Kopfhörer fiel zu Boden und Ignacio rief entsetzt: „Nein, Stanislaus!"

Stanislaus war plötzlich im Videoraum aufgetaucht, packte Goy von hinten im Würgegriff und meinte, ohne dass sich seine Blutdruck dabei erhöhte: „Ich drück dir deine schmierige Seele aus deiner schwarzen Hülle. Was erlaubst du dir?"

Goy röchelte und rang um jedes bisschen Luft.

„Steini, er wird …", beschwichtigte Ignacio, „es war nur Spaß! Bitte lass ihn, er wird …"

„Er wird nicht ersticken. Noch nicht! Erst wenn ich …", erklärte Stanislaus seine Technik an Goy beobachtend, aber seine Absicht blieb offen.

„Wenn du was, Bruder?", hörte man die Stimme von Friedrich.

„Steini wird ihn töten, Friedrich! Bitte hilf Goy!", flehte Ignacio.

Friedrich drückte gelassen auf eine Taste und Maria verschwand vom Bildschirm.

„Ich bin gekommen, um dich zu einem Squash-Match herauszufordern, Bruder. Nun sehe ich, dass du schon beschäftigt bist. Brauchst du Hilfe?"

Friedrich betrachtete Goys unnatürlich aufgerissenen Mund mit ausgestreckter Zunge als wäre er Zahnarzt und meinte sarkastisch: „ Zwei-Drei kariös! Reißen wir!"

„Nein Friedrich! Ich würde ihm gerne ganz langsam sein Genick brechen. Ich möchte ihn aber nicht töten. Denkst du es klappt?"

„Bitte nicht, Steini!", bettelte Ignacio, während Goy kraftlos und wehrlos sein Schicksal erwarten musste.

„Lass ihn … los!", sagte Friedrich während er einen Nasenpöppel zwischen Daumen und Zeigefinger zu einer kleiner Kugel drehte und auf den PC-Bildschirm schoß.

Goy sackte zusammen und lag rückseits zu ihren Füssen.

„Danke, Friedrich!", pustete Ignacio aus.

„Geh zur Seite, du Wurm!", befahl Friedrich Ignacio und stieß ihn weg.

Friedrich ging zum Waschbecken, machte ein schmutziges Handtuch nass und warf es Goy übers Gesicht.

„Nein, nicht!", rief Ignacio verängstigt.

Friedrich und Stanislaus traten auf Goys Handflächen. Er war fixiert, würgte und hustete als würde er ertrinken.

„Willst du mit deinem Freund tauschen, Igi? Er hat meiner Mutter beim Duschen zugesehen. Er soll es nie vergessen."

Ignacio blickte wie von Sinnen, kniete am Boden und bat die beiden aushören. Goy atmete nicht mehr unter dem nassen Tuch.

„Komm Stanislaus, gehen wir squashen!"

Maria kam aus dem Bad zurück und fühlte sich frisch und lebendig. Sie trug ihre neu grüne Unterwäsche aus feiner Spitze und drehte sich vorm Spiegel. Das Soft-Bra unterstützte ihre Formen und der bügellose BH war weich und anschmiegsam, aber gleichzeitig fühlte sie sich gerüstet. Sie war aber für diesen Augenblick zufrieden mit sich und hielt zischend ihren Zeigefinger auf ihre Pobacke. Sie lachte sich im Spiegel zu, aber hatte im Nu das Gefühl beobachtet zu werden. Ihre Blicke scannten den Raum nach Auffälligkeiten wie Sammlerpuppen, Rauchmeldern und Lampenschirmen, aber sie entdeckte nichts, was eine ehemalige FBI-Agentin verunsichern könnte. Der Raum war niedrig, mit den Zeigefinger erreichte sie spielend die Zimmerdecke, alles war schief, die Wände uneben verputzt und vergilbt, der Holzboden knarrte und die antiken Möbel waren sicher wertvoll.

„Hier werde ich noch paranoid!", sprach sie schmunzelnd mit ihrem Spiegelbild. Mit einem Satz landete sie weich auf ihrem Bett und kämmte ihr feuchtes Haar aus.

„Haare waschen", sagte sie mit Kopfstimme zur Decke starrend, „war damals an Bord unserer ´Schnecke´ selten möglich."

Sie lächelte in Erinnerungen schwelgend: „Al schrieb Wikingerzeichen auf unser Boot. Er sagte, es hieße Snigge, aber ich machte Schnecke daraus, um ihn zu ärgern", sie holte tief Luft und lächelte, „wie ging´s damals weiter auf unserer Fahrt ins Unbekannte?"

Unbekanntes Land

Ich traf mich mit meinen fast unsterblichen Freunden ein weiteres, schätzungsweise fünftes Mal im Café Rott in Bad Aibling, und sie erzählten mir, wie ihre Flucht weiterging.

„Wir hatten ein Boot", sagte die Aeterni-Frau trocken, trank von ihrem Früchtetee und lächelte Johannes, den Konditor des Cafés, zu, um ihm zu zeigen, dass seine Teeempfehlung die richtige war.

„Nein! Es war ein Segelboot mit Kajüte", korrigierte der Aeterni-Mann erregt und erntete verschmitzte Frauenblicke. „Für drei Menschen war es eindeutig zu klein", blaffte sie zurück. „Könnten wir bitte…?", ich versuchte es kurz, aber…! „Die Reise war gut geplant, und wir haben unser Ziel doch erreicht", verteidigte der Mann. „Wenn ich mit einer Schrotflinte schieße, treffe ich immer irgendwas, und dieses Etwas kann man dann Ziel nennen. Unser Ziel war so groß, man konnte es nicht verfehlen", konterte die Frau sarkastisch. „Ich", konterte er zapfig, „…."

Die beiden Unsterblichen, tief versunken in ihren sarkastischen Schlagabtausch, scheinen mich völlig vergessen zu haben. Ihre endlosen, erbitterten Wortgefechte hallen in meinem Kopf wider, wie ein zynischer Tanz, den sie seit Jahrhunderten aufführen. Eine dumpfe Müdigkeit breitet sich in mir aus, als ob ihre Worte schwer wie Blei auf meinen Schultern lasten würden. Um mich abzulenken, lasse ich meinen Blick aus dem Fenster schweifen. Draußen tobt ein Sturm. Der Regen peitscht gegen die Scheiben, als wollte er das Glas zerschlagen und ins Innere dringen. Die Tropfen prasseln in wütenden Strömen herab, als entlade der Himmel all seine Wut über Bad Aibling. Der Mühlbach, sonst ein träger, nur knietiefer Strom im gemauerten Kanalbett, ist zu einem reißenden Fluss angeschwollen, der sich seinen Weg wie entfesselt bahnt, getrieben von unsichtbaren Kräften. Die Straße ist kaum noch zu erkennen, verhüllt in einem lichtgrauen Chaos. Kein Mensch ist zu sehen; die Welt draußen scheint von der tobenden Natur verschlungen. Inmitten dieses tosenden Unwetters wirken die ständigen Sticheleien der beiden nur noch hohler, wie bedeutungsloses Rauschen im Vergleich zu den mächtigen Kräften, die draußen wüten. Ein seltsames Gefühl der Unwirklichkeit beschleicht mich, als könnte sich die Welt um mich herum auflösen, wenn ich nicht aufpasse. Und ich frage mich, ob das Drinnen oder das Draußen bedrohlicher ist.

Ich kürze diesen Dialog ab und erzähle die Geschichte nun weiter:
Die Seereise ging zunächst nach Norden in Richtung Island und weiter nach Grönland. Maria hatte keine Vorstellung davon, was diese Namen bedeuten könnten. Sie blickte nur auf die unendliche, sich immerwährend bewegende Wasserfläche und verspürte dabei Angst und Unsicherheit. Al war mit an Bord, und sie empfand Freude und Zuversicht, wenn er auf ihre fragenden Blicke zurücklächelte. Robyn freute sich mit, wenn diese wortlosen und nur visuellen Unterhaltungen an Bord stattfanden.
Robyn kannte bisher nur Lärm, sodass die Stille der See ungewohnt, aber angenehm für ihn war. Das Geschrei der Tiere und der Streit der Menschen im Zirkus waren für ihn oft unerträglich. Seine körperlichen Funktionen mögen eingeschränkt sein, aber seine Sinne waren umso schärfer. Tiere wie Elefanten und Bären wurden im Zirkus zu unnatürlichen Kunststücken gezwungen. Menschen wurden in Hierarchien gezwängt und misshandelt. Jeder war ersetzbar und wertfrei. Nur der Zirkusdirektor und seine Zwillinge standen ganz oben in der Rangordnung, dann kamen Iwan, der stärkste Mann der Welt, und Ayla, die schöne Frau mit der Riesenschlange. Robyn selbst war nichts wert. Die Attraktion im Zirkus waren die Zwillinge, und niemand kannte die Wahrheit über Giulia und Bernardo außer Robyn. Jeder im Zirkus hielt sie für Bruder und Schwester, aber sie waren nur so verkleidet. Ihre richtigen Namen waren Adil und Baschar, und sie waren Zwillingsbrüder aus

Ar-Raqqa in Syrien. Der Zirkusdirektor hatte sie auf einem Sklaven-markt gekauft und einen Zaubertrick mit ihnen einstudiert. Er holt ei-nen der Zwillinge aus dem Publikum und lässt ihn in der Manege in eine große Kiste steigen, die er verschließt und mit Schwertern durch-bohrt. Die Kiste ist dann leer. Der Zwilling aber taucht wie durch Zau-berhand unversehrt wieder im Publikum auf. Die Zuschauer waren im-mer begeistert, dabei war der Trick so einfach oder nur doloser Betrug. Adil fand Robyn in Hamburg auf dem Fischmarkt, als dieser für Essen bettelte. Wie alt Robyn damals war, als sie ihn mitnahmen, weiß er selbst nicht. Er war noch sehr klein, aber konnte schon laufen. So war er beim Zirkus Masarelli gelandet und für jedwede niedrige Arbeit zu-ständig. Schlechte Launen, misslungene Auftritte und Lampenfieber der Artisten wurden auf Robyns Rücken ausgetragen, aber dafür kannte er alle Schwächen der Zirkusleute.

Der stärkste Mann der Welt war unsicher, wenn er mit Frauen sprechen sollte. Wenn er das 200-Liter-Wasserfass hochstemmte oder gegen den alten Elefanten im Tauziehen gewann, betätigte Robyn im Hintergrund Flaschenzüge. Die Frau mit der Riesenschlange hatte sogar Ekel vor Spinnen. Sie war eine kleine, zierliche und sehr hübsche Frau. Sie litt sehr unter dem Gewicht des riesigen „Kriechwurms", wie sie ihre At-traktion abwertend nannte. Eigentlich hatte sie einen kleinen Hund dressiert und liebte ihren Auftritt, egal ob das Publikum applaudierte oder nicht. Der Zirkusdirektor verstand aber die tiefen Blicke der Männer im Publikum, wenn sie die Schritte von Ayla verfolgten. Er gab den Männern mehr. Er kaufte diese Riesenschlange, steckte Ayla in ein Bauchtänzerinnenkostüm, und die Zahl der männlichen Zu-schauer stieg. Wüsste Ayla, dass der Direktor ihren Hund an die Schlange verfüttert hatte, würde sie den Wurm aufschneiden.

Quinna, das rothaarige Mädchen mit Bart, war in Wirklichkeit ein jun-ger, androgyner Mann, der nur sehr fettleibig war und Brüste vortäu-schen musste. Er oder sie hatte Robyn nie geschlagen oder gedemütigt. Er stammte aus Irland, und der Zirkusdirektor fügte seinem Namen

Quinn einfach ein „a" hinzu.

Der Clown war böse, weil er zu viel trank, um lustig sein zu können. Wenn er Robyn in seine Clown-Auftritte einbaute, fanden die Zuschauer es lustig, wenn Robyn in ein Affenkostüm gesteckt, rücklings auf einem Pony reiten musste. Manchmal steckte ihn der Clown im Hasenkostüm in ein leeres Rumfass und rollte ihn damit durch die Manege. Die Zuschauer lachten, wenn er dann herauskrabbelte und wie angetrunken orientierungslos umherlief. Ohne es zu wollen, kam Robyn einmal dem Löwenkäfig lebensgefährlich nahe. Als ihm die Löwin Leodora seine Kostüm-Hasenohren mit nur einem Prankenhieb abriss, schrie das Publikum vor Begeisterung. Diese Attraktion blieb aber zum Leidwesen des Direktors einzigartig, weil Leodora bei den Proben kein weiteres Interesse an falschen Hasenohren zeigte.

Zaubertricks des Direktors waren billig und gefährlich. Er testete viele seiner schlechten Tricks mit kleinen Schweinen oder Ziegen, die dabei entweder ertranken oder verbrannten, um dann später auf dem Esstisch der Artisten zu landen. Als er dann einige riskante Tricks mit Robyn proben wollte, setzte sich nur Quinna für Robyn ein, dass man ihn ja dann nicht essen dürfte. In den Augen der anderen Artisten sah man die pure Schadenfreude und Wettbereitschaft, ob Robyn den Zaubertrick überleben würde oder nicht. Immerhin wollte der Zirkusdirektor in seinen wirren Vorstellungen von Zauberei tatsächlich zaubern. Er wollte nicht tricksen, sondern Schweine oder gar Robyn mit seiner Magie gegen Feuer resistent machen. Nur der Trick mit den Zwillingen war genial, füllte das Zirkuszelt und wurde zur Attraktion. Sogar König Heinrich V. lud den Zirkus zu sich nach England ein, um diesen Zauber sehen zu können. Als der Zirkusdirektor dann am englischen Hof erkannte, dass er den Trick dort nicht vorführen konnte, entging er dem Kerker nur mit einer geschickten Ausrede, dass er für den Zauber die Magie irischen Bodens bräuchte. Heinrich V. und seine Minister glaubten nämlich, der Zirkuszauber könnte Soldaten unbemerkt hinter feindliche Linien bringen. Der König entsandte seine Gattin

Catherine de Valois nach Irland in den Zirkus, und Robyn konnte Maria und Al erzählen, dass die Königin begeistert war. Der Zirkusdirektor selbst rauchte Opium vor jedem Auftritt, weil er eigentlich Menschen hasste und nüchtern Angst vor ihnen hatte. Beim Besuch der Königin blieb er aber nüchtern. Niemand bemerkte, dass der Zwilling in der Kiste über einen doppelten Boden diese verlassen konnte. Er musste in eine darunter vergrabene, kleinere Kiste in der Manege kriechen und für Stunden ausharren, bis es Nacht wurde und alle schliefen. Wenn Robyn ihn dann aus dieser Kiste holte, war der Zwilling oft dehydriert, verängstigt und manchmal fast erstickt. Die Zwillinge wechselten sich für den Trick in der Kiste ab, aber sie entluden ihren Unmut, indem sie Robyn verprügelten und manchmal aus reiner Bosheit in diese Kiste sperrten. All diese Geheimnisse und Schwindeleien kannte ausschließlich Robyn, und daher war er in ständiger Gefahr, irgendeine dieser Misshandlungen nicht zu überleben. Als ihn Al von dort losgekauft hatte, war Robyn glücklich.

Robyn schloss nun die Augen, genoss in vollen Zügen die Ruhe auf See und grinste schelmisch, denn er hatte zum Abschied der Schlange das Hundehalsband angelegt, dem Clown Opium in seinen Rotwein gemischt und einem Zwilling die Haare gefärbt, als sie schliefen. Maria sah Robyn lächeln und verstand, dass er hier auf See glücklich war. Nach einiger Zeit wusste sie auch, warum Al noch jemanden mitnahm. Robyn war zwar kleinwüchsig, aber sehr kräftig und mutig. Die Seereise war alles andere als ungefährlich. Ihr Boot war den Kräften der See schutzlos ausgesetzt, aber mit vereinten Kräften widerstanden sie den drei Ws: Wasser, Wind und Wellen.

Zum ersten Mal sah Maria Eisberge und große Fische, die aus den dunklen Tiefen auftauchten, um zu atmen, wie Al behauptete. Wenn er sie als Wale bezeichnete, verloren Maria und Robyn ihre Angst. Maria blieb oft in der Mitte des Bootes und mied die Reling. Nur wenn sie sich übergeben musste, klammerte sie sich daran fest, während Robyn sich um sie sorgte. Al blieb stets am Ruder und beobachtete die See.

Er führte akribisch Buch über Essen und Trinkwasserrationen, indem er Kerben in einen Kajütenbalken schnitzte.

Alle drei Tage kochten sie Salzwasser ab, um Trinkwasser zu gewinnen. Robyn machte Feuer auf einem Steinplatz in der Kajüte und stellte einen speziellen Topf darauf, den Al eigens von einem Kupferschmied in Irland anfertigen ließ. Liam, der Schmied, belächelte Al's Topf, war aber erstaunt, als man tatsächlich trinkbares Wasser damit herstellen konnte. „Ihr werdet auf See verdursten", orakelte Liam immer wieder, lächelte jedoch mit ein paar fauligen Zähnen, als er mit Gold entlohnt wurde.

Robyn durfte das Feuer nie unbeaufsichtigt lassen und nicht zu viel Holz verbrennen. Al hatte das trockene Brennholz für zehnmal Feuermachen bemessen und in der Kajüte verstaut. Als Maria neugierig fragte: „Was machen wir, wenn wir kein Holz mehr haben?", konnte Al nur achselzuckend mit einem Lächeln erwidern. Maria war klar, dass man auf See kein Feuerholz findet und dass ihre Größenvorstellung für die See auf den Bodensee geeicht war, aber sie machte sich keine Sorgen. Sie vertraute Al's frechem und unschuldigem Lachen.

Nach acht Tagen auf See fragte sie: „Al, wo ist Land?" Er zeigte nach vorne: „Da im Norden, Maria!" Sie blickte nordwärts, sah aber nur Wasser.

Anfangs schliefen sie auf dem Brennholz, und mit der Zeit wurde ihr Bett immer niedriger. Wenn Robyn Feuer machte, um „Trinkwasser zu kochen", so nannte es Al, gab es danach warmen Tee oder Suppe, und die Kleider wurden im Meer gewaschen und in der Kajüte getrocknet. Die drei verstanden sich gut, und Robyn fand Gefallen an ihrer ersten Begrüßung und hielt daran fest. Jeden Morgen wollte er von Maria umarmt werden, wenn die Sonne aus dem Meer auftauchte. Wenn am Abend die Sonne unterging und das Meer berührte, zischte Robyn leise. Maria sagte dann zu Al: „Hörst du das Zischen, Al?", um Robyn eine Freude zu machen. Sie waren bald wie Geschwister, und Al schien die Erwachsenenrolle zu übernehmen. Eine kleine Familie in einem einsamen Segelboot auf dem Atlantik. Ihre Welt schien auf diese hölzernen Planken geschrumpft zu sein, und die alte Welt war vergessen.

„Zur See fahren ist wirklich nur etwas für Männer", resümierte Maria über die Reling gebeugt, in Erwartung, ihr Frühstück der See zu übergeben. „Nicht traurig sein, Maria! Robyn hilft!", sagte er in der dritten Person. „Frauen reinigen sich innerlich und übergeben sich, wenn sie schwanger sind oder zur See fahren. Männer nicht!", beklagte sie sich wehleidig. Robyn streichelte sanft ihr Haar, und Al schwieg lächelnd. „Ich möchte auch mal am Bug stehen dürfen und einfach wie Männer ins Meer pinkeln kö...", sie würgte. „Es wäre besser, hinten am Heck zu pinkeln und es nicht gegen den Wind zu tun, Maria", lächelte Al, „aber wir benutzen alle deinen Eimer, wenn du es willst. Wir sind hier alle gleich!" „Agnes nannte es Toilette machen, und wir saßen damals in einem Trog mit warmem, herrlich duftendem Wasser", sprach sie leise träumend. „Der Gasthof...", ließ Al seinen Erinnerungen freien Lauf, „der Gänsebraten und..." Maria würgte erneut und übergab sich ins Meer. Robyn eilte ungestüm zu ihr, und der Holzeimer fiel ins Meer und trieb ab. Al nahm die Segel aus dem Wind, zog sein Hemd aus und sprang ins kalte Wasser. „Al! Nein!", schrie Maria auf. Er erreichte den Eimer, schwamm zurück und hievte sich ins Boot. „Robyn kann auch gut schwimmen", erklärte er. „Nein! Niemals springt Robyn ins Meer! Es ist eiskalt, und du würdest krank werden. Tu das niemals!", ordnete Al streng an. „Ich kann die Kälte nicht spüren und werde nicht krank. Verstehst du das, Robyn?" Robyn nickte bejahend, und Maria schloss sich an, obwohl es ihr nicht galt. Sie betrachtete Al's nackten Oberkörper; er wirkte kalt geschmiedet und stählern. Ihre Blicke wurden von seinem Körper zurückgeworfen, als würde sie geblendet. Immer wieder suchten ihre Augen nach seinen Muskeln, die sich beim Atmen bewegten. Sie verspürte einen inneren Druck in ihrer Brust, der sie verunsicherte, aber gleichzeitig auch glücklich machte. „Robyn sieht Marias Augen", belächelte Robyn. Sie drehte sich weg und flüchtete beschämt an den einzigen Ort auf diesem Boot, der etwas Privatsphäre erlaubte.

Al drehte sich kurz zur Kajüte, in die sie verschwand, zog sich an und meinte: „Ich leg mich schlafen. Haltet immer auf diesen Stern zu, er ist am hellsten und steht immer im Norden. Wir Wikinger nennen ihn Odins Auge. Er wacht über uns! Ich übernehme das Steuer dann nachts. Schafft ihr das?" Es war klar erklärt und erschien einfach. Maria stimmte bejahend kopfnickend zu und entschied für sich damals, dass sie in ihrem sehr langen Leben nie erleben wird, dass Frauen zur See fahren werden. Das Meer ist rau wie Männer. Kinderfaustgroße Fische näherten sich, vom Erbrochenem angelockt, dem Boot, und Robyn warf das Netz aus. Al war stolz auf ihn, und sie zogen zusammen das Netz ins Boot. Lebend steckte er den Fang dann in einen Eisenkorb, der seitlich am Schiff im Wasser hing. Es war ihre Vorratskammer für frisches Essen. Ein kleiner Hai, kaum einen Meter lang, kam unvorsichtig ans Boot und wollte sich der Fische im Korb bedienen. Al erlegte ihn mit Pfeil und Bogen. Im Boot erschlug er den Hai mit zwei gezielten Kopfschlägen. „Die Haiinnereien nehmen wir beim nächsten Mal als Köder. Wir kochen uns daraus keine Suppe. Maria, bitte zerteile den Hai und salze ihn! Ich leg mich aufs Ohr!" Es war ihr erster Hai, und sie war fasziniert von seiner schuppenlosen, aber rauen Haut. Sie fühlte dennoch Mitleid, obwohl der Raubfisch ihr Essen fressen wollte. Al brachte die Segel in den Wind. Normalerweise würde man sich darüber freuen, reichlich Essen zu haben, aber Maria wusste, dass sie mit ihrer nächsten Mahlzeit nur wieder Fische füttern würde. Al erkannte ihre Seekrankheit und verkleinerte ihre Portionen. Er achtete dann nur darauf, dass sie regelmäßig Süßwasser trank, beziehungsweise übertrug er diese Aufgabe auf Robyn. Wie ein Uhrwerk kam Robyn alle vier Stunden und zwang sie, einen kleinen Schluck zu trinken. Sogar nachts, und es half auch nichts, wenn sie sich schlafend stellte und ein lautes Schnarchen vortäuschte. Robyn blieb hartnäckig, wenn es um seine Aufgabe ging. So halfen auch keine Ausreden wie,

„Frauen brauchen nicht so viel Wasser", oder, „mir wachsen bald Frösche im Bauch", und, „ich werde bald ertrinken."

Als dann das Salzwasser den Eisenkorb etwas zerfressen hatte, entkamen ein paar der kleineren Fische, und bald war der Korb unbrauchbar als Vorratskammer für Frischfisch geworden. Maria wusste jedoch nicht, ob sie froh oder traurig darüber sein sollte. Mit der Zeit gewöhnte sie sich an das Leben auf dem Boot, und die Fürsorge von Robyn mäßigte sich. Maria wusste, dass Al hinter all dem steckte, und sie tolerierte seine heimliche Aufgabenverteilung an Bord. Sie wusste, er hatte andere Sorgen als ihre Seekrankheit und musste sich um ihr Reiseziel kümmern. Maria hatte keine Ahnung, wo sie waren. Sie ahnte auch nicht, was noch vor ihnen lag, aber bemerkte, dass Al sehr nervös war, wenn es um ihr Ziel ging. Tagsüber hatte er seinen Kompass; eine Holzscheibe auf eine Nadel gesteckt, die er in einem Fass mit Wasser schwimmen und sich ausrichten ließ. An der Kajütentür hatte er mühsam Runen eingeschnitzt und nannte es `Vegvisir´. Maria verwirrten diese Zeichen zwar, aber sie fand sie schön. Wenn die Sonne nicht schien, verfluchte er die Wolken. Nachts blickte er suchend und sehnsüchtig nach den Sternen und verfluchte alles in einer Sprache, die sie nicht verstand. Wieder hatte er sich Kerzen auf seinen Daumen mit Wachs befestigt, und diesmal fragte sie: „Was machst du, Al?" „Lesen!", gab er kurz und genervt zurück. „Ich meine die Kerzen … auf deinen Daumen", schmunzelte sie. „Oh, das! Ich habe es im Frauenkloster Santa Giustina in der Toskana von den Nonnen abgeschaut. Frauen sind oft logisch und praktisch denkender als Männer." „Du warst in einem Frauenkloster?" „Nein, so ist das nicht gewesen", lachte er. „Ich war dort … es ist kompliziert zu erklären. Sagen wir, ich war dort zu Besuch, und der Trick mit den Kerzen ist nichts Neues. Man muss nur aufpassen, sonst brennt es auch die Nägel." Maria nickte ab und gab sich zufrieden. Sie blickte auf die Karte, als könnte sie sie lesen und verstehen. Island mit ihrem Boot zu finden oder zu treffen, war so, als wollte man aus fünf Meter Entfernung eine

Stubenfliege an der Wand mit einem Kieselstein treffen. Es war nicht unmöglich; man brauchte einfach nur viel Glück.

Am 18. Tag auf See, als die Sonne sehr hochstand und Maria ihr Gesicht von der Sonnenwärme streicheln ließ, Robyn das Nachtmahl zubereitete und Al sich nach seinem Nachmittagsschlaf streckte, rief er plötzlich: „Robyn! Was gibt's zum …? Da ist Island!" Maria stand auf, und Robyn kam aus seiner Küche. „Maria, du hast Island gefunden", rief Al erfreut, „land i sikte!" Maria und Robyn sahen in weiter Ferne etwas, das sie nicht als Land erkannten, aber Al tat es. Er umarmte beide und fing an zu hüpfen. Das Boot schwankte, und er sang ein Lied mit seltsamen Worten. Er hielt einen alten Fetzen aus Robbenleder mit vielen Löchern, auf dem eine alte Seeroute eingezeichnet war, hoch in die Luft und dankte einem seiner nordischen Götter. Maria war glücklich, wenn Al es war, und sie wusste, all das tat er nur für sie. „Hier!", sagte Al von Freude übermannt. „Wir essen gemeinsam unseren letzten Apfel. Lasst uns feiern! Ich wollte den Apfel mit euch in zwei Tagen zur Sommersonnenwende teilen, aber jetzt ist der bessere Moment." Robyn freute sich auf sein Stück Apfel, aber Maria blieb skeptisch. Al ahnte nicht, dass sie an Island vorbeigesegelt waren und bereits Grönland erreicht hatten und weiß es bis heute nicht.

(Der Fremde im Café bat mich, davon nichts zu schreiben, aber ich bin es meinen Leser schuldig, alles zu erzählen ☺.)

Das Land der Eisriesen

Al schwelgte in Gedanken und ließ seinen Worten freien Lauf: „Das Land vor uns erstreckt sich endlos unter einem Himmel, der oft von tanzenden Polarlichtern erleuchtet wird, als würden die Götter selbst den nächtlichen Vorhang der Dunkelheit bemalen. Die Küsten sind von mächtigen Klippen und Fjorden durchzogen, die wie die Zähne eines uralten Ungeheuers in den Himmel ragen, hatte mir meine Mutter erzählt. Zwischen ihnen breiten sich weite, gefrorene Berge aus, in denen der Wind heult und Geschichten von verlorenen Seelen und vergessenen Reichen flüstert." Maria und Robyn stauten, lauschten seinen Worten und konnten es kaum erwarten diese noch unbekannte, neue Küste zu betreten, die sich noch nicht am Horizont zeigen wollte. Aber Maria hatte ein Wort von Al vernommen, was sie nicht vergessen durfte, „Mutter!"; denn um besser sehen zu können, musste sie gut zuhören.

„In den unermesslichen Eisfeldern", so Al weiter, „liegt das Herz des Landes. Ein gewaltiger Jökull ist dort, der wie ein schlafender Riese erscheint und in seinen tiefen, blauen Spalten uralte Geheimnisse verborgen hat. Es wird gemunkelt, dass in den Tiefen des Eises noch immer Riesen ruhen, die von magischen Kräften im Schlaf gehalten und von übernatürlichen Wesen bewacht werden. Alte Legenden und Mythen, die von riesigen, eisigen Wesen und geheimnisvollen Kreaturen handeln, sollen im endlosen Winter verborgen leben. So ihr zwei, legt euch schlafen! Morgen gehen wir an Land!"

Robyn Augen leuchteten und er wollte mehr von Riesen und unbändigen Kräften hören. In seiner Fantasie formten sich die Wellen zu meterhohem Gestalten hoch, die tanzten und mit einander spielten. Glücklich schlief er ein und Maria deckte ihn zu.

Maria erwachte nachts als die Sterne klar leuchteten und Al am Ruder leise ein Lied summte. Sie stand auf, um ihm besser zuhören zu können. Zu ihrem Erstaunen sah sie grünblaue Lichter am Himmel, die sich wie ein Schleier im Wind bewegten.

„Was ist das, Al?"

„Leg dich wieder schlafen!", ordnete er an und sang weiter.

„Der Himmel ist wunderschön. Was singst du?"

„Ein Lied um die Lichter milde zu stimmen. Die Lichter sind Seelen gefallener Krieger."

„Sind sie böse? Haben wir sie gestört?"

„Das weiß ich nicht, Maria! Aber mein Lied soll Unheil von uns fernhalten. Wenn ihnen mein Lied gefällt, bringen sie uns Glück."

„Darf ich mitsingen?"

Er lächelte.

Als wollte die Küste die drei Segler nicht haben, zeigte sie sich von ihrer unangenehmsten Seite. Das Meer schäumte und peitschte gegen messerscharfe Klippen. „Geht Robyn nicht an Land, Al?", fragte Robyn für sich. „Tut mir leid! Aber nein! Wir bräuchten Flügel wie diese Vögel, um diese gefährlichen Felsen überwinden zu können."

Nun segelten sie weiter nach Südwesten und es wurde wärmer. Odins Auge war nun hinter ihnen und beobachtete sie. Bierfassgroße Eisbrocken, die im Meer trieben, zerhackten und hievten sie für Trinkwasser ins Boot. Es schmolz im Trinkwasserfass. „Das ist bestes Vatnajökull!", erklärte Al stolz, wurde aber belächelt.

„Was?", spuckte er den beiden Kichererbsen entgegen. Maria fischte einen basketballgroßen Eisbrocken mit beiden Händen aus dem Meer und fragte: „Wie kann es sein, dass ich Trinkwasser aus dem salzigen Meer hole? Und was bitte ist dieses Wa…kuul?"

„Robyn mag das -kuul!", ergänzte Robyn und küsste seinen Eisbrocken. „Ihr zwei seid Gold wert", lachte Al, „das Vatnajökull ist Gletscherwasser von den Göttern. Uralt und rein! Wir können es trinken; es ist ein Geschenk der Götter." Maria blickte nach oben und meinte: „Danke!"

„Odin wird sich in Asgard freuen, dass du ihm dankst, aber vergiss bitte nicht den Gott des Meeres! Er könnte … verstimmt sein." „Robyn dankt dir, guter Gott im Meer!", rief Robyn in die Tiefe, aber Maria war noch etwas zögerlich, denn sie war es gewohnt, beim Gespräch mit Gott nach oben zu blicken. „Njörd lebt nicht im Meer, sondern am Meer, weil er mit Skadi verheiratet ist, die in den Bergen lebt. Aus Liebe zu ihr, sagt man, schleudert er Wellen gegen die Küste, um ihr näher kommen zu können. Also, Maria!", Al zeigte in Fahrtrichtung, „kannst du übers Meer rufen. ER wird es hören." Maria aber zögerte weiter und als eine einzelne hohe Welle gegen das Boot schlug, spritzte sie in ihr Gesicht und hustend schrie sie auf.

„Das war Njörd!", lachte Al.

Al richtete sich nun nicht nur nach Odins Auge und segelte, wenn möglich, in Küstennähe. Oft fanden sie steile, hohe Küsten vor, an denen mächtige Wellen zerbrachen. Ein stetes Kräftemessen und ein ewiger Kampf zwischen Meer und Land.

„Wir sollten uns davon fernhalten", ordnete Al an, um sicher zu gehen, wenn er schlief und Maria das Steuer hatte.

Wenn es die Küste erlaubte und sie eine kleine, ruhige Bucht fanden, gingen sie kurz an Land und versorgten sich mit Wasser und Essen. Robyn und Maria mussten immer am Boot bleiben. Nur Al streifte umher und kam immer schon nach ein paar Stunden zurück. Manchmal hatte er frisches Wasser oder einen erlegten Hasen oder ein anderes unbekanntes, aber essbares Nagetier dabei. Grundsätzlich wollte er nicht länger als nötig an Land bleiben, um nicht mit anderen Menschen in Kontakt zu kommen. Maria glaubte zwar kaum, hier eine Menschenseele anzutreffen, aber Al wusste, dass hier auf Island, wo er eigentlich nicht war, das Gesetz des Stärkeren galt. Würden sie auf andere Menschen treffen, wären es sicher Krieger, Jäger oder Sammler. Das karge Land hier und das harte Leben voller Entbehrungen machten die Menschen zu Tieren. Hier waren auch Menschen Teil der natürlichen Nahrungskette, das hatte Al selbst schon erleben müssen. Eisbären und Menschen kämpften hier um die Vormacht in der Nahrungskette auf einem Thron aus Schnee und Eis.

Im Winter vor vielen hundert Jahren – Al ließ seinen Erinnerungen freien Lauf – kam er in einem Wikingerboot hierher, um Narwale zu jagen. Diese Wale sind nicht so groß und besitzen einen Stoßzahn, den er, sein Bruder Thoraldr und fünf Freunde haben wollten. Als sie einen Wal erlegt hatten, gingen sie an Land, um ihn zu zerlegen. Ein Eisbär hatte das Blut gerochen und wollte ihnen den Fang streitig machen. Sie konnten dem Eisbären Einhalt gebieten, aber ihn nicht vertreiben. Sie ahnten damals nicht, dass er nur als Ablenkung diente. Andere

Eisbären kamen hinzu und Al und seine Freunde wurden nun zu den Gejagten.

Die Flucht ins kalte Meer half gegen die Eisbären nichts. Ihre Harpunen waren im Boot und zum Zerlegen des Wales hatten sie nur ihre Messer dabei. Sogar mit Treibholz versuchten sie sich zu wehren. Die Eisbären gaben klar zu verstehen, dass sie nicht nur Interesse am toten Wal hatten. Nur Al, sein Bruder und Gunar konnten das Boot lebend erreichen und sich verletzt in Sicherheit bringen. Er musste damals mit ansehen, wie vier seiner Freunde von den Eisbären getötet und gefressen wurden. Es war ungewöhnlich, dass Eisbären in einer Gruppe agierten. Al hatte damals über dieses Land etwas gelernt: Nur die Starken überleben! Töte schnell, um nicht gefressen zu werden!

Die Menschen hier nennen sich 'Kalaallit' und sind vorwiegend Jäger und Sammler. Teilweise haben Wikinger mit ihnen Handel mit Tierfellen und Walfleisch betrieben. Aber wenn es möglich war, vermied man den Kontakt zu ihnen. Er wusste aus Erzählungen, dass in extrem harten Zeiten die schwächeren Stammesmitglieder von den Kalaallit geschlachtet und verzehrt wurden. Borghild, die Frau von Sinfjötil, hatte ihm einst erzählt, dass ihnen die Kalaallit Menschenfleisch zum Tausch angeboten hätten. Es kam zum Streit, als man ablehnte, und Sinfjötil musste mit seinen Männern fliehen, um nicht getötet zu werden. Da er also nicht wusste, wie es um den Speisezettel der Menschen und Eisbären hier stand, mied er jedweden Kontakt …

„Al, was ist? Träumst du mit offenen Augen?"

„Nein! Meine Karte. Bitte gib sie mir! Sie liegt in der Kajüte. Dort!"

Al hielt oft die gelochte Karte gegen den Nachthimmel und drehte sie. Er ahnte womöglich, dass er nicht dort war, wo er sein wollte. Wenn dann das Licht einiger Sterne durch die Löcher blitzte, schien er glücklich zu sein. War kein Land zu sehen oder der Himmel bewölkt, wurde sogar er unsicher und hatte Angst. Maria konnte sich an eine besondere Nacht erinnern, als sie endlich mal wieder an Land schlafen durften.

Fünf Tage und Nächte verbrachten sie an dieser Küste. Die See war zu stürmisch. Al und Robyn untersuchten das Boot auf Schäden, füllten die Wasservorräte auf und machten Fleisch und Fisch haltbar. Al durchstreifte die Gegend auf Anzeichen von Menschen. Maria und Robyn mussten strikt am Boot bleiben. Sie durften Treibholz fürs Feuer sammeln, Meerwasser abkochen und die Tierfelle reinigen.

Von seiner Jagd brachte Al die unterschiedlichste Beute mit: Vogeleier, schneeweiße Hasen und Robben. Er kochte die Tierköpfe aus und zog das Fell ab. Die kleinen Schädel nutzte er als Gefäße, was Maria und Robyn missfiel. Aber Al verschwendete nichts. Das Nutzen und Aufbewahren eines Schädels getöteter Feinde war bei Wikingern ein Zeichen von Wertschätzung, aber Maria und Robyn weigerten sich, solche Gefäße zu nutzen, obgleich es nur Tierschädel fürs Geschirr waren.

Al rief Robyn einmal zu sich: „Komm her! Ich zeige dir ein Wikingerspiel. Es heißt 'knattleikr' und wird nur von großen Kriegern gespielt."
Robyn lächelte und Al gab ihm einen hüfthohen, geraden Ast als Stock. „Hier, Robyn, ist eine Kugel aus Tierleder. Jeder versucht, sie mit dem Stock in sein Haus zu schlagen. Dein Haus ist dort am Strand, dieser Stein. Mein Haus ist gegenüber. Verstanden?"
„Was ist mit mir?", fragte Maria spielbereit.
„Nichts, Maria! Es spielen nur Männer!"
Al warf die Lederkugel, etwas größer als ein Tennisball, in die Luft. Als sie den Boden berührte, führte und schlug er die Kugel zu seinem Haus. Er traf seinen Stein und jubelte. Robyn lachte und freute sich, bewegte sich aber nicht vom Fleck. Al wiederholte es vier- oder fünfmal, bis Robyn auch erstmals versuchte, die Kugel zu treffen und sie in sein Haus zu bringen. Al brachte Robyn mit seinem Stock zu Fall, schlug die Kugel erneut in sein Haus und jubelte: „Ach ja, ich vergaß zu erwähnen, dass man den Gegner auch daran hindern darf. Erlaubt ist alles, nur nicht schlagen!"
Robyn lag am Boden und spuckte Sand aus seinem Mund, aber lachte.

Beim nächsten Mal stellte er Al ein Bein und brachte die Kugel in sein Haus. Maria und Robyn jubelten, und Al schien kein guter Verlierer zu sein. Er agierte im weiteren Spiel unfair und kannte alle Tricks. Robyn aber gab nicht auf und seine kleinere Körpergröße erwies sich als Vorteil gegenüber Als Übergröße. Aber Al zählte die Treffer und lag vorne.

Plötzlich wurde Al von Maria angesprungen, und sie hing wie ein Rucksack an ihm.

„Was wird das, Maria?", fragte er überrascht, während sein Gegenspieler die Lage nutzte und punktete.

„Ich darf nicht mitspielen, du großer Krieger. Alles ist erlaubt, hast du gesagt. Ich helfe nur Robyn."

Das Spiel mit Maria als Handicap für Al verlief nun etwas anders, aber Als Siegeswille war ungebrochen und Robyn sah keinen Anlass, gewinnen zu wollen. Als dann am späten Abend die Sonnenscheibe das Meer berührte, stoppte Robyn seinen Spielzug und beobachtete zischend das Naturschauspiel. Maria und Al freuten sich mit ihm.

(Wenn ich mich als Autor wieder melden darf, würde ich sagen, wir sind Zuschauer des ersten und einzigen Rugby-Hockey-Spiels auf nordamerikanischem Boden geworden.)

Mit neuem Mut und frischen Kräften setzten sie ihre Reise fort. Die See wurde unruhiger, und Eisberge tauchten auf, majestätisch und bedrohlich zugleich. Robyn, mit seiner lebhaften Fantasie, deutete auf die gigantischen Eisbrocken und rief: „Löwe dort!" oder „Vorsicht, Elefant voraus!" Seine kindliche Freude übertrug sich auf Maria und Al, obwohl sie nicht immer seine imaginären Tiere in den Eisbergen erkennen konnten. Kleine Eisschollen fischten sie heraus und warfen sie in die Fässer für Trinkwasser. Maria wunderte sich immer wieder darüber, warum Meerwasser salzig war, während die Eisschollen zu süßem Trinkwasser schmolzen.

An einem der seltenen sonnigen Tage, als die Reise zügig voranging und die See ruhig war, genossen sie den Moment. Die Wolken spiegelten sich auf der Wasseroberfläche, und alles schien friedlich. Al hatte mittlerweile einen richtigen Bart und wirkte noch mächtiger. Plötzlich landete eine Taube mit blaugrauem Gefieder auf dem Kajütendach und gurrte kopfnickend. Auffällig war ihr grün schimmernder Nackenfleck. Al fing sie behutsam, wickelte einen Zettel von ihrem Fuß ab, küsste ihren Hinterkopf und steckte sie in den Käfig zu seinen anderen Tauben.

„Der Marquis sucht nach uns …", sagte er nachdenklich, las aber stumm weiter.

„Was ist mit Agnes, Al?" fragte Maria besorgt.

„Sie schreiben nichts von ihr, Maria. Es geht ihr sicher gut."

Er beschrieb einen kleinen Zettel, wickelte ihn um eine andere Taube und ließ sie fliegen. Die Taube umkreiste zweimal das Boot und flog dann gen Südosten.

„Wird die Taube den Brief überbringen?" fragte Robyn und winkte ihr nach.

„Ich denke schon! Sie kennt den Weg!", erklärte Al zuversichtlich.

„Wirst du Agnes auch einen Brief schreiben?" fragte Maria vorsichtig.

„Den Weg zu Agnes kennt leider keine Taube, und je weiter wir segeln, desto unwahrscheinlicher ist es, dass die Tauben das Festland erreichen. Die anderen beiden Tauben werden wir essen."

Maria erschrak kurz und betrachtete traurig die sorglos gurrenden Vögel im Käfig.

„Wirst du mir einmal das Schreiben lehren, Al?"

„Natürlich! Wenn wir am Ziel sind, beginnen wir damit, Maria."

„Robyn kann seinen Namen schreiben", prahlte Robyn und begann mit seinem Messer etwas in die Reling zu ritzen.

Plötzlich stank es fürchterlich nach verfaulten Eiern. Robyn hielt sich die Nase zu, deutete auf Al und lachte. Maria konnte sich ein Lachen nicht verkneifen und machte mit. Al nahm den albernen Unfug wahr,

nahm die Segel vom Wind und band das Ruder fest: „Waschtag!"
Mit einem Eimer schaufelte er kaltes Atlantikwasser ins Boot und über
die beiden Kichererbsen. Maria und Robyn spritzten mit Wasser zurück. Eine wahre Wasserschlacht entfachte sich, bis sie auf einen leblosen Gegenstand stießen, der mitten im Meer trieb.

Al ergriff seine Harpune, die anderen beiden suchten Schutz bei ihm.

„Was ist das?", flüsterte Maria erschrocken.

Ein gewaltige Körper schwebt träge an der Wasseroberfläche, halb im
Meer versunken, halb von den Wellen getragen. Seine langen, schlaf-
fen Tentakel, die einst voller Leben in den Tiefen des Ozeans tanzten,
treiben nun wie lebloser Seetang im Wasser, ihre Saugnäpfe blass und
entleert. Die riesigen Augen, einst so wachsam und durchdringend,
starren nun glasig und leer ins Nichts, als hätten sie den letzten Funken
Leben längst verloren. Die Haut des Kalmars, einstmals von tiefem,
schimmerndem Rot durchzogen, hat sich zu einem blassen, asch-
grauen Farbton verfärbt, während die Sonne erbarmungslos auf das
verlassene Geschöpf niederbrennt. Kleine Fische und andere Meeres-
bewohner haben sich bereits um den toten Giganten versammelt, neugierig oder auf der Suche nach einer Mahlzeit. Der Ozean um ihn
herum ist ruhig, als hätte selbst das Meer den Atem angehalten, um
den Verfall dieses einst majestätischen Wesens zu betrauern. Das gesamte Tier war doppelt so groß wie ihr Segelboot.

„Kein Fisch!", bemerkte Robyn treffend.

„Die Dorfältesten nennen es Krake, entwurzelter Baum", erklärte Al,
stets bereit, die Harpune zu werfen. Maria umklammerte fest seinen
Oberarm.

„Man sagt", so Al, „dass es Bäume sind, die tief auf dem Meeresboden
verwurzelt sind und erst im Meer treiben, wenn sie abgestorben sind
... also sollte es tot sein. Aber in all den Jahren habe ich sowas Großes
noch nie gesehen."

Alle drei blieben starr vor Erwartung. Nur die Wellen plätscherten gegen das Boot. Als sich nichts regte, lockerte sich die Anspannung.

Maria nahm ein Ruder und versuchte, das riesige Tier vom Boot weg-zustoßen. Al hatte die Harpune immer noch im Anschlag. Sie gewan-nen etwas Abstand, doch plötzlich wurde der tote Krake von einer un-glaublichen Kraft im Wasser weggezerrt, sodass das Boot ins Schwan-ken geriet. Der Kadaver, der bis eben noch träge auf den Wellen trieb, beginnt plötzlich zu beben. Ein tiefes, schmatzendes Geräusch hallt durch das Wasser. Das Wasser um den Kadaver verfärbt sich in einem dunklen Rot. „Njörd, steh uns bei!", rief Al betend, „bändige Lokis Seeschlange Jörmungandr." Noch bevor Al das Gleichgewicht verlor, schleuderte er seine Harpune in die Tiefe. Robyn, der unvorsichtig auf-gestanden war, stürzte ins Wasser. Eine Strömung trieb ihn ab. Die Harpune schien etwas getroffen zu haben. Aus der Tiefe schraubte sich ein riesiger Hai. Er schwebte kurz in der Luft, die Harpune steckte in seinem riesigen Maul, und er platschte wieder ins Wasser. Seine Wucht wurde vom toten Kraken abgefangen, sonst wäre das Boot gekentert. Al griff sofort nach einem Seil und warf es Robyn zu. Der Junge ergriff es und wurde ans Boot gezogen. Gerade als sie Robyn halb im Boot hatten, schraubte sich der Hai nochmals aus dem Wasser. Als er wieder aufprallte, schlugen seine Wellen gegen das Boot, aber der Spuk war vorbei. Der riesige Hai war tot, die Harpune saß tödlich tief.

„Das ist Fisch!", erklärte der nasse Robyn schlotternd.

Der tote Krake war durch die Haiattacken in mehrere Teile zerrissen und der tote Hai trieb auf dem Wasser.

„Runter mit den nassen Kleidern, sonst erfriert er uns", befahl Al. Sie rubbelten Robyn ab, der weiterhin auf den großen Hai deutete. Maria kroch mit Robyn unter die Decken, um ihn zu wärmen. Robyn hatte bläuliche Lippen und war kalt wie ein Eiszapfen.

Al stand auf dem Boot, die Muskeln angespannt. „Fisch!", wiederholte Robyn zitternd. Jetzt verstand Al, was Robyn meinte. Trotz der Gefahr dachte er an den Proviant, der vor ihnen trieb. Den stinkenden Kraken konnte niemand essen, aber den Hai.

„Kluger Junge!", sagte Al und ruderte zum Hai. Der Hai war halb so groß wie das Boot und würde genügend Proviant für die Reise liefern. Mit gekonnten Schnitten holte Al große Fleischstücke aus dem Hai heraus und warf sie ins Boot.

„Leg sie in Salz ein!", wies er Maria an, die sich nur zögerlich von Robyn löste. Al machte so schnell er konnte, denn er befürchtete, dass noch weitere Ungeheuer aus der Tiefe von den Kadavern angezogen würden.

„Die Haileber ist sehr nahrhaft. Ich werde sie heute Abend zubereiten ... so wie es meine Mutter machte", versprach Al.

Der majestätische Riesenkalmar nur noch ein zerfetztes Wrack sank langsam, seine Tentakel lose hinter sich herziehend, in der Dunkelheit der Tiefe. Robyn blickte ständig zurück, um sicherzugehen, dass keines der Monster ihnen folgen würde.

Al setzte alle Segel und nahm Fahrt auf.

„Haben wir ein Ziel?", fragte Maria.

„Ja, ich hoffe!", antwortete Al, eher angsteinflößend als zuversichtlich. „Vor gut 400 Jahren habe ich diese Reise schon einmal gemacht, aber damals war Leif Eriksson der Kapitän, und er war besser im Sternelesen als ich. Wir haben damals 'Nýfundaland' erreicht und eine kleine Siedlung dort gegründet. Ich kann nicht sagen, ob sie noch existiert oder ob ich sie wiederfinde. Aber sie ist unsere einzige Hoffnung. Ihr müsst mir vertrauen!"

„Das tun wir, Alskaer!"

Hoffnung

Al erkannt, dass Maria stärker wurde und das machte ihn zuversichtlich, dass Hoffnung bestand ihr Ziel zu erreichen. Sein Bruder hatte während der Überfahrt nach Irland in der Kajüte anscheinend etwas geplaudert, obwohl er sonst verschwiegen wie ein Grab war. Maria musste ihn überlistet haben oder wie sonst hätte sie seinen richtigen Namen wissen können. Er blickte sie an und sie lächelte zurück – auf eine Art, die jedes Männerherz ….

„Wie viel weiß Maria noch?", fragte er sich.

Die offene See schien endlos zu sein, als Al entschied, mit den kleineren Eisbergen nach Süden zu segeln. Er bemerkte, dass eine Strömung die weißen Berge lenkte. Einer dieser schwimmenden Kolosse, von Robyn ´Kamel´ genannt, inspirierte Al zu einer waghalsigen, aber genialen Idee. Maria und Robyn bemerkten seine Unruhe und blickten unsicher umher. Robyn schnupperte in den Wind, während Maria das Meer beobachtete. Al manövrierte das Boot zum Kamel-Eisberg, ließ die Segel einholen und begann zu rudern.

„Was tust du, Al?" fragte Maria besorgt.

Al lachte und erwiderte: „Bist du schon mal auf einem Kamel geritten, Maria?"

Verwirrt schwieg sie, da sie nicht wusste, was ein Kamel war. Doch Robyn rief laut: „Robyn schon!"

„Dieser Eisberg dort, der zwei Buckel hat und den Robyn klugerweise Kamel nennt, wird unser neues Reisegefährt," erklärte Al enthusiastisch.

Maria verstand nicht, aber Robyn schon, und so ließen sie die Männer gewähren. Al ruderte, während Robyn ihn anleitete, um das Boot sicher am Eisberg anzulegen. Al wusste, dass der gefährlichste Teil des Eisbergs unter Wasser lag: „Passt gut auf, Robyn!"

Robyn warf den eisernen Anker auf den Eisberg, wo er sich tief eingrub. Behutsam zogen die Männer das Boot zum Eisberg, während Maria die Ruder übernahm. Nach Wochen auf See war es eine Erleichterung, festen Boden unter den Füßen zu haben, auch wenn dieser schwamm. Sie fühlten sich sicher und glücklich, als hätten sie ein Etappenziel erreicht.

„Robyn mag Kamele," sagte Robyn und lief im Schnee zum ersten der beiden Hügel.

„Sei vorsichtig!", rief Al und nahm Maria in seine Arme. Sie spürte, wie eine Last von ihm abfiel, aber nicht welche.

„Verstehst du meinen Plan, Maria? Wir setzen unsere Reise auf

Robyns Kamel fort, ziehen das Boot auf den Berg, um es auszubessern und lassen uns nach Süden treiben."

Maria umarmte Al, seufzte und nickte nur in seine Schulter. Doch als sie mit Al alleine war, stellte sie eine Frage, die sie schon lange beschäftigte: „Warum hast du Robyn mitgenommen?"

„Wir schaffen die Reise nur zu dritt, Maria."

„Das ist es nicht!" Sie trat ein paar Schritte zurück und blickte ihn fordernd an.

„Maria?"

„Nein, Al! Ich bin nicht dumm. Die Reise ist auch für Robyn gefährlich. Er ist nicht wie andere. Was war gefährlicher für ihn als diese Reise?"

„Er …", begann Al zögerlich, „er wurde an den Zirkus verkauft."

„Das weiß ich bereits!"

„Er wuchs ohne Vater auf und seine Mutter bat mich, ihn mitzunehmen. Sie konnte sich nicht um ihn kümmern. Er wurde misshandelt."

„Du hättest ihn zu Freunden oder deinem Bruder bringen können. Da ist noch etwas anderes, Al. Belüg mich nicht!"

„Es ist nichts; nur ein kleines Versprechen, Maria!"

„Du hast einen Fehler oder etwas Verbotenes gemacht. Was?"

„Bei Odins Bart, du lässt nicht locker! Also gut! Robyns Ur-Urgroßvater war mein Freund und ich versprach ihm, mich um seine Familie auch in Zukunft zu kümmern. Er wusste, ich bin unsterblich. Nichts anderes tue ich jetzt, Maria. Es ist nichts Unrechtes!"

„Das ist schön! Auf dich ist Verlass!", lächelte sie glücklich.

„Ich und meine Brüder als Unsterbliche stehen für Versprechen auf ewig ein."

„Du hast Brüder, Al, …?" Noch bevor sie ihre Frage zu Ende stellen konnte, drehte sich Al weg und ging eilig in Richtung Robyn. Der Wind trug ihre Frage unbeantwortet fort: „Wen noch außer …?" Etwas enttäuscht und unzufrieden bleib sie zurück.

Die Reise war nun zwar sicherer, aber langsamer geworden. Wind und

Wellen konnten ihrem Eisberg nicht wirklich etwas anhaben, so dachten sie. Abgesehen von der Kälte, waren die Drei glücklich. Al beobachtete mit Hilfe seiner Nadel und einer Holzscheibe, ob sie weiter nach Süden trieben. Maria vergaß oder verlor ihre Seekrankheit. Tage und Wochen vergingen und als das Boot repariert und die ersten Schneemänner gebaut waren, fanden sie sich in einem Zustand des Nichtstuns wieder. Sogar ihr Essen kam zu ihnen, wenn Robben, Seevögel und Pinguine auf ihrem Eisberg rasteten. Al erlegte sie treffsicher mit Pfeil und Bogen. Robyn mied den blutrotgefärbten Schlachtplatz. Das Fleisch der Tiere verzehrten sie dünn geschnitten roh, da sie kein Brennholz mehr hatten. Maria, die von der Bauersfrau Mariette das Kochen gelernt hatte, schnitt das Fleisch hauchdünn auf und würzte es mit Salz, Pfeffer und einer gelben Gewürzmischung, die Al einfach Kari nannte. Al erzählte ihnen, das Pulver sei aus dem Land der Elefanten, mit denen Robyn im Zirkus gearbeitet hatte. Robyn lachte, während Maria gespannt zuhörte.

Gemeinsam zogen sie ihr Segelboot teilweise auf den Eisberg und verankerten es. Tagsüber verbrachten sie Zeit auf dem Boot, wo der Boden nicht kalt und nass war. „Wir müssen die Füße trockenhalten," ermahnte Al stets. Die Nächte schliefen sie in einer Eishöhle, die Al mit ihnen gebaut und gegraben hatte. In der Höhle war es nachts wärmer als an Bord und sie bot besseren Schutz vor plötzlichen Schneestürmen. Ungeduld und Sorgenfalten zeichneten Als Gesicht, wenn er zum Nichtstun verdammt in die endlose Weite des Meeres blickte.

Al spazierte mit Maria auf ihrem kleinen Eiland herum, und sie spürte, dass ihm etwas Sorgen bereitete. Er nahm weichen Schnee in seine Hände und zerdrückte ihn, während er von einem Ende des Eisbergs zum anderen blickte.

„Was ist los? Wovor hast du Angst?" fragte Maria.

„Schnee ist kein verlässlicher Untergrund – es schmilzt, Maria!"

„Wir haben Trinkwasser ohne Ende! Das ist doch gut, Al!"

„Eis und Schnee können ein Helfer, aber auch dein Feind sein."

„Ich und Robyn sind glücklich hier, Al. Schnee ist gut – Eis mag ich nicht! Wäre es kälter, könnten uns die Zehen abfrieren."

„Ich weiß, aber mit Eis kann der Mensch mehr anfangen und bewegen."

„Eis fror im Winter den Weiher zu, und die Bäuerin ließ mich …"

„Nein, Maria!", unterbrach er sie, „ich meine, dass man mit gefrorenem Wasser Felsen bewegen und spalten kann."

„Warum sollte ich Felsen bewegen wollen, Al," lachte sie zurück.

„Erinnerst du dich an die großen Steine bevor wir nach Shrewton kamen? Dort wo …"

„Dort, wo man die arme Frau verbrannt hat. Nein, danke!"

„Ja! Aber nein! Dort, wo die Menschen den Weg der Sonne um die Erde beobachten konnten, um den Zeitpunkt für Aussaat und Ernte festzulegen." Er unterbrach kurz, um zu sehen, ob sie ihm gedanklich folgen konnte. Aber sie lächelte nur und tippelte hin und her.

„Hast du einmal darüber nachgedacht, wie diese Steine dort hingekommen sind, Maria?" Zum Lächeln und Tippeln kam ein Kopfschütteln hinzu. „Die Menschen vor langer Zeit, so hat König Artus es mir erzählt, hätten die riesigen Felsen im Winter über Eisflächen gezogen, die sie dafür gebaut haben. Heutzutage ist es nicht mehr kalt …"

„Was hilft uns das hier, Al?", unterbrach sie ihn desinteressiert.

„Nichts, aber …, du willst doch viel lernen", sagte er mehr oder weniger enttäuscht, doch dachte unausgesprochen: „Mädchen werden im Leben nie mehr als einen Kochlöffel benutzen. Es fehlt ihnen an …"

Maria stand angespannt auf dem rutschigen Eisberg, die Kälte kroch durch ihre Kleidung und deutet aufs Meer: „ Was schwimmt da, Al?"

„Verdammt! Ein Eisbär!"

„Er ist weiß, Al!" „… und hungrig, Maria!"

„Ich hole deinen Bogen, Al!" „… beeil dich, Maria!"

Während sie den Bogen spannte, schwamm der Eisbär schneller und entschlossener auf sie zu. Seine dunklen Augen fixierten die Bogenschützin. Al, ruhig wie immer, beobachtete die Szene aus sicherer

Entfernung, bereit, einzugreifen, aber neugierig, wie Maria die Situation lösen wird. „Auf was wartet sie?", fragte seine Kopfstimme.

Maria hielt den Atem an. Sie wusste, dass sie gar keine Schützin ist , und ihr Ziel war es nicht, den Bären zu töten, sondern ihn abzuschrecken. Ihre Finger zittern leicht, als sie den Pfeil auflegt und ihn in Richtung des Eisbären zog. Sie zielte auf die Wasserfläche. Der Bogen knarzte unter der Spannung, während der Eisbär nun dicht genug herangeschwommen war, dass Maria seinen schweren Atem sah.

Sie zielte, schoss und der Pfeil zischt durch die Luft, doch ihre ungeschickte Hand führt ihn nicht wie geplant. Statt im Wasser zu landen, streift der Pfeil knapp über den Kopf des Bären und trennte fast sein Ohr ab. Al staunte und der Eisbär brüllt auf. Das weiße Fell färbte sich dunkelrot und er drehte ab, seinen massigen Körper gegen die eisigen Wellen stemmend. Maria ließ den Bogen sinken und atmete erleichtert aus. Al tritt neben sie und lächelt amüsiert. „Nicht schlecht für eine schlechte Schützin," sagt er. Maria grinst erschöpft, während der Eisbär sich in großer, sicherer Entfernung auf eine Eisscholle flüchtete. Er brüllte.

„Du hättest ihn töten sollen, Maria."

„Warum? Er will auch leben!"

„Nun, er wird wiederkommen, Maria! Vielleicht schon heute Nacht", erklärte Al und rammte seine Harpune in den Eisberg. Sie erschrak.

Plötzlich hüpfte Robyn wie verrückt auf einem der Kamelbuckel herum, als würde er von einem Schwarm Wespen attackiert. Al verließ seine Gedankenwelt. Maria und Al winkten ihm zu: „Siehst du auch, was ich sehe, Maria?"

„Dass Robyn glücklich ist!"

„Nein, dass Regen, Wind und Sonne unsere eisigen Kamelbuckel kleiner gemacht haben. Ich befürchte, dass …", er unterbrach seinen Satz, weil Maria losgelaufen war. Auch sie fing an zu hüpfen, als sie Robyn erreichte, und ein Wort ließ ihn erstarren, als er es vernahm: „Land!"

Er ließ alles liegen, fallen und stehen und rannte auf den Hügel zu

Maria und Robyn. Dort angekommen, war der Anblick der fernen, fremden Küste das Schönste seit Wochen. Er kniete nieder und dankte seinen nordischen Göttern, während Maria und Robyn tanzten und sangen. Minutenlang lachten und weinten sie abwechselnd. Dann, aber Marias plötzlicher Aufschrei, ließ Al erneut erstarren: „Unser Boot treibt weg!"

Al reagierte sofort, stürmte los und rannte im weichen Schnee dem Boot hinterher. Robyn eilte ihm nach, und Maria folgte ihnen beiden. „Holt das Ruder!" schrie Al während er purzelte, doch seine Stimme verlor sich im Wind und tobenden Wellen. Das Boot entfernte sich immer weiter. Robyn hielt inne, sah sich um und entdeckte das Ruder. Sofort lief er darauf zu und griff danach. Al und Maria hatten den Eisbergrand fast erreicht, als Robyn mit dem Ruder nachkam.

„Was jetzt, Al?" fragte Maria verzweifelt. „Ohne Boot kommen wir nicht von diesem Eisberg runter!"

„Wir müssen improvisieren," antwortete Al entschlossen. „Robyn, hilf mir, das Boot einzuholen. Maria, schau, ob du etwas finden kannst, das wir als Seil verwenden können." Sie wussten, dass ihre Zeit knapp war und die Küste nicht mehr fern. Zusammenarbeiten war ihre einzige Chance, das Boot zurückzuholen und ihre Reise fortzusetzen.

Die ungewisse Zukunft und die fernen Küste vor Augen, begannen sie mit vereinten Kräften, ihre nächste Etappe zu planen.

Al, Maria und Robyn standen am Rand des Eisbergs und sahen hilflos zu, wie ihr Boot langsam außer Reichweite driftete. Maria packte Al an seiner Hand: „Du springst nicht ins Wasser, um das Boot zu holen. Das Wasser ist schwarz und voller Ungeheuer, die nur auf dich warten … und der Eisbär beobachtet uns."

Er nahm seine Harpune, an die er ein Seil band, und warf sie um das Boot zu treffen. Er traf das Bug, aber als er versuchte das wieder heranzuziehen, löste sich die Harpune. Es zog sie zurück und der Eisbär beobachtete seinen misslungenen Versuch. Im zweiten Versuch traf er das Boot nicht mehr. Al wusste aber, dass sie etwas tun mussten, bevor es zu spät war. Plötzlich hatte er eine verrückte Idee.

„Maria, Robyn, wir brauchen eine Brücke", rief Al, „...aus Eis! Wir werden Eisschollen als schwimmende Plattformen benutzen und uns zum Boot vorarbeiten."

Maria und Robyn sahen ihn ungläubig an, doch Al hatte bereits begonnen, nach geeigneten Eisschollen zu suchen. Er fand eine große, flache Scholle und zerrte sie an den Rand des Eisbergs. „Hilf mir, Robyn!", rief er und zusammen schoben sie die Scholle ins Wasser.

Maria suchte in der Zwischenzeit nach Seilen in ihrer Schlafhöhle, die sie aus dem zerrissenen Segelstoff und den Überresten ihrer Vorräte improvisierte. Sie knotete die Stoffstreifen zu langen, stabilen Seilen zusammen.

„Wir brauchen eine Stange oder einen Haken, um uns von einer Scholle zur nächsten zu ziehen," sagte Al. Robyn reichte ihm das Ruder.

„Ich habe die Seile fertig!" rief Maria und eilte zu den beiden Männern. Gemeinsam befestigten sie die Seile an der Eisscholle und Al zeigte ihnen, wie sie sich mit dem improvisierten Haken von einer Scholle zur nächsten ziehen könnten.

„Seid vorsichtig und haltet euch gut fest!" ermahnte Al und sprang als Erster auf die Scholle. Robyn und Maria folgten ihm. Mit vereinten Kräften zogen sie sich von einer Scholle zur nächsten, wobei Al den Haken in das Eis rammte und Robyn und Maria die Seile festhielten. Al beobachtet den Eisbär, der aufmerksam das Tun der Drei verfolgte, als würde er hoffen, jemand fiele ins eisige Wasser, in sein Reich. Maria hielt Pfeil und Bogen bereit. Das Wasser war eiskalt und die Wellen schlugen gegen die Eisschollen, doch sie gaben nicht auf. Al führte sie entschlossen weiter, während Maria und Robyn unermüdlich mitarbeiteten. Nach einer gefühlten Ewigkeit hatten sie das Boot fast erreicht. Doch plötzlich riss eine große Welle eine der Eisschollen weg und Robyn verlor das Gleichgewicht. „Robyn!" schrie Maria panisch, doch Al reagierte blitzschnell und packte ihn am Haarschopf. Robyn schrie und griff nach Al's Arm. Beide Männer fangen kaum Halt auf der Scholle und Maria wollte zu Hilfe kommen, aber Al schrie: „Nein, Maria! Bleib dort, sonst kippt die Scholle!" Maria verharrte wie zu einer Eissäule erstarrt. „Robyn", sagte Al ruhig, „vertraust du mir? Ich muss dich kurz loslassen. Versuche, nicht unter die Scholle zu kommen, wenn sie aufschwappt. Ich kann dich dann wieder greifen." Roby nickte zustimmend und Al sah kurz zu Maria und den Eisbär. Das Manöver klappte und Al zog ihn mit aller Kraft zurück auf die Scholle. Maria umarmte Robyn.

„Jetzt schnell, sonst erfrierst du uns! Wir schaffen das, Robyn!" rief Al aufmunternd. „Nur noch ein Stück!" Sie sammelten ihre letzten Kräfte und zogen sich die letzten Meter zum Boot. Als sie es endlich erreichten, kletterte Al als Erster an Bord und half Maria und Robyn hinterher. Der Eisbär brüllte erneut, aus Frust sein Abendessen eben verloren zu haben.

„Wir haben es geschafft!" jubelte Maria, während Robyn erleichtert lachte. Al lächelte erschöpft, aber zufrieden. Sie hatten ihr Boot zurückgeholt und waren nun bereit, die nächste Etappe ihrer abenteuerlichen Reise anzutreten. Sie blickten voller Trauer aber auch mit Freude zurück zu ihrem Eisberg. Es galt Abschied zu nehmen und setzen Segel.

„Gut, dass wir unseren Proviant immer im Boot hatten", sagte Maria und Al lächelte, „das bisschen Fisch, das noch dort an der Leine zum Trocknen hängt, kann sich unser Einohrbär schmecken lassen."

Robyn und Maria blickten zur Küste vor ihnen, die voller kantiger Felsen war. Sie segelten die Nacht hindurch und blieben wach. Es war eine sternenklare Nacht und der Mondschein glitzerte auf den Wellen als würden kleine Kerzen angezündet und wieder ausgeblasen. „Dort!", rief Al plötzlich im Morgengrau, „ich kenne diesen seltsamen Felsvorsprung." „Das sieht aus wie ein Elefantenrüssel!", erklärte Robyn enthusiastisch. Maria schwieg und war sich sicher, dass Al wusste, was er gesehen hatte. Er gab Robyn einige Anweisungen für eine

Segelwende, und sie segelten in eine Bucht, die man vom Meer her nicht sofort erkennen konnte. Von Weitem konnte man hinter Bäumen Umrisse von Häusern erahnen, aber der Strand war menschenleer. Al war ungeduldig wie ein kleines Kind. In voller Fahrt, nach Art der Wikinger, rammte er das Boot in den Sandstrand und sprang von Bord, als wäre er nach vielen Jahren wieder nach Hause gekommen. Freudig rannte er zu den Umrissen, die wie Häuser aussahen. Maria und Robyn blieben zurück, sie wollten die Wiedersehensfreude nicht stören und warteten.

„Komm, Robyn!", sagte Maria. „Lass uns das Boot entleeren. Wir bleiben sicher einige Zeit hier! Geben wir Al Zeit seine Verwandten zu treffen."

„Maria ist glücklich!", erwiderte er und umarmte sie. „Werden Maria, Al und Robyn eine Familie bleiben?"

„Ja Robyn! Wir finden hier sicher Freunde."

Robyn lächelte und holte das Segel ein. Maria blickte zurück zum Meer und seufzte tief, als würde eine Last von ihr fallen.

Nach einigen Minuten kam Al, gut hundert Meter abseits ihres Anlegeplatzes, langsam mit gesenktem Kopf zurück zum Strand und setzte sich hin. Die beiden liefen zu ihm! Sie sahen ihn an, aber fragten nichts, sondern warteten seine Worte ab.

Al sah sie tränenüberströmt an und sagte: „Niemand mehr da!"

„Was heißt das? Sind sie tot? Sind wir verloren?"

„Nein, Maria! Sie haben alles verlassen! Alles nur Ruinen! Sie sind weggezogen, schon vor langer Zeit! Wir sind alleine und nicht am Ziel."

„Vielleicht sind sie auf dem Meer beim Fischen und kommen…"

„Nein Maria! Sie sind schon lange weg. Ihre Gräber sind verwahrlost, und hier ist schon sehr lange niemand mehr gestorben."

Al war müde und ausgepumpt, und Maria spürte das. Sie kniete sich zu ihm und umarmte ihn. Dann holte sie Robyn heran, und die Drei saßen eng umschlungen am einsamen Strand.

„Wir sind eine Familie, und wir geben nicht auf", manifestierte Maria. „Wenn hier keiner ist, dann segeln wir weiter."

Robyn lachte wieder und meinte einfach: „Fisch essen!"

Al weinte und lachte zugleich. „Ihr seid viel stärker als ich."

Er strich Robyn durchs Haar: „Du sollst deinen Fisch bekommen, aber nicht mehr roh oder gekocht, sondern gebraten. So lecker gebraten, wie ihn meine Mutter immer zubereitet."

Maria lag auf ihrem Bett und starrte an die Decke, sie verließ wieder ihre Erinnerungen. Die Wände ihres Zimmers waren schlicht, nur einige Schwarz-Weiß-Fotos und Erinnerungsstücke schmückten den Raum. „Hausarrest!", sprach sie für sich, als hätte sich ein Luftloch vor ihr geöffnet, welches dieses Wort aus ihr zog. Wieder einmal gefangen in diesen vier Wänden. Die moderne Welt draußen schien weit entfernt, und doch war es diese gleiche Welt, die sie zu dem gemacht hatte, was sie war. Sie erinnerte sich an die Abenteuer, die weiten Ozeane und die unerforschten Küsten, die sie mit Al und Robyn erkundet hatte. Maria atmete tief aus, als würde sie ihre Unsterblichkeit aus sich herauspusten wollen, die für sie Segen und Fluch zugleich war. Tränen überwässerten ihre Augen als sie an Robyn und die Vergänglichkeit des natürlichen Lebenszyklus dachte. Zeit hatte eine andere Bedeutung für sie und Al und sie erkannte, dass ewiges Leben nicht nur ein Geschenk war ...

Ihre Gedanken kehrten seufzend zurück zu dem Tag, als sie den verlassenen Strand im heutigen Kanada betraten. Die alten Ruinen, die sie gefunden hatten, und die Entschlossenheit, die sie trotz aller Widrigkeiten zusammengehalten hatte.

Maria drehte sich auf die Seite und schaute auf ihr Tagebuch, das sie für Al schreiben wollte. Sie griff danach, blätterte durch die leeren, vergilbten Seiten und ließ die Erinnerungen wieder aufleben.

„Es war Spätsommer 1422, als wir den Strand betraten", schrieb sie in ihren Gedanken, passend zum digitalen Zeitalter im Jetzt. „Wir waren damals im heutigen Kanada. Al, Robyn und ich waren eine Familie geworden, die durch das gemeinsame Schicksal verbunden war. Wir hatten die verlassenen Ruinen eines einst lebendigen Dorfes gefunden, und obwohl wir enttäuscht waren, keine lebenden Seelen anzutreffen, gaben wir nicht auf. Die Hoffnung, Antworten zu finden, trieb uns weiter an."

Maria seufzte tief und schloss das analoge Tagebuch. Sie erinnerte sich an die unzähligen Stunden, die sie damit verbracht hatte, die alte Seekarte zu verstehen, die sie in den Ruinen gefunden hatten. In den Zeichen und Skizzen auf der Karte spürten sie sowohl Hoffnung als auch Verzweiflung….

Ein leises Klopfen an der Tür riss sie aus ihren Gedanken. „Maria, das Abendessen ist fertig", rief eine Stimme von draußen. Es war ihre egozentrische Tante Gaga, die sich liebevoll um sie kümmerte, seit Maria wieder zurückgekehrt war.

„Ich komme gleich", antwortete Maria und setzte sich langsam auf. „Nein!", erwiderte Gaga stenogrammartig, „ich stelle dir dein Essen vor die Tür."

„Ja! Moment, Tante! Nein! Warte, bitte!"

Ihre Bewegungen waren vorsichtig, als ob die Vergangenheit immer noch schwer auf ihren Schultern lastete. Sie stand auf, zog sich einen Pullover über und ging zur Tür, aber einzig und allein fand sie ein Tablett mit Wurst, Käse, Brot, Wein und Wasser vor. Tante Gaga war schon weg und wollte vermutlich unangenehmen Fragen ausweichen. Sie stellte ihr Essen auf die antike Kommode und rollte sich exemplarisch Wurst und Käse zusammen. „Jamón Ibérico und Manchego aus La Mancha; sie mästen mich", dachte sie genüsslich und zufrieden. Das werden brotlose Zeiten", sprach sie mit ihren Spiegelbild, während sie lustlos herumkaute und tief seufzte. Ihr Spiegelbild verblast und der Strand aus den alten Erinnerungen erschien.

„Vielleicht sind die Menschen auf dem Meer beim Fischen und

kommen...," dachte sie an die Worte, die sie damals vor über 600 Jahren zu Al gesagt hatte. „Nein, Maria!", hörte sie ihn deutlich sagen, als würde er hinter ihr stehen und sie erschrak. „Sie sind schon lange weg", erwiderte seine Reflexion, „ihre Gräber sind verwahrlost. Hier ist schon sehr lange niemand mehr gestorben."

Diese Worte hatten sich tief in ihr Gedächtnis eingebrannt. Sie spürte, dass die Vergangenheit sie niemals loslassen würde, doch sie war entschlossen, aus ihr zu lernen. Die alten Geschichten und Abenteuer waren nicht nur Erinnerungen, sie waren Lektionen, die ihr geholfen hatten, zu überleben und zu wachsen.

Maria schloss die Augen. Die Erinnerungen an die Seereise und die Entdeckungen fluteten über sie hinweg, und sie fühlte sich, als wäre sie wieder dort, am einsamen Strand, Seite an Seite mit Al und Robyn. „Wir sind eine Familie und wir geben nicht auf", manifestierte Maria damals. Diese Worte hallten in ihrem Kopf wider und gaben ihr Kraft. Auch jetzt, in der Gegenwart, wollte sie nicht aufgeben. Der Hausarrest war nur eine vorübergehende Hürde, und sie wusste, dass sie auch diese Herausforderung meistern würde, genauso wie sie es damals getan hatte. Ihre Augen waren nun weit genug geschlossen und sie hörte das Meeresrauschen und die Stimme von Robyn.

Die Sonne neigte sich dem Horizont entgegen, als Al, Maria und Robyn den einsamen Strand entlang gingen. Die Kühle der Dämmerung brachte eine beunruhigende Stille mit sich, die nur von dem sanften Rauschen der Wellen durchbrochen wurde. Die Ruinen, die Al entdeckt hatte, waren von der Zeit gezeichnet, ihre einst stolzen Mauern jetzt nur noch bröckelnde Erinnerungen an eine längst vergangene Zivilisation.

„Was machen wir jetzt?", fragte Robyn.

„Wir müssen uns einen Platz suchen, wo wir vor Wind und Wetter geschützt sind", entschied Al mit fester Stimme. „Die Ruinen bieten zwar Schutz vor den Elementen, aber wir brauchen einen besseren

Unterstand für die Nacht."

Maria nickte, während Robyn neugierig zwischen den Trümmern umherspähte. „Vielleicht finden wir hier ja noch nützliche Dinge", meinte sie hoffnungsvoll und begann, die Umgebung abzusuchen.

Al schritt durch die Ruinen und blieb bei einer besonders gut erhaltenen Wand stehen. „Hier könnten wir etwas mehr Stabilität finden", murmelte er. „Wenn wir es schaffen, diese Wand etwas auszubessern, könnten wir eine sichere Unterkunft bauen."

Robyn schien von Als Vorschlag begeistert und begann sofort, die Steine und Trümmer um ihn herum zu durchsuchen, um brauchbare Materialien zu finden. Maria half ihm dabei und reichte ihm die gefundenen Steine, während Al die Wand mit den einfachsten Mitteln reparierte. Ihre Arbeit ging schnell voran, und bald war eine kleine, aber funktionale Unterkunft fertiggestellt.

„Hier werden wir die Nacht verbringen", erklärte Al, als er die letzten Steine in Position brachte. „Es ist nicht viel, aber es wird uns schützen und uns einen Platz zum Ausruhen geben."

Die Nacht senkte sich herab und die Temperaturen sanken rasch. Al, Maria und Robyn setzten sich am Feuer, das sie draußen entzündet hatten, um sich aufzuwärmen und zu essen. Der Duft von gebratenem Fisch mischte sich mit dem Aroma des feuchten Waldbodens und dem salzigen Geruch des Meeres.

„Al, glaubst du wirklich, dass wir noch Menschen finden werden?", fragte Maria, während sie mit Fingern Fisch zu sich löffelte.

„Ich hoffe es, Maria. Wir müssen glauben, dass wir hier nicht umsonst sind. Es gibt noch viele Teile der Welt, die wir nicht kennen, und vielleicht sind wir nur einen Schritt von unserer Antwort entfernt", antwortete Al mit einem entschlossenen Lächeln.

„Was ist mit den Ruinen?", fragte Robyn, der sich mit einem Fischknochen beschäftigte. „Vielleicht gibt es da noch mehr zu entdecken."

„Vielleicht", sagte Al nachdenklich. „Aber wir sollten erst einmal sicherstellen, dass wir hier überleben können. Wir haben genug Vorräte, aber wir müssen die Umgebung erkunden und herausfinden, ob es hier noch mehr gibt, das uns helfen könnte."

Am nächsten Morgen machten sich die Drei auf den Weg, um die Umgebung weiter zu erkunden. Al führte sie durch die verfallenen Gebäude, die einst ein geschäftiges Dorf gewesen sein mussten. Sie fanden Überreste von Haushaltsgegenständen und Werkzeuge.

„Schau dir das an!", rief Maria aufgeregt und hielt ein altes Stück Leder in die Höhe. „Vielleicht eine Seekarte, Al."

„Das ist möglich", stimmte Al zu; er wollte seine Freude zügeln, um nicht zu sehr enttäuscht zu werden, wenn sie unlesbar wäre. „Zeig sie mir, bitte!", bat er vorsichtig und abwartend.

„Es ist eine Karte … und es scheint, dass diese Küste weiter nach Süden geht als ich dachte. Wir haben wieder einen Weg und ein Ziel."

Der Tag verging mit der Aufarbeitung ihrer Entdeckungen, und Al zog sich zurück. Einsam und allein saß er am Strand; nur umgeben vom Meeresrauschen begann er, die alten Seekarte zu studieren. Spät nachts kam er zu Maria und Robyn. „Die Karte scheint von einem frühen Entdecker zu stammen", erklärte Al. „Es gibt Hinweise auf eine weitere Expedition, aber sie scheint aus unerklärlichen Gründen gescheitert zu sein." „Das klingt, als wären sie auf etwas gestoßen, das sie nicht erwartet hatten", sagte Maria, die besorgt auf das Stück Leder blickte und ergänzte: „Sie hat keine Löcher."

„Das stimmt", erwiderte Al. „Sieh her! Tinte und Zeichen ändern sich, als hätte ein Anderer die Karte später ergänzt."

Trotz allen Funden blieben sie ihrem Plan treu. Sie reparierten ihr Boot so gut wie möglich und machten sich bereit für die nächste Etappe ihrer Reise.

Eines Abends, während sie am Feuer saßen und über ihre Entdeckungen nachdachten, sah Al plötzlich auf das Meer hinaus. Ein schwacher, aber deutlicher Lichtschein war am Horizont zu erkennen. Er glitt übers Meer und verschwand immer wieder hinter Wellenbergen.

„Was ist das?", fragte Maria und folgte seinem Blick.

„Das weiß ich nicht", antwortete Al, „aber wir sollten morgen früh aufbrechen und herausfinden, was es ist. Vielleicht sind wir auf den ersten Anzeichen der Zivilisation gestoßen."

„Ein Schiff!", rief Robyn impulsiv, seinen Gedanken aussprechend.

„Keine Ahnung!", erwiderte Al, „ Wie käme ein Schiff hierher?"

Die eisige Kälte biss in Marias Gesicht, während sie und Al sich durch das raue Klima kämpften. Es musste einen Grund gegeben haben, warum die Wikinger diese Bucht verlassen hatten. Vielleicht hatten sie wirklich weiter nach Süden gefunden, vielleicht waren sie dem seltsamen Licht auf dem Meer gefolgt. Maria und Al wussten, dass sie hier nicht lange bleiben konnten. Den Winter würden sie hier nicht überleben. Sie sammelten bittere Früchte, kochten Trinkwasser ab und Al ging mit Robyn auf die Jagd, was Maria nicht gefiel. Sie setzte den Kupfertopf ins Feuer, füllte ihn mit Salzwasser, stellte ein leeres Gefäß in die Mitte und schloss es. Der Deckel war innen zur Mitte hin gewölbt, sodass das kondensierte Wasser ins Gefäß tropfte. Das verbleibende Meersalz nutzten sie, um ihr Fleisch haltbar zu machen. Eine einfache, aber pragmatische Erfindung mit Doppeleffekt; wie Al eben war.

Al besserte das Boot aus, während Maria und Robyn Wasser und Vorräte verstauten. Nach einer Woche segelten sie bei gutem Wetter aus der Bucht nach Süden, in der Hoffnung, die alten Wikinger zu finden. Der Wind trieb sie voran und die Sonne wärmte. Gelegentlich gingen sie an Land, um nach Menschen Ausschau zu halten, und hinterließen Zeichen und Hinweise. Al baute aus Steinen große, alte Runenzeichen. Die Küste schien endlos. Al blickte oft sehnsüchtig nach Osten übers Meer, als würde er dort etwas suchen. Maria verstand sein stundenlanges Erspähen nicht, übernahm es aber, wenn er müde war. Sie wusste zwar nicht, wonach sie Ausschau hielt, aber sie wusste, dass sie es erkennen würde, wenn es am Horizont auftauchte.

Maria wurde eine perfekte Seglerin, sodass sich Al auch mal länger ausruhen konnte. Robyn schien das Meer zu lieben, und je wärmer es wurde, desto mehr wussten sie, dass sie die richtige Entscheidung getroffen hatten. Sie entdeckten eine Herde Buckelwale, die in etwa 200 Meter Entfernung mit ihnen schwammen. Maria lächelte Robyn zu und zeigte ihm, dass sie verstand, dass er glücklich war.

Plötzlich wurde das Segelboot unruhig hin und her geworfen. Robyn lachte. Al wachte auf. Eine zweite Buckelwalherde tauchte beidseits des Boots auf. Sie waren mitten drin. Robyn fand das lustig, aber Al erkannte sofort die Gefahr. Doch es war zu spät. Das Boot wurde hochgeschleudert, und Robyn konnte Maria gerade noch vorm Hinausfallen retten, fiel aber selbst ins Wasser. Maria stürzte zurück ins Boot und schlug hart mit ihrem Kopf auf. Al musste das Boot retten, sonst wären sie gekentert. Robyn schwamm im Wasser inmitten der Wale, winkte ihnen zu und lachte. Er rief ihnen etwas zu. Al versuchte, ein Seil zu werfen, aber die Wale machten das Meer zu unruhig. Das Seil trieb weg von Robyn. „Bei allen Wassergeistern; Njörd, steh ihm bei!", betete Al. Maria kniete im Boot mit gefalteten Händen: „Njörd, hilf uns!"

Robyn und das Boot wurden auseinandergetrieben. Ein riesiger Wal tauchte unter ihm auf, und es sah aus, als würde er auf dem Wal reiten. Al und Maria konnten nur zusehen. Al nahm seine Harpune, aber Maria hinderte ihn am Werfen. Man hätte glauben können, die Wale spielen mit ihm. Es war jedoch kein Spiel unter Gleichstarken, und sie konnten nur hoffen, dass die Wale weiterziehen und ihn zurücklassen. Robyn schwamm wieder im Meer, winkte den beiden zu und deutete an, dass alles in Ordnung sei. Manchmal verschwand er hinter den Wellen und tauchte wieder auf. Al nahm die Ruder und versuchte, zwischen den auftauchenden Walbuckeln zu ihm hindurch zu lavieren, als plötzlich eine riesige Schwanzflosse auftauchte und auf Robyn herabschlug – das Meer hatte ihn im nächsten Moment verschlungen.

„Er ist weg!", keuchte Maria atemlos. „Al, schnell! Rudere!"

„Wo ist er? Maria, siehst du ihn?"

Al ruderte ziellos umher, und Maria stand auf dem Kajütendach. Die Wale tauchten weg und die See wurde ruhiger. Eine erdrückende Stille umgab das Boot Al saß stumm da; nur Maria rief Robyns Namen. Sie konnten nichts mehr tun. Noch vor wenigen Minuten lachte Robyn im Boot, und jetzt hatte das Meer ihn geholt.

Marias Gedanken kehrten in die Gegenwart zurück. „Jedes Mal, wenn Al und ich in den letzten Jahrzehnten in New York waren, gingen wir in diese Bucht und warfen einen Kranz für Robyn ins Meer. Niemand sonst weiß, dass dort vor 600 Jahren ein Junge starb, den ich wie einen kleinen Bruder geliebt habe." Sie setzte sich im Bett auf und nahm ein Taschentuch für ihre Tränen.

Nun mussten sie die Reise zu zweit fortsetzen. Sie waren noch gut fünf Jahre unterwegs, bis sie zum ersten Mal wieder Kontakt zu anderen Menschen hatten.

Aeterni

Für Maria und Al war es schon Routine geworden, an Land zu gehen, Proviant zu beschaffen und dann wieder weiter zu segeln. An manchen Stränden begegneten sie seltsamen Tieren, die sie beide so noch nie gesehen hatten. Eines Tages entdeckten sie eine sehr große Katze, die ihren Ankerplatz abschritt, als wolle sie ihn verteidigen. Vorsichtshalber ankerten sie ihr Boot im sicheren, tieferen Wasser. Die Katzen mieden das Wasser, und es gab ihnen Zuversicht, dass manche Regeln überall gelten. „Schau, Al! Sie ist viel größer als unsere Katzen daheim."

„Das ist sicher eine Wildkatze, denn für einen Tiger ist sie zu klein."
„Tiger?"

„Tiger habe ich in Afrika gesehen, Maria. Sie sind groß und beeindruckende Tiere. Wildkatzen durchstreifen auch unsere Wälder in Europa. Sie sind eigentlich scheu, aber die hier ist neugierig und gefährlich;

womöglich auch hungrig."

Al überlegte, was sie tun könnten, denn sie mussten dringend ihr Trinkwasser auffüllen.

„Siehst du ihre beiden langen, spitzen Zähne, die beidseits vom Oberkiefer über ihr Maul fletschen."

„Süß nicht! Damit kann sie uns sicher in Stücke reißen, Al."

„Was?"

„Das war ein Scherz. Lass uns weitersegeln, Al!"

„Wir brauchen aber dringend frisches Trinkwasser!"

„Schau mal, Al, da kommen noch mehr von denen. Ich glaube, wir zwei sind heute zum Katzen-Mittagessen vorgesehen."

Al dachte nicht weiter an Trinkwasser, sondern lichtete den Anker. Ein paar Meilen wurden sie von den Katzen begleitet, bis steile Felsen den Strandweg versperrten.

Maria teilte wilde Tiere ab jetzt nach ihren Zähnen und nicht nach ihrer Größe ein: je länger und spitziger die Zähne, desto gefährlicher. Al schloss sich dieser Ansicht an. Grundsätzlich vermieden sie es, in den dichten, immergrünen Wald zu gehen. Trinkwasser holten sie meist aus Flüssen, denn eines hatte ihre neue mit der alten Welt gemein: Flüsse flossen auch hier ins Meer und transportierten Süßwasser.

Aber jede Reise hatte auch ihre Schattenseiten und die kamen so unerwartet wie ein Besuch der lieben Verwandtschaft an einem Sonntagnachmittag. Die Sonne schien, kaum Wolken am Himmel und die See war klar.

Maria und Al segelten schon eine geraume Zeit, ohne die Küste zu sehen. Der Wind trieb sie auf die offene See hinaus. Es war einer der vielen sehr warmen Tage und beide hatten sich entschieden, fast keine Kleidung mehr zu tragen. Stofffetzen bedeckten nur das Nötigste. Sie wollten und mussten ihre Kleider schonen, sollten sie jemals ihre alte Welt wieder erreichen. Dort durfte man nicht ohne Kleidung herumlaufen – hier störte es niemanden. Maria war nahtlos kastanienbraun, lediglich Al kämpfte anfangs mit Sonnenbränden. Zum Kleider machen fanden sie keine Rohstoffe. Seegras auf dem Meer treibend konnte nicht gewebt werden und die meisten Pflanzen an Land kannten sie nicht.

„Ich würde gerne schwimmen, Al! Das Wasser ist herrlich!" Sie verteilte die Wärme der Sonne auf ihrem Körper mit ihren Händen, als würde sie einen bereits perfekten Körper mit ihren Fingern modellieren. So sanft glitten ihre Hände sinnlich und meisterlich über ihren Körper. Al konnte und wollte sich dieser Harmonie aus Schönheit und Eleganz nicht entziehen und genoss die Stimmung für einen kurzen Moment.

„Du bist keine gute Schwimmerin, Maria", ernüchterte er sie.

„Ich könnte tauchen und mit bloßen Händen einen großen Fisch fangen."

„Hast du zu viel Sonne abbekommen, Maria?"

„Nein, Al, aber schau dir meinen Körper an; er braucht Wasser."

„Geh aus der Sonne! Sofort!", maßregelte er.

Maria stand auf, streckte und bewegte ihre Arme und Beine, als würde sie trocken schwimmen und tanzen. Al beobachtete ihre Bewegungen und band sich seinen Lendenschurz enger um seine Hüften.

„Gefällt dir das, Al?"

„Maria, du hast schon wieder Gedanken in deinem Kopf, die da nicht hingehören!"

„Meine Gedanken gehören mir und ... Hey, Al! Was machst du?"

„Nichts außer segeln! Setz dich!"

„Bewirfst du mich mit Fischen, Al? Hey ... igitt ... lass das!"

Al nahm das Segel vom Wind und ging nach vorne zu Maria. Tatsächlich flogen Fische aus dem Wasser, als würden sie vor etwas unter Wasser fliehen. Es waren tausende Fische vor ihnen, die über das Meer fliegen konnten und einige landeten in ihrem Boot.

„Diese Fische haben Flügel", äußerte Al überrascht und nahm einen der Fische wie einen Papierflieger und warf ihn in die Luft.

Maria beugte sich über den Rehling und zeigte auf das Wasser:

„Schau, die See ist plötzlich schwarz! Die Fische fliehen vor der Dunkelheit!"

Al blickte besorgt zum Himmel, aber dieser war strahlend blau. Das klare Wasser unter ihnen war plötzlich schwarz und das Dunkel schien sich zu bewegen – schnell zu bewegen. Ab und zu wurde die Schwärze von hellblauen Flecken wie durch Blitze unterbrochen, wenn der Meeresboden zu sehen war. Die hellblauen Blitze kamen und verschwanden sehr schnell, immer wenn Sonnenstrahlen das Dunkel durchbrechen konnten.

„Ich glaube, der Boden bewegt sich unter uns", ängstigte sich Maria und setzte sich mittig ins Boot. „Al, wo ist dein Gott … Njörd?"

Al nahm seine Harpune und das Boot hatte keine Fahrt mehr. Er hoffte, das Schwarze unter ihrem Boot würde vorbeiziehen.

„Da schau, Maria, da vorne wird es heller!"

„Al, das sind riesige schwarze Segel ... unter Wasser!"

Ein heftiger Schlag gegen ihr Boot ließ Maria aufschreien, aber sie reagierte anders als Al es erwartete. Sie nahm die andere Harpune.

„Das sind Rochen, Maria, riesige Rochen. Man nennt sie ‚Raubvögel des Meeres' und ich habe sie vor der nordafrikanischen Küste mit meinem Bruder schon mal gesehen. Sie sind keine Gefahr für uns. Aber sie fliehen anscheinend vor etwas."

„Ich mag keine Rochen! Bitte bring mich hier weg, Al!"

„Da vorne ist Land, Maria."

Das Land, welches damals vor ihnen lag, war die Nordküste des heutigen Kubas. Sie waren vom Kurs abgekommen, wie Maria sich kritisch erinnerte. Doch die Erinnerungen kehrten schnell zurück.

Al brachte die Segel in den Wind und sie steuerten die Küste an. Maria blieb bewaffnet ganz nah bei ihm am Steuer und beide blickten besorgt und ängstlich hinter sich. Dann sahen sie es, wovor die Rochen flohen. Riesige, abgeflachte, spindelförmige Körper mit sehr langen Hälsen, kleinen Köpfen und je vier seitlichen, paddelförmigen Flossen stiegen aus dem Wasser, wenn sie einen Rochen im Maul hatten. Trotz der sicheren Entfernung von gut 100 Metern waren die Tiere gigantisch und mächtig. Die Monster waren groß wie Wale.

„Das sind keine Fische! Was ist das, Al?"

„Keine Ahnung, aber nach ihren Zähnen zu urteilen, sehr gefährlich, Maria! Schnell an Land!"

Wenn Jäger und Beute gemeinsam aus dem Meer stiegen, war es, als würde das schwarzes Segel der Rochen in der Luft zerfetzt. Außerhalb des Wassers, mit einem Rochen im Maul, bewegten die Monster ihre Köpfe abrupt hin und her, um ihre Beute zu zerteilen. Die Giganten platschten ins Meer, und das Meer wich ihren Massen. Baumhohe Fontänen verdeutlichten die gewaltigen Körpermassen dieser ungewöhnlich großen Tiere.

„Die Rochen haben keine Chance gegen diese Ungeheuer, Al. Sie werden alle töten!"

„Maria, schau, das Wasser ist wieder klar. Wir sind außer Gefahr!"

„Ich kann nicht hinsehen, diese schönen schwarzen Tiere werden zerrissen. Das ist grausam, Al!"

„Es ist das Meer, Maria! Hier herrschen andere Gesetze. Nimm das Steuer!"

Schwarze Rochenflügel paddelten hilflos an der Oberfläche, Fische sprangen weiter aus dem Wasser und das Meer verfärbte sich.

„Verdammt! Nein, Maria, du steuerst falsch! Unter uns sind wieder diese Monster. Sie treiben die Rochen zusammen und greifen jetzt von der Seite an. Wir müssen schnell hier weg!"

Die Monster schienen unter ihrem Boot im Wasser förmlich zu schweben wie Vögel am Himmel. Sie waren sehr schnell. Es war gefahrvoll, aber beeindruckend zugleich.

Der Wind hatte wohl keine Eile und ließ nach, sodass Al nach den beiden Rudern griff. Die Küste kam näher und das rettende Ufer gab ihnen festen Boden unter ihren Füßen. Maria griff mit ihren Fingern in den Sand, um ihn zu spüren. Sie hatten begriffen, wie klein und hilflos sie da draußen auf dem Meer waren. Sie blickten zum Meer hinaus und von der Treibjagd unter Wasser war nichts zu sehen. Nur wenn Jäger und Beute auf Leben und Tod kämpften, stiegen sie aus dem Wasser empor. Maria und Al blickten in ihr Boot, in dem Fische umherzappelten.

Maria und Al hatten nicht erkannt, dass sie vermutlich die letzten lebenden Plesiosaurier im Meer gesehen hatten. Im Jahr 1988 haben sie in Stuttgart im Museum am Löwentor ein Plesiosaurier-Skelett betrachten können und hätten am liebsten den Zeitpunkt ihres Aussterbens korrigiert. Leider konnten sie ihre Entdeckung 600 Jahren zuvor nicht erzählen, geschweige denn beweisen.

Maria und Al saßen am Strand, die Wärme der Sonne noch auf ihrer Haut spürend. Maria, immer neugierig und abenteuerlustig, konnte ihre Gedanken nicht zurückhalten. Sie sah Al an, wie er über das Meer starrte, und spürte die Spannung zwischen ihnen. Sie wusste, dass ihre Liebe verboten war, doch das hielt sie nicht ab.
„Al," begann sie leise, „es gibt etwas, was ich dir schon lange sagen wollte."
Er drehte sich zu ihr um, seine Augen suchten ihre. „Maria, wir dürfen nicht. Du weißt, dass Liebe unter Unsterblichen verboten ist."
„Aber wir sind hier, fernab von den Regeln unserer alten Welt. Wer kann uns hier stoppen oder bestrafen?"
Sie stand auf und ging langsam auf ihn zu, ihr Körper elegant und verführerisch im Licht der untergehenden Sonne. Al konnte den Blick nicht von ihr abwenden, spürte das Verlangen in sich aufsteigen, kämpfte aber dagegen an.
„Maria, bitte..."
„Al," flüsterte sie, während sie ihn sanft berührte, „lass uns für einen Moment einfach nur wir selbst sein."

Ihre Nähe war überwältigend, und Al fühlte, wie seine Entschlossenheit schwand. Die Wärme ihrer Haut, der Duft ihres Haares, das sanfte Streicheln ihrer Hände – es war zu viel, um sich dagegen zu wehren. Er spürte ihre Lippen auf seiner Brust und ein tiefen Aufatmen grollte durch seinen Körper.

„Bouillabaisse, Maria!"

„Was?"

„Maria, wir sind in Sicherheit und ich koche uns … Bouillabaisse!"

„Nein, Liebster! Was ist?"

Al kroch unter ihr heraus und kniete sich in den Sand.

„Weißt du wie man Bouillabaisse kocht, Maria?", wich er mit einer Gegenfrage aus und deutete auf die Fische im Boot.

„Nein! Wieso? Was hast du?"

„Wir sind in Sicherheit", lenkte er ab, „und ich weiß wie man Fischsuppe kocht. Essen haben wir genug! Ich möchte mich nach dem Essen etwas umsehen und ein paar Tage hierbleiben. Dort auf diesem Berg können wir uns einen Überblick verschaffen."

„Wie kannst du jetzt an …Kochen denken? Nein, Al! Ich fühle und seh doch, dass du …"

Aber sein Blick war fremd und fern jedweder Liebe.

„Du willst dir jetzt einen Überblick von was verschaffen, wo die nächsten Monster aus dem Meer kommen um uns zu fressen?", fauchte sie.

„Nein!", lächelte er um sie zu beruhigen, „ob das hier eine Insel ist. Diese Küste hier ist anders! Wir haben tagelang kein Land gesehen. Ich vermute, ich habe mich versegelt, Maria!"

„Ach so! Das fällt dir jetzt ein! Jetzt!"

„Ja! Wann sonst, Maria? Es ist Zeit und …"

„...und da es so ist, trägst du einen Lendenschürz. Versteckst du da etwas vor mir? Nimm ihn weg!"

„Nein, Maria!"

„Ich weiß, dass du … mich auch liebst. Sogar Robyn hat es gemerkt."

„Ich …", stocherte er mit Worten und Gedanken in seinem Kopf hin und her und rannte zum Wasser.

„Du bist grausam. Ich hasse dich! Du Monster!"

„Ich weiß!", erwiderte er bevor ins Meer hechtete.

Maria rannte ihn hinterher und tauchte ihm nach. Sie tauchten ein in ein Element von Schwere- und Sorglosigkeit. Unterwasser sahen sie sich an, während Al lächelte, aber Maria eine zornige Maske trug. Sie gab ihm eine Unterwasserohrfeige, worauf beide erschrocken in den tiefe, dunkelblauen Meerabgrund blickten, wo Monster auf sie warten könnten. Sie paddelten mit schnellen, unrhythmischen Schwimmbewegungen zurück.

Maria ließ sich ins seichte Wasser fallen und ihren Körper von der leichten Brandung umspülen. Sie musste spüren, noch zu leben. Al kniete sich neben ihr hin und nahm ihre Hand.

„Verzeih mir, ich …!"

„Nein! Nicht, Al!"

Maria erwiderte seinen Händedruck und beide erkannten ohne Worte, dass sie nur zusammen so weit gekommen waren.

„Lass uns etwas länger hierbleiben, Al!"

„Oder für immer, Maria!"

Sie begannen sich auf eine Nacht am Strand vorzubereiten. Sie sammelten Holz nur am Waldrand, um Feuer zu machen und die Fische zu zubereiten. „Al, deine Fischsuppe ist lecker, aber nie wieder esse ich Bouillabaisse." Er schmunzelte nur.

Geschlafen wurde immer im Boot trotz des ständigen Wellengangs, denn es bot etwas Schutz vor Nachtjägern oder Überraschungen.

„Al!", flüsterte Maria plötzlich in den sternenklaren Nachthimmel.

„Was ist?", fragte er, setzte sich auf und kontrollierte die Umgebung.

„Bevor wir schlafen, beantwortest du mir noch eine Frage?"

„Jede, Maria, wenn ich sie weiß. Aber bitte erschrecke mich nicht so!"

„Dann sag mir jetzt bitte, wer die alte Frau bei Peter war!"

„Du vergisst aber auch gar nichts, Maria! Wie zum Teufel kommt dir jetzt Peter Schwarz in den Sinn?", stöhnte er.

„Wir sind am Ziel und du hast versprochen …"

Al überlegte und wollte seine Worte klug und erschöpfend wählen. Es sollte eigentlich keine Nachfragen von ihr geben. Das war gedanklich sein Ziel, aber auf eine unerklärliche Art liebte er ihre Fragen.

„Man kann nicht genau sagen, wer diese Frau ist, Maria!"

„Fang bitte nicht mit einer Ur-Ur-Nichte an, so wie Thoraldr!"

„Ah, du hast ihn auch schon ... genervt! Aber so falsch lag mein Bruder nicht, aber eine solche Verwandtschaftsbezeichnung gibt's fast nicht."

„Versuch's!"

„Also, die alte Frau war nicht seine Mutter", lachte er, „sie gehört aber zu seiner Familie. Er lebt bei seiner Familie schon seit vielen hundert Jahren. Die alte Frau und der junge Mann sind seine direkten Nachfahren. Er hat seine Familie nie verlassen und kennt jeden seiner Nachkommen. Er hat bis heute jeden von ihnen zur Welt gebracht und zu Grabe getragen. Nicht viele Aeterni machen das so. Es ist echt hart, aber er will bei seiner Familie bleiben und sie beschützen."

„Ist nur er so wie wir? Sind seine Nachkommen keine Aeterni?"

„Nur er, Maria! Unsterbliche wachsen nicht auf Bäumen."

„Hast du auch Verwandte, die nicht unsterblich sind?"

„Natürlich, Maria! Mein Vater und viele in meinem Dorf waren sterblich. Die Unsterblichkeit wurde nur wenigen Menschen von den Göttern geschenkt."

„Deine Mutter ist demnach unsterblich. Wie heißt sie?"

„Irina und zu meiner Mutter keine Frage mehr."

„Wie alt ist sie?", platzte doch eine Frage aus ihr noch heraus.

Al schwieg beharrlich und sie erkannte ihr Nichtweiterkommen.

„Aber warum wir, Al? Warum ich?"

„Ich habe … oder wir haben keine Antwort darauf."

„Ist es ein Geschenk? Wolltest du so sein, Al?"

Er lachte: „Das haben Geschenke so an sich, dass man damit oft überrascht wird. Manchmal kann man es sich nicht aussuchen."

„Mein erstes Geschenk waren geschnitzte Holzfiguren vom Bauern, … die …", gab sie impulsiv von sich, aber die weitere Erinnerung schnürte ihr die Worte im Hals ab.

„Was ist, Maria?"

„Nichts! Was ist Peters Fähigkeit?", wechselte sie das Thema.

„Das ist noch eine Frage!", grinste er, „aber gut! ER glaubt, er verstünde Tiere. Tiere unterhalten sich ohne Worte, ohne ihr Maul zu bewegen wie Menschen. Es ist verrückt, er glaubt, sie unterhalten sich mit den Augen. Peter blinzelt mit seinem Hund – er ist verrückt!"

„So verrückt wie unsere Unsterblichkeit, Al?"

Er schwieg und kehrte in sich.

„Das ist lustig! Schau in meine Augen und sage mir, was ich denke, Al!"

„Ich bin kein Hund, Maria!"

„Komm schon!"

„Deine Augen haben sich vergrößert, Maria. Du hast Angst! Vor was?"

Sie war überrascht von seiner Aussage und wich etwas zurück. Sie ängstigte sich tatsächlich vor dem, was ihnen noch bevorstand, aber sie lächelte es weg und fragte sachlich: „Das hast du jetzt geraten?"

„Fast! Ich kenne dich eben, aber sogar meine Mutter und Thoraldr glauben an dieses Augengequatsche. Er denkt, man könne Respekt und Vertrauen in den Augen von Hunden erkennen, weil sie bei den Menschen leben. Bei Fröschen und Schlangen ginge es nicht, sagt er."

Maria erinnerte sich an den Hund am Bauernhof. Oft genügte ein Blick des Bauern und der Hund ging mit in den Wald und oft genügte ein Blick der Bäuerin und er verkroch sich in seiner Ecke.

„Ich kann auch mit Hunden sprechen!"

„Was soll das jetzt, Maria?"

„Doch! Glaub mir, Al! Der Hund vom Bauern verstand sogar mich. Ich blickte ihn an und dachte daran, dass er zu mir kommen soll."

„… und was hat er geantwortet? Wuff wuff!"

„Er kam zu mir und ließ sich streicheln. Er war ein kluger Hund."

„Das, Maria, tun Hunde, wenn sie einen Herren akzeptieren."

„Wuff wuff wu-uff!", bellte sie ihn an.

„Also das hieße, wir sollten jetzt schlafen, Maria. Gute Nacht!"

„Nein! Ich bin noch nicht müde. Mein Kopf ist voller Gedanken und im Übrigen hieße es, ich liebe dich."

„Das … habe ich fast befürchtet, aber …"

„Nein, Al! Es ist gut, du musst keine Angst vor mir haben. Ich möchte nur, dass du es weißt."

„Das weiß ich. Ich liebe dich auch, Maria, aber …

„Lass es!", brach sie das Thema ab, aber fragte ansatzlos, „… und die anderen Männer bei Peter; wer waren sie?"

Al schmunzelte und atmete tief durch: „Wenn ich das noch beantworte, bist du morgen mit Küchendienst an der Reihe."

„Ja, gerne! Ich weiß schon, was ich koche."

„Gut! Einer von ihnen war Anthony de Lucy!", fing er langsam an, als würde er eine Gute-Nacht-Geschichte erzählen. „Er war ein guter Freund; fast wie ein Bruder. Wir kannten uns seit wir gemeinsam Raubzüge nach Schottland unternahmen. Er war einer von uns, aber verschwand vor fast 100 Jahren kurz vor dem Waffenstillstand, als er in einen Hinterhalt geriet. Sein Mut war größer als sein Verstand. Etwa fünf Jahre vor seinem Verschwinden wusste er, die zahlenmäßig überlegenen Schotten hatten einen Überfall geplant. ER aber befahl, sie dennoch in Galloway anzugreifen. Nur mit einem Dutzend Männer entkamen Thoraldr und ich dem sicheren Tod. Die Schotten nahmen Anthony gefangen und forderten viel Lösegeld. Wir hatten aber die Schotten so geschwächt, dass sie ihren Angriff …"

Al beendete seinen Satz nicht mehr. Sie schien müde oder von Geschichten gesättigt zu sein; ihre Augen waren geschlossen.

„Was willst du morgen kochen, Maria?", flüsterte er.

„Ich wärme dir deine Fischsuppe auf, damit du sie allein auslöffeln kannst – gute Nacht!", mümmelte sie, kaum ihre Lippen zu bewegen. Al lächelte und liebte diesen Anblick von ihr.

Nun schwieg sie. Er drehte sich um zum Schlafen, lag aber noch Stunden wach, weil er kein Ziel mehr hatte. Er wusste nicht, was sie morgen erwarten würde oder ob sie jemals irgendein Ziel erreichen würden.

Am nächsten Morgen machten Maria und Al eine Bergtour, um ihre Umgebung besser zu erkunden. Zu ihrer Überraschung stellte sich heraus, dass sie auf einer Insel gestrandet waren. Für die Wanderung rüsteten sie sich mit Kleidung und festem Schuhwerk aus und bahnten sich mit Schwertern lautstark einen Weg durch den dichten Wald. Maria schrie oft ins grüne Dickicht, „ich habe spitze, scharfe Zähne zum Zubeißen", um wilde Tiere zu verscheuchen.

„Schnapp dir lieber einen dicken Stock zum Zuschlagen, Maria!", riet Al ihr schmunzelnd.

„Kann ich diese rote Frucht probieren, Al?", fragte sie neugierig.

„Sicher! Eigentlich kann uns Gift nichts anhaben, aber ich möchte dich nicht zurücktragen, falls du ..."

„OH GOTT!", rief sie plötzlich spuckend und schreiend.

„Was ist, Maria? Gott wird dir nicht helfen. Ich könnte ..." Al konnte sich ein Lachen nicht verkneifen, als er sah, wie Maria kniend ihre Hände vor den Mund hielt und gestikulierte.

„Wasser, Al! Hast du Wasser? Oh Gott, ist das scharf! Es brennt!", rief sie mit verzerrtem Gesicht.

„Was hast du gegessen?", fragte er belustigt, während er ihr die Wasserflasche reichte und selbst eine der Beeren pflückte.

„Iss das nicht!", gurgelte sie, während sie ihren Mund spülte.

„Das ist gut, Maria! Ich habe so etwas im Orient gegessen. Dort schärfen und würzen sie ihre Mahlzeiten, damit sie länger haltbar bleiben und um Krankheiten vorzubeugen."

„Dann viel Spaß beim Essen! Du bist verrückt!", hechelte sie.

„Maria, wenn ich diese Schärfe im Orient gegessen habe, was sagt uns das?", fragte er triumphierend.

„… dass alle dort verrückt sind?", raunzte sie zurück.

„Nein! Wenn es hier Pflanzen mit dieser Schärfe gibt, sind wir nicht weit vom Orient weg, und ich finde den Seeweg wieder nach Hause." Von neuem Elan erfüllt, trieb Al sie an, weiter an ihr Ziel zu glauben. Maria nahm seine Hand und drückte sie, ihre Augen voller fragender Sehnsucht. „Was beschäftigt dich, Maria? Frag einfach!"

„Dein Freund Lucy?", tastete sie sich vorsichtig vor, „was bedeuten 100 Jahre?"

„Du und deine Gedanken und Fragen", erwiderte er lächelnd, „ich liebe sie, aber lass es mich dir bitte später erklären."

Schweigsam gingen sie zurück zum Strand. Al erklärte Maria, dass sie ein Stück nach Norden segeln müssten, um ihre gewohnte Küste wiederzufinden. Sie lächelte zustimmend, aber verunsichert.

Ihre Reise führte sie zufällig nach Yucatán. Die Strömung trieb sie weiter nach Süden in den Golf von Mexiko, weit weg vom Orient, aber das wussten sie nicht. Al hatte sich wieder versegelt, doch wichtig war für ihn, Land an Steuerbord zu haben. Er hoffte, die alte Heimat im Osten zu finden, doch an Backbord war nur endloses Meer.

„Thoraldr erzählte mir von Palmen, Katzen und Affen, die er sah, als er vor Jahren von Marokko aus die Küste entlang segelte", erklärte Al Maria, um ihr Vertrauen zu haben. „Aber südlicher war ich noch nie."

Ab und zu segelten sie weit aufs Meer hinaus, um vielleicht Land zu sehen, das Europa sein könnte. Doch der Horizont blieb endlos blau. Einige Male fing Al große, unbekannte Fische, um dem Ausflug aufs offene Meer einen Sinn zu geben. Doch immer kehrten sie zur unbekannten Küste zurück, um kein unnötiges Risiko einzugehen.

Wegen der wilden Tiere schliefen sie stets auf ihrem Boot und ankerten etwa 20 Meter vor der Küste. Sie wollten die endlose Küste entlang segeln, bis sie Menschen fanden. In langen Gesprächen erzählte Al

Maria von seinem bisherigen Leben. Beide wussten, dass sie sicher für die kommenden 100 Jahre waren, aber irgendwann müssten sie zurück nach Europa. Doch erst, wenn der Marquis eines natürlichen Todes gestorben und ihre Brandstiftung vergessen war.

Eines Abends, als sie am Strand saßen, sagte Al: „Maria, komm bitte her! Es ist Zeit für Antworten." Er zeigte auf sorgfältig angeordnete Steine. „Auf dem Berg hast du mich gefragt, was 100 Jahre bedeuten. Diese zehn Reihen zu je zehn Steinen ergeben hundert."

„Ich verstehe", sagte Maria, während sie sanft über die Steine strich.

„Diese beiden Reihen ergeben zwanzig, das ist ungefähr dein Alter. Wenn du die restlichen acht Reihen vollendest, haben wir hundert. Mit diesem Stein hältst du 10 Jahre in deiner Hand, Maria. Diese zehn kleinen Steinchen zeigen dir wie viele Jahre wir nun unterwegs sind."

„Ein Jahr, das bedeutet, es ist Frühling, Sommer, Herbst und Winter. Es ist lange!", meinte sie nachdenklich.

„Ja, das wissen von der Sonne."

„Sie ist schon immer meine Freundin, Al."

„Schön! Die Sonne bewegt sich um die Erde."

„Warum tut sie das?"

Er lächelte verlegen: „Sie ... liebt die Erde."

„Du weißt es nicht!", lachte Maria.

„Ich bin kein Gelehrter. Mein Freund Yassim Abu-Bin-Yassim, war sehr klug und er hat mir die Zahlenlehre erklärt. Er war Seefahrer und kannte die Sterne, aber den Weg der Sonnen um die Erde konnte er mir nicht erklären."

„Kann ich die Steine mitnehmen, um zu wissen, wann hundert ist?"

„Oje, nein! Die sind zu schwer, aber ich lasse mir etwas einfallen. Mach dir keine Sorgen, das ist kein Problem für uns Aeterni. Du wirst viel mehr als hundert Jahre erleben."

„... weil wir nicht krank werden können!"

„So ist es. Warum wir nicht krank werden und nicht so schnell altern wie normale Menschen, weiß ich auch nicht. Also frag nicht!"

Er erzählte ihr von einem Mann, der ihnen den Namen „Aeterni" gegeben hatte, und von seinen Erlebnissen mit Arthus und Merlin. Al schilderte, wie er sich in eine Aeterni-Frau namens Yrsa verliebte und wie sie schwer bestraft wurden, weil sie das Gesetz missachteten. Yrsa starb bei der Geburt ihrer Tochter Estrid.

„Unsere Tochter wurde mit 21 Jahren sehr krank. Ihre Haut wurde rissig und blutete. Ich höre heute noch ihre Schreie vor Schmerzen und ich musste sie von ihren Qualen erlösen", sagte Al mit trauriger Stimme. „Deshalb, Maria, dürfen Aeternis miteinander keine Kinder zeugen. Ich verließ England und ging ins Land der Pyramiden."

Er erzählte weiter von seiner Aufgabe, Marias Mutter zu beschützen, und von Julias tragischem Ende. „Maria, du wurdest am 12. Mai 1400 in der Nähe von Roaßheim am Inn geboren. Ich war dabei. Deine Mutter wurde der Hexerei beschuldigt und ertränkt, weil man glaubte, sie habe den Zauber der ewigen Jugend."

Al erzählte, wie die Nachbarin Maria im Wald aussetzte, und eine andere Frau Maria fand und verkaufte. „Aber ich fand dich bei diesen Bauersleuten und beschloss, dich zu beschützen."

Maria hörte still zu, ihre Augen glänzten in der untergehenden Sonne. „Danke, Al", flüsterte sie. „Danke, dass du mir das alles erzählt hast."

„Du hast ein Recht, es zu wissen, Maria", sagte er sanft. „Und ich werde immer an deiner Seite sein."

„Al, du hast mich ja gefunden und gerettet."

„Ich suchte mit meinem Bruder und ein paar Freunden den Wald nach dir ab, aber wird fanden nichts von dir - nicht mal die Decke, in der du eingewickelt warst. Thoraldr tötete sogar einige Wölfe und schlitzte ihnen ihre Bäuche auf um nachzusehen ob sie dich gefressen hätten. Es war verrückt, aber eine Tat der Verzweiflung. Die Menschen aus dieser Gegend forderten uns auf zu gehen, da der Wolf für sie ein wichtiges Tier des Waldes war und nicht so geschändet werden durfte. Von da an verlor ich deine Spur und fand dich dann erst wieder, als du auf dem Apfelbaum saßt."

Maria war fasziniert von seiner Geschichte und hatte zu nächst keine Fragen. Sie konnte Al nur umarmen um ihn für seine Offenheit zu danken.

Al und Maria segelten weiter und entdeckten einen ruhigen Strand, an dem Al länger als gewöhnlich ankern wollte. Er verschwieg Maria seine Absicht, um keine falschen Hoffnungen zu wecken. Mit der Zeit bemerkte er, dass an diesem Küstenabschnitt weniger gefährliche Tiere lauerten. Maria mochte das Schlafen an Bord nicht, jammerte aber nicht darüber. Nachts war es am Strand zu gefährlich, und das Schaukeln und Plätschern der Wellen verursachten ihr Übelkeit und Schlaflosigkeit. Mehrmals musste sie sich nachts übergeben, und Al litt mit ihr. Tagsüber schlief Maria im Schatten der Palmen, während Al Wache hielt. Er erkannte, dass dieser Schlafrhythmus ihr nicht guttat, und beschloss, eine Hütte zu bauen, damit sie besser schlafen konnte.

Al stand am Strand, die Augen geschlossen, und genoss die Sonne. Ein kräftiges Niesen entwich ihm, und er lachte: „Ich habe eine Idee!"

„Du hast genießt, Al!"

„Ja, und es ist toll. Mein Kopf ist wieder frei, Maria!"

Überrascht und verwundert beobachtete Maria ihn und wartete gespannt.

„Wir bauen uns ein zweites Venedig, Maria", verkündete er entschlossen.

„Ein was?", fragte sie verschlafen.

„Venedig. Italien. Stadt im Meer!", zählte er auf.

Marias Blicke blieben uninteressiert. „Bau einfach!", murmelte sic.

„Du bekommst eine Hütte, die im Wasser steht, aber nicht so schwankt wie ein Boot", erklärte er. Plötzlich schien sie wach zu sein.

„Eine Hütte? Eine Hütte für uns! Wann fangen wir an?"

Sie sprang auf wie von einer Biene gestochen und grätschte vor Al in den Sand. Al lächelte, als er sie so glücklich sah, und sagte: „Die

Menschen haben vor gut 1000 Jahren Venedig gebaut, um sicher vor Gefahren zu sein. Wir bauen uns eine Hütte und nennen es ... 'Veneziella' oder besser 'Casa della Maria'."

Maria lächelte und fragte: „Wann fangen wir an?"

„Am besten morgen oder in zwei bis drei Tagen", plante Al, legte sich faul zurück in den Sand und schloss die Augen.

Sichtlich überrascht und geschockt von seiner Reaktion dauerte es ein paar Sekunden, bis Maria reagierte.

„Steh auf, du Riese, und bau mir meine Hütte", schrie sie ihn an und krallte ihre Finger in seine Bauchmuskeln. Ohne Erfolg! Dann begann sie, ihn mit Sand zu beschaufeln, als wollte sie ihn einbuddeln. Das zeigte Wirkung, und Al gefiel ihre Sandwühlerei. Sie kugelten sich im Sand zum Meer hinab und lachten. Die Wellen erreichten ihre Körper, und er lag über ihr. Das Glück schien ein Gesicht bekommen zu haben, und Marias Wunsch war in ihren Augen zu lesen.

„Beginne, Al! Bitte!", bat sie ihn leise, während sie sanft den Sand aus seinem Haar strich.

„Wir müssen zuerst Steine für die Fundamente heranschaffen. Das ist schwer! Das mache ich! Du sammelst schon mal Palmenblätter für's Dach! Dann holen wir Werkzeug vom Boot und fällen Bäume."

Maria lächelte, als wäre ihr Gedankenspiel weit entfernt.

„Es wird eine wunderschöne Hütte im Meer", flüsterte er.

„Im Meer?", rief sie entsetzt. Sie drückte ihn von sich und setzte sich auf.

„Was willst du im Meer bauen, Al?"

„Na unsere Hütte, Maria! Es wird ..."

„Es wird nichts irgendwo im Wasser gebaut. Ich will hier an Land schlafen und wohnen."

„Aber Maria, du hast ..."

„Ich bin kein Fisch, Al!"

„Aber Venedig und das Meer, Maria! Hast du nicht zugehört?"

„Nein, Al! Hier gibt's nur Maria und den Strand!"

„Und die wilden Tiere mit den langen Zähnen."

„Lass die Fenster weg und bau nur eine Tür ein, die wir verriegeln können. Das hält die wilden Tiere ab, und ... hier sind keine."

„Nein, Maria, wir haben von einer Hütte im Meer gesprochen."

„Bau sie ins Wasser und schlaf dort allein! Nicht mit Maria!"

Maria stapfte einige Meter weg und setzte sich mit dem Rücken zu ihm in den feuchten Sand. Sie bemerkte, dass er irgendetwas machte, aber sie bestrafte ihn mit Missachtung. Sie begann, den feuchten Sand aufzuhäufen und zu formen. Bald fand sie Gefallen daran und achtete nicht mehr auf Al. Es entstand ein kleines Sandhäuschen.

Die Hütte wurde eine große Liegefläche mit Dach unter den Palmen. Der Fußboden war erhöht, um nicht im Sand bei den fremdartigen Käfern liegen zu müssen. Das Dach war mit Palmenblättern abgedeckt. Rück- und Seitenwände waren fest verbunden, nur die Vorderseite konnte weggeklappt werden. Nachts bot die Hütte Schutz vor wilden Tieren, tagsüber Schatten. Als Al fertig war, bemerkte er, dass Maria bereits Muscheln gesammelt und gewürzt hatte. Er setzte sich neben die Feuerstelle, und die Muscheln brutzelten in ihren Schalen.

„Es duftet herrlich, Maria!"

„Die Hütte sieht gemütlich aus, Al", lächelte sie.

„Ich habe etwas alten schottischen Whisky vom Boot geholt. Ich würde ihn gerne über deine Muscheln träufeln. Darf ich?"

Maria nickte. „Ich würde gerne unsere Hütte mit diesen Blumen schmücken."

„Nach dem Essen komme ich mit und helfe dir. Ich kann dann auch unsere Fallen prüfen."

Sie lächelte zustimmend.

Maria genoss den Abend am Feuer vor ihrer Hütte. Al hatte etwas Gefangenes mitgebracht. Es war eine große, fellige Kreatur, die ihn an eine übergroße Maus erinnerte. Es schmeckte aber wie Hühnchen und er würzte sein Essen mit den scharfen roten Früchten. Sie nahm lieber

etwas von der orange-gelben süßen Frucht. Beim Essen war es still und sie dachte an ihre Liebe zu Al, die sie nie zeigen durfte. Aber mit ihm für immer zusammen zu sein, reichte ihr. Sie hätte ihm gerne Kinder geschenkt, verstand aber das Risiko. Gesundheit und Liebe waren ihnen sicher. Sie könnten irgendwann nach Europa zurückkehren, dachte Maria damals. Al lächelte und fragte: „An was denkst du?"
„An…", sie ließ sich Zeit, „diesen Moment hier und viele weitere, die wir haben werden."

Al ging am Morgen mit seiner Axt in den entfernten Wald um passende, kleinere Bäume für ein Floß zu fällen, weil er zum Fischen ihr Boot schonen wollte und von der Küste aus mit Pfeil und Bogen zu wenig Fische fing.
Der Sandstrand wurde felsiger je näher sich zum Wald kamen und Maria bereute es ihre Schuhe schonen zu müssen. Auch Al fluchte wegen den spitzigen Steinen, um ihren Schmerz zu teilen. Aber Maria wusste, dass er nur so tat als würde er das spitzige Lavagestein wirklich spüren.
Maria folgte ihm mit ihrem Schwert. Zunächst waren sie wie immer sehr auffällig und laut im Wald - riefen und schlugen um sich.
„Hallo, ihr bösen Tiere", schrie Maria, „jetzt bin ich im Wald. Lauft davon oder versteckt euch!"
Al machte nur Lautgeräusche wie bei einer Treibjagd und fragte dann lachend: „Maria, glaubst du die Tiere verstehen deine Worte? Schlag an die Bäume, das verstehen die Tiere!"
Sie antworte ihm nicht und rief zähnefletschend weiter: „Seht her ich habe scharfe Zähne und ein Schwert, also bringt eure Jungen in Sicherheit, denn ich werde sie sonst alle frääääßen."
Mit Ehrfurcht blieben die beiden am Waldrand stehen und sie wussten, ein lebendiges Mosaik aus Farben, Geräuschen und Gerüchen würde sie erwarten. Die Luft würde feucht werden, erfüllt vom Duft unbekannter Blumen und unzähligen Insekten. Bäume würden hoch in den

Himmel ragen, im Wettstreit um den besten Platz an der Sonne. Für Maria waren dies visuellen Eindrücke aufregend, aber auch beängstigend. Al sah hier eine perfekte Balance zwischen Pflanzen und Tieren. Er war sich sicher, dass es hier Götter gab.

Maria und Al stapften tiefer in den dichten Blätterwald und spürten wie klein und schwach sie hier waren. Wenn sie die großen Blätter mit ihrem Schwert abschlugen, tat sich immer eine neue Welt dahinter auf. Dann gab er ihr ein Zeichen leise zu sein und deutete nach oben. Maria sah nach oben und sah einen wunderschönen, bunten, großen Vogel, der majestätisch auf einem dicken Ast saß.

Maria flüsterte: „Was ist, Al?"

„Gefällt er dir?", fragte er flüsternd.

„Ja, er ist wunderschön, Al!"

„Willst du ihn essen, Maria?"

„Nein!", antwortete sie laut und deutlich. Al lächelte sie an und hatte keine andere Antwort von ihr erwartet. Der Vogel flog davon.

„Männer jagen gerne und wir müssen etwas essen", flüsterte er.

„Aber nicht diesen Vogel - er ist so schön .... sicher schmeckt er nicht", regelte sie es einfach, einfach.

„Woher willst du das wissen?", flüsterte er weiter.

Maria wich der Frage aus: „Du kannst ja mich jagen!"

„Was soll ich dann mit dir tun, wenn ...?", fragte er zurück, aber unterbrach als er sah wie der große Vogel sich mit weit ausgebreiteten Flügeln von seinem Ast auf den Boden stützte und anfing an einer großen gelben Frucht herum zu picken.

Al blickte zur Seite auf Maria und bemerkte wie sie auf allen Vieren rückwärts von ihm wegbrabbelte. Sie lächelte dabei und er verstand nicht was sie vorhatte. Schon nach ein paar Meter war Maria hinter den großen grünen Blättern verschwunden. Er hörte nur ein Flüstern von ihr: „Jag mich!"

„Was machst du denn?", flüsterte er ins Grüne und verspürte Angst als er sie nicht mehr sah. Er kroch ihr hinterher und sie war weg wie von den Blättern verschluckt.

„Maria!", rief er mehrmals immer lauter und intensiver ins grüne Nichts, aber bekam keine Antwort.

Al bemerkte, dass er zwischen Pflanzen am Boden hindurchkroch, die alle gleich waren und stangenartig nach oben gewachsen waren. Am Boden selber wuchsen keine anderen Pflanzen und die Erde am Boden war anders wie im Wald. Links und rechts vernahm er Geräusche, konnte sie nicht zuordnen. Doch plötzlich ein Lächeln, das sicher von Maria war, aber er konnte sie nicht entdecken.

„Wo bist du? Was soll der Unsinn?", rief er seine Fragen in alle Richtungen.

„Für Männer ist das Jagen und das Erobern von Frauen dasselbe, hat mir eine Frau vor Jahren beigebracht", hörte er sie sagen.

„Wer hat dir so einen Unsinn erzählt, Maria?"

Sie lachte lauter und Al sah sie ein paar Meter rechts von sich zwischen den dichten hohen Stangen sitzen. Al stand auf und bannte sich schnell einen Weg zu ihr. Der Vogel flatterte davon.

„Weißt du wie dumm und gefährlich das ist, was du da machst?", maßregelte er sie schroff, aber sie beachtete es nicht, sondern betrachtete aufmerksam eine dieser gelben kolbenartigen Früchte.

„Wenn das der Vogel fressen kann, können wir das auch?"

Die gelbe Frucht bestand aus vielen einzelnen dicht aneinandergereihten Körnern, die nur schwer heraus zu pullen waren.

„Um das essen zu können, brauchst du so einen großen harten Schnabel wie der Vogel. Den hast du nicht", lachte er.

„Schmecken tut´s auch nicht!", schlussfolgerte Maria als sie einen der mühsam heraus gepullten Körner im Mund kaute.

Al drehte sich um und sie folgte ihm aus dem Stangenwald. Die gelbe Frucht ließ sie unbeachtet zu Boden fallen.

Zurück im Wald setzte sich Al auf einen alten, schon vor langer Zeit umgefallenen Baum, der schon von anderen Pflanzen überwuchert war.

Maria sah zu wie Al seine Axt mit einem Schleifstein schärfte und sie hatte wieder Fragen: „Glaubst du, dass es hier einen Gott gibt?"

„Warum sollte es hier keinen geben?"

„Hier gibt es weit und breit keine Kirche. Man hätte sonst Glockengeläut gehört."

Al lächelte und es erfreute ihn immer wieder, wie einfach und kindlich sie ihre Welt erklärt und ausmalte.

„Man braucht keine Kirche um an Gott zu glauben. Aber warum frägst danach, wenn du eh nicht an ihn glaubst, Maria?"

„Ich wollte einen Gott für dich suchen, Al."

„Warum Maria? Ich habe meine Götter."

„Du hast nicht nur einen Gott, Al? Das ist unfair! Wozu so viele?"

„Wikinger haben Götter für so Vieles."

Maria blickte nur fragend und Al erzählte gerne weiter.

„Wir haben einen Gottvater, einen Donnergott, eine Lügengott und so weiter."

Er lächelte und freute sich schon auf ihre nächste Frage, die sich auf ihren Lippen und Stirnfalten schon abzeichnete.

„Warum brauchst du so viele verschiedene Götter?"

„Nun sie halfen mir dich zu suchen und zu finden, Maria."

Sie staunte, war sprachlos und er fuhr fort: „Ich habe mit ihnen ein Vertrag gemacht. Ich habe zu ihnen gebetet und ihnen ein Opfer versprochen, wenn sie mir helfen dich zu suchen. Ein Gebet zu einem Gott ist wie ein Vertrag. Das machen die Menschen so."

„Was hast du ihnen für mich versprochen, Al?"

Al stockte der Atem, denn er ahnte, dass sie nun ein großes Opfer erwarten würde. Er lächelte, sah ihn ihre Augen und ließ sie schmoren.

Sie lächelte erwartungsvoll zurück und schwieg.

„Ich habe Thor versprochen, viele Kriege für ihn zu führen und seine Feinde zu töten. Mein Schwert soll sein Hammer Mjöllnir sein und …"

„Nein!", unterbrach sie ihn energisch, „ich will nicht, dass du für mich tötest, Al!"

„Es ist doch nur ein Gebet, Maria!"

„Aber du hast etwas versprochen, Al."

„Warum ist es dir so wichtig, ob es hier an diesem Strand Götter gibt?"

„Wenn hier nun ein anderer Gott lebt, ist er vielleicht anderes. Wenn er nett ist, mag ich ihn unter Umständen und kann an ihn glauben."

„Das ist ketzerisch, Maria!"

„Ist mir egal! Ich weiß nicht, was das bedeutet. Friedrich der Pfarrer kann mich hier nicht erreichen! Ich will nur von dir wissen, ob es hier einen Gott gibt oder nicht."

Al blickte sie an und überlegte kurz ob er ihr sagen sollte, dass der den Pfarrer getötet hat.

„Wenn es hier Menschen gibt, dann gibt es auch einen Gott!"

„Nur wir sind hier, Al! Dann bist du mein Gott, denn ich glaube an dich."

„Ich bin kein Gott und will auch keiner sein."

„Egal, Al! Sogar der Marquis hat dich als göttlich bezeichnet und außerdem mag ich dich und ich fühle mich sicher und geborgen bei dir. Ich glaube an dich und vertraue dir. Mein Gott, Al!"

„Wenn ich dein Gott sein soll, dann bräuchte ich eine Religion."

„Brauch ich nicht! Eines habe ich verstanden, Al! Religion führt Kriege und verbrennt Menschen und das will ich hier nicht."

Al schüttelte nur den Kopf und wusste diese Frau kann man nur lieben, aber niemals verstehen.

„Wenn wir hier einen Gott haben, Maria. Wer ist dann der Teufel?"

„Wieso, brauchen wir hier in unserem Paradies was Böses, Al? Ich will keinen Teufel hier haben. Er hat Adam und Eva aus dem Paradies geworfen."

„Nicht der Teufel, Maria, sondern Gott hat die Beiden vor die Tür gesetzt. Der Teufel hat die Beiden nur getestet ... im Auftrag Gottes!"

„Das hat Friedrich der Pfarrer aber anders erzählt."

„Natürlich, Maria! Der Pfaffe kann nicht zugeben, dass wir den Teufel brauchen, der das Göttliche, das Gute im Menschen prüft, sonst hätte seine Religion keine Macht."

„Gut ohne Böse gibt´s also nicht", philosophierte sie mit hochgezogenen Augenbrauen.

Al machte nur eine zustimmende Gestik und war stolz auf sie, dass sie das alles richtig verstanden hatte.

„Nun gut, dann bin ich der Teufel, Al!"

„Was?", rief er und seine Meinung über ihre Klugheit schien sich schon zu ändern.

„Also Al, mein Gott, was soll ich Böses tun?"

„Halt einfach nur Ausschau nach Tieren mit großen, scharfen Zähnen und schweige!", befahl er ihr kopfschüttelnd.

Es schien zu wirken. Maria beobachtete nun die Umgebung und sah noch wie Al seine Axt in einen Baum schlug als eine sehr kleine grünliche Schlange vom Baum sprang und ihn in seinen kleinen Finger seiner rechten Hand biss. Sie war kaum größer als ein Tauwurm.

Al spürte nichts davon, sondern wurde nur von Marias Aufschrei gewarnt. Er bemerkte die Schlange an seinem Finger, riss sie weg und zerdrückte sie zwischen Daumen und Zeigefinger.

„Verdammt!", rief er.

Maria eilte herbei und begutachtete die Bissstelle: „Sie hat dich gebissen!"

„Ja, aber es tut nicht weh. Du weißt ich spüre keinen Schmerz."

„Lass mich das Gift aussaugen!"

„NEIN!", hielte er sie weg, „sie hat doch nur gebissen. Du weißt nicht, ob sie giftig war."

„Dann lass mich helfen!"

„Gift kann uns nicht töten, also lass mich die Bäume fällen. Pass lieber auf, dass keine hungrigen großen Tiere hier im Unterholz sind!"

„Dann lass mich wenigsten die Wunde sehen, du sturer Wikingerschädel!"

„Maria, du kannst manchmal eine richtige Bissgurn sein."

„Ist mir egal! Lass mich einfach nachsehen!"

Es waren nur zwei winzig kleine Bissstellen, aber keine Rötung oder Entzündung zu sehen und so gab sie sich zufrieden. Bevor er jedoch weitere Bäume schlug, blickte er prüfend nach oben.

Al fällte nur ein paar Bäume mit einem handbreiten Durchmesser, denn mehr brauchte er nicht für sein Floß. Es sollte leicht und wendig im Meer sein. Vom Floß aus, sah er die Fische besser.

Als er die Bäume auf geschultert hatte und sie ihren Strand wieder erreicht hatte, brach er plötzlich zusammen.

Maria rannte heran und ihr erster Blick fiel auf die Bissstelle, die sich doch entzündet hatte. Sie drehte Al um und sein Gesicht war angeschwollen. Mit all ihrer Kraft versuchte sie seinen großen, schweren und kraftlosen Körper aus der Sonne zu zerren. Sie packte ihn an beiden Armen und schleifte ihn rücklings über den Sand.

„Wenn du mir hier wieder den Ohnmächtigen vorspielst, schwöre ich dir, du wärst froh nicht geboren worden zu sein. Komm schon Al, hilf ein wenig mit! Du musst aus der Sonne!"

Al aber lag da und nur sein Brustkorb hob und senkte sich.

Sie lag erschöpf auf ihrem Rücken und erinnerte sich, wie Al mit Ritter Ulrich einen erlegten Hirsch damals über steinigen Boden transportierte um sein Fell nicht zu beschädigen. Sie rannte zur Hütte und holte eine Decke. Dann legte sie die Decke neben Al aus und rollte ihn darauf. Mit aller Kraft zog sie ihn über den Boden und spreizte sich mit ihren Füssen dagegen. Ihre Hütte war kaum zu sehen. Es dürften noch gut 1000 Meter bis zu Hütte sein und sie musste dringend etwas trinken, denn die Schlepperei dauert schon Stunden. Al über den Strand auf den Decken zu ziehen schien unmöglich. Er war zu schwer und sie zu schwach. Sie hasste ihre Schwäche und Hilflosigkeit.

Sie schüttete auch Wasser in seinen Mund, aber das meiste hustete er wieder aus. Leider kam er dabei nicht wieder zu sich.

Sie holte weitere Decken um ihn vor der heißen Sonne zu schützen und machte gegen Abend ein Feuer neben Al am Strand. Sie konnte einen mittelgroßen türkisschillernden Fisch fangen, den sie kochte. Er schmeckte bitter. Sie kaute das Fleisch in ihrem Mund klein und spuckte es in den seinen.

Al schluckte das Essen.

Al war versorgt, nun konnte sie sich auf die Nacht ohne schützende Hütte vorbereiten. Sie holte Pfeil und Bogen und so viel trockenes Holz wie möglich.

Für einen Nahkampf hatte sie ihr Schwert in den Sand gesteckt und ihren Dolch mit Gurt um ihren Schenkel gebunden. Eine Harpune, mit der Al Seehunde vor Island fing, lag neben ihr im Sand.

Die Nacht brach herein und Al war immer noch ohnmächtig. Seine Wunde hatte sich vereitert und Maria wusste nicht was sie tun sollte.

„Kein Gift, das er kennt, könnte uns töten", wiederholte Maria laut für sich seine Worte, „aber das war eine unbekannte Schlange mit einem Gift, das du nicht kennst, du verdammter blöder Wikinger- ... du Biss-gurn!"

Maria kniete am Feuer mit dem Rücken zum Meer, denn sie erwartete mehr Gefahr vom Wald. Im Wald war plötzliche Stille. Ihre Sinne waren geschärft. Deutlich war das leise, beständige Rauschen der Wellen zu hören, die am Stand brachen. Nur das sanfte Licht des Vollmondes und die ewig leuchtenden Sterne erhellten die Wasseroberfläche mit einem silbrigen Glitzern. Ein tief schwarzer Himmel bedeckte sie mit samtenem Talar bestückt mit unzählig funkelnden Diamanten. Der Sand kühlte ihre Füße und eine frische salzige Meeresbrise stärkte ihren Rücken. Aber auch im Wald erwachten dann Stimmen, so wie jede Nacht. Stimmen und Geräusche, die sie nicht kannten und Al deswegen die sichere und stabile Hütte baute. Nachts sind die Jäger im Wald unterwegs und die Gejagten warnen sich gegenseitig mit Rufen. Aber die sichere Hütte war zu weit um ihn zu tragen, dafür fehlten ihr jetzt die Kräfte und ihre Knie waren offen und ihre Fußsohlen blutig.

Doch plötzlich vernahm sie rechts von ihr ein seltsames Geräusch hinter sich. Sie drehte sich um und zog ihren Dolch, denn der Angreifer musste nah sein. Auch von links kann dieses Schaben im Sand und sie schrie laut um ihre Angreifer zu erschrecken, aber ohne Wirkung. Sie nahm einen brennenden Ast aus dem Feuer und hielt ihn hoch gegen das Meer, aber die Geräusche kamen immer näher. Sie konnte nichts erkennen und hielt den Dolch fest in ihrer Hand um schon beim ersten Zustechen töten zu können.

Plötzlich wurde ihr rechter Fuß mit Sand beworfen und sie hielt den brennenden Ast nach unten. Sie machte einen Satz nach links und stolperte über Als Füße. Eine riesige Schildkröte schob kaum einen Meter vom Feuer entfernt an ihr vorbei. Sie kannte Sumpfschildkröten von daheim, aber die waren viel kleiner als dieses Riesenexemplar. Sie lief mit dem brennenden Ast hin und her und sah weitere dieser Tier wie sie aus dem Meer kamen. Sie hatten keine sichtbaren Zähne also stufte Maria sie als ungefährlich ein. Sie bleib trotzdem wachsam. Die Tiere waren langsam und behäbig, doch eines robbte direkt auf Al zu. Diese Tiere konnten nur sehr schwer ihre Richtung ändern und so versuchte Maria den schweren Panzerkörper dieser Schildkröte von Al weg zu zerren. Aber auch dafür war sie zu schwach und so legte sie brennende Äste in ihren Weg. Mit Erfolg, denn die Riesenschildkröte drehte ab. Sie legte um Al einen Feuerring. Aber ihr Holzvorrat litt darunter und je kleiner ihr Lagerfeuer wurde, desto lauter wurden die Stimmen aus dem Wald.

Maria warf brennende Äste in Richtung Wald um mögliche Angreifer früher erkennen zu können. Zwischenzeitlich versuchte sie immer wieder Al wach zu bekommen.

Das bisschen Feuerlicht um sie herum ließ sie erkennen, dass die Schildkröten etwas im Sand vergruben. Zusätzlich aber tauchten immer mehr blinkende Augen im Dunkel am Strand auf. Tiere haben sich also aus dem Wald gewagt um zu jagen. So viel waren es noch nie gewesen wie in dieser bewölkten Vollmondnacht.

Maria nahm Pfeil und Bogen und zielte ins Dunkel. Als dann die nächsten Augen blinkten, zielte sie genau und schoss den Pfeil ab. Ein schmerzhafter Aufschrei wie von einer Katze und dieses Paar Augen war weg. „Selber schuld, wenn du mir zu nah kommst."

Nicht jeder Schuss traf, aber einige Schreie bestätigten ihr einen Treffer. Wenn sich die Wolkendecke etwas öffnete und Mondlicht auf den Strand fiel, konnte sie erkennen wie kleine Affen Eier aus den Gelegen stahlen, während die Schildkröten sie zuschoben.

Nun fing es auch an zu regnen und ihr Feuerring erlosch. Es wurde so dunkel, dass sie nicht mal mehr Al erkennen konnte. Aber der Regen machte sie wieder wach und munter. Sie nahm die Harpune auf den Wald gerichtet und kniete sich über Als Körper. Nur so konnte sie sich und ihn verteidigen. Mit jedem Augenblick rechnete sie damit, dass ein Angreifer aus dem Dunkel herausspringen würde.

Ihre Knie bluteten und ihre Muskeln verkrampften in dieser Stellung. Aber sie musste durchhalten um diese Nacht zu überstehen.

Die Stunden vergingen!

Sie erinnerte sich daran, wie oft Al ganze Nächte lang Wache hielt und sie seelenruhig geschlafen hatte. Wie hat er das nur gemacht, dachte sie, während ihre Augenlider schwerer wurden.

Als der Morgen graute, war der Spuk vorbei. Die Riesenschildkröten schoben sich wieder zum Meer und schwammen davon. Die Affen hatten einige Eier stehlen können und verzerrten ihren Inhalt sofort an Ort und Stelle. Der Strand war übersät von geöffneten Eiern. Die Affen, welche sie in der Nacht getroffen hatte, wurde von anderen Affen weggezogen - nicht um ihnen zu helfen, sondern um sie zu fressen. Affen, in denen Pfeile steckten, wurde von ihren Artgenossen tot gebissen. Hätte Maria gewusst, dass sie nur auf kleine Affen schießt, hätte sie keine Furcht gehabt. Aber sie fand, als sie ihr kannibalisches Verhalten und ihre Zähne sah, dass es besser war einige von ihnen getötet zu haben.

„Aufgeht´s Al, lass uns zur Hütte ... kriechen!", munterte sich Maria auf als sie versuchte die Decke mit Al weiter zu ziehen, als er sich plötzlich bewegte.

Er krümmte sich und Maria erkannte, dass wieder Kraft in seinem Körper zu sein schien. Sie konnte ihn hochziehen und unter seine Schulter greifen. Al hing an ihr schwer wie die Getreidesäcke der Bäuerin, aber er hatte Beine und konnte mithelfen, die Hütte zu erreichen. „Al, kannst du laufen? Wie geht´s dir?" Er schwieg, als könnte er mit vollem Mund nicht sprechen.

Seine Schritte waren unkontrolliert und statisch, als wäre er eine Marionette von Fäden gezogen und gesteuert. Maria musste all ihre Kraft sammeln um ihn zur Hütte zu zerren. Aber es waren nur noch wenige Schritte zur Hütte als er wieder zusammenbrach.

Am schwersten war es seinen Körper in die Hütte auf den erhöhten Fußboden zu heben. Sein Körper war wieder kraftlos und schwer.

Sie lehnte ihn mit dem Rücken zur Hütte und wollte ihn hochziehen, aber er war zu schwer. Sie packte von vorne an, griff unter seine Schultern und stemmte sich mit all ihrer Kraft gegen sein Gewicht. Jedoch seine kraftlosen Arme glitten durch und beiden fiel zu Boden. So würde sie es nie schaffen, aber sie musste sich beeilen, denn die Sonne meldete sich mit ihren heißen Strahlen an. Er war wieder schlaff.

„Nachts wenn man Licht bräuchte, sind Wolken da. Aber am Tag nicht, wenn man Schutz vor der Sonne braucht! Das ist Scheiße hier!", brüllte sie gen den Himmel. Al aber lehnte an der Hütte wie ein schwerer, kraftloser Getreidesack.

„Wenn hier ein Gott ist, dann soll er mir mal helfen und nicht nur zuschauen!"

Sie nahm eine Hand voll Sand und warf es gegen den Wind.

„Nein!", schrie sie Sand aus ihrem Mund spuckend, „Gott, macht es dir Spaß einer schwachen Frau zu zuschauen. Natürlich, du bist auch nur ein Mann und schaust gerne nackten Frauen mit Lendenschutz zu. Soll ich mir was anziehen, du dummes Mannsbild im Himmel?"

Ihr Geschrei blieb ungehört, aber sie machte weiter, denn es verschafft ihr Luft vom Ärger und lenkte sie ab von ihren Schmerzen.

„Gut! Ich zieh mir was an. Meine besten und einzigen Kleider; nur für dich, Gott! Dann … hilfst du mir!"

Maria stapfte zum Boot, das am Strand im Meer ankerte, und stieg hinein in die kleine Kajüte. Sie durchsuchte die Kajüte nach ihrem Rock, aber fand etwas anderes, das sie auf eine Idee brachte. Wie dumm war sie gewesen, nicht sofort auf diesen Einfall gekommen zu sein. Frauen verlassen sich viel zu sehr auf Männer und schalten dabei ihr Gehirn aus, dachte sie lächelnd. Sie hatte Al so oft dabei zugesehen, wenn er diese Rollen einsetzt. Es war gigantisch welche Kraft man damit plötzlich hatte. Maria schnappte sich die Rolle und ein Schifftau und rannte zurück zu Al an die Hütte.

„Tut mir leid Gott, dass ich immer noch halbnackt bin, aber ich habe die Lösung."

 Sie befestigte die Rolle am Balken über der Vorderseite der Hütte, unter der Al lag.

„Sieh her Al, ich habe dein Rad gefunden oder wie immer du das genannt hast. Ich habe beim Zuschauen doch etwas von dir gelernt!"

Sie band das Tau eng um seine Brust, fädelte das Tau über Rolle ein und zog Al ein Stück nach oben.

Sie war überglücklich und zufrieden mit sich, denn sie hatte Al dort wo sie ihn haben wollte um ihn pflegen zu können. Sie sprang mit einem großen Satz aus ihrer kleinen Hütte und führte einen Freudentanz auf. Sie blickte dabei zum Himmel und rief: „Gott, was sagst du nun?"

Dabei streckte sie ihren Hintern dem Himmel entgegen und klatschte keck mit ihrer Handfläche drauf.

Tänzelnd kann sie zurück zur Hütte um nach Al zu sehen, der immer noch regungslos dort lag. Sein Körper und sein Gesicht war voller Sand. Sie fing an seine Wunde mit Meerwasser zu reinigen, weil Al ihr mal sagte, dass das salzige Wasser zwar ungenießbar ist, aber heilen kann. Die Wunde hatte sich verschlimmert; gelber und grünlicher Eiter lief heraus, so dass sie einen Würgereiz nicht verhindern konnte. Als sie ihm den Sand von Körper wusch trocknete seine Haut zwar schnell, aber er schwitze sofort nach. Sein Kopf glühte und seine Augen waren noch zugeschwollen. Sie wusste nicht was sie tun sollte, denn selber war sie nie krank gewesen. Anderen Menschen hatte man bei heißen Köpfen nasse Tücher auf die Stirn gelegt und viel zu trinken gegeben.

„Wasser, ich brauchte Wasser und viel davon", dachte sie.

Im Boot hatte Al ihre eiserne Reserve verstaut; die musste nun sein Leben retten.

Als sie das Wasser holte, sah sie wie die kleinen Affen den gestern gefangenen und gekochten Fisch aßen. Sie rannte zu ihrem alten Nachtlagerplatz, aber der Topf war schon leer.

„Verdammte, gefräßige Teufel!", schrie sie den flüchtenden Affen nach, „was sollen wir nun essen."

Mit leerem Topf schlenderte sie zurück. Sowohl in der Hütte als auch im Boot war nichts Essbares. Aber Al musste zu Kräften kommen um gesund zu werden. Entschlossen mit dem Blick einer entschlossenen Jägerin ging sie mit Pfeil und Bogen zu den frechen kleinen Affen am Waldrand.

„Wenn ihr unsere Essen stehlt, dann müssen wir euch essen", rechtfertigte ihr Vorhaben. Aber ihr Jagdglück hatte sie verlassen, denn die Affen auf den Bäumen waren nicht zu treffen. Es schien so, als würden sie die Jägerin verlachen und verspotten. Unzählige Pfeile flogen an diesem Tag durch den Wald und fanden kein Ziel. Mit nur drei Pfeilen kam sie schweigend zurück und versuchte ihr Glück im Meer. Aber auch hier schienen alle Fische weg zu sein. Wieder sprach sie in ihrer Einsamkeit zum Himmel: „Entschuldige Gott, dass ich so frech zu dir war, aber bitte schick mir Fische. Wenn nicht für mich, dann für Al. Er hat dir nichts getan und ich verspreche dir, dass ich nichts davon essen werde. Nur aus ihren Innereien werde ich mir eine Suppe kochen - die Suppe von Agnes."

Maria bekam keine Antwort oder ein Zeichen und so ging sie zurück zu Al und versuchte ihn mit ihren wenigen Möglichkeiten zu pflegen.

Er fing an am ganzen Körper zu zittern und sein Schweiß war kalt. Sie klammerte sich ganz fest an ihn und blieb den ganzen Tag mit ihm unter seiner Decke um ihn zu wärmen.

Seine Wunde am Finger wurde immer noch nicht besser und so entschied sie, dass sie das Eiter aus seiner Wunde doch zu saugen. Sie saugte und spuckte das Eiter nach draußen in den heißen Sand, bis nichts mehr in der Wunde war.

Sein Finger hatte sich schon dunkelblau verfärbt, so wie Zehen, die drohten abzufrieren. Sie erinnerte sich daran als einmal der Bauer krank war.

„Dann hatte ihn die Bauersfrau mit", sie überlegte sprechend, „mit frischem Regenwasser abgewaschen. Ja so war es! Ich musste Regenwasser auffangen! Aber woher Regenwasser nehmen, wenn nicht mal Wolken am Himmel sind. Meerwasser, klares Meerwasser muss es auch tun!"

Maria sah die Erinnerung nicht mehr nur vor ihrem geistigen Auge, sondern sprach es laut aus, was damals die Bauersfrau tat, um ihren Mann zu heilen: „Mariette hat den Bauern gewaschen und ich musste nach draußen gehen, weil er nackt war. Dann hat sie ... nein sie ist mit dem restlichen Regenwasser nach draußen gekommen und hat ... verdammt was tat sie damit ...! Der Bauer wurde wieder gesund, aber was tat sie damit?"

Sie klammerte sich noch fester um seinen Körper als wollte sie in ihn hineinkriechen. Sie spürte seine Wärme und Kraft in ihm und wusste es gab noch eine Chance ihn zu retten.

„Al, bitte verlass mich nicht", betete sie, streichelte sein Haar und rief spontan erfreut auf, „sie hat das Wasser den Hühnern zum Trinken gegeben. Trinken sie es, so sagte die Bauersfrau, dann wird der Bauer gesund."

Aber dann holte sie sogleich die Realität wieder ein.

„Woher sollte ich hier Hühner nehmen", schluckste sie und ihre plötzliche Freude schlug in Tristheit um.

„Al, ich kann hier ohne dich nicht leben - nicht für immer bis in alle Ewigkeit. Al, du hast versprochen, mich nie alleine zu lassen. Al, du verdammter Wikinger ich liebe dich so sehr. Al, wenn du stirbst, werde ich mit dir sterben. Wir machen es dann wie die Mädchen, die auf der Insel von Agnes gefangen waren. Ich verspreche dir, es wird schnell gehen. Ich fahre mit uns raus aufs Meer und versenke uns mit einem großen Stein, den ich uns um den Bauch binde. Man muss nur tief ausatmen, hat Agnes gesagt", flüsterte sie ihm zu, „aber vorher Liebster muss ich etwas tun, was du mir hoffentlich verzeihen wirst, wenn ich dir damit dein Leben rette."

Maria drehte sich kurz weg und holte ein Messer hervor. Sie erinnerte sich wie die Bauersfrau einem Nachbarn einen erfrorenen Zeh abgetrennt hatte. Maria ging zum Feuer und brachte das Messer zum Glühen. Tief Luft holend, entschlossen und das Messer fest am Griff haltend ging sie zu Al. Ohne Zögern und ohne an ihrem Vorhaben zu zweifeln schnitt sie seinen angefaulten Finger ab und warf ihn ins Meer. Mit der glühenden Klinge verschloss sie dann die Wunde, wie sie es bei Mariette gesehen hatte.

Sie hatte das Verlangen sich zu übergeben, aber konnte es unterdrücken, weil sie wusste, sie musste stark sein.

In dieser Nacht verschloss sie die Vorderseite der Hütte nicht. Sie sah nur nach ob die frechen Affen und die Riesenschildkröten wieder am Strand waren. Ihr Magen grummelte und rief nach Essen.

Sie fühlte sich allein und verlassen, nur die Meereswellen waren zu hören und eine leichte Brise strich durch ihr Haar.

„Gott, hast du allen befohlen, uns hier alleine zu lassen? Was habe ich dir getan? Seit Tagen finde ich nichts zum Essen! Willst du, dass ich in den gefährlichen Wald gehe? Gerade als ich anfing dich zu mögen, lässt du mich einfach so in Stich. Macht dir das Freude uns Menschen zu quälen? Wundere dich nicht, wenn dich keiner mehr mag und niemand für dich mehr betet!", sprach Maria in den dunklen Nachthimmel, aber nicht einmal der Mond antwortete ihr. Sie kniete sich nieder und faltete ihre Hände um zu beten, aber sie kannte kein eigenes Gebet, da ihr von keiner Mutter vorgebetet wurde als sie klein war. Sie kannte nur die lateinischen Worte des Pfarrers, die sie nicht mochte. Maria betete die Worte des Pfarrers ohne sie zu verstehen: „Pater noster, ... in caelis, ... nomen tuum ...voluntas tua ... Amen!"

Es waren nur ungeordnete Puzzleteile eines Gebets, denn an mehr konnte sie sich nicht erinnern, aber vielleicht würde es ihm reichen. Sie wiederholte ihr Gebet einige Male, aber ein helfender Gott zeigte sich nicht.

Sie schlug mit ihren Fäusten in den Sand und schrie: „Wo seid ihr verdammten Affen und Schildkröten, dass wir euch essen können!"

Voller Hass grub sie mit ihren Händen im Sandboden. Dann spürte sie einen runden Gegenstand und zog ihn aus dem Sand. Es war ein großes Ei und sie erinnerte sich, dass diese Riesenschildkröten ihre Eier hier vor Tagen vergraben hatten. In der Eile nahm sie drei Eier mit und lief zurück zur Hütte. Sie machte Feuer und kochte sie in Meerwasser.

Nach Minuten schälte sie die Eier ab und dachte, giftige Pilze konnten sie nicht töten, also wie soll es dieses Ei schaffen. Sie biss gleich ein großes Stück heraus und Eidotter lief über ihre Finger. Es schmeckte nicht wie Hühnerei; mehr wie moosiger Fisch, wie die Karpfen aus dem schlammigen Weiher des Bauern.

Die anderen Eier zerkleinerte sie mit dem Messer und stückelte sie in Als Mund. Er kaute und schluckte, was ein gutes Zeichen war. Seine Augen aber blieben geschlossen - der Kaueffekt war instinktiv. Teils hustete er das Ei wieder aus, aber Maria war mit sich zufrieden und sank erschöpft neben ihn nieder – breitbeinig mit offenen Armen. Ihre rechte Hand lag auf seinem Bauch, sie musste nur spüren, dass er da ist.

Sie hatte es ganz alleine geschafft und war glücklich und hundemüde. Sie fiel sofort in einen tiefen Schlaf.

Sie wachte am nächsten Morgen auf und war sehr zufrieden mit sich.

Sie hatte keinen Gott gebraucht und ganz alleine für Wasser und Essen gesorgt. Die Sonne war schon hoch am Himmel und kitzelte ihre Nase; sie hatte verschlafen. Sie fand, das schlimmste war überstanden: Al zeigte Anzeichen der Besserung und die vergrabenen Eier am Strand würden sie längere Zeit versorgen. An den eigenartigen Geschmack würden sie sich schon gewöhnen, dachte sie. Maria richtete sich auf um nach Al zu sehen und er lag neben ihr mit geöffnetem Mund. Er hatte sich an den Eiern erbrochen und war erstickt während sie schlief. Sie kramte das Erbrochene mit ihren Fingern aus seinem Mund. Sie schlug mit ihrer Faust auf seine Brust. Sie schüttelte ihn, aber es war zu spät.

Al war tot!

„Nein!", schrie sie die Sonne an, „ich habe ihn …"

Sie hatte keine Lust mehr mit Gott zu reden und hatte ihre Entscheidung für diesen Fall schon getroffen. Sie ging entschlossen zum Stand, hob einen großen schweren Stein ins Boot - so groß wie die Schildkröten. Dann packte sie Al und trug ihn über ihre Schultern zum Boot. Ihr Wille gab ihr übermenschliche Kräfte. Sie dachte nicht weiter über ihr Tun nach und setzte alle Segel. Der Wind stand gut und trug sie weit aufs Meer hinaus. Ein letzter Blick zum Strand zu ihrer Hütte und sie band ein Seil um sich und Al. Sein Körper war nun ganz nah an ihrem und er fühlte sich noch warm an. Sie küsste ihn und streichelte sanft seine Oberarme. Ihr Kopf aber war leer und sie dachte nicht darüber nach, ob es noch einen Ausweg für sie geben könnte - hier alleine zu überleben. Das Meer sollte ihr gemeinsames Grab für immer sein. Mit beiden Armen hielt sie den Stein fest, der sie in die Tiefe ziehen sollte.

Dann bevor sie sich mit Al ins Meer stürzte, sprach plötzlich eine leise, heisere Stimme zu ihr: „Was machst du?"

Maria war alleine mit dem toten Al auf hoher See und verstand nicht woher diese Stimme kam.

„Gott, bist du das?", rief sie suchend übers Meer.

„Nein!", krächzte die Stimme.

„Es ist die einzige Lösung für uns", antwortete sie rechtfertigend ohne den Absender der Frage sehen zu können.

„Was hast du vor, Maria?", wiederholte ein schwache Stimme.

„Wer spricht, wenn nicht Gott?", fragte sie leise, aber die Stimme schwieg. Aufgeregt blickte sie umher und drückte Al noch fester an sich.

„Jetzt meldest du dich Gott, wo alles zu spät ist!", rief sie in den wolkenlosen Himmel. Sie blickte umher, denn dieser Gott sollte sich an ihre letzten Blicke auf ewig erinnern, wenn er so tatenlos dort oben saß. Ein großer Fisch tauchte rechts von ihr auf und beäugte sie mit großen, kalten, perlenartigen Fischaugen. Sein schlanker Körper war mit schillernden Schuppen bedeckt, die ein schier unendliches Farbenspiel boten. Lichter tanzten wie Sterne aus der tiefen Dunkelheit des Meeres.

„Du kommst zu spät", fauchte sie den Fisch an, „wenn du der Gott bist, den ich gebraucht hätte. Bist du Njörd? Hier dein Freund Alskear ist tot. Er hat an dich geglaubt und dir Lieder gesungen."

Tränen kullerten über ihre Augen: „Du hast kein Mitleid, Njörd. Du kannst als Fisch nicht mal weinen. Ich bedaure dich, denn Weinen hilft den Schmerz zu besiegen."

Der große Fisch tauchte wortlos weg.

„Ich werde jetzt mit ihm sterben! Ist es das was du wolltest, Njörd?", schrie sie ihm nach und schnäuzte sich.

„Nein, du zerdrückst meinen Kopf, Maria", antwortete eine Stimme.

Maria erschrak, öffnete ihre Augen und wahrhaftig sie hatte Als Kopf fest umklammert auf ihren Bauch gedrückt, wie einen Stein, den sie festhalten wollte.

„Oh nein, mein G…, es war nur ein Traum!", flüsterte sie.

Sie lachte und weinte zugleich und küsste ihn im ganzen Gesicht.

„Nicht so heftig! Ich bin noch nicht ganz bei Kräften", konnte Al während der Kuss-Invasion mit verkrampften Lippen mümmeln.

Maria unterbrach ihren Freundesausbruch und fragte: „Wie geht es dir? Du lebst? Du lachst! Du …!"

„Nun ja ich lebe und lache! Den Schlangenbiss haben ich überlebt, aber warum wolltest du meinen Kopf nicht loslassen und … sterben?" Maria blickte umher, sie war noch in der Hütte und hatte nur geträumt sich mit Al im Meer versenken zu wollen.

„Oh, ich bin so glücklich, dass du wieder gesund bist. Es war nur ein Traum! Ich dachte Al, du würdest sterben und mich hier zurücklassen."

„Aber ich sagte doch, dass uns kein Gift der Welt töten kann."

„Ja schon, aber die Schlange hätte ein unbekanntes Gift haben können, was du nicht kanntest und dich dann doch tötet, Al."

„Nein, da muss ich dich enttäuschen, Maria. Ich war nur gelähmt. Das Gift der Schlange tötet nicht, sondern macht ihre Beute unfähig sich zu bewegen. Alle anderen Sinne bleiben aktiv."

„Wie bitte?"

„Ich gehöre sicher nicht zu ihren Beutetieren. Die Schlange hat nur gebissen, weil ich sie erschreckt habe."

„Nein Al, das meine ich nicht! Welche anderen Sinne ..."

„Na hören, sehen und riechen und so ..., Maria!"

Maria richtet sich auf: „Du hast dich also doch die letzten Tage wieder ohnmächtig gestellt."

„Nein, nein das verstehst du falsch, Maria!"

„Komm her und lass dich von mir zerquetschen, du Scheusal."

Maria setze sich auf seinen Bauch, ihre Beine pressten fest an seine Flanken und mir ihren Händen drückte seine Arme auf den Fußboden. Al wehrte sich nicht und sie blickte sanft in seine Augen.

Maria gab ihm seine Arme frei und bat ihn: „Halt mich bitte fest, ganz fest! Zerdrück mich, bitte!"

Seine kräftigen Arme umschlangen sie und er flüsterte zu: „Ich liebe dich auch! Ich werden nie vergessen, was du für mich getan hast."

Al setze sich auf und betrachtete seine Hand: „Mein … Finger!"

„Ja! Ich …! Niemand …", stammelte sie.

„Das ist … nicht … dein …Ernst!"

„Bitte, Al!"

„Wo bitte ist der Rest von meinem Finger? Was hast du noch getan? Bist du von Sinnen, Maria?"

„Ich musste dein Leben retten. Gott hat mir gesagt, dass …"

Er nahm den Verband ab, betrachtete den gekürzten Finger und bewegte den Stumpf. Der Verband stank nach Blut und Fäulnis.

„Sie musste so handeln", dachte er und sagte, „dann hat Gott jetzt meine Finger. Gut!"

Er lächelte und Maria atmete tief aus.

Es schien so, als hätte sich mit Als Wiedergenesung alles wieder zum Guten gewendet. Die Fische waren wieder da und Al fand etwas abseits vom Stand hinter Felsen eine Süßwasserquelle. Die seltsam schmeckenden Schildkröteneier standen nicht mehr auf dem Speiseplan. Als er einen dieser türkisfarbenen Fisch harpunierte, war sie überrascht, dass er diesmal nicht bitter schmeckte, als Al ihn zubereitet hatte. Die übergroßen flauschigen Mäuse wurden auf Wunsch von Maria nicht mehr gegessen. Sie durften in ihrer Hütte mit ihnen leben und essen, und diese Nager hatten reichlich Appetit. Maria gab ihnen Namen, damit sie nicht gegessen oder verkauft würden. Al weigerte sich nur, einen der Mäuse mit Thoraldr zu rufen. Er rief sie Thusnelda, weil sie ein Weibchen war.

Die Ereignisse der letzten Tage aber hatte sie noch mehr zusammengeschweißt und ihre kleine Welt an diesem Stand schien für lange Zeit ihr zu Hause zu werden. Nach einigen Wochen konnten sie beobachten, wie kleine Babyschildkröten sich aus dem Sand buddelten und zum Meer krochen. Als Maria sah wie große Vogel die Kleinen jagten und fraßen, wollte sie sie retten. Eine schier unmögliche Aufgabe.

„Lass es, Maria!"

„Nein! Das ist nicht gut. Die Kleinen haben keine Chance."

„Es ist ein Naturgesetz. Gott hat es so geschrieben."

„Dann hat er einen Schreibfehler gemacht."

„Die anderen Tier fressen nicht alle und sie brauchen sie als Nahrung um zu überleben. Für ihre Jungvögel. Lass es!"

Sie stoppte erschöpft ihre Rettungsaktion und atmete tief.

Zunächst blieb ihr kleines Paradies unentdeckt. Jedoch waren sie nicht alleine an diesem Stand, wie sie glaubten.

Maria und Al lagen bei ihrem kleinen überdachten Schlafplatz, der nicht unbedingt das Wort Hütte verdient hätte, wenn man es genau nehmen würde. Die Sonne stand sehr hoch und diese Zeit war für beide die Mittagszeit, also aßen sie einen Fisch, den Al zugedeckt mit heißen Steinen und Kräutern garen ließ. Für Maria hatte er durch ihren Fisch längs einen Stock gesteckt um ihn schräg gegen die Feuerglut braten zu können. Thusnelda, Basil, Peter und Agnes ihre ständigen Mitesser benahmen sich wie ungezogenen Kinder. Sie fraßen alles wann immer sie wollten und konnten vor Überfütterung kaum mehr laufen.

Al blickte sehnsüchtig aufs Meer hinaus als würde es dort am Horizont etwas suchen oder erwarten, als Maria ihn fragte: „Al, wie lange bleiben wir noch hier?"

„Was? Ja, mach nur!" antwortete er unkonzentriert um weiter in die Ferne starren zu können. „Ist dort draußen Land", dachte er mit sich sprechend.

„Wenn wir länger bleiben, könnten wir vielleicht unsere Hütte vergrößern", schlug sie kleinlaut vor, aber Al brummelte nur.

„Es wäre schön, wenn wir einen Stall mit Tieren und ich eine richtige Küche hätte. Du könntest uns dann wieder ein weiteres Zimmer bauen, in dem wir schlafen können, so wie damals am Bauernhof. Das Zimmer sollte aber so groß sein, dass ein drittes Bett noch Platz hat, falls ..."

Maria stoppte ihre Worte und blickte erwartungsvoll zu Al, der weiter nur das Meer betrachtete.

Maria fuhr aber fort: „Agnes hat mir mal erklärt, dass Frauen nicht schwanger werden müssen." Sie wartete auf eine Antwort oder Regung von Al. Sie legte ihr langes Haar nach vorne, als Al doch kurz zur Seite blickte und etwas genervt antwortete: „Was? Haben deine Mäuse etwas angestellt? Warum willst du was sauber machen oder ...!"

Al unterbrach seine Antwort und betrachte Maria, die sanft ihr langes weiches Haar über ihre Schultern legte um sich zu bedecken. Das Muskelspiel an ihrem Oberschenkel und Bauch war sinnlich und erregend zu gleich. Sein Atem wurde kürzer. Jede Bewegung beflügelte seine Phantasie. Marias Stimme klang sanft und schien seine Sinne zu vernebeln. Sein Herz pochte als wollte es aus seiner Brust springen. Mit ihren Fingern strich sie zärtlich über seinen Oberkörper und tanzte über seine Bauchmuskeln. Er genoss ihre Berührungen und ihr Fingerspiel auf seinem Körper, aber gleichzeitig verfiel er in eine Art Totenstarre wie ein Opossum, das seine Angreifer damit täuscht, dass es sich einrollt, die Zunge herausstreckt und einen fauligen Geruch verströmt. Leider konnte er keines dieser drei Abwehrmechanismen gegen Maria anwenden; also schloss er seine Augen und versuchte an etwas Hässliches wie eitrige Fußnägel oder übergewichtige Mäuse zu denken.

Marias Stimme war wie ein sanfter Hauch einer frischen Meeresbrise, aber der Schleier löste sich, als er zur Vernunft kam.

„Was ist denn los, Maria? Hör auf!", sagte er kalt, aber sanft.

Er drehte sich schnell auf seine Bauchseite. Sie lachte und setze sich auf seinen Rücken.

„Al, ich liebe dich. Ich kann kaum etwas dagegen tun."

„Maria, bitte! Mein Finger schmerzt.""

„Vergiss es! Du spürst keinen Schmerz, Al", verkündete sie ihm ohne von ihrem Vorhaben abzuweichen.

Er sah die Entschlossenheit in ihren Augen und war wie hypnotisiert.

„Al, du musst keine Angst haben, dass wir ein Kind bekommen. Vertrau mir bitte!"

„Aber, Maria, deine ...", unterbrach er sie.

„Bitte Al, lass mich dir zeigen wie sehr ich mich nach dir sehne."

„Es ist nicht richtig, wenn ..."

„Hier gibt es kein richtig oder falsch, Al! Nur wir sind hier und entscheiden!"

„Bitte Maria versteh ...!"

„Meine Rose, Al, hat keine Dornen!" Sie lächelte ihn verführerisch an.

„Welche Rose? Wo sind deine Gedanken?"

Maria schwieg, lächelte ihn weiter an und spielte mit ihrem Haar.

„Was meinst du damit? Redest du von Seerosen, Maria?"

Al blickte so ungläubig und unwissend.

„Rose eben - meine Rose - Mädchenteile! So nannte es Mariette, die Bäuerin."

Verwundert blickte er sie an und fing an zu lachen.

„Wer in Odins Namen hat dir das erzählt, Maria?"

„Meine falschen Mütter haben mir das so gesagt! Was ist daran falsch?", versuchte sich Maria zu verteidigen, während Al sein Lachen aus Höflichkeit unterdrückte.

„Falsch ist daran nichts, Maria. Aber nenn es beim Namen!", schmunzelte er weiter, „...und wie nennst du ....MÄNNER-TEILE?"

Maria blickte ihm prüfend in seine Augen um zu sehen ob seine Frage ernst gemeint war. Sie fand es nicht komisch und spuckte ihm ein Wort entgegen ohne Punkt und Komma: „Schwerter!".

Al blickte neckisch und Maria glaubte sich nicht ernst genommen, als dann doch sein Lachen wie ein Vulkan aus ihm hervorbrach. Maria warf ihm Sand in sein Gesicht und drehte sich enttäuscht zur Seite von im weg.

„Wie kann er nur lachen, wenn ich ihm meine Liebe zu Füssen lege?", dachte sie mit Kopfstimme schreiend und ihrer Gefühle beraubt.

Mit Augen und Mund voller Sand musste er sich erst entsanden, bevor er sich ihrer verletzten Mädchenseele annehmen konnte.

„Maria, wer hat dir solchen Unsinn erzählt?"

Sie zuckte nur mit ihrer Schulter und brachte ein kurzes Seufzen hervor.

„Schwerter und Rosen sind Symbole, die sich in vielen Epochen wiederfinden. Könige und Fürsten tragen sie als Zeichen ihrer Stärke auf ihren Wappen. Sie gehören zusammen wie ...“

„... wie wir beide“, unterbrach sie ihn als er kurz überlegt.

„Nein, Maria! Wir zwei, wir sind etwas Anderes.“

„Aber die Bauersfrau hat ...“

„Hat dir damit einen falschen Vergleich gegeben“, unterbrach er sie nun, „man sollte Mann und Frau nicht mit Schwert und Rose bezeichnen. Man sollte sich nicht hinter Worte verstecken um den anderen seine Gefühle zeigen zu wollen.“

Maria genoss seine Nähe und Offenheit, aber hier musste sie ihm etwas erklären, „... nun dann sag mir doch wie ich dir meine Lieben zeigen kann, damit du sie erwiderst?“

„Ich liebe dich mehr als mein Leben, Maria. Aber wir dürfen uns einer körperlichen Liebe nicht hingeben. Wir würden Kinder in diese unwirkliche, unbekannte und gefährliche Welt setzen.“

„Kinder sind doch ...!“

„Kinder sind nichts für diese Welt, Maria. Wir wissen nicht was vor uns liegt. Ich weiß nicht wo diese Küste endet. Es wäre verantwortungslos und egoistisch. Ich hoffe aber, wir erreichen irgendwann Nordafrika. Dann sehen wir ... was kommt.“

„Aber Al, wir leben doch ewig hast du gesagt. Unsere Kinder wären sicher!“

„Aber unsere Kinder werden leiden und sterben, Maria. Ich will das nicht mehr mitmachen.“

„Das weißt du nicht! Du selbst hast gesagt, dass es kein Aeterni-Baby sein muss.“

Nun gingen ihm seine Argumente aus und nur einen Ausweg gab's für ihn.

„Bitte Maria versteh .... deine Mutter ... und ich... wir!“

„Ich habe meine richtige Mutter nie gesehen. Mach dir keine Gewissensbisse darüber, Al. Lass nicht jemanden zwischen uns sein, den ich nie kennengelernt habe!", forderte sie mit verweinter leiser Stimme. Sanft legte die ihren Kopf auf seine breite Brust. Tränen liefen über ihre Nase und tropften auf ihn. Spielerisch versuchte sie ihre Tränen mit den Fingern von ihm abzuwischen. Ein leises Grollen röhrte durch ihn.

Die Rückkehr

Die Stimmung zwischen Maria und Al war seit einigen Tagen nicht wie sie sein sollte. Sie redeten nur das Nötigste und jeder bleib für sich, um den anderen zu zeigen, er sei autark. Al schlief manchmal am Strand oder Maria machte lange einsame Strandspaziergänge. Al kochte Fisch, aber Maria aß lieber…, man würde heute sagen, vegetarisch. Er sammelte Steine am Strand, aber Maria warf sie wieder ins Meer. Sie spielte mit ihren großen Mäusen, während er sie wegstieß. Sie bemerkten nicht, dass sie ein Spiel mit dem Feuer betrieben. Al dachte bereits ans weiterfahren, während Maria selber versuchte ihre Hütte zu erweitern.

 Als Al nach Tagen des Schweigens das Floß reparierte und Maria frisch gefangene Fische ausnahm, war für sie das Thema Götter noch nicht ausdiskutiert und sie fragte ansatzlos: „Warum hast du Götter gebraucht, für die du lügen oder kämpfen musstest, um mich zu finden?"

Al lächelte, vielleicht waren ihre Fragen wieder ein Weg zur Annäherung, aber er wusste, sie würde nicht lockerlassen bis sie ihre Antworten hätte. Ein Versteck oder einen Ausweg an diesem einsamen Strand würde es nicht geben. Also antwortete er bereitwillig und ausführlich. Vielleicht würde sich eine Möglichkeit ergeben, ihr seine Idee zur Weiterreise schmackhaft zu machen. „Die Götter sind oft hilfsbereit", so Al wie ein Lehrer, „ wenn man sie achtet und ehrt. Loki zum Beispiel hatte mir bei den Lügen und Thor bei den Kämpfen geholfen.

Wenn du alleine auf dich gestellt bist, ist es oft gut, Freunde in der Götterwelt zu haben. Du betest zu dem Gott, dessen Hilfe du brauchst und er antwortet dir irgendwie. Du gehst in dich und gräbst tief in deiner Seele, bis du eine Antwort oder Lösung hast. Manchmal schicken die Götter ein Zeichen oder andere Menschen, die dir irgendwie helfen. Ein Kesselflicker hat mir von einem wunderschönen, geheimnisvollen Mädchen am Bodensee erzählt und ein blinder Soldat hat mir bei einigen Becher Wein von einer Bauersfrau erzählt, bei der ein eigenartiges schönes Mädchen lebt. Oft aber waren es nur Gerüchte oder Geschichten. Ich musste viele fremde Menschen nach dir fragen und selber feststellen, ob sie mich belügen oder Böses wollen. Für ihre Auskünfte habe ich ihnen Gold angeboten und …"

„Du hast für mich Gold bezahlt? So viel war ich dir wert, Al?"

„Sieh her Maria", Al öffnete seine Faust, „ich habe diesen einzigartigen weißen Stein am Strand gefunden, der ein Loch hat. Er wurde vermutlich vom Meerwasser durchbohrt. Er ist sicher sehr selten! Ich habe so etwas noch nie vorher gefunden. Ich denke, es ist ein Zeichen der Götter. Es wird uns Glück bringen. Ich möchte ihn dir schenken und wir sollten weiter- ...."

Al führte seinen Satz nicht mehr zu Ende, weil seine Blicke aufs offene Meer wie angewurzelt starrten. Die noch tiefstehende, aufgehende Sonne blendete Maria und sie konnte weder sein plötzliches Schweigen noch das abrupte Ende seiner Geschichte verstehen. Das Meer trug einen seltsamen rhythmischen Gesang an den Strand, das sich mit dem Wellenrauschen vermischte.

Im Sonnenkegel, der sich auf den sanften Wellen spiegelte, näherte sich ein Boot mit seltsamen Menschen, die sich mit lautem Gesang ankündigten.

„Es ist zu spät um wegzulaufen", dachte Al mit Kopfstimme und blickte achselzuckend zu Maria, die ihre Arbeit unterbrach und langsam zu Al ging. Der Himmel war wolkenlos, das Meer ruhig und der Wind streichelte sanft über ihre Körper. Nichts wirkte bedrohlich oder gefährlich!

„Wir könnten in den Wald laufen und uns verstecken, Al."

„Maria, ich glaube diese Menschen kennen den Wald und ihre Gefahren besser als wir."

„Hast du Angst, Al?"

„Ja!"

„Ich liebe dich, Al!"

„Lass uns was anziehen, Maria! Es ist unhöflich, Gäste fast nackt zu begrüßen und ich hoffe, wir können ihnen etwas zu trinken anbieten."

„Was?"

„Gastfreundschaft, Maria! Ich hoffe, man kennt es auch hier."

„Du erhoffst viel! Ist Gastfreundschaft ein ungeschriebenes Gesetz?"

„Ich weiß nicht, ob diese Menschen Gesetze haben, Maria. Aber jedes Lebewesen muss trinken und egal in welchen fremden Ländern ich war; immer wurde man mit einem Getränk freundlich begrüßt. Wenn wir ihnen unsere Waffen zeigen, ist das …"

„Al, es sind Menschen wie wir ...; nur ihre Zähne sehe ich noch nicht."

Maria und Al schwiegen abrupt. Weitere Worte waren wertlos.

Die Boote kamen an den Strand und kleine Menschen mit bunten Federn auf den Kopf stiegen aus und luden sie ein mitzukommen. Die Fremden waren nicht unfreundlich und schienen nicht gefährlich zu sein. Sie lachten und waren unbewaffnet. Maria entfleuchte ein tiefer Seufzer als sie ihre Zähne sah. Seltsamerweise waren Al und Maria mehr überrascht als die Fremden und sie hatten den Eindruck als wäre alles für diesen Moment von diesen Fremden vorbereitet worden. Die fremden Männer wie Frauen hatten auch nur Röcke aus Pflanzen um ihre Hüften gebunden.

„Sie lächeln, Al!"

„Was meinst du damit, Maria?"

„Ich meine, sie haben keine spitzen Zähne."

„Du glaubst, sie werden uns nicht fressen wollen", schloss Al ab.

Die Fremden näherten sich und beide gingen auf sie zu. Weder Maria und Al noch die Fremden sprachen Worte der Begrüßung. Vermutlich wusste jeder, dass er den anderen eh nicht verstehen würde. Man lächelte sich nur gegenseitig an. Es schien der einzige gemeinsame Nenner zu sein um sich zu verständigen. Die Fremden in der vorderen Reihe murmelten etwas zueinander und Al meinte sarkastisch: „Genug gelächelt für heute!"

Einer der vorderen Fremden bewegte seine Lippen, aber seine Worte waren zu leise um sie zu verstehen. Der Fremde hatte vermutlich auch nicht die Absicht direkte Worte an Al und Maria zu richten. Ihm war klar, dass er nicht verstanden werden würde und so war ihm seine einladende Handbewegung wichtiger. Mit offenen Handflächen bittend, zeigte der Fremde zum Boot. Al erwidert mit offenen Händen.

Wortlos folgten Al und Maria der Einladung in das fremde Boot zu steigen.

„Gehen wir einfach so mit, Al?"

„Welche Wahl haben wir? Mit solchen Booten fährt man nicht weit, also machen wir einen Besuch bei unseren Nachbarn, Maria."

„Wir lassen alles zurück?", protestierte sie und Al zuckte nur.

Das Material aus dem ihr Schiff war, war kein Holz, sondern gebündeltes Gras. Es war gut doppelt so groß wie ihr Segelboot und bestand aus drei Teilen. Ein großes breites Mittelschiff, indem Maria und Al einstiegen und ein Steuermann mit Frauen saß und zwei Auslegern, in denen männliche Ruderer knieten. Es hatte keine Segel, sondern wurde nur von Männern gerudert. Die Haut der Fremden war sehr dunkel und ihre Körper kräftig aber nicht muskulös. Es waren keine Sklaven, sondern gut gepflegte und genährte Menschen. Sie ruderten im Takt und riefen dazu immer ein seltsames Wort. Wenn sie stoppten, fingen im Mittelschiff barbusige junge Mädchen an zu singen und streuten Blüten ins Meer. Es klang beruhigend und besänftigend.

Während dieser Zeit korrigierten Steuermänner den Kurs und Al bemerkte, dass die Ruderer gegen die Ebbe ankämpfen mussten. Er drehte sich noch einmal um und sah wie einige der Fremden ihre Hütte und ihr Segelboot begutachteten. Es lagen kleinere Strohboote am Stand. Sie steckten Marias große Mäuse in einem Beute. Al konnte nichts tun; es war das letzte Mal, dass er ihr Mäuse lebend sah. Er sagte darüber nichts zu Maria. Einer der Fremden entdeckte ihr Schwert und verletzte sich. Daraus schloss Al, dass ihnen der Umgang mit Eisenwaffen unbekannt war. Gut oder schlecht, konnte er noch nicht sagen.

Er bat seine Hilfe an, aber wurde zum Sitzenbleiben gebeten. Diese Szene des Steuerns wiederholte sich mehrmals während der Fahrt, so dass Al bald nicht mehr darauf achtete. So konnte er sich darauf konzentrieren wohin die Reise ging um den Rückweg wieder zu finden. Aber es war einfach. Sie fuhren ein gutes Stück am Strand entlang nach Süden und bogen dann in eine Flussmündung. Soweit am Strand waren sie noch nie gekommen, weil steile Klippen den Weg versperrten. Die Sonne hatte sich während ihrer Fahrt ein gutes Stück nach Westen bewegt. Al bemerkte, dass seine Versuche sich zu orientieren vom Steuermann bemerkt wurden. Er fing an Maria einige unwichtige Dinge wie Vögel oder Bäume am unbekannten Flussufer zu zeigen um von sich abzulenken. Im Fluss wurde es für die Ruderer noch kräfteraubender das Boot stromaufwärts zu rudern. Plötzlich tauschten ein paar Ruderer ihre seltsam geformten Paddel mit Pfeil und Bogen. Maria und Al hatten die Waffen gar nicht bemerkt und erschraken etwas. Die vormaligen Ruderer und jetzigen Bogenschützen schossen Pfeile mit angebundenen dünnen Seilen zu beiden Ufern. An den Ufern tauchten im Nu Kinder auf, die die Seile eifrig aus dem Wasser und ans Land zogen. Während dieser Zeit versuchten die restlichen Ruderer die Position im Fluss zu halten. Al war unruhig, wenn er zum Nichtstun verdammt war. Er bemerkte, dass an den dünnen abgeschossenen Pfeilen dickere Taue gebunden waren, die sich ausgerollt, unscheinbar im Boot befanden. Der Steuermann lächelte als er Als Verblüffung bemerkte. Einige Bogenschützen standen im Boot und zielten mit Pfeil und Bogen auf die Wasseroberfläche, als würde von dort

Gefahr drohen. Vom Ufer, hinter hohen Gräsern hörte man Stimmen von Menschen und Laute von Tieren. Nun tippte der Steuermann sogar auf Als Schulter um seine Aufmerksamkeit weiter aufs Geschehen am Ufer zu lenken. Stierähnliche Tiere wurden beidseits des Flusses herangetrieben. Riesige, kräftige, schwarze Vierbeiner mit groß ausladenden Hörnern wie Al sie vorher noch nie gesehen hatte, wurden angebunden und zogen nun das Boot flussaufwärts. Die Bogenschützen in den Auslegern wurden wieder zu Ruderer, die nun eine längere Pause machten, da nun die ganze Arbeit von je fünf Stieren an jedem Ufer verrichtet wurde. Dann plötzlich ein lauter Schrei und ein mächtiger Wasserplatzscher am rechten Ufer, der die Aufmerksamkeit aller im Boot hatte. Maria schrie aber als einzige auf, als hätten die Fremden damit gerechnet. Kurz konnte man erkennen, dass ein Kinderkörper von etwas Großem geschnappt und unter Wasser gezogen wurde. Das eh schon trübe und braune Wasser verfärbte sich an der Unglücksstelle noch dunkler. Eine große geschuppte und gepanzerte Schwanzflosse winkte kurz aus dem aufgewühlten Wasser und verschwand im Fluss. Niemand am Ufer machte Anstalten dem Opfer zu helfen. Alligatoren, wie Al sie aus Afrika kannte, schnellten in den Fluss und schwammen zur Unglücksstelle. Der Steuermann amüsierte sich über die Beiden ohne ein Anzeichen einer Teilnahme, dass ein Kind eben getötet wurde. Aber Als Gedanken blieben in dieser Situation klar und wachsam. Krokodile und Alligatoren kannte Al von seinen Reisen nach Afrika und so folgerte er gedanklich für sich, dass die afrikanische Küste beziehungsweise Ägypten nicht weit weg sein konnte. Er fühlte sich wieder sicher und hatte Ortskenntnisse erlangt, von denen der Steuermann nichts ahnen konnte.

Notiz: Jedoch wir – Autor und Leser - wissen, dass unser Al falsch lag und Afrika weit entfernt ist.

Mehrere Alligatoren schwammen im Fluss und nur ihre Augen und

Nase waren an der Wasseroberfläche zu sehen. Es hätte auch Holz sein können, das im Wasser trieb. Jedoch Holz das gegen die Strömung schwamm, fiel sogar Maria auf. Die Bogenschützen standen wieder auf und verfolgten mit Pfeil und Bogen im Anschlag einige der Flussmonster, die dem Boot zu Nahe kamen. Keiner aber schoss, weil noch keine Gefahr bestand. Einige größere Exemplare schnellten plötzlich aus dem Fluss, um nach den Zugtieren am Ufer zu schnappen. Männer und Frauen mit langen Stangen schlugen nach ihnen ins Wasser, um sie zu vertreiben. Sie riskierten ihr Leben für die Zugtiere. Mit Erfolg! Sie verschwanden zwar im trüben Fluss, aber waren noch da.

Maria klammerte sich an Als Oberarm und er bemerkte, dass am Ufer nicht nur Kinder, sondern generell kleine Menschen mit verschlissener Bekleidung waren. Kleine Menschen ohne Federn begleitete die Ochsen beidseits des Flusses und trieben sie an. Die Treiber waren dünner und hatten teils ausgemergelte Körper. Sie wirkten ärmlich im Vergleich zur Bootsbesatzung.

Den Weg am Fluss hatten die Stiere wohl schon oft gemacht, da das Ufer ausgetreten und wie eine Straße befestigt war. Es fiel ihm auf, dass der Fluss teilweise begradigt worden war. Diese Methode, Boote flussaufwärts zu transportieren, gab es auch in Europa, vermerkte Al gedanklich. Jedoch weitaus ungefährlicher ohne Monster. Al umarmte Maria, weil er spürte, dass sie den Vorfall im Wasser nicht so einfach verarbeiten würde. Sie seufzte und ihre Tränen benetzten seine Schulter.

Ihre Reise ging tiefer ins Landesinnere und Al zeigte in die Lüfte, wo bunte Vögel waren, um Maria vom Fluss abzulenken.

Al und Maria hatten den großen Wald bisher gemieden und bewegten sich mit den Fremden geradewegs hinein. Von diesen Menschen hatten sie in den letzten Wochen nichts bemerkt, aber anscheinend war es umgekehrt nicht so. Die Fremden reichten ihnen Wasser und unbekannte Früchte, die sie vermutlich für sie mitgebracht und vorbereitet hatten. Ihre Gastfreundlichkeit nahm Al gerne an, aber er wusste auch, dass man Gäste nur erwartet, wenn man weiß, dass welche kommen.

Ein junges Mädchen reichte Maria eine kleine grüne Frucht, die wie eine Birne aussah. Maria erwiderte ihr lächeln.

„Soll ich es essen, Al?" Stellte sie ihre Frage weiter lächelnd und er antwortete mit keiner Aussage. Maria sollte es selber entscheiden.

Aber als sie von der kleinen grünen Frucht abbeißen wollte, schmeckte sie nur bitter und das Mädchen kicherte laut und sprach ein paar seltsam und lustig klingende Worte. Weitere Mädchen drehten sich um und amüsierten sich über ihren Versuch die Frucht zu probieren.

„Oje Al, das schmeckt schrecklich! Was soll ich tun?"

Al aber schwieg weiter und lehnte höflich lächelnd ab eine andere Frucht zu kosten.

Einer der Ruderer gab ein paar Worte mit strenger Miene von sich und die Mädchen senkten beschämt ihre Häupter.

„Die machen Späße mit uns, Maria, also werden sie uns nicht fressen."

Maria blickte fragend zu Al und gab die Frucht lächelnd zurück.

„Auch hier spielt man nicht mit Essen. Denke ich, Maria."

Das Mädchen aber nahm die Frucht zurück, schälte sie behutsam ab und gab sie Maria erneut zum Essen.

„Jetzt bist du dran, Al!", forderte Maria und gab sie ihm.

Das Fruchtfleisch war grünlich und glitschig.

Ohne Widerspruch nahm er die Frucht und biss ein Stück heraus. Seine Augen wurden groß und größer und seine Freunde über den neuen Geschmack erstrahlte aus seinem Gesicht.

(…lieber Leser... weißt du von welcher Frucht ich spreche ... ☺ ?)

Das Mädchen lachte und der Rudermann schien nun auch zufrieden zu sein. Al aß genüsslich weiter und ein großer runder Kern kam zum Vorschein.

Das Mädchen reichte Maria aus einem Korb weitere kleine gelbe kirschförmige Früchte, wobei sie ihr anzeigt, dass man sie einfach mit

Schale in den Mund stecken konnte um sie zu essen. Maria machte es und fand den säuerlichen Geschmack lustig und lecker.

Al hatte seine birnenförmige Frucht gegessen und betrachtete dessen runden Kern.

Das freundliche Mädchen bat um diesen Kern und legt ihn behutsam zurück in den Korb, als wäre er etwas wertvolles für sie. Eine weitere rote glänzende Frucht lehnte Al aber ab, da er sich mehr auf die Umgebung und Landschaft konzentrieren wollte. Al sprach zu Maria um ihr etwas zu zeigen ohne darauf zu deuten: „Siehst du diesen großen Baum dort links, Maria? Sieh nicht zu lange hin, aber merkt ihn dir!"

Sie blickte blinzelnd nach rechts, aber schielte nach links, aß weitere Früchte und fragte mit Hamsterbacken: „Warum?"

„Dieser Baum dort ist groß und mächtig wie Yggdrasil. Für uns Nordmänner ist er der Baum des Lebens. Seine Wurzel reichen tief in die Erde nach Asgard, Niflheim und Jötunheim, wo die Riesen leben."

Al lachte ablenkend.

„Was erzählst du mir da, Al?"

„Du sollst dir den Baum merken, falls wir hier fliehen müssen. Dort treffen wir uns, falls wir getrennt werden. Dieser Baum ist weit und breit der größte und mit dieser Geschichte kannst du ihn dir besser merken."

Sie betrachtete schweigend abwechselnd das linke und rechte Ufer und unauffällig den großen Baum. Sie prägte sich nur Yggdrasil ein.

Nach einiger Zeit lichtete sich der Wald und zu ihrem Erstaunen zeigte sich ihnen eine Stadt mit großen Bauten. Al zeigte auf eine Pyramide und meinte: „Maria sowas ähnliches habe ich schon in Ägypten gesehen! Wir sind nicht soweit von zu Hause entfernt als ich dachte."

Er lächelte zufrieden.

Sie fragte diesmal nicht was Ägypten sei, denn auch sie war überwältigt. Die Fahrt in diese Stadt dauert einige Stunden und weder Al noch Maria hatten etwas davon in den letzten Wochen bemerkt. Aber diese Menschen hier bereiteten ihnen einen herzlichen Empfang. Sie lachten, sangen und winkten mit bunten Blumen. Manchmal sagten sie etwas, das sehr seltsam klang und die beiden konnten es nur anhand der Gesten erkennen was sie tun sollten. Al und Maria ließen sich einfach treiben, denn was hätten sie anderes tun sollen - davonlaufen oder davon segeln - aber wohin!

Tausende von bunten Vögeln wurden frei gelassen, als Al und Maria im Boot vorbeifuhren.

Sie waren beeindruckt und spürten aber, dass dies alles hier vorbereitet war. Den Zweck dieses überaus freundlichen Empfangs kannten sie nicht. Freude und Angst, Erstaunen und Unsicherheit überkam sie im ständigen Wechsel.

„Wenn du immer noch einen Gott suchst, dann kannst du ihm hier begegnen und ihn nach dem Weg nach Hause fragen", scherzte Al, nur um etwas zu sagen um Maria aus ihrem Stauen wieder in die Realität zu bekommen. Maria aber strahlte und war weiterhin überwältigt - das Glück war ihr förmlich ins Gesicht geschrieben. Al jedoch wurde misstrauisch, denn einer musste ja bei Verstand bleiben. Er wusste, jedes Theater und jede Inszenierung hat seine eigenen Kulissen und nur daran kann man die wahre Geschichte erkennen. Aber oft, das wusste er, bleiben Geheimnisse und Zaubertricks hinter der Bühne im Geheimen. Al lächelte weiter und ließ sich seinen Argwohn nicht ansehen. Er merkte bald, dass er ein Teil dieses Spiel wurde. Maria dagegen wurde von einer Welle des Glücks in diese Stadt im Wald gezogen. Einen Wald, den sie nicht betreten wollten, weil er gefährlich und tödlich war. Al versuchte sich vom Fluss aus ein Gesamtbild zu verschaffen und orientierte sich. Diese Stadt schien wirklich in diesem Wald errichtet worden zu sein und es gab anscheinend nur einen Weg rein und raus - über den Fluss. Der Fluss wurde von Monstern bewacht, die jeden Angreifer erst einmal schwächen. Er war wie ein Burggraben.

Völlig in seinen Gedanken vertieft sich einen Stadtplan vorzustellen, wurde er plötzlich von einem Mann mit sehr großen Federn und mit einem Stock angestoßen. Seine kontrollierenden Blicke waren vermutlich zu auffällig und als unfreundlich empfunden worden. Die Hafenanlage aus Holzstämmen würde London oder Rom wie Al sie kannte in den Schatten stellen. Unzählige Schiffe mit Waren und Kränen, die unaufhörlich Lasten hoben und transportierten, vermittelten ein Bild von blühender Wirtschaft und Reichtum. Nur Kriegsschiffe sah er nicht; vielleicht eine Zeichen von Übermacht. Sie fuhren mit ihrem Schiff in ein großen Becken, das hinter ihnen geschlossen und dann mit Wasser gefüllt wurde. Sie treiben nach oben und als ihre Augen erstmals über die Kaikante blicken konnten, verschlug es ihnen alle Sinne. Ein riesige Stadt im smaragdgrünen Herzen dieses Waldes. Ein pulsierendes Nirgendwo voller Kultur, Spiritualität vermischt mit Klängen und Farben des Waldes. „Wo bei allen Göttern des Nordens sind wir? Wo ist diese Stadt in Afrika, Maria? Ist Afrika größer als ich dachte?"

„Ich …!", erwiderte Maria völlig überwältigt.

Monumentale Bauwerke mit Stufenanlagen so hoch wie Yggdrasil in Symmetrie und Harmonie nur zu einem Zweck angeordnet, dass sie zu einer über allem thronende Pyramide führen. Von weitem sah man Rauch aufsteigen und Menschen tanzten in bunten Gewändern am Fuße dieses mächtigen Bauwerks. Exquisite Reliefs kunstvoll in Stein gehauen zeugten von starken Götterglauben. Seltsame, buntgefiederte Vögel kreisten um die Stadt oder landeten auf schattenspendenden Palmen und sorgfältig gepflegten Gärten. Tiefe Wasserbecken mit kristallklarem Wasser werden von Wasserfällen oder über Wasserterrassen gespeist. Man brachte sie auf einen riesigen gepflasterten Platz mit einem großen rauchgeschwärzten Felsen, der Treppenstufen hatte. Er erschien als wichtig. Die fremden Menschen ließen sie allein dort stehen. Sie machten einen großen Kreis um Al und Maria. Jetzt fühlten sie sich nicht mehr wohl. Maria griff nach Als Hand und drückte sie fest. Al selber nahm Maria in seine schützenden Arme, aber nach welcher Richtung sollte er sie in einem Kreis schützen. Er erkannte, dass ihnen diese Menschen überlegen waren und sie blind in eine Falle gegangen waren.

„Sie werden dich nicht quälen, Maria! Dafür sorge ich! Vertrau mir, wenn es so weit ist, wirst du nichts spüren."

„Al, was hast du vor?"

„Ich werde es nicht zulassen, dass sie dir was antun!"

„Aber warum sollten sie das tun, Al?"

„Erkennst du´s nicht, dass das alles für uns vorbereitet wurde? Sie wissen schon lange, dass wir hier sind!"

„Al, bitte! Ich spüre, dass uns diese Menschen nichts tun werden."
Maria nahm seine Hand und küsste seine Innenflächen. Ihre Wangen fühlten sich sanft an und beruhigten ihn.

Eine junge Frau trat aus dem Kreis heraus, näherte sich ihnen und umarmte sie. Beide spürten die Kraft und wussten im Nu, sie war auch eine Aeterni.

Die Frau rief etwas, worauf die Menge anfing zu jubeln. Maria und Al hatten ihres gleichen gefunden - es war nicht zu glauben, was sie auf ihrer Reise ins Ungewisse hier in diesem Wald gefunden hatten. Al und Maria umarmten sich vor Freude.

„Kann das möglich sein, Maria? So viel Glück hier jemanden zu finden, der unsere Unsterblichkeit nicht als Teufelswerk abtun wird", sagte Al tränengeschwängert als würde eine große Last von ihm fallen.
Maria weinte auch vor Glück: „Es ist nicht zu glauben, Liebster! Wir können hierbleiben und sind nicht allein. Wir können eine Familie sein! Sind wir am Ziel?"

Marias Worte klangen fremd für ihn, aber er widersprach ihr nicht, da er es nur als Gefühlsausbruch von ihr abhackte. Er wird nie hier für immer leben wollen und er hatte ihr doch seinen Standpunkt zum Thema ´Familie´ erklärt. Dennoch konnte er nicht umher, froh über diese neue Situation zu sein. Hier an ihrem Strand in der Hütte alleine zu überleben, war schier unmöglich!

Kinder rannten aus dem Menschenkreis heraus und zogen Al von

Maria weg, was er nicht als bedrohlich empfand.

Weitere junge Frauen liefen derweil zu Maria. Sie kicherten, lachten und tanzen. Sie wurden ein Teil eines Festes und sie waren anscheinend die Ehrengäste. Weitere Frauen traten aus dem Menschenkreis heraus und näherten sich Maria zielstrebig. Sie waren hochschwanger, bemerkte Al. Sie wollten, dass Maria ihre Bäuche berührt. Sie tat es und sie spürte etwas, was ihr Freude bereitete. Die schwangeren Frauen entfernten sich wieder mit schnellen Schritten, als hätte sie ihren Auftritt gehabt. Eine zurückgebliebenen jungen Frauen entkleideten Maria, worauf sich der ganze Menschenkreis verneigte. Al gefiel das nun gar nicht mehr und löste sich vorsichtig von den Kindern. Aber die kleinen Arme der Kinder waren wie Tentakeln eines endloshändigen Tintenfisches. Immer wieder umklammerten sie ihn und hinderten ihn am Gehen. Es wurde ihm zu viel und er brüllte wie ein wildgewordener Stier mit angespannten Muskeln und geballten Fäusten. Die Kinder rannten weg, aber Männer mit Holzstöcken stürmten auf Al und hielten ihn in Schach. Durch seine Größe war Al den Fremden zunächst überlegen und konnte zwei Angreifern ihre Stöcke wegnehmen. Al wirbelte mit den Stöcken herum, dass die Fremden zurückwichen. Maria hatte Al noch nie so kämpfen sehen, lediglich sein Bruder hatte es damals auf dem Schiff erwähnt. Al war schnell und wirbelte mit den Stöcken wie ein Tornado und die Reihen der Angreifer lichtete sich zunächst, doch die Vielzahl der Angreifer brachte ihn dennoch zu Fall. Mit Händen und Füßen wurde er gepackt und gestreckt am Boden gehalten. Seile wurden ihm um Hände, Füße und Hals gelegt als wäre er ein wildes Tier. Ein Mann mit Federkrone kam mit einem großen, seltsam blau schimmernden Messer und Maria ahnte Schlimmes. Sie befreite sich und rannte zu Al. Sie stellte sich mit offenen Handflächen vor ihn. Der Federkronenmann hatte einen entschlossenen Blick, sagte etwas, aber hielt ein und zog seine Waffe zurück.

„Was tust du da, Maria?", fragte Al röchelnd am Boden gefesselt.

„Ich habe keine Ahnung, Al. Ich …? Aber du siehst, es beruhigt sie."

„Du bringst dich in Gefahr! Lauf, Maria! Lauuu ...!", krächzte Al, bis der Strick um seine Hals enger gezogen wurde.

„Wohin denn? Du hast ihre Kinder erschreckt und bedroht - das mögen die Fremden nicht. Also halt still und lass mich nur machen!"

Maria ging umher tanzend und lächelnd, was immer das für Folgen hätte. Wichtig war nur, dass Al jetzt nichts passiert. Die Menge beruhigte sich und sie schaffte es sogar, dass die Fremden Al Fesseln lockerten.

„Bleib unten!", befahl sie ihn, „anscheinend sind wirklich alle von mir begeistert. Die Fremden hier empfinden es nicht als böse nackt zu sein. Al, ich glaube, sie haben einen Gott, aber keine Teufel?"

„Falls wir getrennt werden, Maria, treffen wir uns am Baum. Am Baum! Du verstehst ...?"

Sie stoppte, als sich die Reihen der Fremden lichteten und ein großer, mit Blumen beschmückter Wagen, gezogen von einem weißen und einem schwarzen Pferd, mit bunt gefiederten Menschen herangefahren wurde. Wieder knieten alle nieder, nur Maria nicht. Al setzte sich nur auf und wurde nicht mehr beachtet. Gefiederten Menschen stiegen vom Wagen und eine Frau mit einem Mann näherten sich ihr. Sie waren größer und anders; irgendwie aber auch vertrauter. Al glaubte, die Augen der beiden zu kennen. Er verstand diese Spielregeln nicht und hinter der Maske der Frau, fühlte er nichts Gutes. Er hasste solche Situationen der Ohnmacht und Hilflosigkeit, aber er hatte es zugelassen und Maria in dies Gefahr gebracht. Er entschied mit zu spielen und den richtigen Moment für einen Fluchtversuch abzuwarten. Maria jedoch spürte weder Angst noch Gefahr und war glücklich Menschen getroffen zu haben.

Al und Maria konnten nur zusehen und abwarten. Hauptdarsteller war der hochgewachsene Mann. „Sie wirken wie Könige oder Götter oder vielleicht sind sie etwas noch Mächtigeres", flüsterte Maria. Das Volk dieser kleinen Menschen aber hörte aufmerksam zu. Worte fielen und Abläufe geschahen, die Maria und Al nicht verstanden und nur beobachten konnten. Aber dann wurde ihnen klar, dass man über sie sprach und über ihr Schicksal entschied. Alle Blicke waren jetzt auf Maria gerichtet. Die beiden Götter nahmen ihren Kopfschmuck ab und Al rief erschrocken aus: „Ihr zwei!"

Plötzliche Schläge auf seinen Hinterkopf waren zwar schmerzfrei für ihn, aber ließ ihn bewusstlos werden.

Maria versuchte den Angreifer abzudrängen, der zu einem weiteren Schlag auf den wehrlosen Al ausholte. Nur ein seltsames Wort der großen Frau hielt den Fremden davon sofort ab.

Maria stand vor der fremden Frau und die Wilden knieten weiter in Demut. Unter diesen Fremden fühlte sie sich nicht wirklich nackt und schutzlos. Unbedeckte Haut waren hier normal, während es in der alten Welt verboten war und bestraft wurde. Anhand der Kleidung in der alten Welt konnte Maria klar Könige von Bauern unterscheiden. Hier war es schwieriger! Sie konnte die Bedeutung der bunten Federn und Blumen nicht deuten. Nur die beiden ungewöhnlichen Fremden passten nicht ins Bild, aber standen im Mittelpunkt. „Vielleicht sind es Götter wie Al glaubte", dachte Maria mit Kopfstimme, „Ritter Ulrich war für mich das Mächtigste, das ich in der alten Welt jemals getroffen hatte. Hier in der neuen Welt könnte man unter Umständen vielleicht Götter treffen." Der große Mann stand nun ganz nah bei ihr und sein Lächeln und Gesicht schien ihr vertraut. Lediglich die Bemalung seiner Augen und Wangen war lustig. Sogar in seinen Nasen steckten bunte Stöpsel. Maria unterdrückte ein Lachen. Er nahm nun seinen schönen Blumenmantel von seinen Schultern und legte ihn Maria an. Es schien als würde die Wilden nun auch Maria als höheres Wesen akzeptieren und anbeten. Der Mantel war groß und mächtig, aber leicht wie eine Feder. Er duftete betörend und raubte ihre Sinne und Atem. Maria bedankte sich wortlos mit einem Nicken, denn sie konnte kaum sprechen. Ein liebevolles und fürsorgliches Lächeln der Frau gab Maria Sicherheit und Geborgenheit. Die Augen der Frau waren klar wie das türkisblaue Meer am Strand. Maria hatte das Gefühl als würde sie darin ertrinken. Sie hatte gar nicht bemerkt, dass ein kleines Mädchen herankam und ihr freundlich etwas zu trinken anbot. Maria nahm das Getränk dankend an. Es schmeckte herrlich und erquickte ihren Körper und Geist. Nur als sie zu Al mit dem Getränk gehen wollte, wurde sie von der Frau abgehalten und zu einem der gefiederten Männer gebracht, der vermutlich auch hochgestellter war. Es wurde in einer seltsamen Sprache gesprochen, die Maria nicht verstand, aber es störte sie nicht; es war kein Latein wie vom Pfarrer und von der Bäuerin. Maria empfand nichts mehr als bedrohlich. Sogar der am Boden liegende Al war für sie bedeutungslos. Sie hätte gerne getanzt oder wäre geflogen wie ein Schmetterling. Sie lachte als sie an die Worte des Marquis dachte. „Fliegen will ich, wie Papill…", trillerte sie mit weit geöffneten Armen. Leider wusste sie das französische Wort nicht mehr, das der Marquis für Schmetterling benutzte. Maria fühlte sich frei und glücklich. Wieder kamen junge Mädchen mit einer Aufgabe zu Maria. Man stach ihr mit einem Dorn in ihren Daumen und ihr Blut tropfte in ein Gefäß. Es tat ihr nicht weh und störte sie nicht. Dann führte man sie zu einem seltsamen Gebäude, dessen riesige Pforte kein Licht ins Innere ließ als würde dort jedwedes Licht verschluckt. Sie verspürte keine Angst durch dieses endlose tiefwirkende, schwarze Tor zu gehen. Als sie es betrat fühlte sie angenehme Kühle und auch sie wurde von schwarzen Nichts verschluckt; ihre Sinne waren weg.

Als Al wieder aufwachte, befand er sich immer noch auf dem Platz, aber in einem Käfig gesperrt, dessen Stäbe nicht aus Eisen, sondern aus Holz waren. Er kannte jede Art von Holz, aber diese war ihm unbekannt. Er zerrte an den Stäben wie ein wild gewordener Eber; erreichte aber nichts. Neben ihm war Maria in einem anderen Holzkäfig. „Wie geht s dir?", rief er zu ihr, „wir sind ihnen in die Falle gegangen." „Gut!". antwortete sie mürrisch.
„Was ist los, Maria?"

„Du hast alles verdorben. Diese Menschen haben uns freundlich empfangen und du hast ihre Gastfreundschaft mit Füssen getreten!"

„Was redest du da, Maria?"

Maria drehte sich weg und schwieg.

„Haben dir die Fremden was getan, Maria?"

„Ich weiß nicht! Man hat mein Blut genommen und etwas damit gemacht. Der Mann und die Frau sprechen unsere Sprache."

„Ich kenne die beiden, Maria. Sie sind böse."

„Nein, sind sie nicht! Die Frau hat mir vieles erklärt während du bewusstlos warst!", widersprach sie energisch.

„Es waren die Begleiter von Arthus; ich habe dir von ihnen erzählt.
Sie sind Aeternis wie wir, aber sie verfolgen einen völlig absurden
Plan! Sie sind gefährlich - sie sind böse, Maria. Glaub mir! Vertrau
mir!"

Als hätte sie seine Worte nicht gehört, blieb sie weiter ablehnend. Maria hatte sich völlig verändert.

„Was war passiert?", fragte er sich in seinen Gedanken.

Er wusste die Antwort, weil er die beiden und ihre Tricks kannte. So
musste er die Sache anders angehen um Marias Vertrauen wieder zu
bekommen. Doch bevor er einen Plan fassen konnte Maria wieder zu
gewinnen, fing sie an zu reden ohne ihn dabei anzusehen: „Sie haben
mich in das Haus gebracht …"

„Pyramide, Maria! Es ist …", korrigierte er sie, jedoch sie ignorierte
ihn und redete einfach monoton weiter, „… und es war wunderschön
dort, Al. Wir gingen Treppen mit Fackel beleuchtet nach unten zu einem großen See. Wir stiegen in ein Boot und wir fuhren zu einer Insel,
die aussah wie eine riesige Steinplatte. Es schien, als würde das Boot
vom Gesang der Menschen übers Wasser getragen. An der Decke
leuchteten unzählige Sterne. Ich musste mich auf einen seltsam geformten steinernen Stuhl setzen; er war warm. Ich fühlte mich leicht
wie eine Feder, als könnte ich davonfliegen. Ein Mann kam …"

Al schrie auf als würde er zum ersten Mal einen Schmerz spüren und

Maria erschrak. Sie unterbrach ihre Geschichte.

„Nein! Sie ist eine Hexe, Maria!"

„Du hast aber mal gesagt, es gibt keine Hexen! Damals im Dorf!"

„Diese hier reitet nicht auf einem Besen. Aber sie verwirrt deine Sinne. Hat sie dir etwas getan, Maria?"

Maria blieb stumm!

„Hat sie dir etwas zu trinken gegeben?"

Maria blieb stumm!

Er musste versuchen, Maria anders zu erreichen.

„Hast du schon mehr von dieser Stadt gesehen, Maria? Haben dir die jungen Mädchen diesen schönen bunten Federschmuck gegeben, Maria? Habe ich ihre Kinder sehr erschreckt, Maria?"

„Nein, die Kinder haben´s überlebt!", antwortete sie endlich.

„Wie sind Merlin und die Frau hierhergekommen, Maria?"

Er bekam nur ein Achselzucken von einer immer noch störrischen und fremden Maria.

„Was wollen sie mit deinem Blut?"

Al kannte die Antwort, aber wollte testen ob Maria es auch weiß. Mit dieser Frage wollte er herausfinden, ob man sie belogen hatte.

„Weiß ich nicht, Al! Aber sie haben es mit dem Blut anderer Männer vermischt, etwas hinein gestreut und sind dann gegangen. Es geht um Aeternis – um uns!"

„Das ist ihr Test herauszufinden wer mit ihr einen Unsterblichen zeugen kann", dachte Al, „die beiden sind ehrlich zu ihr! Aber warum?"

Sie waren kaum fünf Meter auseinander, aber es fühlten sich für ihn an wie 50.000 Meter.

„Maria wird wie Vieh zum Züchten benutzt und sie hat nichts dagegen, aber was war in den letzten Stunden passiert", zerbrach er sich mit Selbstgesprächen seinen Kopf. Maria wirkte verschlossen.

„Warum sind wir eingesperrt, Maria?"

„Zu unser beider Schutz!", erklärt Maria kurz, kalt und kontrolliert, als hätte sie die Frage erwartet.

„Verdammt, Maria, wach auf - wir sind gefangen. Ich kann nichts tun!", fauchte er zu ihr in den anderen Käfig.

Maria drehte ihm aber weiter den Rücken zu und schwieg.

Al schwieg, aber in seinem Kopf suchte er nach Wegen Maria zu erreichen.

„Was haben sie mit ihr in so kurzer Zeit gemacht", hämmerte es in seinen Gedanken.

Aber auch Marias Gedanken arbeiteten auf vollen Touren und sie fühlte sich, als würde sie vor einem tiefen Abgrund stehen und beim nächsten Schritt in die endlose Tiefe stürzen. Tränen, die Al nicht sehen durfte, rannen über ihr Gesicht. Ihr nächster Schritt wäre Wahrheiten und Antworten von Al oder Alexx oder Alskaer zu bekommen; oder wie immer er auch heißt. Die letzten Worte der Frau wiederholten sich und hallten wie ein zerstörerisches Echo in ihrem Kopf: „Alskaer ist dein Vater!"

Die Nacht brach herein und der Platz wurde mit Fackeln ausgeleuchtet. Am großen Stein wurde ein großes Feuer gemacht, das den Platz erhellte. Al wusste, dass das nichts Gutes zu bedeuten würde, aber Maria blieb ruhig. Sie schien zu wissen was passiert!

Al war verzweifelt und plante im Kopf: „Ich verstehe nicht, wo sind Merlin und die Frau. Ich muss mit ihnen reden."

Plötzlich ergriff Maria das Wort: „Sie sagten, wir sollten uns keine Sorgen machen. Aber was geschehen wird, muss so sein. Ich weiß, Al, sie werden dir nichts tun und egal was passiert, ich liebe dich." Ihre Augen wurden glasig, fast perlenartig und das Feuer spiegelte sich in ihnen. Es wirkte teuflisch, als brenne ihre Seele.

„Seit ich dir den Apfel an den Kopf werfen wollte, liebe ich dich, Al. Aber ich weiß jetzt auch und verstehe, dass unsere Liebe nicht so sein kann", schloss sie emotionsleer ab.

Al konnte in diesem Moment weder klar denken noch sprechen.

„Was haben sie dir erzählt, Maria? Sag!"

Nur Marias verwässerte Augen antworteten ihm und seine Hilfslosigkeit zerriss ihn innerlich.

Wieder bildete sich ein Kreis mit knienden Menschen. Maria wurde abgeholt und in die Mitte des Platzes gebracht. Die Frau kam mit ihrer Gesichtsmaske und in einem bunt glitzernden Gewand; man hatte den Eindruck als würde das Feuer an ihr lodern und leben. Es war beeindruckend und gespenstisch. Lebendig gewordenes Feuer schien auf Maria zuzugehen. Sie sprach mit Maria, während sie diese wie ein braves Hündchen zurückblickt. Maria nickte und folgte der Frau.

„Sie opfert sich freiwillig für mich", dachte Al im Kopf brüllend und schrie: „Nein, ihr Barbaren, bitte nicht! Merlin, du Teufel! Du Höllenhund! Maria, ich liebe dich auch. Hörst du mich! Ich bin bei dir."

Niemand reagierte; nur ein kleiner gefiederter Junge schlug mit einem Stock an seinen Käfig. Jetzt führte man Männer über den Platz, die mit bunten Federn bekleidet waren und sie folgten Maria mit Abstand.

„Sind das all ihre Henker", laberte Al.

Al begann mit aller Kraft an seinem Käfig zu zerren, um ihn zu zerbrechen. Aber es war schier unmöglich. Einer der gefiederten Männer kam herangeeilt und blies in ein kleines Röhrchen. Eine kleine Nadel, die er nicht spürte, blieb an seinem Hals stecken. Als er sie wegwischte, lachte der Mann hämisch. Al wurde müde und kraftlos, jedoch verlor er nicht die Besinnung. Ein Schleier legte sich über seine Sinne.

Jetzt wurden erneut Männer, Frauen und Kinder auf den Platz geführt. Sie sahen aus wie die Menschen am Fluss, welche die Stiere antrieben. An der ersten Stufe des Felsens blieben sie aufgereiht stehen.

Der Federschmuckmann kam in Begleitung zum Stein und hielt eine Ansprache. Al vermutete nichts Gutes, aber hoffte, dass diese Welt anders sei. Aber Al irrte sich, denn die Begleiter brachten den ersten Mann zum Federschmuckmann und dieser zog lauthals schreiend das seltsam grünschimmernde Messer heraus. Es war nicht aus Eisen; das konnte Alexx erkennen. Das Feuer spiegelte sich in seiner breiten, glasartigen, nicht geschmiedeten Klinge. Zwei gefiederte Männer brachten das erste Opfer zum Stein und überstrecken seine Arme, dass dieser wehrlos wurde. Kein Schrei vor Schmerzen war zu hören. Ohne Gegenwehr ließ sich der Mann niederdrücken. Der Federschmuckmann zückte sein blauschimmerndes Messer. Jetzt krakeelte das Opfer kurz. Dann wurde der leblose Körper unter Jubelgeschrei der Zuschauer ins Feuer geworfen und verbrannt. Wahllos folgten nun Frauen, Männer und Kinder ihrer Opferung. Sie wehrten sich nicht, sondern ließen sich einfach wie in Trance zur Schachtbank führen.

Nur wenn einer der Männer, die Maria in die Pyramide begleitet hatten, wieder im Federkleid herauskam, hielt der Federschmuckmann kurz inne, als würde er auf ein Zeichen warten. Trotz benebelter Sinne erkannte Al die grausame Zeremonie.

Al drehte sich weg, aber das Geschrei der Menschen im Kreis verriet ihm jedes Mal, wenn ein Opfer ins Feuer geworfen wurde. Er blickte flehend zum bedeckten Himmel, damit ein Stern vom Himmel fallen würde um dieses Schauspiel zu beenden. Rauchgeruch von verbranntem Fleisch verdarb den reinen Geschmack der Luft des Waldes. „Sogar der Mond will bei diesem Blutopfer nicht scheinen", dachte er und Tränen wässerten seine Augen. Es verging Zeit, die Al wie die Ewigkeit erschien, aber dann geschah es.

Die Menschenmenge johlte und jubelte plötzlich anders als einer der Männer wieder herauskam und mit geballten Fäusten in die Mitte des Platzes ging. Er war nackt und führte einen Tanz auf, der Sieg und Macht ausdrücken sollte. Die restlichen Männer kamen auch wieder in ihren Federkleidern heraus; waren aber still. Die restlichen Opfer wurden nicht mehr benötigt und mit Stockschlägen fortgetrieben. Nach ein paar Meter sackten sie zusammen und lagen regungslos am Boden. Er ahnte wie sich die Opfer fühlen mussten. Der Scheiterhaufen war meterhoch angewachsen. Al konnte nicht länger zusehen aber dennoch rief er wie betrunken: „Maria, sei stark! Ich bin hier! Wo immer du bist! Wir kommen hier raus!"

Aber sein Rufen ging in dem Lärm der Menschen unter.

„Ich werde euch beide töten, Merlin", schwor Al im Tumult.

Der Scheiterhaufen mit den geopferten Menschen als Brandgut, brannte genährt vom Fett der Opfer bis zum nächsten Morgen. Die Menschen, die dem Feuertod in dieser Nacht entkamen, mussten das Feuer in der Nacht bewachen. Jeder Knochen musste zu Asche werden. Am nächsten Morgen wurde die Asche zu Fluss gebracht und zeremoniell verstreut. Ein Ascheschleier auf dem Wasser trieb zum Meer, begleitet vom Gebet eines nicht mit Federn bekleideten Priesters. Kleine Fische im Fluss taten sich gütlich an den Resten.

Maria kam in dieser Nacht nicht mehr zurück - erst am Morgen wachte er in seinem Käfig auf; er spürte plötzlich ihre Nähe.

„Du lebst! Wie geht es Dir? Was haben sie dir getan?", rief er sie verkatert an.

Sie antwortete nicht und blickte starr zu Boden.

Sie hörte eine innere Stimme sagen: „Hass! Misstrauen!"

„Maria!", rief er ihren Namen flehentlich.

„Es ist alles in Ordnung! Bitte verhalte dich ruhig, sonst töten sie dich. Vertrau mir bitte!", erwiderte sie endlich kaum hörbar und eine Stimme in ihr ermahnte sie: „Geh!"

„Was haben die Fremden dir angetan? Ich werde sie dafür töten!"

„Bitte, Al! Sie sind keine Fremden. Tu nichts was dich gefährden könnte! Vertrau diesmal mir!", ermahnte sie ihn erneut und fuhr fort um ihn abzulenken, „weißt du noch die gelbe Frucht, die wir im Wald gefunden haben, Al? Die Menschen hier essen sie. Man kann sie kochen oder zerreiben!"

Aber Al blieb unbeeindruckt und uninteressiert, denn er wollte jetzt nicht übers Essen reden, aber Maria gab nicht auf.

„Sie haben auch Früchte, die im Boden wachsen. Sie sind hart, aber gekocht werden sie weich. Sie nennen es ´patataq´ oder so ähnlich."

Al dachte, es sei schön ihre Stimme zu hören und lehnte sich zurück in seinem Käfig. „Sie zerstampfen die gekochten Knollen mit ihren nackten Füßen und essen dann den Brei. Ich hab´s probiert und es schmeckt, wenn man nicht an die nackten Füße denkt." Er lächelte und Maria erzählte weiter. „Ich lebe bei einer Familie in einem Dorf abseits der großen Gebäude. Ocllo heißt die Frau und Túpac der Mann; sie haben zwei Kinder Asarpáy und Chápá. Ich spiele viel mit den Kindern und ich lerne etwas ihre Sprache. Ihre Hütte nennen sie <O´kla> und Túpac ist ein Chasqui, ein Läufer." Al fand sie hübsch, wenn sie so frei erzählte. Er könnte sich ein Bild von dem Leben der Menschen hier machen. „Ein anderer Läufer bringt Túpac kleine Schnüre mit Knoten;, er läuft damit durch den Wald und bringt es zu einer anderen Hütte. Dort bringt ein weiterer Mann die Schnüre weiter. Ich durfte einmal mitlaufen und es hat Spaß gemacht, Al." „Sie überbringen Nachrichten! Erstaunlich!", dachte Al. „Einmal hat sich Túpac mir im Wald genähert, aber als ich ihn zurückwies, war´s das", erzählte sie monoton. „Was?", rief Al und richtete sich auf, „hat er dir etwas getan, Maria? Maria!"

„Zuhause hatte Ocllo mein Lieblingsessen <Quinoa> in einer Pfanne geröstet. Mariette, die Bauersfrau, würde es auch mögen", erzählte sie fahrig weiter. „Maria!", rief er sie erneut an, „hat er dir etwas getan?" Maria lächelte gekünstelt und Al blieb beharrlich: „Was hat dir Nimué gegeben, Maria? Trau ihr bitte nicht, dieser Hexe!"

Sie hörte auf ihre Erlebnisse zu erzählen und fiel in sich zusammen.

„Vorsicht!", hörte sie die Stimme in ihr rufen und sie zuckte.

„Was hast du? Warum erschrickst du, Maria?"

Maria hörte seine Worte kaum und war so stolz über das, was sie hier gesehen hat und wollte Al von der grünen Frucht noch erzählen, die er auf dem Kanu probiert hatte, aber sie spürte sein Desinteresse an ihren neuen Geschichten.

Ihre Lippen bewegten sich tonlos und wiederholten die Worte ihrer Stimme. Sie konnte sich nicht erklären woher diese Stimme kam und wollte nicht darüber nachdenken. Sie fühlte eine Last, aber ihre Gedanken waren leicht wie Bierschaum, der vor ihrem geistigen Auge aufsprudelte und zerplatze.

Die Bilder in ihrem Kopf gefielen ihr und sie lächelte, aber ihre Augen waren leer.

„Maria, rede mit mir! Wo bist du mit deinen Gedanken?"

„Sie haben mir nicht weh getan. Es war wichtig, was ich getan habe. Ich habe eine Aufgabe übernommen, Al."

„Die Aufgabe, sie bei ihrem verrückten Plan zu unterstützen und unsterbliche Kinder für sie in die Welt zu setzen. Sie sind davon besessen die Welt zu beherrschen."

„Ist das so falsch, Al?"

Er begann wieder an den Käfigstäben zu zerren. Seine Worte waren zu schwach um Maria erreichen zu können.

„Er ist unser Feind!", rief Marias innere Stimme und ihre Lippen bewegten sich.

„Wie bitte?", erwiderte er.

„Alexander der Große, die Römer und Dschingis Khan haben versucht die Weltherrschaft mit Krieg und Blut zu erreichen. Nimué und Merlin hatten dabei ihre Finger im Spiel, aber nun wollen sie es auf natürliche Weise erreichen, Al."

„Woher kommt dein Sinneswandel – so schnell, Maria?"

Diese Frage erübrigte sich schnell für ihn, denn er erkannte, dass Maria keine weiteren Fragen beantworten würde. Maria kniete im Abstand zu seinem Käfig, so dass er sie nicht erreichen und berühren konnte. Sie war verhext, aber er wollte nicht aufgeben – noch nicht. Er wusste, dass Nimués Drogen begrenzt wirken. Je länger Maria bei ihm war, desto näher konnte er ihr kommen.

„Sie haben damals König Arthus mit ihren Ideen einer geeinten Welt voller Gleichheit und Gerechtigkeit den Kopf verdreht. Er holte sich hunnische Lanzenträger zu Pferden; sie waren Meister im Sturmangriff und mit ihrer Hilfe vertrieb er die Sachsen. Ausgehend von

Britannien, der Insel der Römer, wollten die Beiden ihre Herrschaft beginnen. Sie kannten aber die Widerstandsfähigkeit der Pikten nicht. Das war und ist eine perfide Idee und du darfst ihnen nicht dabei helfen und ihr Werkzeug werden. Eine Welt voller unsterblicher Menschen, das ist doch krank, zerstörerisch und gegen die Naturgesetze", versuchte er sie zu überzeugen.

„Du sagst es, Al! Keine Krankheiten und keine Kriege mehr!"

„Maria, ich habe ihnen auch mal vertraut und geglaubt, aber ..."

„...aber du liegst falsch, Al!", unterbrach sie ihn und ihr Inneres sagte: „Teufel!"

„Maria! Deine Mutter hatte dich geboren, weil …"

„..., weil, weil, weil du mir nicht die ganze Wahrheit über mich und meine Mutter erzählt hast! Das Weil ist mir mittlerweile egal, Al! Das Jetzt und Hier zählt! Ich habe Konstanz, den Bauernhof und das Davor hinter mir gelassen. Nimué hat mir geholfen."

„Oh Gott, du nennst die Hexe beim Namen!"

Maria schien unerreichbar und fremd zu sein. So führte kein Weg zu ihr.

Eine Pause des Schweigens trat ein, die ihm wichtig war.

„Sind in dieser Stadt alle unsterblich?", lenkte Al ab.

„Nein, Al! Aber die gefiederten Menschen helfen Nimué dabei. Sie ist eine wunderbare Frau."

„Sie ist eine Hexe und Merlin ist ein Teufel. Bleib ihnen fern! Lass sie nicht in deinen Kopf und deine Gedanken kontrollieren, Maria!"

„Sie sagten schon, dass du ihre Idee nie unterstützen und sowas sagen wirst."

„Weißt du was diese Barbaren getan haben, Maria? Während du in dieser Pyramide warst, haben sie Frauen und Kinder geopfert."

„Diese Menschen gehen freiwillig in den Tod für ihren Gott, denn dafür wurden sie geboren. Vor ihrem Opfertod gibt man ihnen eine Droge, die aus der grünen Schlange gemacht wird, die dich gebissen hatte. Sie spüren nichts und werden nicht gefoltert. Dein Gott in

England aber klagt unschuldige Menschen an, foltert sie und verbrennt sie."

„Was sagst du da? Dann ist es auch in Ordnung, dass man dich vergewaltigt hat, Maria?"

„Ich wurde nur einmal in meinem Leben vergewaltigt und ich habe mir geschworen, dass dieser Körper nie wieder missbraucht wird. Ich bin freiwillig in diese Pyramide gegangen und ich verspürte sogar Lust mich mit einem Mann zu vereinigen."

„Was haben sie dir gegeben, Maria? Wer bist du?"

„Ich bin Maria!", antwortete sie plakativ.

„Du hast so viel wirres Zeug im Kopf, wie ein Hund Flöhe im Pelz", bellte Al sie an.

Maria antwortete nicht, sie ging als hätte man sie gerufen. Sie schenkte Al nur einen abwertenden Blick, um ihm zu zeigen wie unwichtig ihr Gespräch über Merlins Plan war, sagte sie im Davongehen: „Man nennt die grüne Frucht in unserer Sprache Butterfrucht, sagte Nimué."

In den darauffolgenden fünf Nächten betraten andere Frauen in Begleitung von Männern immer wieder die Pyramide und das Opferschauspiel wiederholte sich. Al war im Käfig eingesperrt und Maria kam während dieser Zeit nicht zu ihm. Er vergrub sich in einer Ecke seines Käfigs und wollte von dem Treiben auf dem Platz nichts hören oder sehen. Nur den Geruch musste er wahrnehmen und die Feuer brannten die ganze Nacht durch. Beim Gedanken an Essen wurde ihm übel und so trank er nur Wasser. Das untätige Herumsitzen und Warten im Käfig machte ihn müde und träge. Wie ein verletzter Wolf kroch er nachts im Käfig auf und ab und lauerte auf seine Rache.

Maria ließ sich nicht mehr am Käfig blicken, aber Nimué und Merlin kamen zu ihm.

„Er ist groß und kräftig, unser Alskaer. Er könnte für uns arbeiten und nicht Fett ansetzen", meinte sie abschätzend und herablassend.

Als er ihre Stimme hörte, fuhr es ihm durch Mark und Knochen, aber er blieb gefasst. Mit zugewandten Rücken sagte Al sachlich: „Ich kenne euch beiden, jetzt weiß ich eure Namen wieder. Ihr wart bei Arthus und seid Aeternis und …"

„Na und!", unterbrach sie ihn wirsch.

Er drehte sich um. „Was habt ihr mit Maria gemacht, Nimué? Merlin, warum sie? Ich verspreche euch, dass ich euch töten werde. IHR werdet nicht ewig leben!"

„Schön, du kennst unsere Namen noch", dokumentierte Merlin gelangweilt.

„Hunde, die bellen, beißen nicht. Sie wedeln meist nur mit dem Schwanz", spottete sie weiter, „aber damit können wir wenig anfangen. Du selber auch nicht, wie wir alle wissen. Dennoch dein Blut ist wertvoll für uns."

 Nimué lachte und Merlin schmunzelte gelangweilt.

Erst jetzt merkte Al, dass er einen Verband um seinen Hals trug. Er riss ihn ab und sah etwas Blut darauf: „Was habt ihr getan?"

Jetzt meldete sich Merlin zu Wort: „Schluss mit Spielchen! Ich töte dich, du tötest mich und so weiter. Worte unter Männern, Alskaer! Nur Worte, die nichts bringen!"

Merlin wartete einen Moment um sich sicher zu sein, dass er seine volle Aufmerksamkeit hatte: „Ich weiß nicht wie, aber Maria und du seid in meine Welt eingedrungen. Es ist mir auch egal wie ihr das geschafft habt, aber in dieser Welt gilt nur eine Regel", Merlin wartete etwas, „befolge meine Anweisungen und du lebst!"

Merlin wirkte unsicher, was Al nicht verstand, aber nutzen wollte.

„Ich lebe noch! Warum?", schrie Al ihm entgegen.

„Nun, weil ich es will! In der kurzen Zeit, in der du hier bist, habe ich Maria und dir schon zweimal das Leben gerettet ohne einen Dank zu erwarten."

„Soll ich mich bedanken, dass ich im Käfig sitze und Maria ..."

Merlin hob ermahnend seine Hand: „Unterbrich mich niemals du unwichtiger Fadenwurm im Lauf der Gezeiten", Merlin machte eine Faust, „das erste Mal habe ich euch das Leben gerettet als ihr die heiligen Schildkröteneier gefressen habt. Für diese Menschen sind diese Tiere fast Götter und ihr habt ihre ungeborenen Kinder verspeist. Nur die tapfersten ihrer Krieger dürfen sich einen Schildkrötenpanzer auf den Rücken tätowieren lassen. Er macht sie dann unverwundbar!"

„Habt ihr sie alle unter Drogen gesetzt!", warf Al ein.

„Er spricht schon wieder unerlaubt und anmaßend, Merlin! Du solltest ihn mir überlassen", schlug Nimué züngelnd vor.

„Ich werde dir mit Vergnügen den Kopf abbeißen, du Schlange, und ihn Hel vor ihren Thron in die Unterwelt spucken", reizte Al weiter.

„Kinder, Kinder", lachte Merlin, „warum so rachsüchtig. Das bringt doch nichts und schon gar nichts, wenn man hier ohne mich nicht wegkommt."

Al schwieg und studierte die beiden, die in Rätseln sprachen. Ihm fiel nur auf, wenn Merlin nur von sich sprach, reagierte Nimué mit Unverständnis und einem überraschten Gesichtsausdruck. Aber Al musste seine Frage nicht stellen, denn Merlin gab ihm bereitwillig die Antwort: „Dein Boot wurde von mir persönlich hier ihrem Meeresgott, den Riesenschildkröten geopfert. Diese Menschen hier kennen kein Rad und Eisen. All das hätten sie auf deinem Boot gefunden. All das hätte sie nicht verstanden, weil sie dafür noch nicht bereit sind. Du siehst ich kümmere mich um meine Kinder. Also wenn du hier wieder wegwillst, musst du das Spiel nach meinen Regeln befolgen. Aber entscheide dich, ob du lieber nach Nimués Regeln spielen willst, oder nicht?"

Al sagte nichts, sondern blickte Merlin nur fragend an bis dieser ihm mit einer Geste erlaubt zu sprechen.

„An welche Regeln von ihr soll ich mich halten, wenn ich sie nicht kenne?", fragte Al unterwürfig und regelgerecht.

„Sieh an, er hat meine Regel verstanden", resümierte Merlin und als er merkte, dass Nimué fortfahren wollte, reichte auch jetzt eine kurze

Handbewegung und sie verstummte.

Al staunte was hier für Regeln herrschten.

Merlin fuhr fort: „Nun wir wissen, dass dein Blut sehr wertvoll ist und Krankheiten heilen kann. Meines kann es auch, aber es ist zu wertvoll als es diesen Wilden zu geben. Sie denken wir sind Götter wie ihre Schildkröten, die über 100 Jahre alt werden können. Für diese Wilden existieren keine 100 Jahre wie für uns und daher reicht es ihnen zu glauben, dass diese Tiere unsterblich seien. Ich komme hier schon sehr lange her und sie glauben ich sei auch ein Gott. Ihre Götter kommen aus und über das Meer, also auch ich. Sie haben keine Vorstellung davon was im Osten liegt und das soll so bleiben."

Wieder bemerkte Al, dass es ihr missfiel nicht in seiner Aufzählung der Götter zu gehören.

„Merlin kannte noch nie ein Wir", registrierte Al gedanklich.

„Nimué", so fuhr Merlin fort, „würde dich gerne solange zur Ader lassen bis du ausgeblutet bist. Ihre Regel ist, blute für uns und du lebst noch einige Zeit! In deinem Wasser war eine kleine Betäubung, denn wir wussten, du würdest nichts essen. Wir wissen du kannst keinen Schmerz spüren, aber du kannst dich wehren. Es hätte vielleicht Verletzte gegeben, wenn wir dich bei Bewusstsein gemolken hätten. Also Nimué ist eine wahre Künstlerin, wenn es darum geht aus den Pflanzen und Tieren hier Drogen herzustellen. Diese grüne Frucht hier, die du auf dem Boot schon gegessen hast, hättest du sorglos essen können. Ich nenne sie gerne Butterfrucht, aber die Wilden nennen sie ´ahuacatl´. Sie vergleichen es mit ihren männlichen Hoden. Das aber ist deren Sache! Ich mag sie nicht essen!"

Merlin unterbrach, als er merkte wie Al eine der Früchte in seiner Faust zerdrückte. Achtungslos warf er den Kern nach draußen. Den Fruchtbrei an seinen Fingern schlenzte er ihnen vor ihre Füße.

Merlin überspielte die Respektlosigkeit, aber Nimué rief: „Du ungebildeter Barbar! Man sollte dich wie ein Schwein an den Füssen aufhängen und ausbluten lassen!"

„Ich hingegen", so Merlin, „finde es viel wichtiger deine Talente besser einzusetzen. Du bist ein hervorragender Baumeister und ein Aderlass würde dich nur schwächen. Du könntest hier viel leisten!"
Merlin stoppte und gab Al eine weitere Erlaubnis zu sprechen, aber Al nickte Merlin nur zu.
„Also meine Regel", notierte Merlin sachlich und zufrieden, „du solltest mal die roten Früchte probieren um bei Kräften zu bleiben. Sie nennen es ´Tomhuatl`! Wenn sie es einkochen, nennen sie es ´Chup´ oder so ähnlich. Man kann damit viele Münder stopfen. Europa wird mir zu Füssen liegen, wenn ich ihnen ´Tomhuatl´ gebe oder .... auch nicht."
Er drehte sich lachend um, um einen überlegenen Abgang zu haben.
Nimué blieb noch eine Sekunde und fauchte mit ihren Zähnen wie eine angriffslustige Katze.
Al zog seinen Nasenschleim tief in seinen Mund und spuckte ihn vor ihre Füße. Er blieb dabei emotionslos, aber sie konnte eine innere Beleidigung kaum verbergen.

Es vergingen viele Tage und Al verweigerte kein Essen und Trinken mehr. Morgens kontrollierte er ob man ihn irgendwo zum Aderlass gestochen hatte. Aber Merlin schien Wort zu halten zu haben. Um sich fit zu halten, machte er Kraftübungen im Käfig, die ihn stärkten.
Die neugierigen Kinder der Fremden beobachten ihn dabei und hatten ihren Spaß.

Al machte gerade eine Art Liegestütz, als er Merlins zählende Stimme hörte, „67,68, 69, …Bravo mein Freund!"
Vermutlich hatte ihn Merlin die ganze Zeit beobachtet. Er unterbrach aber seine Übung nicht und korrigierte Merlin, „…997,998,999!", um ihn zu provozieren.
Al hatte die Anzahl seiner Wiederholungen nie gezählt.
„Keine 1000, Alskaer!"

„Was willst du, Merlin? Oh, verzeih! Durfte ich schon sprechen?"

„Lassen wir das, Al! Reden wir wie Männer!"

Al stand in seinem Käfig auf und verschränkte seine Arme, aber musste seinen Kopf stark senken, da der Käfig zu niedrig war. Merlin lächelte und machte etwas Unerwartetes.

Er öffnete die Käfigtür und bat ihn höflich heraus.

Al zögert, aber nach einer weiteren höflichen Handbewegung trat er heraus und streckte seinen Körper nach oben. Er blickte um sich; Merlin war allein gekommen.

Ohne Umschweife begann Merlin: „Du könntest dich mit Maria hier frei bewegen, wenn ich nicht wüsste, dass du Nimué töten und dann fliehen würdest. Wikingerehre und so – ich kenne das!"

Al dachte nur, „sie ist Nummer 2 auf meiner Liste", aber lächelte.

„Wir haben euch seit Wochen am Strand beobachtet. Warum hast du gerade an diesem Strand eine Hütte für euch gebaut, Alskaer?"

Al war nun überrascht und neugierig geworden. Schwieg aber!

„Ah, ich habe dein Interesse geweckt! Dachte ich mir", sprach Merlin offen und setzte fort, „unsere Wilden beobachten euch schon sehr lange und haben uns eure Ankunft mitgeteilt. Sie haben euch nicht getötet, weil sie auch glauben, ihr seid Götter wie wir, die übers Meer kommen. Ich konnte sie aber von zwei Dingen überzeugen. Erstens ihr seid keine Götter, was einfach war. Zweitens euch dann nicht zu töten, was schwieriger war."

„Einfach so! Wie nett von euch!", attackierte Al in einer kleinen Denkpause von Merlin.

„Was?", konterte Merlin fragend, der diese Unterbrechung nicht erwartet hat.

„Einfach so strandeten wir hier! Zufall, Merlin! Der Strand schien sicher und wilde Tiere mit langen scharfen Zähnen gab es keine. Wir schliefen die erste Zeit im Boot und …"

„Ich weiß! Langweile mich nicht! Wir haben euch beobachtet. Unterbrich mich nicht ständig!", tobte Merlin, dämpfte aber seine Stimme,

„wir haben Maria nach eurer Reiseroute befragt. Erstaunliche Leistung für einen Wikinger wie dich, der eine Landratte ist. Aber wohin wolltest du mit ihr?"

Al traute ihm nicht und konnte nicht glauben, dass Maria ihre Route verraten hat. Oft wussten sie nicht genau wo sie waren.

„Wir fuhren auf dem Meer mit Hilfe des Wikingerkompasses. Wir waren sehr lange unterwegs, Merlin."

Merlin studierte Al und erkannte, dass er sein Vertrauen nicht hat. Vermutlich hat er die Lüge erkannt, was Marias Auskunft über ihre Route war. Maria konnte nichts zur Route sagen. Merlin aber musste wissen, ob Al die Winde kennt, mit denen man von der Westküste Afrikas hierher in sein Land kommt – in Merlins Reich. Noch viel wichtiger aber wäre, ob Al auch die Winde im Norden kennt, die ihn wieder zurück nach Europa bringen können.

„Nun Alskaer, ich besuche dieses Land schon viele Jahrhunderte in deiner Zeitrechnung. Die Bauwerke, die du hier siehst, wurden nicht von diesen Wilden errichtet. Es war eine andere Hochkultur, denen ich zu Größe und Macht verhalf. Jedoch konnten sie mit dem Wissen, das ich ihnen schenkte, nicht umgehen und sie beuteten die Natur aus bis ihr Lebensraum zerstört und unbewohnbar war. Es dauert über 200 Jahre bis die Natur zurückkam und diese Gegend wieder bewohnbar für diese Wilden machte. Ich führte sie hierher und wahrlich sie glaubten Götter hätten diese alles errichtet, um es kurz zu machen. Denn im Wesentlichen beschäftigt mich nur eine Frage", Merlin hielt kurz inne, „wie habt ihr das Problem, mit dem Trinkwasser gelöst, Alskaer mein Freund? Ich habe deinen seltsamen Topf gefunden."

„Wir haben in letzter Not unseren Urin ausgekocht und getrunken. Die Götter aber schenken uns günstige Winde und trugen uns an deine Küste", log und schmeichelte Al schlagfertig, „wie löst ihr euer Wasserproblem auf See, mein Freund Merlin?"

„Ich war erstaunt, Alskaer, als ich die Feuerstelle auf eurem Boot sah. Habt ihr viel gekocht?", übersprang Merlin Als Frage.

Al war überrascht, dass er ihr Boot so genau kannte, aber wusste, dass Merlin keine Ahnung vom Kochen hatte und konterte ihn aus, „Salzwasser gab´s genug und mehr braucht man nicht für eine Ratatouille." Al wusste, dass Ratatouille ein Essen armer Leute war, was Merlin nicht kennen, geschweige essen würde. Al selber kochte sich diesen Eintopf aus Nüssen, Zwiebeln, Rüben, Kohl und anderen Dingen, die er gerade zur Hand hatte, oft und gerne.

„Ah! Ihr habt sogar französisch gekocht. Fischsuppe, oder", Merlin kannte das Gericht nicht, „wie praktisch auf hoher See! Ich dachte, ihr Wikinger habt das Trinkwasserproblem auf See mit Eisbergen gelöst."

„Wikinger meiden Eisberge! Sie sind gefährlich; das lernen die Wikinger im Kindesalter schon."

Mit beiden Antworten hatte Al eigentlich nicht gelogen und für Merlin schienen seine Antworten wertlos zu sein. Al spürte seine Unzufriedenheit. Merlin ging auf und ab, um nachdenken zu können. Al nutzte die Zeit um sich zu bewegen.

„Wolltest du länger hier an diesem Strand bleiben, Al?"

„Nein! Nicht für immer, Merlin!"

Nun wähnte sich Merlin am Ziel und die nächste Frage war entscheidend für ihn: „Wolltest du mit Maria weiter nach Süden segeln?"

„Ja, damit wir am Ende dieser Küste auf Afrika treffen um dann zurück nach Europa zu kommen", erklärte Al und hoffte auf eine brauchbare Reaktion oder Antwort. Irgendwie schien Merlin plötzlich erleichtert zu sein.

„Wenn du diese Küste weitersegelst, erreichst du in einem halben Jahr Afrika", log Merlin, „aber geh nicht mehr an Land, den die Menschen im Süden sind sehr gefährlich. Auch wir meiden den Kontakt mit ihnen. Niemand hat je einen von ihnen gesehen geschweige denn überlebt. Von Zeit zu Zeit kommen sie und töten jeden, den sie fangen. Wir finden nur noch die aufgespießten Köpfe unserer Männer und Frauen. Den Rest nehmen sie mit, aber keine Ahnung ob sie die Körper auffressen. Die Menschen im Süden sind Monster!"

Merlin drehte sich mit einem Schmunzeln weg und schnalzte mit seinen Daumen und Zeigefinger, worauf seine Wilden aus dem Dschungel mit Blasröhrchen heraustraten. Er wusste nun, dass Al keine Ahnung hatte wohin er segeln würde. Bei einer Flucht, die es geben wird, würde Al weiter nach Süden ins Nichts in den sicheren Tod segeln. Er muss nur Maria von ihm lösen. Die erfundene Geschichte über die Menschenfresser im Süden amüsierte ihn, aber sie sollte Al nur versichern, dass er es ehrlich meinte.

„Eine Frage noch, Merlin! Diese Küste trifft auf Afrika?"

Merlin gab seinen Wilden ein Zeichen, worauf sie Al wieder in den Käfig drängten und einsperrten. Bevor Merlin ging, wollte er doch diese Frage noch beantworten:

„…aber ja, Alskaer! Du kannst Afrika erreichen, wenn du nach Süden weitersegelst."

Al war wiedererwartend im Käfig gelandet, aber war noch nicht satt, sondern hungrig nach mehr Informationen hinsichtlich dieser Küste:

„Hat diese Küste, diese Insel einen Namen?"

Über so viel Naivität konnte Merlin nur lachen, aber Al sollte denken, dass er sich über seine Fragen freut.

„Meine Insel ist ein riesiger Kontinent, du Idiot!", dachte Merlin jubilierend, als er seine nächsten Worte klug wählte: „Alskaer alter Eroberer, du kannst dir ein kleines Boot bauen und die Küste bis nach Afrika runtersegeln. Allein bist du schneller. Glaub mir, für Maria wird die Reise zu schwer und gefährlich werden! Mit einem größeren Schiff kannst du zurückkommen und sie abholen. Sprich aber mit niemanden über diese Insel in der alten Heimat. Der Name meiner Insel hier ist Merlingo, aber du wirst sie noch auf keiner Seekarte finden."

„Danke Merlin! Wann kann ich mein Schiffes bauen?"

Merlin ging zufrieden mit erhobenem Zeigefinger: „Boot, Alskaer! Ich sagte nur Boot!"

Maria kam unerwartet in einer Nacht zu Al und flüsterte erzürnt: „Was hast du getan, du Dummkopf? Ich hatte dir doch gesagt, ruhig zu sein! Sie sind wieder misstrauisch!"

„Nichts! Aber ich habe viel von Merlin erfahren. Wir sind auf einer Insel und …"

„Al, du solltest nicht mit Merlin und Nimué reden."

Er war verunsichert und ihre Antworten waren ihm fremd. Er musste wieder eine Verbindung zu ihr herstellen.

„Maria, ich habe hier den Stein mit Loch, den uns die Götter gesandt haben. Ich glaube daran, dass wir…"

„Al, es ist nur ein Stein!"

„Bitte! Hier nimm ihn, Maria! Ich habe ein Lederband gemacht, damit du ihn um deinen Hals tragen kannst. Wenn du Hilfe brauchst, dann versuche, ihn mir zukommen zulassen. Ich komme dann sofort, Maria!"

Sie nahm den Stein mit Anhänger nur in ihre Hand und hielt ihn gegen das Abendlicht, das sich im Meer spiegelte. Aber sie konnte Al in diesem Moment nicht verstehen und schon gar nicht den Sinn dieses Steines mit ihm teilen. In ihrem Kopf war eine Blockade, die sich aufbaute.

„Die beiden sind …!", versuchte er sie wieder heranzuholen.

„Ich weiß wer sie sind, aber die wissen nicht, dass ich es weiß! Es sind noch mehr Aeternis aus der alten Welt hier. Die meisten bleiben aber an Bord ihres Schiffes. Es liegt in einer Bucht vor Anker. Ich habe nur Kyrill und Scaros kennengelernt."

„Kyrill ist auch hier", registrierte Al, „er hat also die Seiten gewechselt. Scaros ist Merlin hörig, dieser Wahnsinnige."

„Sind das Freunde von dir, Al?"

Er brummte nur; eine Antwort war ihm zuwider.

„Du hast meinen Fluchtplan zunichte gemacht! Sie haben unser Boot versenkt und jetzt müssen wir bleiben bis ich das Kind bekommen habe!"

„Welches Boot? Ein Kind, Maria? Dieser Wilde hat ...“

„Hör mir bitte zu, Al! Ich habe nicht viel Zeit!"

„Das hat Merlin gemeint mit, dass die Reise für dich zu beschwerlich sei", flüsterte er laut denkend.

„Was? Nein, hör zu! Wie du mir schon erklärt hast, Al, sind wir einzigartig und es geht darum unsere Art zu schützen und fortzupflanzen. Das geht aber nur, wenn ich mit einem bestimmten Mann ein Kind zeuge. Deswegen testen sie unser Blut und vermischen es mit einem Gift, mit dem diese Wilden eigentlich Fische fangen."

„Mit wie vielen Männern musstest du dich zusammenlegen, Maria?"

„Das ist doch egal, Al!"

„Nicht für mich. Für jeden dieser Männer wird Nimué einen qualvollen Tod erleiden. Odins Wölfe, Geri und Freki, werden Nimué zerfleischen und in Hels Unterwelt bei Frost und Kälte werfen, wo ihre Knochen gebrochen und sich alle von ihrem Knochenmark nähren werden."

„Al, sei still! Ich habe es für uns getan!", erwartete sie Verständnis.

„Ich habe das von dir nicht verlangt. Gib nicht mir die Schuld!"

„Für was, Al? Sieh mich an und sag mir für was?"

„Warum schreist du so?"

„Du schreist, Al!"

Al drehte sich zur Seite und schwieg!

„Was steckt da in deinem Schulterblatt, Al?" Fragte Maria besorgt.

„Nichts! Geh einfach!", Al entfernte eine kleine Spitze und warf sie hinaus.

„Für was hältst du mich, Al? Sag es ruhig! Für eine dieser Huren von

Konstanz. Denkst du so von mir, du Heuchler?"

„NEIN! Sei ehrlich!", schrie er sie an wie noch nie zuvor.

„Es reicht! Dann sei du ehrlich zu mir", schrie Maria zurück, „sag mir wer du wirklich bist!"

Al blickte sie fragend an.

„Nimué sagte mir, du kannst mich nie als Frau lieben, sondern nur wie deine Tochter. Wie konntest du mich so belügen - die ganze Zeit?"

„Was soll der Unsinn? Du bist nicht meine Tochter!"

„Sie aber sagten es!", erwiderte Maria energisch.

„Ja, ich habe deine Mutter geliebt und bin schuld an ihrem Tod. Aber niemals war ich mit ihr vereint. Es ist verboten und tödlich. Dein Vater hieß Horus und er war Grieche - woher wäre deine Hautfarbe sonst so getönt? Ich bin Wikinger und weiß. Denk nach!"

In Marias Kopf schien ein Knoten geplatzt zu sein und ihr erschien es auch unwahrscheinlich und unmöglich, dass Al ihr Vater sei. Aber sie war immer noch erzürnt: „Dann verrate mir doch warum du in Konstanz mit dieser Frau mitgegangen bist und mit ihr Dinge getan hast, die du mit mir nicht machen willst? Wir hätten über unsere Liebe reden können und gemeinsam entscheiden können. Menschen können sich lieben und Gefühle austauschen ohne Kinder zu bekommen, du --- du eingebildetes Mannsbild. Ich hätte dich auch lieben können ohne ... Aber du hast dich gegen alles gewehrt ohne ... ohne mit mir zu reden. Du hast mich belogen! Die ganze Zeit hast du mich belogen, wer du bist!"

Maria war innerlich entwurzelt, verletzt und ging weg ohne Al antworten zu lassen.

„Vergiss den Stein nicht!", rief er ihr nach.

Al hätte ihr gerne über sein Gespräch mit Merlin mit dem Versprechen ein Boot bauen zu dürfen, erzählt, aber es war nicht möglich. Er betrachtete erzürnt die Pfeilspitze, die in seiner Schulter war und wartete darauf müde zu werden. Sicher ein Geschenk von Nimué, von dem

Merlin nichts wusste. Er wurde aber nicht müde; er war aufgebracht.

Etwas abseits dieses Streites saß Nimué mit einem am Kopf gefiederten Mann im Gebüsch.

„Gut getroffen, mein kleiner Wilder!", lobt sie ihn, „sie streiten sich schon. Mein Gift wirkt. Ich benötige noch mehr grüne Schlangen."

Der Wilde verstand ihre Worte nicht, aber man sah ihm an, dass es ihn glücklich machte, etwas für seine Göttin getan zu haben.

Am nächsten Tag wurde Al aus dem Käfig geholt und auf eine Baustelle geführt. Es war ihm lieber als untätig im Käfig zu sitzen und er konnte so besser an einen Fluchtplan arbeiten. Maria sah er für eine lange Zeit nicht mehr; nur einmal als ihr Babybauch schon deutlich zu erkennen war, war sie unterwegs mit anderen Frauen.

Er hoffte nur, dass sie ihren letzten Streit bald vergessen können. Er wusste, sie würde es ihm nicht für immer nachtragen und so plante er weiter an ihrer Flucht. Wochen und Monate vergingen ohne dass sich Maria und Al sahen.

Die Arbeit auf der Baustelle ging gut voran und er konnte tatsächlich sein Wissen über Holzbau hier einbringen. Die Bauleiter der Wilden waren sichtlich zufrieden mit ihm und seiner Arbeit. Zapf- und Schlitzverbindungen mit Holz waren hier noch nicht bekannt. Sie fällten auch Bäume aus sehr hartem Holz, das Al nicht kannte.

Wie von Merlin versprochen, fand er auch Zeit, sein Boot zu bauen. Er wurde zwar bewacht, aber konnte sich frei bewegen. Die Wilden staunten über seine Bootsbauweise; insbesondere der Drachenkopf begeisterte sie zunehmens, was Merlin nicht gefiel. Plötzlich tauchten ähnliche Drachenköpfe in Stein auf den Gebäuden der Wilden auf. Al genoss diese Situation und belächelte die Verärgerung von Nimué. Sie reagierte damit, dass sie Al mit seinem Käfig tiefer in den Dschungel bringen ließ. Eines nachts kam eine große, tiefschwarze Katze an Als Käfig und kratze mit ihren Pratzen an den Käfigstäben. Al hatte sie erst sehr spät bemerkt. Die Wilden hatten die Katze vermutlich auch bemerkt und durchstreiften den Wald mit Fackeln. Die Katze fauchte und floh. Am nächsten Morgen sah Al den Schaden, den diese schwarze Katze nachts angerichtet hatte. Haustiere der Wilden waren verletzt worden.

Eines Abends brachte man ein junges Mädchen zu ihm und sperrte es in seinen Käfig. Er kannte das Mädchen von der Baustelle. Sie war klein und nicht so kräftig wie die anderen. Man sah, dass ihr die Arbeit dort zu schwer war, aber niemand kümmerte es. Sie gehörte zu dem Teil der Menschen hier, die geboren waren um zu arbeiten oder geopfert wurden. Das Mädchen saß nun in seinem Käfig und der gefiederte Mann, der sie gebracht hatte, stieß sie mit einer Lanze an, so dass sie Al näher rückte. Al glaubte zu verstehen.

„Du verdammtes Miststück!", schrie Al in alle Richtungen.

„Ist das deine Art, Rache zu nehmen? Was willst du damit erreichen, Nimué? Bist du schon so heruntergekommen, dass du Kinder schickst um deine Rache zu befriedigen? Willst du nicht mit dem Mädchen tauschen? Los Nimué zeig dich, lass es uns austragen oder bist du zu feige dazu oder schickst du mir wieder verhexte Pfeile."

Das Mädchen im Käfig verharrte ängstlich bis man ein lautes Gelächter von einer Frau hörte.

„Alskaer, es ist so schön dich in Rasche zu sehen. Ich liebe dein Wikingerblut, wenn es vor Hass kocht wie der Vatnajökull."

Nimué schritt langsam aus ihrem Versteck an seinen Käfig.

„Beleidige nicht meine Heimat mit deiner Dummheit, du Teak!"

„Ach was! Ich kenne dieses Wort, es beleidigt nur Isländische Frauen, nicht mich. Ist mir egal wie du mich nennst! Aber jetzt will ich dir eine Freude machen und mein Geschenk gefällt dir nicht."

Sie kicherte gekünstelt, dass sich sogar ihr Begleiter wunderte.

„Nimué, was … was willst du eigentlich wirklich?"

„Ihr Name ist Tutequ, was so viel wie Maisblüte bedeutet. Das müsste dir doch … zusagen."

Sie lachte und beobachtete ihn.

„Du hast mich hier in den Wald bringen lassen – warum?"

Sie blickte amüsiert und anzüglich, aber schwieg.

„Ich habe die Frauen dort hinter in der Waldbehausung entdeckt. Sollen sie mich bewachen, beobachten oder …?"

„Nein, Alskaer! Sie sind nicht wegen dir hier. Die Praquopas stecken ihre Frauen während der monatlichen Reinigung in diese Waldhütten. Sie glauben, dass die Bäume den Frauen helfen und Schutz geben. Ich versteh´s nicht ganz; es ist auch unwichtig!"

„Diese Wilden haben einen Namen – Pra…! Wie war er?"

Sie fuhr in sich und war zu geschwätzig geworden.

„Das ist nicht deine Sache. Nimm dir Tutequ oder lass es!", vertuschte sie ihre Unbedachtheit und wirkte schwankend.

Er studierte sie kurz und holte zum Gegenschlag aus.

„Weiß Merlin davon, dass du lügst und betrügst oder musstest du ihn erst um Erlaubnis fragen? Warum behauptest du ich sei Marias Vater? Er würde sich nie so weit herablassen. Aber du schon … du möchtest mir dieses Mädchen schenken … kann es sein, dass du im Geiste mit ihr dann die Rollen tauschst, Nimué? Komm herein!"

Er lachte laut.

Nimués Blicke wurden starr und regungslos. Kein unkontrolliertes Augenzwinkern entkam ihr.

„Komm herein zu mir, Nimué und koste von meiner Liebe!"

Sie schwieg und gab dem gefiederten Mann ein Zeichen das Mädchen aus dem Käfig zu holen.

Ihr Blick war gefroren, aber dann …. lächelte sie wieder, als wäre ihre Eiskruste gebrochen.

Tutequ stand regungslos neben dem Mann.

„Nein!", schrie Al, aber das Mädchen sackte zusammen.

„Du wolltest sie ja nicht, Alskaer. Jetzt wurde sie vom Messer geküsst. Sie war zu schwach für die Arbeiten auf deiner Baustelle. Hättest du sie genommen, hätte sie eine neue Arbeit gehabt."

„Sie war noch ein Kind, du ...!"

„DU hättest so einfach ihr Leben retten können. Sie muss essen und auch dafür arbeiten wie alle anderen."

Nimué ging mit dem gefiederten Mann und das tote Mädchen lag vor seinem Käfig. Sie wurde erst nach Stunden von ihrer Familie abgeholt.

Tage später lag er nachts wieder in seinem Käfig und dachte über seine Pläne nach als er plötzlich ihre Stimme hörte.

„Al, bist du wach?"

Er richtete sich auf und freute sich über ihren Besuch.

„Maria, wie geht es dir? Wo ist dein Babybauch?"

Sie lachte leise: „Es ist ein Junge!"

„Es freut mich! Seid ihr beide wohl auf, Maria?"

„Ja! Es gibt hier so viele Kinder wie Blumen auf einer Wiese im Frühling. Merlin nennt es auch seinen Kindergarten als würde er sie anpflanzen."

„Du siehst wunderschön aus, Maria!"

„Al, es tut mir leid, dass ich so ... zu dir war. Ich habe erkannt, dass du Recht hattest mit ihr; sie ist eine Hexe. Während meiner Schwangerschaft hat sie mir keine Getränke gegeben, also wurde mir Vieles klar. Ich verstehe jetzt warum du mich nicht so lieben kannst wie ich dich!"

„Ist gut und vergessen, Maria!"

„Al, ich bin nicht alleine! Es gibt viele Frauen hier, die sich unfreiwillig mit Männern vereinigen müssen um Aeternis zu erschaffen. Du hast Recht, die beiden sind verrückt. Sie sind alle mit einem Schiff gekommen."

„Auf unserem Weg, Maria? Sie kennen den alten Weg?"

„Nein, Al, es ist ein anderer Weg! Es heißt Portugal und liegt auf der anderen Seite des großen Wassers. Man fährt einfach gegen Osten, sagte mir der Matrose."

„Welcher Matrose?"

„Der Matrose, mit dem ich mich unterhalten habe, hat mir erzählt, dass sie von dort losgesegelt sind ohne zu wissen wohin. Erst nach einiger Zeit haben Merlin und Nimué das Ziel bekanntgegeben. Es gab Seeleute, die an Bord meuterten, weil sie dachten man würde an den Rand des Meeres segeln und dann hinunterfallen. Sie wurde alle aufgehängt, erzählte der Matrose", Maria machte eine Pause und Al wartete, „gibt es diesen Rand am Meer, Al?

„Keine Ahnung, Maria, aber glaube mir, die beiden haben Tricks auf Lager, von denen du noch nie gehört hast. Sei wachsam und vorsichtig, aber woher verstehst du portugiesisch!"

„Wir sprechen nicht. Der Matrose kann gut zeichnen. Seine Reisebilder sind eindeutig. Auf der Überfahrt hierher waren auch Kinder dabei, die hier ohne Furcht vor Verfolgung und Tötung aufwachsen können. Es ist ein Paradies für Unsterbliche, Al!"

„...aber mit einer Schlange darin! Trau der Frau niemals!"

„Al, ich liebe dich. Nimué und Merlin bekommen das Baby und sind zufrieden. Wir können glücklich sein und zusammen hier wie eine Familie leben."

„Maria, mach es mir nicht so schwer! Ich möchte immer für dich da sein, aber ich kannte und liebte deine Mutter und ich war bei deiner Geburt dabei. Ich kann deine Liebe, die du willst, nicht erwidern!"

Maria zog ihre Hand zurück und eine unsichtbare Wand war plötzlich wieder zwischen ihnen. Sie verstand Al nicht!

„Immer wieder muss er betonen, dass er mich liebt und doch nicht lieben kann. Das weiß ich, warum versteht er mich nicht", dachte sie zurückweichend. Sie stand auf und ging wortlos.

Am nächsten Morgen wurde Al aus dem Käfig gelassen und auf eine andere Baustelle gebracht, wo er schwerer und länger arbeiten musste. Zusätzlich wurde er nachts gefesselt, dann lockerte man seine Haft. Es vergingen Wochen, in denen er von Maria nichts hörte. Nur der Gedanke, Rache an Merlin und Nimué zu nehmen, machte ihn stark.

Auch wenn er jetzt Maria verloren hatte, würde er nicht aufgeben. Er hatte seinen Plan und er konnte ihn jeder Zeit umsetzen; die beiden mussten nur einmal unachtsam sein. Er hatte sein unsichtbares Netz gesponnen und wartete wie eine Spinne auf Beute - auf Nimué und Merlin.

Es war nicht ganz ein Jahr vergangen, als eines nachts sein Käfig geöffnet wurde. Er täuschte seinen Schlaf vor und war bereit den Eindringling jeder Zeit niederzustrecken. Jedoch der Fremde löste seine Fußfesseln und versuchte ihn leise zu wecken. Es war Maria.

„Was…?", fragte er leise.

Sie hielt ihm den Mund zu und gab ihm einen Wink mit zu kommen. Ein anderer Mann kam und trug einen leblosen Körper auf seinen Schultern. Sie zerrten den Toten in den Käfig, legten ihm Fesseln an und deckten ihn zu. Al folgte Maria und dem Fremden ohne Fragen und Worte. Erst nach einem langen Fußmarsch stoppten sie im Wald und Maria richtete sich vor Al auf.

„Sie ist noch schöner geworden", dachte Al lächelnd und glücklich.

„Das ist der Matrose, von dem ich dir erzählte habe. Er hilft uns, wenn wir ihm helfen. Er kann nur portugiesisch!"

Al sah den Matrosen an, nickte und schwieg.

„Merlin und Nimué sind gestern Morgen zurück nach Portugal gesegelt", flüsterte Maria.

„… und was macht dann der Matrose bei uns?"

Der Matrose lächelte nun freundlich, da man von ihm sprach.

„Sie werden alle Matrosen töten bevor sie Portugal erreichen, damit sie den Seeweg nicht verraten können. Merlin und Nimué hatten mich nicht bemerkt, als ich sie belauscht habe."

„So dumm sind die nicht. Das war sicher Absicht, dass du das hörst!"

„Nein, wir sind sicher! Da vorne ist unser Boot! Wir haben Trinkwasser und dieses gelbe Frucht gesammelt."

Al schulterte das Trinkwasser. Der Matrose trug den Proviantsack.

Misstrauisch folgte er den beiden und sollte Recht behalten. Das Boot war zerstört und Schreie aus dem Wald waren zu hören. Ihre Flucht war entdeckt worden oder war von vorne herein als Falle gedacht.

„Vertraut mir! Kommt!", sagte Al.

Sie rannten zu einem Nebenfluss.

Al zerrte ein kleines Einbaumboot aus dem Unterholz.

„Wartet hier!"

Er paddelte zum anderen Ufer.

„Die Flussmonster, Al!", rief sie ihm flüsternd nach, aber er hörte und reagierte nicht. Während Al das Gras und Schilf am anderen Ufer zertrat und Spuren hinterließ, blieben Maria und der Matrose diesseits. Er kam zurück. Sie marschierten im Fluss gemeinsam einige Meter flussaufwärts, wo sie wieder ans diesseitige Ufer gingen. Die Eingeborenen kamen hörbar näherer und berieten, ob sie ans andere Ufer übersetzen sollten. Sie kannten auch die Gefahr im Fluss. Sie holten ihre Boote und verteilten sich auf beide Ufer. Al hatte Zeit gewonnen. Er schlich mit Maria und dem Matrosen zu seiner Baustelle. Durch ein großes Tor betraten sie in ein Gebäude und Al zeigte ihnen an, sie sollten weitergehen. Fackeln beleuchteten nur sehr diffus die Gänge. Er nahm ein Seil, das am Boden im Sand unscheinbar herumlag, auf und folgte den Beiden. Es war um Gerüstpfeiler gebunden. Nach einigen Metern stoppte er und man hörte die herankommenden Verfolger. Er hielt das Seil jetzt straff. Maria und der Matrose kamen zu ihm und sie verstanden was er vorhatte. Alle Drei waren jetzt am Seil und warteten auf ein Zeichen von Al. „Jetzt!", rief er.

Ein fester Ruck und die Gerüststützen wurden aus ihrer Position gerissen und stürzten unter der Last der Decken ein und begruben einen großen Teil ihrer Verfolger.

„Das war eigentlich für jemand anderes gedacht", erklärte Al.

Die Drei verließen das Gebäude durch eine Hintertür. Sie liefen am Ufer nun flussabwärts zum Meer. Ihre Verfolger waren sie für eine gewisse Zeit los.

„Wir versuchen unsere Strandhütte zu erreichen. Dort habe ich damals unser Floß zum Fischen versteckt. Es müsste noch fahrtüchtig sein", erklärte Al.

Sie rannten die ganze Nacht und bald hörten sie das Geschrei ihrer Verfolger nicht mehr. Al kletterte auf einen Baum, orientierte sich und rief nach unten: „Da vorne ist Yggdrasil, Maria! Der Weg stimmt!"

Sie erreichten ihre zerstörte Hütte und ihr verbranntes Boot lag als Wrack im Meer, aber das versteckte Floß mit Ruder war intakt. Ohne Zeit zu verlieren stachen sie in See Richtung Osten nach Portugal - wie weit das auch immer entfernt sein möge. Der Matrose gab Al zu verstehen, dass sie in dieser Richtung rudern mussten und sagte aufs Meer deutend: „Ilha!"

Als der Matrose etwas in den Sand malte, verstand Al, dass er eine Insel meinte. „Es geht also nicht sofort nach Hause", sagte er vor sich her.. Maria sah Al an und weinte vor Glück, denn nun wusste sie was ihr die letzten Monate gefehlt hatte und was sie nie wieder vermissen wollte.

„Was ist, Maria, weinst du?" fragte Al.

„Die salzige Seeluft kratzt mich im Auge!" Maria steckte am Rücken ihr Haar zusammen, dabei sah er, dass sie ihren Lochstein um ihren Hals trug. Der Matrose hatte derweil schon die Ruder gepackt und das Floß vom Strand abgestoßen. Von den Eingeborenen war nichts zu sehen.

„Wo ist dein Boot, was du bauen durftest, Al?"

„Eine Finte für Merlin und Nimué!"

„Eine was bitte?"

„Er hat mich belogen, als er sagte, wir müssten nach Süden segeln um nach Hause zu kommen. Das Boot aber musste ich fertig bauen, um ihn zu täuschen."

„Was bedeutet das? Hast du mir nicht vertraut?"

„Nein, aber ich war mir lange nicht sicher. Als Merlin damals wissen wollte, wie wir hierherkamen, erzählte er mir, dass die Wilden dachten, wir seien auch Götter, weil wir übers Meer kamen. Das machte mich neugierig und vorsichtiger. Du hast mir von den Bildern deines Matrosen erzählt. Auf der Baustelle wurden Wandgemälde angefertigt, denen ich anfangs keine Beachtung schenkte. Dann merkte ich, dass es Bilder von Merlins Reise übers Meer waren. Seine Eitelkeit ist seine Schwäche. Unsere Heimat liegt also nicht im Süden, sondern dort im Osten."

„Davon hast du nie etwas gesagt, Al."

„Glaubst du mir jetzt, dass man den beiden nicht trauen kann?"

„Ich verstehe jetzt", sagte Maria geläutert.

„Wirst du dein Baby vermissen?"

„Nein, es war nie das Meine. Es ist bei Nimué auf dem Weg in die alte Heimat. Es wurde nicht in Liebe, sondern im Rausch gezeugt - es gibt keine Verbindung. Ich kann es dir nicht besser erklären!"

Der Matrose sprach ein paar Worte auf Portugiesisch, „você discute como um velho casal", und sie konzentrierten sich wieder auf ihrer Flucht, obwohl sie ihn nicht verstanden hatten.

Merlin stand am Ruder neben dem Steuermann und blickte zufrieden nach Osten. Die Sonne waren hinter ihm bereits im Meer versunken. Er wusste, bei gutem Wind erreichen sie Portugal in sechs Wochen. Er liebte den salzigen Duft des Meeres und er freute sich auf das Morgenrot vor Madeira – beides für ihn Konstanten, auf die er sich verlassen konnte. Er schloss seine Augen und berührte sanft seine Wangen. Seine Hände und sein Gesicht waren nach all den Jahrtausenden noch frei von Narben und Falten. Sein Körper war makellos und er bewunderte sich. Vor seinem geistigen Auge erschienen ihm am Horizont Pyramidenspitzen; schemenhaft wie eine Fata Morgana. Er lächelte und wortlos bewegten sich seine Lippen als er Cheops sah; ein perfekt geometrischer Körper mit glatter weißer Marmoroberfläche. Die Spitze glänzte im Sonnenlicht. Ein Sonnenstrahl traf vor seinem geistigen Auge die goldene Spitze und wurde wieder gen den Sternenhimmel reflektiert. Sein Freund Imhotep winkte ihm zu. Er hatte sein Wissen über die Baukonstruktion der Pyramiden weitergegeben und …

Nimué kam hinzu, störte seinen Tagtraum und sprach mit Merlin in altaztekisch, was der Steuermann nicht verstand: „Zufrieden, Merlin? Oder bereust du, dass Alskaer und Maria von den Wilden getötet wurden. Ich hätte es so gerne gesehen, wenn sie seinen Körper aufbrechen und er zusehen kann wie er ausblutet ohne Schmerzen zu spüren. Womöglich hätte er noch mitansehen können, wie der Priester Quártlpeté sein Herz in Händen hält, nachdem er es aus seinem Brustkorb gerissen hat." Sie rief ein lautes Heulen in den sternenklaren Atlantikhimmel.

„Nimué", lachte Merlin, „du wirst den Namen dieses Priesters nie richtig aussprechen können und ja, … es ist schade, dass du mich störst und dass beide sterben mussten. Eine Welt ohne Feinde und Streit ist langweilig. Ich werden mir neue … ebenbürtige Gegner suchen müssen."

Wind fuhr durch ihr Haar und auch sie nahm einen tiefen Zug salzige Meeresbrise. Sie war barfuß und ihr Kleid aus chinesischer Seide schmiegte sich ihrem Körper an und betonte ihre fraulichen Formen.

„Du bist … glücklich, dass Alskaer tot ist. Du trägst dein Festkleid, aber was würde der Shogun dazu sagen, dass du keine Schuhe trägst. Fujiwaro dreht sich sicher im Grabe um", lächelte er.

Der Steuermann blickte hoch zu Merlin und reagierte etwas verwundert, als er den Namen Alskaer hörte und im Wörter-Kauderwelsch verstand.

„Der Mann im Käfig", dachte der Steuermann fürsorglich, aber betrachtete weiter den Wind, der sich in den prallen Segeln zeigte. Er liebte die See und konnte die Kraft des Windes im Steuerrad spüren, wenn das Schiff das Meer durchpflügte. „Daheim", so der Steuermann in Gedanken entflohen, „wird mir keiner glauben, was ich gesehen und erlebt habe. Es gibt Land und unvorstellbare Reichtümer jenseits des Meeres. Man fällt nicht vom Rand des Meeres. Ich werde …"

„Fujiwaro! Der alte gelbe Drache …", lachte sie vergnügt.

„Alskaer ist tot und Irina seine Mutter wird dir ewige Rache schwören. Du weißt, SIE kennt keine Gnade, Nimué!"

„Dieses alte Wikingerweib macht mir keine Angst. Es ist nur schade um Maria, sie hätte uns noch so viele Kinder schenken können. Der kleine Stanislaus wächst schnell und ist gesund."

„Du wählst seltsame Name für meine Kinder. Warum?"

„Seine Name erinnert mich an einen Mann namens Stanislaus, der mir sehr treu und ergeben war", lächelte sie gedankenerfüllt.

„Ah! Diesen Stanislaus meinst du. Er ist schon fast 300 Jahre tot und er war dir verfallen. Ein Sklave; ein wirbelloser … Wurm war er!"

Sie lachte laut und zog die Aufmerksamkeit des Steuermanns auf sich. Sie ging ein paar Schritte vor und der Steuermann konnte sich an ihrem Anblick nicht sattsehen. Sanftes Mondlicht umhüllte Nimué und sie wusste um ihre Macht, die sie über Männer hatte. Licht und Schatten spiegelten sich auf dem Seidenkleid und ließ es im silbernen Glanz erstrahlen. Fließende Linien führten die Augen des Steuermanns zu immer neuen Geheimnissen und Verborgenem auf ihrem Kleid.

Merlin genoss ihre Spielchen und belächelte die hormongesteuerte Reaktion des Steuermanns. Ein paar spielende Aeterni-Kinder lenkten ihn von seinen Gedanken kurz ab, als sie vorbeiliefen.

„Ist alles bereit, dass wir die Matrosen beseitigen, Nimué?"

„Natürlich, Merlin!", antwortete sie tanzend und ihre Augen verführten den Steuermann, dass er die Sterne am Himmel vergaß, „wir versenken das Schiff vor Madeira. Die Mannschaft wird dem Tod ins Auge sehen und ertrinken."

„Erwartet uns das identische und namensgleiche Schiff dort, Nimué? Ist die neue Mannschaft zuverlässig?"

„Ja, mein Meister", scherzte sie, „aber warum hast du dem einen Matrosen geholfen?"

„…, weil ich mit meinen Händen heilen kann und er hier an Bord arbeiten muss, meine geliebte Zauberin. Du bist zu hart zu den

Männern."

„Er ist jung und könnte Kopfschmerzen ertragen. Aber er wir vor Madeira … qualvoll … ersaufen."

„Das ist sein Los! Es war seine Entscheidung an Bord zu gehen und mit uns zu segeln. Er hat sich von Frau und Kind am Hafen von Coruna verabschiedet. Er hätte weiter Fische fangen und weiter ein armseliges Leben führen können, Nimué."

„Aber er wird sterben, Merlin. Du bist herzlos!"

„Diese gewöhnlichen Menschen sollten glücklich sein, wenn ich ihrem kurzweiligen und erbärmlichen Dasein einen Sinn gebe."

„Wirst du dich um die Frau mit dem Kind kümmern, Merlin."

Sie lächelte und er blickte mit getarnten Gedanken, aber sie konnte sie lesen: „Du schickst sie in ein Frauenhaus! Den Plan hast du bereits gefasst, als er an Bord kam. Du kleiner …!"

Er verbarg nur zögerlich ein zufriedenes Schmunzeln; denn er liebte es mit den normal sterblichen Menschen zu spielen und ihr Schicksal zu sein. Seine Unsterblichkeit ermöglichte es ihm und er lenkte mit einer Frage ab: „Welchen teuflischen Trank hast du diesen Mal wieder gebraut?"

Sie lachte nur und tanzte: „Schau Merlin, wie deine Kinder schön spielen; sie malen Bilder auf die Reling. Süß, nicht!"

Merlin lächelte zurück, aber ein Wimpernschlag reichte, dass sich seine Stimmung verfinsterte. Er sah die Bilder der Kinder und er sah die Bilder in der Pyramide, in der Alskaer gearbeitet hatte. Bilder, die seine Reise übers Meer dokumentieren und Alskaer hatte sie gesehen. Er spürte ganz deutlich, er würde Alskaer wiedersehen, aber behielt seine Vermutung für sich.

Nach einigen Seemeilen und zwei Tagen auf See entdecken sie Land, aber Maria, Al und der Matrose waren sich sicher, dass es nicht Portugal war. Merlin war mit seinem Schiff weit weg und keine Gefahr. Der Matrose hatte eine der vorgelagerten Inseln angesteuert. Sie gingen an

Land und die dort lebenden Menschen waren freundlicher. Sie waren ungefedert und hatten keine Pyramiden oder große Opfersteine. Es gab keine Klassenunterschiede und mordende Priester. Man lebte gemeinsam als gute Nachbarn, aber man hielt einen gewissen sicheren Abstand. Der Matrose nahm sich eine Eingeborenenfrau und lebte dann in ihrem Dorf. Er starb nach vielen Jahren eines natürlichen Todes und hätte beinahe die Ankunft eines Europäers noch erlebt.

Maria und Al segelten mit einem Boot der Einheimischen aus Sorge, dass Merlin wieder kommen könnte, nach Norden und erreichten die Inselgruppe der Bahamas, wie wir sie heute nennen.

Es war anno 1492 als drei Schiffe vor einer der Nachbarinseln ankerten. Al und Maria befürchteten zunächst es wären Merlin und Nimué, die nach ihnen suchten. Aber ihre Befürchtungen waren falsch - es war ein Mann namens Kolumbus, der ihre Welt entdeckte. Sie fassten den Entschluss wieder heimfahren zu wollen - kein sterblicher Mensch würde sie nach so langer Zeit noch erkennen. Eine Gelegenheit bot sich zufällig. Missionare kamen auf ihre Insel, wurden krank und starben.
Al und Maria verkleideten sich wiedermal als Mönche und konnten mit der „Pinta" am 12.Oktober 1493 nach Hause segeln und erreichten drei Monate später La Coruna in Spanien.

Maria war wieder im Jetzt in ihrem Hausarrest und sagte für sich: „Endlich wieder zu Hause! Hunger!"
Sie verließ ihr Zimmer und schlenderte vorsichtig Richtung Küche.

Gut 520 Jahre später betrat Kommissar Roja das Büro des Gerichtsmediziners: „Hallo, Vito!"
Das Gerichtsgebäude von La Coruna befand sich im neuen Hafengebiet, das nur entstehen konnte, weil das Meer hier verlandet war. Also

dort wo Roja entlangging, sind Maria und Al einst mit der `Pinta` darüber gesegelt.

Alte Freunde

Kommissar Roja betrat das Büro des Gerichtsmediziners. „Hallo, Vito!"

„Roja, du! Ich habe dich schon erwartet, aber gehofft deine Kollegin käme!"

„Hast du den unbekannten Toten schon untersucht ?"

„Ja , viel habt ihr mir nicht gebracht , aber es ist unglaublich ! Die Todesursache war der Sturz gegen die Treppe, aber aus Neugier habe ich sein Herz untersucht", Vitorio holte das Herz, das in einer Alu-Schale lag, und machte es absichtlich spannend.

„Und!" Forderte Roja ungeduldig.

„Das Herz war das einzige Organ, das nicht von der Lauge zerfressen war. Es ist perfekt!"

„Was   heißt   das   ?"

„Das kann ich dir noch nicht 100%-ig sagen, aber ich bleibe dran. Ich habe schon einen Kollegen aus den USA angerufen. Er kommt wegen dieser und anderer Sachen hier her."

„Was noch?"

„Sein Blut, es ist rot, aber rein, frisch, unverbraucht …!"

„Vito, du redest wirr !"

„Roja, dieser tote Mensch da, oder was übrig ist von ihm, ist ein Wunder. Er war anscheinend noch nie krank. In jedem Blut kann man irgendwelche Rückstände finden: Grippe, Masern usw., aber bei ihm aber nichts!"

„Dann hat er eben gesund gelebt! Der Wunderknabe gehört dir, … sein Name ist nicht entscheidend für den Fall, aber dann musst du mir auch einen Gefallen tun!"

Vitorio schwieg und fühlte sich nicht wohl. Er hatte eigentlich noch etwas entdeckt, aber Roja hatte es nicht verdient, es zu erfahren. Er fand Speichel im Haar des Toten. Eine Frau muss ihn wohl angespuckt haben. Der erste Test hatte etwas Ungewöhnliches gezeigt, was er aber erst auswerten musste. Dieser arrogante und listige Roja hat es nicht verdient, dass man ihm hilft.

„Hast du noch Kontakte zur Fremdenlegion?", fragte Roja schroff.

Vitorio drehte sich weg und schwieg weiter.

„Vito, ich suche einen jungen Mann, er ist ein Tatverdächtiger - ein Mörder!"

Vitorio stellte regungslos sein Herz wieder in die Kühler.

„Fünf Menschen wurden ermordet und du schweigst Vito !"

„Roja, vögelst du immer noch mit deiner Kollegin Selenia oder mit einer anderen."

„Es ist lange her, dass ich einen Gefallen von dir eingefordert habe oder soll ich dich bei deinem richtigen Namen nennen, Vito?"

„Du bist und bleibst ein Schwein, Roja."

„Aber kein so großes wie du, Vito. Soll man deine wahre …!"

„Verdammt, Roja! Hör auf ! Ich kann dort nicht einfach anklopfen und fragen, ist ein Mörder bei euch ? Er hat sicher seinen Namen schon geändert! Die Fremdenlegion hat sich verändert - die Alten Kämpfer von damals sind weg oder längst tot!"

„Ich kann dir ein Fahndungsfoto von ihm geben - er ist aktenkundig ."

„Gib her, aber es wird dauern und versprechen kann ich nichts !"

„Vito, ich muss nur wissen ob er dort ist oder nicht."

„Roja, ich tu´s …. aber dann will ich deine Fratze nie wieder hier sehen."

Er blickte dem Kommissar lächelnd und schadenfroh nach und sagte mit Kopfstimme: „Roja du dummer, lahmer Hund hast nicht nach seiner Blutgruppe gefragt! Sie ist unbekannt! Eine Sensation, die mich reich und berühmt machen wird. Ich werde sie V nennen!" Mit ein paar ungeübten Flamenco-Tanzschritten näherte er sich dem Blutkühlschrank.

Das Telefon klingelte eine Etage höher im Sekretariat: „Gerichtsmedizinisches Sekretariat, Secunda Morales am Apparat."

Die Stimme am anderen Ende sagte: „Hallo Secunda, mein Kind! Ich bräuchte wieder die Hilfe von dir und deiner Schwester."

„Hallo, wie geht´s? Schön mal wieder von dir zu hören. Was kann ich tun?"

Die Stimme: „Ein toter Mann liegt bei euch in der Gerichtsmedizin. Es ist der Namenlose und er muss für immer verschwinden! Du wirst ihn wieder erkennen, wenn du ihn siehst. Es ist mein guter alter Freund, Alskaer !"

Secunda antwortet, „ Kein Problem ! Wird wie gewohnt erledigt, Vater!

"Secunda - Liebes, hast du noch Kontakt zu Marcos, deinem Freund bei der Polizei?"

"Ja, Vater!"

"Versuche herauszufinden, was sie über Maria wissen und gib Nimué Bescheid."

"Haben wir freie Hand dabei?"

"Aber natürlich, Liebes!"

"Wir kommen euch bald wieder besuchen, Vater."

Die Stimme aber hatte am anderen Ende schon aufgelegt - nur das Besetztzeichen war noch zu hören.

Maria saß auf einer Schaukel, die an einem alten Apfelbaum gebunden war. Sie hatte ihren Hunger mit Brot, Manchego und Oliven gestillt. In Gedanken und Erinnerungen versunken schaukelte sie nur hin und her, wobei ihre Füße den Boden berührten. Die ersten Sonnenstrahlen erreichten das Dorf und würden einen guten Tag ankündigen. Ein Duft von frisch gebackenen Brot aus der Dorfbäckerei erreichte sie und sie musste an französisches Baguette denken. Sie lächelte bei der Erinnerung an Frankreich und war im Nu glücklich.

Sie dachte, „Al, der Eifelturm und ich! Wie war das damals?"

Paris

1889 Weltausstellung in Paris und die Menschen kamen nicht aus dem Staunen und Lästern. „Haben Sie gehört, was die Töchter von Prinz Philippe von Orléans über das neueste Pariser Wunderwerk gesagt haben?" ‚meldete sich ein Mann mittleren Alters zu Wort. Er trug ein dunkelblaues, tailliertes Jackett und einen Melonenhut, der ihm einen respektablen, bürgerlichen Anstrich verlieh. „Dieses Eisenungetüm, so sagen sie, soll in weniger als zwanzig Jahren wieder abgebaut werden." „Ach, Jean-Claude," entgegnete sein Bekannter, der neben ihm in einem eleganten Zylinderhut und dunklem Anzug stand, während er nachdenklich seine Uhrenkette in der Hand drehte. „Die Prinzessinnen Hélène und Amélie verkennen die Einzigartigkeit dieses Bauwerks. Mit seinen 300 Metern ist es das höchste Gebäude der Welt. Ganz Europa beneidet uns um dieses Wunder der Technik, mein Lieber. Man sagt, der deutsche Kaiser hätte …" Plötzlich trat eine resolute Dame in das Gespräch, deren aufsehenerregender Hut, opulent und extravagant, den Blick auf den Turm fast vollständig verdeckte. Ihre Kopfbedeckung, die sie auffällig schräg trug, aus feinsten Materialien wie Samt und Seide in zarten Pastelltönen gefertigt, sprach Bände über ihren hohen gesellschaftlichen Status. „Aber meine Herren," sagte sie mit einer Mischung aus Verachtung und Stolz, „nicht einmal das renommierte Modehaus Virot würde es wagen, dieses kalte Monstrum auf ihren Hüten zu verewigen. Es ist eine Beleidigung der guten Pariser Eleganz!" „Madame Faucheraux, Ihr verstorbener Gatte würde sich im Familiengrab umdrehen, hörte er Ihre abfälligen Worte," bemerkte der Herr mit dem Melonenhut und einem Hauch von Empörung in seiner Stimme. „Er war ein großer Bewunderer und Förderer von Gustave Eiffel, erinnern Sie sich nicht?" Mit einem koketten Wedeln ihres fein bestickten Fächers schnappte sie zurück: „Gute französische Währung hat er verschwendet, wenn Sie mich fragen." Ihre Augen funkelten dabei vor gespielter Entrüstung. Der Herr ließ sich davon nicht beeindrucken und fuhr fort: „Man sagt, Ihr Mann habe bereits eine Einladung von Monsieur Eiffel erhalten, um ihn in seinem Appartement im Turm zu besuchen, Madame. Wollen Sie dieser Einladung nicht nachkommen?" Sie hielt inne, zog die Augenbrauen leicht zusammen und musterte ihn mit einer Mischung aus Verachtung und Belustigung. „Wo denken Sie hin, Monsieur Chavaliére?" Mit einem letzten, scharfen Blick wandte sie sich ab und glitt in die Menge davon, als sei die bloße Idee, diesen Turm zu betreten, eine Beleidigung ihres Standes. Die beiden Herren verfolgten ihren Abgang mit einem Lächeln. Al musste diese Unterhaltung ungewollt mit anhören und entfernte sich auch etwas. Er stand nun etwas abseits aller Besucher.

Al und Maria trafen sich vor dem majestätischen Eiffelturm, beide in der Mode ihrer Zeit gekleidet, die die Eleganz und den Stil des späten 19. Jahrhunderts widerspiegelte. Al, der sich nun Alain Rocheux nannte, trug einen tadellos geschnittenen Anzug mit einem Gehrock, dessen dunkles Tuch sich perfekt an seine schmale Figur schmiegte. Seine Kleidung war mit einem hohen Kragen und einer dezent gemusterten Weste kombiniert. Ein Zylinderhut vervollständigte sein elegantes Erscheinungsbild, und an seiner rechten Hand trug er einen auffälligen, schwarzen Fünffingerhandschuh, der Maria sofort ins Auge sprang. Maria hingegen trug ein prachtvolles Billet-Kleid, das die modischen Linien des Jugendstils mit sich führte. Der Rock war ohne Draperie und betonte ihre Wespentaille, während das Oberteil kunstvoll bestickt war und ihre Schultern auf elegante Weise zur Geltung brachte. Ihr Hut, reich verziert mit Federn und Blumen, verlieh ihrem Erscheinungsbild eine anmutige Leichtigkeit, und sie trug Handschuhe aus feinstem Leder, die ihre zarten Hände umschlossen. Ihre Begegnung begann zunächst kühl und neckisch. Alain versuchte, seine Freude über das Wiedersehen zu verbergen, während Maria ihn mit spitzbübischen Bemerkungen herausforderte. Maria stand nun schon einige Sekunden neben Al, der auch nach oben sah und ansatzlos sagte: „Hallo, Maria !" Maria blieb regungslos stehen, aber lächelte nur als hätte sie eben heiße, süße Trinkschokolade gekostet. Ein Genuss für das einfache Volk, das vom Prinzen erst kürzlich für einige ausgewählte Kaffeehäuser freigegeben wurde.

Al fuhr gespielt gelangweilt fort, als wär es nichts Besonderes sie zu sehen: „Lange nicht gesehen - fünf … Jahre!"

Dennoch bemerkte er ihr Billet-Kleid und sichtlich fühlte sie sich darin schön und selbstbewusst.

„Nein, fast fünfzehn!" ‚korrigierte sie ihn, wobei ihr bewusst war, dass es seine Absicht war, sich zu verzählen. Auch die beiden Herren bemerkten Maria und verfolgten kurz ihre Bewegungen, als würde sie federleicht wie von Flügeln getragen über den `Place Eiffel` gleiten. Marias haselnussbrauner Teint aber verursachte bei den beiden Herren ein unvorhersehbaren Zucken und sie wendeten sich ab.

„Kleine Spielereien kann er haben", dachte sie und fragte ansatzlos, „du trägst rechts einen schwarzen Fünffingerhandschuh - warum?"

„Vierfingerhandschuhe sind teurer als fünf, Maria."

„Da solltest du dir einen neuen Schneider suchen, Al."

„Jacques ist der Beste, Maria!"

„Aber nicht im Rechnen! Er hat dir einen Finger zu viel berechnet", schnauzte sie provokant zurück.

„So ist Paris eben! Hasse oder liebe es!", ergänzte er, um das letzte Wort zu diesem banalen Thema zu haben, um es beenden zu können.

„Wie war´s ohne mich?", fragte er kurzsilbig.

„Schön! Erholsam!", antwortete sie im Telegrammstil.

„Spaß gehabt?"

„Ja und nein, Alskaer !"

„Kinder bekommen, Maria?"

„Fünf oder sechs!", antwortete sie spitz und wechselte schnell das Fragespiel, „hattest du viele Frauen in der Zwischenzeit?"

„Sieben pro Monat!"

„Kriege geführt, Al?"

„Nicht in letzter Zeit, Maria!"

Beide schwiegen und fingen an zu lachen.

Al drehte sich zu ihr und meinte: „Komm her kleiner Wasserfloh! Schön dich zu sehen .... nach so langer Zeit!"

Al und Maria umarmten sich so fest, dass sie alles um sich herum vergaßen – die Menschen, den Turm, sogar die Taube, die fast auf ihnen landete, weil sie in ihrem Gefühlsrausch schlichtweg unsichtbar geworden waren. Maria drückte Al so fest an sich, dass eine Träne aus ihrem Auge kullerte, die glatt als winziger Diamant hätte durchgehen können. Auch Al konnte nicht verhindern, dass seine Augen feucht wurden, und während er versuchte, das Ganze noch als „Allergie" zu tarnen, wusste er tief im Innern, wie sehr sie ihm gefehlt hatte.

„Nie wieder werden wir uns trennen!" verkündete er feierlich, als hätte er gerade ein unzerbrechliches Gelübde abgelegt. Maria nickte nur, aber in diesem Nicken steckte die Entschlossenheit von tausend Eiden. Hand in Hand schlichen sie sich aus der Menge, wie zwei Teenager, die heimlich das Schulgelände verlassen, um unter einer alten Linde im Stadtpark ein Versteck für ungestörte Gespräche zu finden.

„Warum hatten wir uns eigentlich getrennt, Al?", fragte Maria und schaute ihn an, als erwarte sie, dass er plötzlich ein Dokument aus seiner Tasche zauberte, in dem alles haarklein erklärt stand.

„Ich… weiß es nicht mehr!", Al zuckte mit den Schultern, als hätte er gerade den Weg zum Bäcker vergessen. „Wie ist es dir ergangen? Wo warst du, Maria?"

Maria wich der Frage geschickt aus, wie eine Tänzerin einer zu stürmischen Tanzfigur: „Wo warst du?"

„Ich? Oh, ich komme gerade von einer Beerdigung." Al's trockene Antwort hätte genauso gut „Ich war nur kurz Brötchen holen" lauten können.

„…jemand, den ich auch kannte?", fragte Maria, und Al konnte sehen, wie ihre Gedanken ratterten.

„Ja! Es war Attila…"

„Attila? Du meinst den lustigen Attila aus…", Maria überlegte kurz, „…aus dieser Burg… Namens Rabenstein…" Sie fiel ihm ins Wort, während er stoisch schwieg, aber ihre Augen funkelten vor Neugier. „Der Attila, der Koch auf Rabenstein?", sie lächelte, „der, …der beim Kochen immer gesungen und so absurde Reime für seine Rezepte erfunden hat?"

Maria begann zu grinsen, als sie sich an eines seiner absurden Kochgedichte erinnerte: „Säubere, säuere und salze den Fisch, bevor er kommt zu Tisch! Oder … hat die Suppe zu viel Knoblauch, furzt des Grafens Bauch – oder so ähnlich…" Sie lachte herzerfrischend und vergaß Al's Trauer, bis er sie mit einem ernsten Blick unterbrach.

„Attila wollte gehen. Er wollte sterben!", Al's Worte hingen in der Luft, als hätte jemand die Zeit angehalten.

„Was?", Maria schaute ihn nun mit weit aufgerissenen Augen an, die so groß wie Untertassen wirkten.

„Er wurde gestern hingerichtet."

„Was hat er getan, Al? Nun lass dir nicht alles einzeln aus der Nase ziehen!" Maria wurde ungeduldig, während Al sich bewusst Zeit ließ.

„Dieses Mal? Eigentlich nichts, Maria. Er nahm die Schuld auf sich, um ein anderes Leben zu schützen – ein Leben, das noch eine Zukunft hat."

Maria stellte sich direkt vor ihn, ihre Augen bohrten sich in seine. „Wer war es, Al?"

„Es gibt hier in Paris einen holländischen Künstler namens Vincent, der in Schwierigkeiten geriet. Er hatte ein paar Gläser zu viel getrunken, als ein übermütiger Herzog seine Gemälde verspottete. Es kam zum Streit, und plötzlich fiel der Herzog einfach um und war tot. Weder Vincent noch Attila hatten ihn berührt, doch Attila sagte mir, der Herzog hätte sich verkrampft, gestöhnt und sich an die Brust gefasst als hätte ihn ein Pfeil durchbohrt – und dann war er tot!"

„Aber warum wurde Attila verurteilt? Warum, Al?", Maria's Stimme zitterte vor Aufregung.

„Der Herzog war ein wichtiger Mann mit einer mächtigen Familie. Man brauchte einen Schuldigen, also wurde Attila verhaftet. Er übernahm die volle Verantwortung."

„Und was hat er gestanden?", Maria war mittlerweile so nah an ihm, dass sie ihm fast ins Gesicht sprang.

„In seiner Todeszelle erzählte er mir, dass er Vincent schützen wollte, weil dieser ein begnadeter Künstler sei. In den letzten tausend Jahren, so sagte er, hätte er nie etwas Schöneres gesehen. Attila fand, er hätte seine Zeit hier auf Erden gehabt und wollte gehen. Ich denke, Maria, er hatte das Recht dazu."

Maria schüttelte den Kopf, ungläubig. „Aber was ist mit seiner Familie? Attila hat doch keiner Fliege etwas zu Leide getan!"

„Der Attila, den du kennst, vielleicht nicht! Aber Attila war ein Ritter der Arthus-Tafel, als ich ihn das erste Mal traf." Al hob die Hand, um weiteren Fragen vorzubeugen.

„Und seine Familie? Nikolaus, sein Sohn, der immer Apfelkompott wollte, und Tamás…" Maria unterbrach ihn, ihre Stimme klang verzweifelt und tränengeschwollen.

„Er hat sie alle verloren! Beide Söhne starben in der Schlacht bei Aspern, im Heer der Österreicher gegen Napoleon. Attila und ich waren nicht bei ihnen; wir sollten die Pontonbrücken der Franzosen über die Donau zerstören, was uns zwar gelang, aber es war eine Finte von Napoleon. Das Franzosenheer setzte bei Nacht und Nebel weiter flussaufwärts über. Bei der ersten Angriffswelle der Franzosen fielen Nikolaus und Tamás. Attila hat ihren Verlust nie überwunden!"

„Die beiden waren nicht wie wir – keine Aeternis…" Maria flüsterte ihre Gedanken laut, während Al ihr ansah, dass sie zu ihrer nächsten Frage ansetzte.

„Maria, du warst damals in Sicherheit vor Napoleon – in England."

„Du hast mich wieder versteckt und im Unklaren gelassen, Al!" Ihre Stimme klang nun vorwurfsvoll.

„Europa war zu gefährlich für dich. Merlin und Nimué zogen ihre

Fäden und verschoben die Königshäuser Europas nach Belieben, wie Schachfiguren. Napoleon war ihr wichtigster Springer."

„Du willst sagen, die beiden hatten wieder ihre Finger im Spiel, Al."

„Natürlich! Angefangen bei der Französischen Revolution, über Napoleons Aufstieg bis hin zu seinem Scheitern in Russland – alles von Merlin geplant."

„Aber warum ließen sie ihn am Ende scheitern?"

„Napoleon entwickelte eigene Ideen und setzte seine Verwandten auf die Throne, was Merlin nicht passte."

„Aber machte es nach 80 Jahren noch Sinn, dass Attila deshalb den Tod wählt?", fragte Maria leise, fast schon ungläubig.

„Ja, Maria. Attila wollte seinen Söhnen so vieles zeigen, und nun sah er in Vincent die Möglichkeit, seinem langen Leben einen neuen Sinn zu geben. Er unterstützte ihn." Al sprach leise, als würde er versuchen, die Bedeutung dieser Worte in der Luft zeichnen zu wollen.

Maria schwieg, drehte sich um und ging nachdenklich langsam weiter. Al folgte ihr und holte sie erst nach ein paar Schritten ein, um ihr Zeit zu geben, sich mental von Attila zu verabschieden.

„Ich war in Hamburg !", warf Maria spontan ein und stoppte.

Al wartete und zuckte einfach mit seinen Schultern.

„..... und ich war verheiratet, Al!"

„Wieso war ?", fragte er ungläubig, aber froh über den spontanen Themenwechsel.

„Mein Mann ist jetzt seit drei Monaten Wittwer", antwortete sie und genoss es nur scheibchenweise zu erzählen. Al erkannte ihr kleines Vergnügen und schwieg bis …

„Also gut!", fuhr sie fort, „nachdem wir uns getr.... also nicht mehr gesehen haben, bin ich in die nächste Kutsche gestiegen und die fuhr an diesem Tag nach Hamburg. Die erste Zeit genoss ich das Alleinsein und wohnte im Hotel ´Schwanenwik`. Verzeih, dass dafür etwas von unserem Geld ausgegeben habe....!"

„Hunderttausend Mark als mit ´Etwas´ zu bezeichnen, ist nach Adam Ries eine ganze .....!", unterbrach er sie.

Maria konterte sofort: „...aber ich war sparsam ! Wer ist Adam Ries?"

„Ein Rechenmeister aus Staffelstein", erklärte er kurz und meinte spitz, „aber im besten und teuersten Hotel Hamburgs sparsam zu sein, ist eine wahre Meisterleistung. Ich bin echt stolz auf dich, Maria!"

Er hatte nichts dagegen, dass sie das Geld nahm - es war ihrer beider Vermögen mit gleichen Rechten. In seiner alten Wikingerdenkwelt waren Frauen in manchen Dingen dem Mann gleichgestellt.

„Woher kennst du das ´Schanenwik´ und weißt, dass es teuer ist? Hast du mir nachspioniert?", fragte sie prüfend, aber sie bekam keine Antwort. Sie lächelte innerlich bei dem Gedanken, dass Al doch all die Jahre wusste wo sie war und auf sie aufgepasst hatte.

„Es war ja unser Geld, also konntest du so viel nehmen wie du wolltest." Erklärte er mit beruhigender Stimme, was ihr zeigen sollte, dass es für ihn nur wichtig war, dass sie von selber zurückgekommen ist.

Er streichelte sanft ihre Wangen und sie legte ihren Kopf in seine Hand, wobei sie sanft seine Handfläche küsste.

„Was hast du dort gemacht ?", fragte Al neugierig um Unwissenheit vorzugeben.

„Ich habe noch etwas mehr als 85.000 Mark - du kannst es haben!", flüsterte sie sanft in seine Hand und liebkoste seine Handfläche dabei mit ihren Lippen. Al wollte seine Hand wegnehmen als Maria sie an ihrer Wange mit beiden Händen festhielt. Al spürte wie sehr sie ihn jetzt brauchte und drückte sie fester an seinen Körper. Sie nahm ihren allzu großen Hut ab. Auch ihm überkamen Tränen der Freunde und erst jetzt spürte er wie sehr sie ihm gefehlt hatte. Er neigte seinen Kopf und vergrub sich in ihrem Haar um seine wahren Gefühle darin zu verstecken. Marias Haar duftete herrlich nach Wiesenblumen und Frühling.

Maria unterbrach die Stille und sprach in seinen Anzug, dass man sie nur unklar verstehen konnte: „Ich lernte einen netten Mann kennen –

Hubertus, Hubertus van der Brœck. Er machte Seile auf der Reeperbahn in Hamburg und wohnte an der Alster in einem schönen Herrenhaus. Wir hatten sogar Dienstpersonal: eine gute Köchin, fleißige Dienstmädchen, aber einen seltsamen Gärtner. Er war stumm wie ein Fisch, krumm wie eine knorrige Eiche und vollbärtig wie... Hubertus stellte ihn zwei Tage nach unserer Hochzeit ein; was ich nicht verstand."

„Männer mit Bart sind dir ein Graus, Maria!", fügte Al schnell und sarkastisch kurz ein.

Maria fuhr fort: „Hubertus hatte 3 Jahre zuvor seine Frau verloren. Seine fünfjährige Tochter brauchte unbedingt eine Mutter und da dachte ich, ich könnte zur Abwechslung mal heiraten. Er wollte keine Kinder mehr und ich sowieso nicht mit ihm. Wir machten sogar einen Ehevertrag und waren glücklich! Ich gab ihm etwas Geld und behauptete es sei mein Erbe von meinen verstorbenen Eltern, die ..."

„Tolle Lüge!", Al unterbrach sie kurz, „...aber warum bist du hier?"

„Nun ja, ich musste sterben!", erwiderte sie als hätte sie jetzt vergessen Brötchen zu kaufen, „alle um mich herum wurden älter, nur ich nicht. Sogar seine Tochter fragte mich Vieles und mir gingen die Geschichten aus. ´Hubilein´ wurde misstrauisch, neugierig und lästig. Er fing an mich im Haus einzusperren, weil er sich mit mir in der Öffentlichkeit schämte. Ich sähe von Tag zu Tag jünger aus, meinte er", erwiderte sie kühl.

„So, so!", reizte Al weiter.

„Hubilein war über 50 als ich entschied, dass ich ihn verlassen werde, also für ihn sterben werde", erklärte sie.

„Der arme Mann hatte bereits eine Frau verloren!", maßregelte er.

„Das hatte ich damals nicht bedacht, dass fünfzehn Jahre so schnell vergehen würden", verteidigte sie sich.

„... und wie bist du ...?"

„...gestorben ?", vollendete sie seine Frage.

Maria wartete und genoss die Spannung und Als Ungeduld.

„Ich bin ins Eis eingebrochen und ertrunken", erklärte sie kurz und kalt.

„Das kalte Wasser hat dich gut erhalten, wie ich sehe! Würden alle Wasserleichen so hübsch sein ?", scherzte er um noch den Rest der Geschichte zu hören.

„Nun, ich habe mir im Herbst eine nicht zu tiefe Stelle in der Alster ausgesucht. Im Winter als alles zugefroren war, habe ich diese Stelle im Eis aufgeschlagen. Über Nacht fror es wieder leicht zu!" Maria machte eine kurze Erzählpause. Sie wollte seine Reaktion auf ihren genialen Plan sehen und fuhr fort, „am nächsten Tag bin ich mit unserer Köchin zur Alster um frischen Fisch zu fangen. Die Köchin hatte mich natürlich gewarnt, dass die Alster tückisch sei, aber ich ging auf Eis zum gegenüberliegenden Ufer. Dort brach ich an meiner vorbereiteten Stelle ein. Ich rief der Köchin zu, sie sollte Hilfe holen. Das Wasser war eisig kalt, aber ich musste mich ins Wasser knien, damit es tiefer aussah. Während die Köchin wie von 1000 Dämonen verfolgt zurück zum Haus lief - ich hatte etwa eine halbe Stunde Zeit - stieg ich aus dem Wasser und zog mir trockene Sachen an, die ich dort am Ufer schon versteckt hatte. Meine nassen Kleider warf ich ins Eisloch, die dann in der Alster unterm Eis davon schwammen. Ich lief davon und wurde für tot erklärt. Meine Leiche - wie du siehst - wurde nie gefunden!"

Al betrachtete sie nur prüfend, stoisch blicken und wartete; denn die Geschichte konnte noch nicht zu Ende sein.

„Hubertus und seine Tochter haben es gut verkraftet! Ich habe mich vergewissert, dass es ihnen nach meinem Ableben gut ging." Schloss sie schnell ab.

„Eine schöne Geschichte, Maria! Es ist wichtig, dass du als Aeterni ein eigenes Leben führst. Am Ende aber kommen wir immer wieder zusammen."

„Aber warum lächelst du so seltsam, Al?"

Er schwieg, aber grinste wie ein Lausbub, der sein

Weihnachtsgeschenk zu früh geöffnet hatte. „Was, Al? Es gibt nichts mehr! Hubertus und seine Tochter …"

„Ich würde gerne wissen, ob du deinen Lochstein noch hast, Maria? Du erinnerst dich?", unterbrach er sie völlig überraschend.

„Wieso fällt ihm dieser blöde Stein gerade jetzt ein?", dachte sie mit flüsternder Kopfstimme, damit er ihre Gedanken nicht hören konnte. Sie lehnte ihre Stirn gegen sein Brust und seufzte verneinend: „Er wurde mir gestohlen, Al. Ich war vor zwei Tagen hier um die Ecke im Café de la Paix und ließ ihn am Tisch liegen, um auf Toilette zu gehen. Als ich zurückkam war unser Stein mit Loch weg und mein Begleiter der Baron de Longueuil hatte nicht darauf geachtet. Er wollte meinen Verlust und meinen Schmerz mit einem Collier lindern, aber dieser Stein ist unbezahlbar für mich. Es tut mir unsagbar leid, dass ich ihn verloren habe." Sie blickte traurig zu Al hoch. „Aber warum lachst du, Al? Es ist nicht lustig!"

„Du hast ihn nicht verloren, Maria", posaunte er allzu schnell aus ohne darüber nachzudenken, wie er ihr erklären könnte, wie der Stein in seinen Besitz kam. Er fühlte den Stein in seiner Manteltasche.

„Was ist?", quengelte sie ungeduldig.

„Ich…", wich er aus und schwieg. Plötzlich fiel ihm ein; wie sollte er ihr erklären können, dass er auch im Café de la Paix zu ihrer Sicherheit war. Er war stets ihr unsichtbarer Begleiter; auch wenn sie dachte alleine unterwegs zu sein. Jedoch jetzt war er zu geschwätzig, zu unvorsichtig. Er konnte ihr den Stein nicht zurückgeben. Er selber war der Dieb, weil er dachte Maria hätte das Café verlassen, um den allzu aufdringlichen und schnöseligen Baron zu entkommen. Als dann auch der Baron aufstand und den Tisch verließ, nahm er den Stein an sich. Er wusste nicht, dass beide wieder zurückkamen. Zu peinlich war ihm seine Ängstlichkeit und übertriebene Fürsorge um Maria.

„Du bist nervös, Al! Warum?"

Nach einem kurzen Moment sagte er überzeugend, „schau Maria!", Al deutete nach oben," für diese Turmspitze habe ich mit 10 anderen

Konstrukteuren wochenlang Tag und Nacht gezeichnet.!"

„Ich weiß!", antwortete Maria, „aber der Stein?"

„Die einzelnen Stahlbolzen und -verbindungen mussten exakt passen und wurden von mir beaufsichtigt!", fuhr er fort, „Gustav vertraute mir!"

„Ich weiß!", erwiderte sie erneut.

„Gustave und ich haben uns einige Nächte und einige Flaschen Bordeaux um die Ohren geschlagen bis wir …,aber wieso weißt du alles?" Bemerkte er.

„Ich weiß es, weil ich dich kenne, Al! So einfach!"

„Dann weißt du auch das, Maria! In der Turmspitze habe ich unser beider Namen verewigt."

Maria lachte verführerisch, ihre Augen blitzten schelmisch auf. „Nein, aber es ist wirklich süß von dir. Du liebst mich also doch, Al!"

Al hob eine Augenbraue und setzte ein Pokerface auf, das so undurchdringlich war wie die steinerne Fassade einer Burg. „Bewundere lieber den Turm dort drüben; nicht den Inhalt meiner Hose. Der Turm wird nämlich nach der Weltausstellung wieder abgebaut." Seine Stimme war sachlich, fast nüchtern, doch die leichte Anspannung in seiner Haltung verriet mehr, als er sagen wollte. „Hast du mir überhaupt zugehört?"

„Natürlich, Liebster!" Maria antwortete mit einem verschmitzten Lächeln, das ihre Worte in eine sinnliche Herausforderung verwandelte. „Ich würde deinen Turm immer wieder aufrichten." Ihre Stimme wurde weicher, lasziver, als sie sich ihm näherte und ihm ins Ohr flüsterte.

Al lächelte sanft, fast fürsorglich, doch er schwieg weiterhin und ließ sie in ihrem Spiel die Führung übernehmen. Er genoss die Nähe, das Knistern zwischen ihnen, doch hielt er wie immer eine unsichtbare Grenze aufrecht.

„Schau mich nicht so an, als wärst du mein Vater. Du bist es nicht!" Marias Stimme wurde drängender, ihre Worte waren ein Versuch, die

Mauer seiner Zurückhaltung zu durchbrechen.

Doch Al blieb standhaft und ignorierte ihre koketten Andeutungen, ihre Avancen, so mühelos wie ein Baum dem Wind widersteht.

„Komm schon, Al, zeig mir, dass du mich vermisst hast – muss ich betteln!" Marias Stimme war nun ein Hauch von Verlangen. Al wusste, er durfte nicht in Mitleid verfallen, aber seine Knie wurden rückgratlos wie ein Wurm und zitterten. Sein Herz wurde schwer wie Gold, als könnte er es nicht mehr in sich tragen. „Ich weiß, für euch Männer ist Jagen und Lieben fast dasselbe Gefühl. Lass uns unser Wiedersehen feiern!" Aber diese letzten Worte befreiten ihn, sprengten Ketten und ließen ihn wieder klar denken.

Sie wartete, Hoffnung in ihren Augen, doch Al blieb schweigsam. Die Zeit schien sich für einen Moment zu dehnen, und Marias Geduld schwand langsam dahin.

Al dachte sich insgeheim, ohne es auszusprechen: *Maria, du weißt gar nicht, wie sehr ich dich vermisst habe.* Doch seine Worte blieben in seinem Innern gefangen, unerreichbar für sie.

Maria blickte ihn an und erkannte, dass ihre Worte nicht zu ihm durchdrangen, dass er nicht auf ihre Sehnsucht einging. Sie seufzte innerlich und ließ das Thema Liebe wieder fallen, wie sie es so oft getan hatte. Sie wechselte das Thema, weil sie wusste, wenn sie nicht gewinnen konnte. Aber nicht gewinnen hieß für sie nicht verloren zu haben. Es blieb ein kleiner Rest-Erfolg.

„Ich habe dir etwas mitgebracht." Sie zog ein kleines Stofftaschentuch aus ihrer Tasche, ihre Augen funkelten verführerisch. „Alle Männer tragen jetzt solche Tücher in ihren Hosen," sagte sie und ließ ihre Worte bewusst zweideutig klingen. „Ich habe nur unsere Anfangsbuchstaben eingestickt," fügte sie mit einem betonten Lächeln hinzu.

Maria drehte sich langsam um, sicher in dem Glauben, dass sie diesmal seine Aufmerksamkeit gewonnen hatte. Das Tuch hielt sie fest in ihren Händen, bereit, es ihm zu überreichen. Doch bevor er die Gelegenheit hatte, ihre Hände zu öffnen, entdeckte sie plötzlich Nimué in der Menschenmenge. Die Augen der verfeindeten Frauen trafen sich und Nimué gab ihr ein Handzeichen.

Als hätte er die Veränderung in ihrer Haltung gespürt, legte Al sanft seine Hände auf ihre Schultern. Doch bevor er etwas sagen konnte, drückte Maria ihm das Tuch in die Hand und meinte mit einem plötzlichen Wandel in ihrer Stimmung: „Kann ich noch mal schnell in die Orangerie gehen, Al? Nur kurz! Wir treffen uns dann wieder hier."

Ohne seine Antwort oder Zustimmung abzuwarten, drehte sie sich um und verschwand in der Menge. Al blieb überrascht zurück, das kleine Taschentuch in seiner Hand betrachtend. Ein Lächeln stahl sich auf sein Gesicht, während er ihr nachsah, wie sie den Stahl-Glas-Bau der Orangerie betrat.

Ein intensiver Duft nach Zitrusfrüchten erfüllte die Luft, als ein warmer Luftzug Marias Gesicht streifte. Doch die angenehme Atmosphäre verflog augenblicklich, als sie auf Nimué traf, die mit einem spitzen Lächeln vor ihr stand. „Hallo, Maria! Hast du es endlich geschafft, ihn ins Bett zu bekommen, oder darfst du weiterhin nur zusehen, wenn er mit seinem kleinen Türmchen spielt?"

Maria reagierte mit einem übertriebenen Gähnen, als ob Nimués Anspielung sie nur gelangweilt hätte. „Wie ermüdend, Nimué."

Nimué trug einen hässlichen Pelzmantel, den sie wie eine Trophäe zur Schau stellte, und hielt ein Taschentuch vor ihre Nase, als würde sie sich vor einem widerlichen Geruch schützen müssen. Zwei junge Männer standen etwas abseits hinter ihr, ihre Präsenz ebenso auffällig wie bedrohlich.

„Der Geruch der Orangen verursacht bei mir Migräne. Verzeih mir, Maria, aber komm, lass dich umarmen!" Nimué öffnete die Arme, als wären sie die besten Freundinnen. Sie drückte Maria an sich und vergrub ihr Gesicht in dem Pelz, der einen seltsam unangenehmen Geruch verströmte. Maria, überrascht von dieser vermeintlichen Freundlichkeit, wand sich schnell aus der Umarmung. „Al wird dir den Hals umdrehen, wenn er dich sieht. Du bist sehr mutig!" hustete Maria, als sie sich endlich von dem Pelz befreit hatte. „Nimué, was trägst du für einen Pelz?"

„Darf ich dir meine beiden Begleiter vorstellen? Das hier sind Friedrich und Stanislaus," sagte Nimué, ihre Stimme triefend vor Stolz, während sie auf die beiden Männer hinter sich deutete.

Die beiden groß gewachsenen, elegant gekleideten Männer traten aus dem Schatten, flankierten Nimué und grüßten sie gleichzeitig mit einem fast militärischen „Mutter!"

Maria ließ sich nicht einschüchtern und schoss scharf zurück. „Sind das deine neuen Prinzen? Aus welchem Teich hast du sie gefischt, nachdem du sie geküsst hast? Oder sollte ich lieber Gosse sagen, Nimué?"

Die beiden Männer blieben ungerührt von Marias Beleidigung, ihre Haltung verriet Disziplin und Kaltherzigkeit. Nimué lachte kalt und überlegen, was Maria nur noch misstrauischer machte. Sie spürte, dass Nimué etwas vor ihr verbarg, dass sie irgendwie im Vorteil war, doch sie konnte nicht ergründen, worin dieser Vorteil bestand.

Nimué zog beiläufig ihren Pelz aus und reichte ihn Stanislaus, der ihn achtlos auf einem der großen Pflanztöpfe ablegte, als würde er stinken. „Was willst du, Nimué? Ich habe nicht viel Zeit!" Marias Stimme war nun scharf und ungeduldig.

Nimué reichte ihr Taschentuch Friedrich, der es sorgfältig in seine Hosentasche steckte. „Maria, wir könnten uns doch vertragen. Lass die Männer zanken, während wir Frauen, die klügeren Köpfe, die Fäden ziehen."

Maria ließ sie nicht ausreden. „Ich soll Al belügen und hintergehen? Niemals, Nimué! Wenn das alles ist, was du von mir willst, gehe ich jetzt."

Nimué ließ sich nicht so leicht abschütteln. „Du müsstest nur ab und zu unserer Sache dienen, so wie damals in der Pyramide. Ich leite ein bekanntes Haus in Paris, in dem viele Aeterni-Frauen wie du leben. Wir sind eine Familie. Du suchst doch nach Geborgenheit, Maria?"

Maria schnaubte verächtlich. „Was du hast, ist nichts weiter als ein Bordell, und das sind deine beiden...!" Bevor sie den Satz beenden konnte, packte Friedrich sie am Arm. Die Stärke seines Griffes überraschte sie und ein Schock durchfuhr ihren Körper.

„Ihr beide seid auch Unsterbliche?" stieß Maria entsetzt aus, als sie die immense Kraft spürte, die in den beiden Männern steckte. Sie lächelten nur arrogant. Nimué trat näher an Maria heran, ihre Stimme wurde leise, fast einfühlsam. „Maria, was ist los? Du wirst ja ganz blass. Hat deine scharfe Zunge endlich ihren Biss verloren? Ich denke, jetzt hörst du mir zu. Du bist eine außergewöhnlich schöne und attraktive Frau, wie viele unserer Aeterni-Frauen. Deine Aufgabe ist es, mit normalen Männern Unsterbliche zu zeugen, um unser Erbe zu sichern. Mutter Natur hat uns für diesen Zweck geschaffen. Wir dürfen nicht aussterben. Aber es ist schwierig zu sagen, welcher normale Mann das Zeug dazu hat, einen Unsterblichen zu zeugen. In meinem Haus kommen viele Männer vorbei. Wenn du es schaffst, am Tag zehn Freier zu bedienen, dürfte die Chance groß sein, einen Treffer zu landen."

Marias Magen drehte sich bei diesen Worten um. Angewidert und entsetzt wich sie zurück, ihr Kopf schwirrte. „Du hast wirklich die Frechheit, hierherzukommen und mich zu bitten, für deine absurde Idee meinen Körper herzugeben? Bist du verrückt geworden? Was ist passiert, dass du dich so in Gefahr bringst? Hast du Probleme, neue Aeternis zu züchten? Deine beiden Schoßhündchen können dir wohl nicht helfen! Ich sehe es in deinen Augen, Nimué. Du hast ein großes Problem, sonst würdest du dieses Risiko nicht eingehen. Ist Merlin etwa... fort? Ist er tot?"

Die beiden Frauen sahen sich lange und intensiv in die Augen, bis Nimué schließlich mit einer sanften, fast hypnotischen Stimme sprach: „Ich bin hier, um dich auf deine und unsere Aufgabe vorzubereiten, Maria. Vertraue mir. Vertraue uns. Vertraue der Familie. Du fühlst dich leicht – vertraue mir – und die Menschen um dich herum sind nur Rauch, der vergeht, doch wir sind das Feuer. Wir erwarten dich, Maria.

Wir erwarten dich heute Abend. Vertraue mir – sieh mich an!"
Nimué öffnete einen weiteren Mantel und enthüllte einen deutlich sichtbaren Babybauch. „Ich spüre es, dass eine von uns geboren wird," sagte sie leise und führte Marias Hände zu ihrem Bauch. „Vertraue mir, Maria!"
Wie in Trance folgte Maria Nimués Worten, ihre Gedanken begannen zu verschwimmen, und die Zitrusbäume um sie herum drehten sich vor ihren geschlossenen Augen.

Als sie wieder zu sich kam, blickte sie in Als besorgtes Gesicht, das über ihr schwebte.
„Maria, was ist passiert? Du bist ohnmächtig geworden," sagte Al fürsorglich, „die Menschen haben mich gerufen", während er ihr half, sich aufzusetzen.
„Der Duft der Zitrusfrüchte war zu viel. Es ist nichts", stammelte Maria, während sie sich benommen die Stirn rieb. Al führte sie sanft aus der Orangerie, ihre Schritte schwer und unsicher. Schweigend gingen sie durch die Menschenmenge, verließen die Weltausstellung und nahmen eine Kutsche zu Als Wohnung in der Rue du Paté.

Als nach einer halbstündigen Fahrt die Kutsche hielt – Maria hatte sich an das rhythmische Geklicke der Pferdehufe auf den Kopfsteinpflaster gewöhnt – stieg Al vor Maria aus der Kutsche und reichte ihr seine Hand. Sie staunte in welcher Gegend Al wohnte. Das mehrstöckige Gebäude war aus hellem Kalkstein gebaut worden, der der Fassade einen sanften, cremigen Teint verlieh. Im Erdgeschoss befanden sich große Schaufenster für ein Modegeschäfte mit kunstvoll verzierten Fensterrahmen. Ein großes hölzernes Eingangstor mit floralen Schnitzereien führte ins Gebäude. Auch die darüberliegenden Wohnetagen hatten große Fenster und ließen prächtigen, luxuriöse Wohnräume vermuten. Maria lächelte zufrieden und ihre Augen versprühten Glück. Die Fenster waren von Säulen und Pilastern mit blauen Fensterläden flankiert. Al bemerkte ihre Neugier und erklärte ansatzlos: „Das meine Liebe ist die berühmte Pariser Beletage und bitte vergiss nicht, wir sind verheiratet." Sie lächelte schnippisch und küsste ihn zärtlich auf seinen Mund. Er akzeptierte den Kuss mit aufrechter, nahezu militärscher Haltung, aber er schloss instinktiv seine Augen um für einen kurzen Moment ihre sanften Lippen für immer im Erinnerung zu behalten. Kokett fragte sie hüpfend: „Trägst du mich über die Schwelle?"

„Nein!", begegnete er ihr sachlich, „ benimm dich , dort ist …!"

Maria begrüßte mit kurzem Kopfnicken eine vornehm gekleidete, betagte Dame am Hauseingang, während Al ihr höflich einen guten Abend wünschte: „Madame Ledoux, darf ich ihnen meine Gemahlin Maria vorstellen. Sie ist heute aus Hamburg gekommen, wo sie ihre ehrenwerten Eltern besucht hatte."

Mit ihrer ganzen Körperfülle stellte sie sich Al in den Weg, um Rede und Antwort zu bekommen. Sie betrachtete Marias stramm sitzendes, hochgeschlossenes Kleid mit neidischen aber auch bewertenden Blicken.

„Solche Hüften hatte ich auch mal vor 30 Jahren", dachte Madame Ledoux und verschränkte absperrend ihre Arme.

Maria konterte gedanklich: „Was fällt ihr ein, mich so in Augenschein zu nehmen? Nimm deine Blicke von meinen Brüsten! Wärst du ein Mann, würde Al Satisfaktion fordern!"

„Die Männer konnte sich damals an mir kaum satt sehen", schwelgte Madame Ledoux in Erinnerungen und schmatzte geistesabwesend.

„Ich trage kein Korsett, du alte Fregatte", wehrte sich Maria gedankenduellierend, „aber dir könnte es nicht schaden."

„Madame, dürften wir vorbei?", bat Al als Sekundant von einem Duell der beiden Frauen, von dem er nichts erahnen konnte. Nur ihre gegenseitigen Blicke verhießen ihm nichts Gutes.

„Ah, Monsieur Rocheux, wie schön endlich ihre Frau kennenzulernen. Ihr werden hoffentlich unser ´Piano Nobile´ zusagen?", erwiderte die

Gedanken übergriffige Dame, die sich als Vermieterin entpuppte, „dann werden sie in Zukunft meinen Ääpelschlot nicht mehr benötigen."

Marias Augen öffneten sich exponentiell zur Verwunderung über diesen Ausdruck.

„Oh, Madame Ledoux", speichelleckte Al wie ein unterwürfiger Höfling , „nie könnte oder wollte ich auf ihren Kartoffelsalat verzichten. Ich habe meiner Frau auf der Fahrt hierher schon davon erzählt."

„Sie wissen, Monsieur, dass meine Großmutter aus Köln stammte und mir dieses Rezept vererbt hat. Sie verbot mir, ihn ´salade de pommes de terre´ zu nennen. Gott hab sie selig! Es bleibt doch unser kleines Geheimnis", scherzte sie unverhohlen mit Al und überging Maria als wäre sie ein Schulmädchen.

Al nickte und lächelte zustimmend, um das Treppenhausgespräch schnell beenden zu können.

Maria lächelte es weg und bevor sie aber etwas sagen konnte, plapperte Madame Ledoux weiter, „oh Monsieur, es war bisher so ruhig in ihrer Wohnung. Aber jetzt wo ihre junge hübsche Frau endlich hier ist, wird Leben einziehen. Sie sind so ein schönes Paar. Werden wir dann bald unser ruhiges Haus mit Kinder und Geschrei füllen?"

„Nein, Madame Ledoux, sie werden mich oder uns wie bisher kaum bemerkten. Ein Kinderwunsch steht nicht ins Haus, so wie´s im Mietvertrag geschrieben steht."

„ Ihre Frau ist nicht … allemand. Ich hoffe, ihre junge hübsche Frau schläft leise, Monsieur Rocheux. Wir sind bekannt ein ruhiges Haus zu sein. Ich schließe die Haustür heute zur gewohnten Zeit und keine Minute später", betonte die Vermieterin und fügte hinzu, „nehmen sie ihre Nachbarn, die Hollands. Ein vorbildliches Mieter-Ehepaar !"

„Richard und Claudette Holland sind weit über 70, Madame Ledoux." Korrigierte Al sachlich und bemerkte ein Missfallen auf Marias Stirnfalte. Er musste jetzt kontern, um Maria zuvor zu kommen.

„Das Zusperren der Haustür über Nacht kenn ich doch", dachte Maria und fragte kurzgebunden, „in welchem Stock wohnen wir, Liebster A-lain ?"

„Im ersten, mon Cherie !", antworte Al und Maria schnappte sich den Schlüssel, den er bereits in Händen hielt.

„Madame Ledoux!", grüßte Maria abschließend und die Vermieterin blickte überrascht und etwas echauffiert.

„Madame Rocheux, bitte! Ich müsste sie noch …", rief die Vermieterin nach, aber mit großen lauten Schritten und hochgezogenem Rock eilte Maria ungeniert und undamenhaft zu ihrer Wohnung. Mit ihren Fingern berührte sie das kunstvoll mit Blüten und Blättern geschmiedete Stahlgeländer und spürte die Seele des Künstlers in seinem Werk. Madame Ledoux wich entsetzt zurück, aber Al lächelte es schulterzuckend weg. An der Tür blieb Maria fordernd stehen und Al trug sie in ihre Wohnung. Die im Treppenhaus wiederhallende Stimme der Vermieterin wurde von den Wänden absorbiert und von Maria und Al ignoriert. Sie legte ihren Mantel im Vorbeigehen auf dem Tisch im Foyer und betrat ungeduldig den Salon. Schöne hohe Räume taten sich vor ihr auf mit verspielten Ornamenten im Wechsel mit Holz- und Spiegelflächen. Schwungvolle Linien rankten zur Decken, als würden diese tragen. Ihre Hand streichelte sanft über einen dekorativ erscheinenden Pfefferminzstrauch, um etwas Minze Duft zu verteilen. Es war aufmerksam von ihm ihren Lieblingsduft in der Wohnung zu haben, obwohl Lilien oder Orchideen sich besser eignen würden.

Al konnte ihr noch nacheilen um ihre Frage zu hören.

„Wie lange bist du schon in dieser Wohnung, Al?"

„Etwas mehr als einen Monat, denke ich."

„Wo ist mein Zimmer, Alain ?"

„Dort, die zweite Tür!"

„Ich muss meine Koffer noch vom Hotel holen und mein Zimmer dort abmelden", organisierte Maria während sie auf ihr Zimmer zusteuerte.

„Ist in Arbeit, Maria ! Pierre kümmert sich darum !"

„Wir sind doch als Ehepaar hier, ALAIN?", betonte sie fragend seinen

Vornamen, als wollte sie ihn in die Luft schreiben.

Er antwortete auf diese Frage nicht, sondern füllte sich ein Glas mit Rotwein und nippte kurz.

Sie flanierte am Tisch vorbei, meinte betonungslos: „Schöner Esstisch! Mahagoni! Jugendstil!", und fragte, „was sind das für Papiere?", aber ging in ihr Zimmer ohne eine Antwort abzuwarten und zu fordern. Ihr hochgeschlossenes Kleid verlieh ihren Schritten noch mehr Eleganz und die schwere Atlasseide verhüllte ihre Bewegungen, aber entblätterte Männerträume. Sie warf ihren Federhut auf einen Stuhl.

Er hätte fast die Glaskaraffe fallen lassen, als er plötzlich lautes Klopfen aus dem Schlafzimmer hört. Es war als wollte irgendjemand ein Loch in die Wand schlagen. Hierzu kam ein leises Wimmern und er befürchtete Maria hätte sich verletzt. Er rannte zum Schlafzimmer und Maria rüttelte ihr Bett, so dass es rhythmisch gegen die Wand stieß. Dabei schien sie Wohlgefallen zu haben: „Was machst du, Maria? Ich hoffe nicht …!"

„Ich versuche lediglich unsere Tarnung als Ehepaar zu wahren", flüsterte sie leise, „wir sind viel zu leise in unseren Flitterwochen. Die Vermieterin könnte glauben …"

„ … könnte glauben, dass du ein bisschen verrückt bist. Du bist noch keine zwei Minuten hier und …. dein Klopfen ist viel zu kräftig. Madame Ledoux könnte mich für einen wild gewordenen Elefanten halten."

Maria lächelte ihn an und meinte: „ Zeig´s mir!"

„Zum ersten liebe Maria, bist du viel zu schnell."

„Ach was!"

„Ja! Wir haben eben die Wohnung betreten und müssten uns erst unserer Kleider entledigen. Das geht nicht so schnell und das weiß auch unsere Madame Ledoux."

Maria beugte sich frech über das hölzerne Bettende und fragte grinste: „… und zweitens ?" Sie streichelte mit ihren Fingern sanft über die floralen Formen des Jugendstil-Bettes aus hellbraunem Mahagoni und machte einen O-Mund als sie Kratzer und Leckagen entdeckte und erfühlte. Dann glitt sie sanft über ihr Kleid, das keinerlei Falten zeigte.

„Zweitens", Al packte sie, warf sie schreiend aufs Plumeau und erklärte seelenruhig, „muss das Eheweib schreiend ins Bett geworfen werden und der Ehemann hinterherhüpfen."

Al landete rücklings neben ihr im Bett und lachte.

Maria lächelte ihn an und kuschelte sich zwischen den Kissen ein.

„… und drittens, Maria, hast du mit dem Bett gegen die Außenwand geschlagen und damit nur die Tauben vom Dach verscheucht, aber nicht die Vermieterin damit geärgert."

„Das war doch dreist von ihr, sich in unser Liebesleben zu mischen. Ob ich ruhig schlafe oder nicht, geht sie nichts an, Al."

„Weißt du wie schwer es ist in Paris eine anständige Wohnung zu bekommen, Maria? Madame Ledoux kümmert sich fürsorglich um ihr Haus und ihre Mieter!"

„Sie ist alt, neugierig und … voyeuristisch, Al."

„Sind das wirklich ihre Worte", dachte Al und erwiderte nur: „So so!"

„Ja, so ist es!", bestärkte sie energisch, „und … die Papiere auf dem Esstisch! Sehr unordentlich! Gehören sie dort hin?"

„Das ist nichts Wichtiges und …"

„Ich bin zu dumm dafür, die Papier zu verstehen meinst du!"

„Nein, Maria! Aber es ist eine Sache, die …"

„Die was? Vertraust du mir nicht?", trieb sie ihn vor sich her.

„Schon gut! Es ist nur, Thoraldr ist hier einer Sache auf der Spur, die noch geheim und gefährlich ist, weil Merlin seine Finger mit im Spiel hat. Wir dürfen keine Fehler machen!"

„Dann, mein Freund, will ich dabei sein. Um was geht´s?"

Al stand auf und nahm noch einen Schluck Wein, schlürfte ihn wie bei einer Degustation und kaute ihn im Mund durch.

„Bist du jetzt fertig?", fragte Maria ungeduldig.

„Thoraldr", so Al vorsichtig beginnend, „hat herausgefunden, dass Merlin an der Weltausstellung eine Erfindung vorstellen ließ, von der er weiß, dass sie von jemand anderen ist."

„Merlin ließ etwas vorstellen! Was heißt das, Al"?

„Denke nicht, dass Merlin sich an der Weltausstellung zeigt. Nein, er hat seine Mittelsmänner. Er bleibt im Hintergrund, falls was schieflaufen könnte." Er nahm einen weiteren tiefen Schluck Rotwein und ihre Augen übermittelten ihre Frage visuell und ohne Worte.

„Schieflaufen könnte, dass herauskommt, dass der eigentliche Erfinder ermordet worden ist … und wir's nicht beweisen können."

Er wartete etwas, weil er eine Frage oder Anmerkung von ihr abwarten wollte, aber sie lächelte nur geschichtenhungrig.

„Der Ermordete konnte die Herstellung von Quecksilber mit seiner Erfindung ungefährlicher machen. Schon sein Großvater und Vater forschten danach und haben ihr Leben dafür bezahlt. Quecksilber herzustellen macht die Menschen krank."

„Aber das ist doch … dumm, wenn man für seine Arbeit sein Leben riskiert."

„Nun, wir Männer tun das eben. Das Neue, das Unbekannte lieben wir eben." Maria drehte sich im Bett und lächelte. „Aber dieser Mann", Al ließ sich nicht ablenken, „wurde nicht krank. Thoraldr mit seinem Wissen aus alten Zeiten und Solomon mit neuen Ideen schafften den Durchbruch Quecksilber gefahrlos herzustellen. Merlin und Nimué hingegen stahlen ihnen diese Idee und ermordeten Solomon … Quellmeier."

„Und Thoraldr!", rief sie besorgt im Bett aufgerichtet.

„Ihm geht's gut! Er war nicht in Paris."

„Ist Solomon Jude?"

„Ja! Deutscher Jude und man fand ihn eine Woche vor Beginn der Ausstellung in der Seine. Zeugen wollen gesehen haben, dass er sich von Pont Neuf selber in den Tod gestürzt hat. Wir aber glauben das nicht!"

Maria schüttelte nur fragend den Kopf.

„Solomon hatte keinen Grund Selbstmord zu begehen. Er hat Familie.

Die Zeugen waren Aeternis, die wir kennen. Sie sind Merlin seit ewigen Zeiten treu. Sie leisteten ihm den Für-immer-Schwur. Wer ihn bricht, ist des Todes."

„Ich habe sowas noch nie geschworen. Und du?"

„Ich habe dich damals auf dem Bauernhof gesucht, um diesen Schwur zu verhindern und um dich zu beschützen, Maria. Aber ja, ich habe diesen Eid einst geleistet, ihn gebrochen und bin deswegen in ständiger Gefahr von Merlins gedungenen Anhängern ermordet zu werden. Aber sei dir sicher, Maria, mich zu töten ist nicht leicht. Meine … Mein Bruder und ich sind äußerst wehrhaft."

„Aber was willst du jetzt tun. Zur Maréchaussée gehen?"

Er lächelte: „Die gibt´s seit 100 Jahren nicht mehr, aber auch die heutige Gendarmerie wird uns auch nicht helfen. Merlin bezahlt sie."

„Was könnten wir tun?"

„Zum einen diese Papiere sicherstellen und zum anderen der Witwe mit ihren beiden Kindern helfen."

„Du willst den Nachkommen zu ihrem Recht verhelfen, Al", sie lächelte beim Gedanken an die lange Zeit, aber liebte die Idee jetzt schon.

„Ja, das ist der Vorteil von Aeternis. Sie können Dinge in der Zukunft noch zurechtrücken und für Gerechtigkeit sorgen. Zeit spielt keine Rolle für uns!"

„Die Wahrheit wird ans Licht kommen und das ist gut so!"

„Wahrheit Maria ist ein selten Kraut, das oft schwer verdaut!"

„… was Merlin schwer verdaut!", korrigierte sie plakativ lächelnd.

„Deine Gedanken möchte ich jetzt lieber nicht wissen, Maria", lächelte er zufrieden und beobachtete sie mit Stolz.

„Führst du mich heute zum Essen aus und …", fragte sie sprunghaft das Thema wechselnd, als hätte sie ein Buch fertiggelesen und zugeschlagen.

„Wir haben heute…", begann Al zögerlich und abwartend.

Marias innere Stimme, befahl ihr plötzlich die Augen zu schließen.

Sie gähnte gekünstelt und schwieg gelangweilt.

Al wandte sich ab, stand auf und schloss Marias Schlafzimmertür. Ein leichtes Pochen verriet ihm, dass eines ihrer Kissen an der Tür einschlug. Er ging in sein Schlafzimmer, warf sich auf Bett und lachte, weil er diese Frau einfach so liebte, wie sie ist. Von Zeit zu Zeit nickte er ein und erwachte wieder. Gut drei Stunden waren vergangen, als es endlich an ihrer Wohnungstür klingelte. Al öffnete schlaftrunken die Wohnungstür, nahm den Blumenstrauß eilig entgegen und gab dem Boten ein Trinkgeld. Madame Ledoux stand auf der Treppe und nickte freundlich zu. Sie wollte damit zeigen, dass sie rein zufällig im Treppenhaus war. Er stellte die Rosen auf dem Tisch im Foyer und rief Maria zu sich, doch keine Antwort oder Reaktion war zu vernehmen. „Will sie mich austricksen und so tun als wüsste sie nicht was heute für ein Tag ist", dachte er. Al klopfte an ihre Schlafzimmertür, doch es blieb still. „Maria, wenn ich jetzt hereinkomme, möchte ich nicht, dass du wieder Unsinn im Kopf hast", ermahnte er sie. „Mein Bruder", dachte er amüsiert, „würde wieder sagen, dass sie Gedanken wie Flöhe der Hund im Fell hat oder so. Er lachte als er die Türklinke berührte und genoss den Moment der Erinnerungen. Nun die Zeit drängte um sein Vorhaben noch realisieren zu können; also betrat er vorsichtig ihr Schlafzimmer und es war leer … sogar das zuletzt geworfene Kissen lag unaufgeräumt am Boden. „Wann ist sie gegangen und warum?"

Maria stand plötzlich vor einer alten, hölzernen Haustür in der Rue du Noir. Ohne es wirklich zu wollen, beobachtete sie sich selbst dabei, wie ihre Hand wie von Geisterhand die Klingel betätigte. Eine fremde, sanfte Stimme, die sich in ihren Gedanken einnistete, forderte sie höflich auf, einzutreten. Panik stieg in ihr auf, und sie drehte sich hilfesuchend um, doch außer dem Vollmond, der sich stumm in einer Pfütze spiegelte, war die Straße menschenleer.

Mit einem leisen Knarren öffnete sich die Tür, und Friedrich, den sie aus der Orangerie kannte, stand vor ihr. Sein Mund bewegte sich, doch sie hörte keinen Ton. Mit galanter Geste führte er sie in einen schwach beleuchteten Raum, in dem Nimué bereits auf sie wartete. Die beiden Frauen tauschten einen tiefen Blick, als könnten sie sich gegenseitig bis auf den Grund ihrer Seelen sehen.

Nimué reichte Maria ein Glas Champagner. Das Prickeln auf ihrem Gaumen brachte ein Lächeln auf ihre Lippen, und ohne zu zögern, trank sie das Glas in einem Zug leer. Mehrere Frauen traten heran, ohne dass Maria bemerkte, woher sie gekommen waren. Sie begannen, sie sanft zu entkleiden, und in einer Art Benommenheit hörte Maria nur, dass man ihr etwas Bequemeres anziehen wollte. Sie ließ es geschehen.

Das neue Kleid, das sie trug, fühlte sich an wie ein sanfter Hauch von Luft. Sie betrachtete ihren Körper und war überrascht, wie schön das Kleid ihren Körper umspielte. Nimué, Friedrich und ein weiterer Mann namens Stanislaus lächelten sie an, als sie den Raum verließen, und Maria erwiderte das Lächeln.

„Vertraust du mir, Maria?" fragte plötzlich eine Stimme, die so angenehm und beruhigend klang, dass Maria ohne zu zögern antwortete: „Ja."

„Komm, mein Kind," befahl die Stimme sanft, und Maria folgte ihr. Sie wurde in ein prächtiges Zimmer geführt, dessen Mittelpunkt ein großes Bett war. Der Raum war nur von wenigen Kerzen erhellt, deren Licht sich endlos in den Spiegeln an Wänden und Decke vervielfachte. Maria hatte das Gefühl, sich in einer Pyramide mit einer sternenübersäten Decke zu befinden. Der Raum schien grenzenlos, und eine ungewohnte Freiheit durchströmte sie.

Sie legte sich auf das Bett, und die seidene Bettwäsche schmiegte sich so sanft um ihre Haut, dass es sich anfühlte, als würde sie von Wolken getragen. Sie schloss die Augen und fiel in einen tiefen, traumreichen Schlaf.

In ihrem Traum hörte sie das beruhigende Rauschen der Wellen, spürte die wohlige Wärme der Sonne auf ihrer Haut und schmeckte den salzigen Sand in ihrem Mund. Als sie die Augen öffnete, erkannte sie, dass sie an einem Meeresstrand lag—nackt! Sie stand auf und erinnerte sich, dass sie diesen Strand schon einmal mit Al besucht hatte. Doch jetzt war sie allein. Unbeeindruckt von ihrer Nacktheit, entschied sie sich, den Strand entlang zu gehen.

Plötzlich entdeckte sie einen Mann, der im offenen Meer verzweifelt auf den Strand zu schwamm. Er schien es eilig zu haben, und Maria erkannte bald auch warum.

„Schwimm schneller!" schrie sie, „ein riesiger Raubfisch ist hinter dir her!" Die Erinnerung an den riesigen Hai vor Grönland blitzte in ihrem Kopf auf. Doch der Raubfisch war schneller. Mit einem brutalen Ruck riss er den Mann in die Tiefe, und als das Meer sich blutrot färbte, schrie Maria auf—nur um sich wieder am Strand liegen zu sehen.

Das Rauschen der Wellen, die Wärme der Sonne und der Geschmack des salzigen Sands waren wieder da. Doch diesmal erschrak sie nicht, als sie bemerkte, dass sie erneut nackt war. Mit einem Seufzen rief sie der Sonne entgegen: „Warum bitte schön, muss ich immer nackt sein?"

(Entschuldigt bitte, aber das liegt am Autor.)

Plötzlich fand sich Maria in einem Sans-Ventre-Kleid ihrer Epoche wieder, eng eingeschnürt in ein S-Korsett, das ihr bei der drückenden Hitze die Luft abschnürte. Sie dachte spontan an das Kleid im Schaufenster in der Allée des Joueurs. Ihre Brust hob und senkte sich mühsam, als sie wieder ans Meer ging, dieses Mal entschlossen, den Strand in die entgegengesetzte Richtung zu erkunden—weg von den düsteren Erinnerungen an den Mann und den Raubfisch.

Sie spielte mit den Wellen, tanzte mit ihnen wie ein Kind, das sich den Launen der Natur hingibt. Mal lief sie den Wellen davon, mal jagte sie sie zurück ins Meer. Die Weite des Strandes und des endlosen Ozeans, die sich vor ihr ausbreitete, gab ihr das Gefühl von Freiheit und gleichzeitig von tiefer Einsamkeit. Doch als sie plötzlich erneut einen Mann im Meer entdeckte, der verzweifelt zum Strand schwamm, spürte sie, wie ihre Freiheit wie ein Trugbild zerbrach. Wieder wurde er verfolgt, ein riesiger Raubfisch hinter ihm her, bedrohlich nah.

Äpfel lagen plötzlich verstreut am Strand, als wären sie vom Himmel gefallen. Ohne zu zögern, hob Maria einige auf und schleuderte sie mit erstaunlicher Kraft auf den Raubfisch zu. Die Wucht ihrer Würfe war übermenschlich, und sie schaffte es, den Fisch zu treffen und abzulenken. Entschlossen watete sie tiefer ins Meer, bis das Wasser ihr bis zur Hüfte reichte, um den Mann zu retten. Doch der Raubfisch wechselte die Richtung und steuerte nun direkt auf Maria zu. Panik ergriff sie. Ihr Kleid, schwer vom Wasser, zog sie nach unten, hielt sie gefangen, als hätte das Meer selbst beschlossen, sie nicht mehr loszulassen.

In ihrer Verzweiflung dachte sie an eine Harpune, aber dieser Wunsch blieb unerfüllt. Sie sah, wie der Mann den sicheren Strand erreichte, während sie selbst wie angewurzelt im Wasser stehen blieb. Der Raubfisch kam näher, seine Zähne rissen ihr Kleid in Fetzen, und sie spürte die raue Fischhaut an ihren Beinen. Doch im letzten Moment drehte das Ungeheuer ab. Maria wusste, eine zweite Chance würde es nicht geben. Dieses Meer war sein Reich, und es hatte seine Beute verschont—dieses eine Mal.

Entschlossen zog Maria das zerrissene Kleid aus und rannte, nun mit Unterkleid, zum erschöpften Mann. Als er sich umdrehte, erkannte sie mit einem Schock Thoraldr, den Bruder von Al. „Was machst du hier... in meinem Traum?" fragte sie hastig.

„Glaubst du wirklich, das ist ein Traum, Maria?" antwortete er mit einer Gegenfrage, die in ihr ein tiefes Unbehagen auslöste. Ein grellweißes Blitzlicht blendete sie, und als sie die Augen wieder öffnete, hörte sie erneut das vertraute Rauschen der Wellen. Doch diesmal sprang sie sofort auf, den Strand entlang rennend, um Zeit zu gewinnen. Während sie lief, bemerkte sie, dass sie nur noch ein bequemes Unterkleid aus dem späten 19. Jahrhundert trug. Ohne zu zögern, rannte sie ins Meer und packte den entkräfteten Thoraldr, zerrte ihn mit letzter Kraft aus dem Wasser. Gerade rechtzeitig erreichten sie den sicheren Strand, bevor der Raubfisch erneut zuschlagen konnte.

„Noch einmal, Thoraldr, bevor du in meinem Traum wieder verschwindest. Was machst du hier?" fragte sie, diesmal mit einem Hauch von Dringlichkeit in ihrer Stimme.

„Dir helfen, Maria!" erwiderte er lächelnd, doch bevor sie nach dem „Wobei?" fragen konnte, spürte sie einen scharfen Schmerz. Ihr Blick fiel auf ihren Bauch, der plötzlich hochschwanger war. Doch noch bevor sie darüber nachdenken konnte, wurde sie mit einem Ruck aus ihrem Traum gerissen.

Zurück in der Realität, spürte sie wieder die seidene Bettwäsche auf ihrer Haut. Ein kurzes Krachen, als ob jemand eine Tür zuschlug, drang an ihr Ohr, aber sie ignorierte es. Sie wollte zurück in den Traum, in diese seltsame, faszinierende Welt. Doch stattdessen hörte sie plötzlich eine tiefe, fremde Stimme im Raum. „Hallo, mein hübsches Kind! Ihr habt gerufen?"

Maria spürte, wie Panik in ihr aufstieg. Diese Stimme wollte sie nicht hören, doch es war, als sei sie im Bett festgewurzelt. Ihre Glieder weigerten sich zu gehorchen. „Wir werden unsere Freude haben", sagte die Stimme, näherkommend, „und wir hoffen, ihr seid all das Gold wert, das wir für euch aufbringen mussten. Schön seid ihr ja; da hat die Gräfin nicht übertrieben." Die fremde Männerstimme bewegte sich wie ein Raubtier im Raum, bedrohlich und zielstrebig.

„Wir möchten, dass ihr für uns singt, schönes Mädchen", befahl die Stimme, und ohne Widerstand begann Maria ein Kinderlied zu singen. Doch kaum hatte sie die erste Strophe gesungen, rief die Stimme enttäuscht: „Schluss! Hör auf! Also, singen kann sie nicht."

Die Stimme beruhigte sich wieder und fuhr mit einem bedrohlichen Unterton fort: „Nun denn, edle Jungfrau, wir werden eure besonderen Fähigkeiten schon herausfinden. Wir haben die ganze Nacht Zeit, versprach die Comtesse." Ein unschöner Pfeifton erklang, eine Melodie,

die weder Rhythmus noch Harmonie kannte. Maria fand das Lied schrecklich, aber sie war unfähig, irgendetwas dagegen zu tun.

„Schönes Mädchen", unterbrach die Stimme ihr Pfeifen, „stehe sie auf und komme rasch her!" Maria erhob sich langsam, tastete mit den Zehenspitzen den Boden ab, als würde sie ihre eigenen Bewegungen nicht vollständig kontrollieren. Ihre ersten Schritte waren unsicher, schmerzhaft und die Stimme fragte verärgert: „Was hat sie? Ist ihr Fuß zu kurz? Man wird den Preis neu verhandeln müssen!" Doch nach ein paar weiteren Schritten fand Maria ihr Gleichgewicht wieder. Ihre Augen öffneten sich vollständig, und sie erkannte ihre Umgebung: ein kleiner Tisch, ein großer Spiegel, und ein dicker Mann—doch all das schien bedeutungslos. Ihr Kopf war leer, empfänglich nur für die Befehle, die ihr gegeben wurden.

„Stehe sie auf und wandle sie umher… und drehe sie sich… tanze sie wie eine Elfe!" Die Stimme schnörkelte ihre Worte wie ein schlechter Schauspieler, übertrieben und theatralisch. Maria gehorchte, drehte sich, tänzelte, aber in ihrem Inneren brodelte ein Widerstand, der sie zunehmend verwirrte.

„Wahrlich, meine Schöne, euer Anblick ist berauschend wie süßer Wein, euer Tanz wird vom Wind getragen und euer Körper trägt reife Früchte… Früchte, die wir kosten möchten!" Die Stimme klang nun melodisch, beinahe sanft, doch ihre Worte trugen eine unangenehme, fremde Bedrohung in sich.

Maria hörte auf sich zu drehen und ging zum Jugendstiltisch. „Was tust du? Bleib nicht stehen!" Die Stimme schwankte zwischen Befehl und Frustration.

Maria blickte in den Wandspiegel, doch sie sah nichts. Ihr Spiegelbild war verschwunden. „Ich möchte euch Früchte bringen, die ihr kosten wolltet", sagte sie monoton und gehorsam. Die Stimme lachte, ein verlogenes, hinterhältiges Lachen, das Maria bis ins Mark erschütterte. Sie wollte weglaufen, doch ihre Beine gehorchten nicht.

„Oh, wie amüsant", lachte die Stimme weiter, bevor sie plötzlich schroff befahl: „Komm her!" Die Blicke des Mannes wurden düsterer, seine Gedanken entblößten die tiefsten Abgründe menschlicher Begierden. „Die Comtesse meinte nur, ich darf sie dieses Mal nicht kaputt machen", dachte er, seine Worte in einem unheimlichen Monolog, „das Gebräu der Comtesse zeigt Wirkung. Herrlich, dieses Gefühl von unbändiger und endloser Männlichkeit."

Wie von einer unsichtbaren Kraft geleitet, sah Maria plötzlich ihr Spiegelbild. Sie drehte den Kopf nach links und sah den dicken, kleinen Mann im Raum stehen. Doch in diesem Moment war es ihr völlig egal, wer oder was dort stand. Es hätte ebenso gut ein großes Bierfass, ein fettes Schwein oder ein Sack Kartoffeln sein können. Das Einzige, was Bedeutung hatte, war die Stimme.

„Rasch, rasch", befahl die Stimme, „wir sind es nicht gewohnt zu warten, und sich selbst auszukleiden, ist unangebracht. Wir möchten schnell zur ersten Tat schreiten. Die Comtesse hat uns einen Tee serviert und geraten, schnell zu handeln. Ein zu langes Zögern hätte fatale Folgen für unser Lustempfinden und wir würden kostbares Gut vergeuden."

Regungslos und ohne eigenen Willen entkleidete Maria den Mann. Sie war keine Zofe und ließ seine Kleidungsstücke achtlos zu Boden fallen, was den Mann missfiel. „Wir lassen unsere Schuhe zu diesem Anlass an. Wir sind kein niedriger Bauer, der barfuß seine Mägde bespringt", befahl die Stimme weiter.

Beim Aufstehen sah Maria durch einen süßlich duftenden Nebel die Umrisse einer lächerlich wirkenden Gestalt, die sie an einen Hofnarren erinnerte. Ihre eigene innere Stimme lachte über die Absurdität, doch diese Stimme verstummte sofort, als die fremde Stimme wieder Besitz von ihr ergriff. Aber diesmal hörte Maria keine Worte mehr.

Ein unerklärliches Lachen stieg in ihr auf, ein Lachen, das sie nicht stoppen konnte. Sie wusste nicht, was so komisch war, doch sie lachte, bis ihr die Tränen kamen. „Hör auf!" befahl die Stimme streng, und sie gehorchte, aber das Lachen staute sich in ihrem Inneren wie brodelnde Lava in einem Vulkan.

„Da wir uns nun im Adams und Evas Gewande befinden", betonte die Stimme, „sind wir bereit, und wir verlangen, dass ihr unseren Namen—Marquis Alfons du Cremontée—mit Freude stetig rufet. Übt und wiederholt es bitte vorher—Marquis ALFONS…!"

„Alfons…" flüsterte Maria folgsam, doch in ihrem Kopf hallte es wider wie ein Echo. AL-fons, AL-, ALAIN, ALEXX—die Namen hämmern in ihrem Geist, bis der milchige Schleier vor ihren Augen plötzlich verschwand und sie das fette, wabblige Gesicht des Mannes vor sich sah.

Ihre innere Stimme schrie, doch es kam kein Laut aus ihrem Mund.

Es klingelte erneut an der Haustür in der Rue du Noir. Doch diesmal, als sich die Tür öffnete, wurde der Türsteher wie eine Puppe in hohem Bogen durch die Luft geschleudert. Zwei von Wut erfüllte Fäuste trafen seine Brust und raubten ihm den Atem. Ein Hüne von einem Mann, mit dem Zorn von zehn Göttern, trat über die Schwelle.

„Wo ist sie?", donnerte seine Stimme durch den Raum und ließ den bewusstlosen Türsteher in der Ecke liegend schwach auf eine Tür zeigen.

„Wenn du lügst, ist dein Leben hier und heute zu Ende, Friedrich", warnte der Hüne mit einer Kälte, die das Blut in den Adern gefrieren ließ. Mit einem mächtigen Schlag öffnete er die Tür, die unter dieser Kraft förmlich zerbarst. Mit einem einzigen Satz sprang er ins Zimmer – nur um zu seiner Überraschung freundlich begrüßt zu werden.

„Hallo Al, danke, dass du angeklopft hast", sagte Maria amüsiert, während sie auf dem Boden kniete, „ich spiele gerade ein Spiel mit meinem Freund hier. Aber er lügt und betrügt!"

Al konnte seinen Augen kaum trauen, und seine Spannung wich einer Mischung aus Erleichterung und Belustigung.

„Was spielt ihr denn?", fragte er ruhig und ließ sich von der unerwartet entspannten Atmosphäre anstecken.

„Ich stelle dem fetten Sack hier Fragen, aber er beantwortet sie nicht richtig", erwiderte Maria, sichtlich genervt.

„Vielleicht bist du nicht richtig gekleidet?", spitzelte Al, ein freches Lächeln auf den Lippen.

„Oh, das denke ich schon. Immerhin wollte er mir ja an die Wäsche", fauchte Maria zurück.

„Du bist fast nackt, Maria, falls dir das entgangen ist."

„Natürlich weiß ich das. Aber dieser fette Kerl hier muss ja in seine eigene Kotze schauen. Wenn er mich nur anblinzelt, reiß ich ihm seine Ohren ab."

Der dicke Mann lag mit einer Bettkordel gefesselt mit geschlossenen Augen auf dem Bauch. Maria kniete über ihm, ihre Knie abwechselnd in seine speckigen Rippen bohrend oder seine Nieren traktierend. Der Mann stöhnte gequält, seine Atmung schwer und gepresst.

„Sein Kopf ist schon dunkelrot. Hast du ihm zu viel Rotwein eingeflößt?", bemerkte Al gelangweilt, nur um dem dicken Mann klarzumachen, dass er keine Gnade zu erwarten hatte.

„Nicht winseln, Marquis Alfons! Sondern schrei meinen Namen – jedes Mal! Einfach nur Maria!", forderte Maria in strengem Ton.

Al setzte sich entspannt auf den Jugendstiltisch und nahm sich ein paar Weintrauben. „Sieh mal, Al! Unser Freund Alfons hatte heute Abend Filet de Boeuf mit Pommes de Terre und Vin Rouge", sagte Maria mit spöttischem Stolz.

„Willst du noch wissen, was er zum Nachtisch hatte?", fragte Al trocken. „Dann setz ich mich auch mit drauf."

„Oh, bitte nein! Zum Nachtisch hatte ich Compote de Pommes de l'Air mit Zimt", stöhnte der Marquis kläglich.

„Das könnte richtig sein", lobte ihn Al süffisant. „Also, Maria, steig runter von ihm."

„Nein, Al, ich will wissen, wo Nimué und ihre beiden Köter sind."

„Aber woher sollte dieser arme Tropf das wissen?", fragte Al, die Ungeduld in seiner Stimme spürbar.

„Er kommt hierher, in dieses Bordell – er muss es wissen!", beharrte Maria, während der Marquis nur hustend in seine eigene Kotze würgte. Jedes Mal, wenn er nicht antwortete, drückte sie ihr Gewicht noch schwerer auf ihn.

„Sie will Unsterbliche züchten, und wo ist der alte Merlin? Ist er vielleicht tot? Wie viele Aeterni-Frauen arbeiten hier?", bohrte Maria weiter. Alfons stöhnte und pustete.

Draußen hörte man den niedergeschlagenen Türsteher, wie er keuchend zur Haustür hinauslief.

„All das soll dieser arme Mann wissen?", resümierte Al. „Dann sehen wir uns das Kompott doch mal genauer an."

„Nein! Um Himmels willen, nein! Ich rede ja, aber bitte, gehen Sie von mir runter, Madame!", flehte der Marquis. Maria stieg ab, versetzte ihm aber noch einen abwertenden Tritt gegen den Hinterkopf. Der Marquis setzte sich mühsam auf, wischte sich das Erbrochene aus dem Gesicht und beäugte Maria mit einem dreisten Lächeln.

„Wag es nicht, mich so anzusehen, du Ferkel!", schrie Maria und versetzte ihm eine Ohrfeige, die sicher einen Platz unter den 100 besten Ohrfeigen der letzten Jahrhunderte verdient hätte. Der Marquis senkte sein Haupt, während Al Maria sanft, aber bestimmt beiseitezog. „Zieh dir bitte deine Kleider an, Maria."

Der Marquis, seine Lage wiedererkennend, trollte sich kleinlaut.

„Darf ich auch meine Blöße bedecken?", fragte er demütig.

„Nein!", riefen Maria und Al gleichzeitig.

„Erzähl mir, was du über Nimué weißt. Sofort!", forderte Maria.

„Wir Herren des Adels", begann der Marquis erklärend, „nennen sie Comtesse de la Luxure, weil sie all unsere Wünsche erfüllt. Die meisten Damen unserer Gesellschaft sind nicht bereit, gewisse Gefälligkeiten zu erfüllen. Unser Stand..."

„Quatsch nicht rum", unterbrach Maria und hüpfte in ihren Unterrock.

„Sag endlich, was deine Comtesse hier treibt."

„Wie bitte?", fragte der Marquis, irritiert durch Marias Wortwahl, fuhr aber fort: „Wer den Namen der Comtesse kennt und benutzen darf, zählt sich zu einem erlesenen Kreis auserwählter Männer. Ihre Mädchen nennen sie jedoch nur 'Madame Éternel', wie poetisch. Die Comtesse betreibt dieses Etablissement, und ich bin nur ein zahlender Gast mit Rechten." Er versuchte, seinen Adelsstand in den Vordergrund zu rücken, „und ich bin der Marquis Alf…"

Weiter kam er nicht, denn Maria unterbrach ihr Ankleiden, stürmte auf ihn zu und verpasste ihm einen kräftigen Tritt in seinen massigen Bauch.

„Ich will diesen Namen nicht hören!", erklärte sie und fuhr fort, während sie ihren Rock entknitterte: „Wo ist deine Comtesse Nimué und was tut sie hier?"

Al, der sich amüsiert einen Apfel geschnappt hatte, merkte, dass dieser ihm zu sauer war, und warf ihn verächtlich dem Marquis an den Kopf. „Red oder stirb!", befahl er.

„Comtesse de la Luxure", berichtigte der Marquis verängstigt, „wir kennen keine Nimué, verehrte Madame Maria. Die Gräfin ist sehr angesehen und gewissenhaft. Sie achtet stets auf die Gesundheit ihrer Mädchen. Jeder Gast muss sich Tage vorher einem Aderlass unterziehen und sich baden lassen, bevor er zu einem ihrer Mädchen darf. Mein Ur-Urvorfahr war für die Toilette von Louis XIV. verantwortlich und…"

„… und Louis war der größte Stinker seiner Epoche. Wir sind im 19. Jahrhundert, im Zeitalter der Dampfmaschine, nicht der Perückenträger", unterbrach ihn Al scharf. „Weiter, weiter! Kein Gequake!"

„… und damit hat er den Grundstein für den Ruhm und Reichtum der Familien du Cremontée und Beauffremont gelegt", setzte der Marquis energisch nach, um den Stand seiner Familie zu betonen.

Al nahm einen weiteren Apfel, deutete wortlos an, ihn erneut zu werfen, und der Marquis beendete eilig seine Geschichte: „Heute hatte mir die Comtesse einen Boten geschickt, dass sie das richtige Mädchen für mich hätte. Aber das war wohl nicht der Fall, wie sich gezeigt hat."

Maria und Al sahen sich an, die gleiche Frage auf den Lippen: „Wo wohnt sie?"

„Das weiß niemand! Bitte glauben Sie mir! Sie lebt außerhalb von Paris, aber das Wo will keiner wissen. Man sagt, wer es weiß, verliert seinen Verstand. Der Conte du Lac hat sie aus Liebe bis zu ihrem Chateau verfolgt und hat jetzt den Verstand eines Kindes. Er streichelt kleine Kaninchen, muss gefüttert werden und…"

„Genug! Wie kommt sie hierher?", unterbrach Al.

„Das müssten Sie den Kutscher fragen, der sie immer fährt, ehrenwerter Monsieur … Wie war Ihr ehrenwerter Name? Wie darf ich euch…?"

„Nenn mich Marquis du Pommes de l'Air, du Fatzke!", unterbrach ihn Al enttäuscht und fragte kurz angebunden: „Fertig angezogen, Maria?"

„Ja, aber schnappen wir uns den Kutscher, Al!"

„Ich habe sie schon vor Monaten beobachtet, Maria. Ihr Kutscher ist Stanislaus! Da kommen wir nicht weiter."

„Ehrenwerter Monsieur Al, darf ich sie unter Männern um einen Gefallen bitten?" Fragte der Marquis Alfons vorsichtig und schlangenzünglig. Al packte das große schwere Bett und stülpte es über den fetten Marquis. Maria nahm ihren Hut, während der Marquis zu schwach war, unter dem Bett herauszukriechen.

„Monsieur, bitte helfen sie mir. Ich glaube mein Knie ist zertrümmert." Bat er weinerlich stöhnend, aber er wurde nicht mehr beachtet.

Maria und Al ließen den Marquis im Raum zurück und eilten schnell aus dem Bordelle. Der Türsteher hatte sicher die Polizei und Nimué zwischenzeitlich informiert. Es wird die Zeit kommen um Nimué zu stellen, beschlossen beide. Sie eilten durch die Straßen, aber Marias Gedanken arbeiteten weiter: „Ich brauche Antworten, ich muss Nimué finden!

 Al stoppte eine Kutsche , „Rue de Bucheron", sagte er und sie stiegen ein.

„Fahren wir nicht zu unserer Wohnung, Al?"

„Nein! Es ist eine andere Wohnung, von der Nimué und Merlin nichts wissen. Sie gehört meinen Bruder."

„Thoraldr ist hier in Paris? Ich freue mich ihn nach so langer Zeit wieder zu sehen." Freute sich Maria.

„Nein! Er wird nicht dort sein", erklärt Al verlegen.

„Wo ist er oder wann kommt er ?" Fragte sie enttäuscht nach.

„Wir lassen deine Koffer noch in der Rue du Paté. Nimué kennt dort unsere Wohnung und Madame Ledoux informiert sie über alles was wir tun", lavierte er sich aus ihren Fragenwust.

„Die alte Ledoux ist eine Spionin und du weißt das und wohnst dort!"

„Ja und das ist mein Vorteil, dass sie nicht weiß, dass ich es weiß, Maria."

Maria war glücklich, lächelte verführerisch und fragte leise, „darf ich dich küssen?" Er grinste lausbübisch.

Sie küsste ihn sanft auf seinen Mund und er erwiderte den Kuss für eine kurzen Augenblick bis die Kutsche über einen Bordstein fuhr und die Kutsche stark rumpelte. Dennoch trennten sich die beiden langsam und Maria spürte in diesem Kuss etwas.

Sie saßen durchgeschüttelt in der kaum gefederten Kutsche und Al unterbrach die Stille und den romantisch anheimelnden Augenblick mit einer schnippischen Frage: „Hat dir das Etablissement dort gefallen?"

„Nein, aber wie konnte ich dort landen?", flüsterte Maria sich selbst laut fragend. „Hypnose und Drogen ! Ich sagte dir schon einmal; hüte dich vor ihren Tricks!", antwortete Al und Maria blickte ihn verwundert an.

„Was ist das, Al? Hypnose!"

„Man kann damit erreichen, dass Menschen etwas tun, das sie gar nicht wollen. Sie hat dich vermutlich damals in der Pyramide und heute im Bordelle hypnotisiert oder was auch immer. Sie ist eine böse Frau!", erklärte er sachlich und objektiv.

„Wie hast du mich so schnell gefunden, Al ?"

„Ich wusste Nimué ist in Paris und führt dieses Bordelle. Ich war vorher schon einmal dort und habe nur eins und eins zusammengezählt und gehofft ‚es würde stimmen; denn wo solltest du sonst sein …. Und ich fühle es, wenn du mich brauchst.“

„Du gehst oft und gerne in Bordelle, Al.“

„Ich habe nicht gesagt, dass ich drin war. Ich war nur dort, … um zu beobachten, was sich in der Höhle des Löwen tut.“

„Al, verzeih mir bitte, aber ich habe Nimué heute in der Orangerie getroffen und ohne es … .“

„Dann erklärt sich vieles, Maria“, unterbrach er ihr Entschuldigung, „ es ist gut, es ist nicht deine Schuld!“

„Al, ich bin nach so vielen Jahren immer noch das dumme, kleine Bauernmädchen, das vom Apfelbaum gesprungen ist. Hilf mir, unterrichte mich weiter in Schreiben und Lesen.“, äußerte sie ihre Bitte und blickte nachdenklich aus dem Kutschenfenster. Al nahm ihre Hand und drückte sie sanft.

„Noch bevor dieses Jahrhundert zu Ende ist, möchte ich ein Studium abgeschlossen haben.“ Beschloss sie mit geballter Faust.

Al lächelte, aber freute sich über ihre Entschlusskraft und nahm seine kleine Revolutionärin in seine Arme. Er flüsterte ihr ins Ohr: „Als Frau kannst du nicht studieren!“

„Wieso nicht?“, wehrte sie sich und versuchte ihn wegzudrücken.

Al hielt sie weiter fest und erklärte: „Studieren ist nichts für Frauen. Es ist eine reine Männerwelt!“ Al rückte etwas ab und zog sein Hemd aus um zu sehen ob es noch sauber ist. Sie beobachte ihn und ihre Wangen erröteten. „Was ist?“, fragte er nebenbei.

„Geh ! Lass mich los du übertrieben selbstverliebtes Mannsbild.“ Verteidigte sich Maria und bohrte ihre Fingernägel in seine Bauchmuskeln.

„Aua!“, rief er und wich zurück. Er betrachtete seinen Bauch und strich über die tiefen Abdrücke ihrer Nägel.

„Du kannst plötzlich Schmerz spüren?“, fragte sie überrascht.

„Nein! Ja! Oh, nein!", wich er aus und drehte ihr den Rücken zu, „ich bin nur vorsichtig!"

„Wieso schreist du dann wie ein Baby, du großer gebildeter Mann?"

„Dann hätte es dir sicher keinen Spaß gemacht, Maria!"

Maria betrachtete seinen Rücken und seine Schulter und fragte ruhig aber überrascht: „Wo ist deine Narbe?"

„Welche Narbe? Was ist jetzt schon wieder, Maria? Was ist mit dir?"

„Die Narbe von deiner Verwundung, die ich dir damals in England genäht hatte als dich der Pfarrer mit seinem Messer verletzt hatte - wo ist sie, Al?"

„Gut verheilt ! Ich spüre und sehe die Narbe nur, wenn das Wetter umschlägt. Dann wird sie auch sichtbar. Du hast damals gut genäht - es ist schon Jahrhunderte her, Maria!", verteidigte er sich beschwichtigend. Er zog sein Hemd wieder an, aber ließ es schlampig über seine Hose hängen.

„Deine Stimme wirkt unsicher, Al!"

„Wieso? Ich bin nur halbnackt in einer Kutsche mit einer Dame und beeile mich nur, um nicht ins Gefängnis zu kommen."

Al wirkte plötzlich befremdlich auf Maria: der erwiderte Kuss, die fehlende Narbe und des ungewollte Schmerzempfinden waren neu. Sie nahm eine Hutnadel und stach sich fest in ihre linke Handfläche. Sie hätte fast ihre Hand durchbohrt und schrie.

„Mein Gott, Maria, was machst du ?"

„Ich muss wissen, ob ich träume oder noch hypnotisiert bin, Al."

Mit einen Ruck riss er die Nadel aus ihrer Hand und drückte auf die Blutung. Sie griff nach seinem Handschuh, zog ihn weg und sah, dass ein Finger, den sie damals abtrennen musste, fehlte. Etwas beruhigt lehnte sie sich zurück. Maria saß ungläubig und weiter fragend neben ihm. Bevor sie eine weitere Frage stellen konnte, sagte er. „Einverstanden, Maria, ich kümmere mich darum, dass du besser lesen und schreiben kannst. Studieren kannst du leider nicht, aber an der Universität in Darmstadt können Frauen als Gasthörerinnen im Studium

Architektur teilnehmen. Wir brauchen aber noch etwas Zeit, die wir zum Glück zu Genüge haben. Also keine Eile und vertrau mir! Wir werden gemeinsam in ein paar Jahren studieren, aber wir verlassen heute Nacht noch Paris und besuchen meinen Bruder Thoraldr in Italien. Ich habe mit ihm noch ein Hühnchen zu rupfen."

„Was soll ich alles mitnehmen, Al?", fragte sie in Reiselaune und voller neuer Tatendrang. Kuss, Narbe und Nimué schienen vergessen.

Al presst sich sein Hemd an seinen Bauch und es verfärbte sich blutrot. „Nur das Nötigste!", versuchte er schmerzfrei zu antworten. Er achtete darauf, dass sie das blutige Hemd nicht bemerkte.

„Bekomme ich wieder neue schöne Kleider, Al? Lassen wir es diesmal so aussehen als seien wir überfallen und entführt oder gar ermordet worden, wenn wir verschwinden?", fragte sie euphorisch, sich im Geiste drehend und tanzend.

„Nicht übertreiben ! Lass wir es einfach so aussehen als seien wir ganz natürlich abgereist, Maria!", ordnete Al sachlich an, „der Eifelturm ist fertig und eine neue Aufgabe wartet für mich in Arezzo."

„Kann ich der alten Ledoux noch einen …?"

„Nein, Maria!" Er ließ sie ihren Gedanken nicht aussprechen.

„Willst du gar nicht wissen, was ich …?"

„Nein! Es könnte uns verraten und schaden!"

Al sah in ihre Augen und er erkannte sie nicht. Maria lächelte, und in diesem Moment verwandelte sich ihr Gesicht. Ihre Augen, sonst sanft und voller Geheimnisse, funkelten jetzt schelmisch, als ob sie einen unsichtbaren Plan schmiedete. Ein Hauch von Abenteuer lag in ihrem Blick, als hätte sie gerade eine Idee gehabt, die jede Regel brechen könnte, die das Leben ihr auferlegt hatte. Ihre Lippen verzogen sich zu einem verführerischen Grinsen, das sowohl Unschuld als auch freche Verspieltheit ausstrahlte. Es war das Lächeln einer Frau, die wusste, dass sie Macht über die Welt um sie herum hatte, und die bereit war, diesen kleinen Funken von Rebellion in die Tat umzusetzen, während ein leises Glitzern in ihren Augen verriet, dass sie sich dieses lausbübischen Gedankens voll bewusst war. In dieser kurzen, magischen Sekunde war Maria keine unschuldige Bauerstochter mehr, sondern eine unwiderstehliche Verführerin, deren Geist so lebendig und gefährlich war wie die unergründlichen Tiefen eines uralten Waldes.

„Wie lange bleiben wir bei deinem Bruder in Ar...., Al ?", fragte sie und war wieder in der reelen Welt – bei Al.

„Arezzo !So lange bis du gut im Schreiben und Lesen bist, um dann mit mir nach Darmstadt zum Studieren zu gehen, Maria. Arezzo ist älter als Rom und liegt in der Toskana – eine wunderschöne Gegend in Italien. Es wird dir gefallen ! Thoraldr ist Bauer geworden und züchtet dort riesige weiße Rinder."

„Ich bin glücklich, Al", sagte Maria, schmiegte sich an seine Schulter und fügte beiläufig hinzu, „ Thoraldr war heute in meinem Traum."

„Du meinst, du träumst von ihm."

„Nein, Al! Er war Teil davon!"

„Wie muss ich mir das vorstellen? Muss ich mir um ihn Gedanken machen?", schmunzelte er.

„Nein, er wurde nur von einem Hai gefressen."

Neue Aufgaben

Maria schüttelte die Gedanken an Paris ab und ließ die Erinnerungen an Al hinter sich, als sie von der Schaukel unter dem Apfelbaum aufstand. Gedankenverloren schlenderte sie zurück zum Haus, während die warme Sonne ihren Körper umhüllte und der verlockende Duft von frischem Brot sie an die Marmelade im Schrank denken ließ. Die vergangene Nacht hatte sie kaum schlafen lassen, so viele Erinnerungen an Al waren aufgewühlt worden, wie schon lange nicht mehr. „Seit über 600 Jahren sind wir verbunden, befreundet und ... es gibt einfach kein Wort dafür," überlegte sie. „Sind wir durch mehr als nur unsere Unsterblichkeit verbunden? Ist das Liebe?" Fragen nagten an ihr.

„Al, dieser verrückte alte Wikinger: Al-skaer, Al-derano, Al-exx... Einfach Al, so nannte ihn sogar König Arthus. Al, das keltische Wort für Felsen – und das war er wirklich gewesen. War?" Ein kalter Schauer lief ihr über den Rücken bei diesem Gedanken. „Was für ein Unsinn, ich bin einfach schon viel zu lange von ihm getrennt. Ich werde aufstehen, einen Spaziergang machen und dann meine nächste Aufgabe angehen. Doch das wird das letzte Mal sein, dass ich für diese Hexe etwas tue! Nachdem ich Nimués Tochter geboren habe, werde ich Al finden und mit ihm reden. Hoffentlich kann Costa so lange warten – mindestens ein Jahr. Hier oben kann ich ohnehin niemanden erreichen. Das Beste wäre, ich könnte mit Al reden, dann könnte er es Costa erklären."

Der nächste Morgen begrüßte Maria mit einem herrlichen Anblick. Die Sonne stand noch tief, die Schatten reichten weit nach Westen und der Morgentau glitzerte wie Edelsteine auf den Wiesen. In der Ferne läuteten Kuhglocken, und das rhythmische Hämmern des alten Wasserrads erfüllte die Luft – ein beruhigendes Geräusch, das Sicherheit und Geborgenheit vermittelte. Doch der Rauch eines fernen Scheiterhaufens, der noch von einer Feuerbestattung aufstieg, störte das harmonische Bild.
„Dieses Tal zwischen den Hügeln wäre so schön, wenn *SIE* nicht hier wäre. Wäre *sie* tot, könnte Al hier leben," verlor sich Maria in Gedanken. „Man sollte niemandem den Tod wünschen… aber…"
Plötzlich wurde sie aus ihren Überlegungen gerissen. „Guten Morgen," sagte eine Stimme hinter ihr. Maria fuhr erschrocken zusammen, so tief war sie in ihre Gedanken versunken. Der Fremde lächelte sie freundlich an. Maria erwiderte den Gruß, innerlich jedoch dachte sie: „Früher wäre ein Mann aufgestanden, wenn er eine Dame begrüßt."
Sie wollte eigentlich keine Unterhaltung vor dem Frühstück, also ging sie an ihm vorbei. Doch nach ein paar Schritten hielt sie inne, drehte sich um und fragte neugierig: „Kennen wir uns? Bist du einer von uns? Ich kenne fast alle, die hier oben leben, aber dich habe ich noch nie gesehen."

„Nein und nein, um deine Fragen zu beantworten," entgegnete der Fremde ruhig und witzig. Maria setzte sich neben ihn auf die Bank und berührte leicht seinen Oberarm.

„Nichts! Gut so!", murmelte sie, fast ohne es zu wollen.

„Findest du?" fragte er überrascht.

„Nein, entschuldige, das war unhöflich von mir. Es ist nur so, dass hier oben selten Gäste... ich meine, Wanderer vorbeikommen," versuchte sie sich verlegen zu korrigieren.

„Mein Name ist Karl, aber alle nennen mich Charlie," stellte er sich vor.

„Maria, freut mich," gab sie zurück, „du erinnerst mich an einen guten Freund, Charlie. Hast du auch einen Nachnamen?"

„Natürlich, Quellmeier," antwortete er, während er sie prüfend ansah.

„Maria..." Sie zögerte, unsicher und nervös, bevor sie fortfuhr: „Maria Beer." Etwas Besseres fiel ihr nicht ein, und sie erinnerte sich daran, sich früher einmal als Maria Himbeere vorgestellt zu haben. „Nur nicht vergessen," dachte sie und lächelte schüchtern.

„Einfach und schön," erwiderte er, während er sich fragte, warum sie so lange überlegen musste.

Eine Weile sahen sie sich schweigend an, ohne dass Verlegenheit zwischen ihnen aufkam. Es gefiel ihnen, sich wortlos anzuschauen.

„Gute Freunde sind wichtig, Maria," begann er schließlich das Gespräch.

„Ja, das stimmt, Charlie. Man sollte sich nie von ihnen trennen."

„Aber du hast dich von jemanden getrennt. Was ist passiert, Maria?"

„Meine Schuld, Charlie. Ich hätte auf ihn hören sollen. Meine Seele wurde verletzt, und ich habe mich wie ein dummes, unerfahrenes Mädchen benommen." Ihre Augen wurden feucht, als sie sprach.

„Als hätte sie mir gerade das traurige Ende einer langen Geschichte erzählt," dachte er und fragte nach: „Wart ihr lange zusammen?"

„Sehr lange! Aber es war keine einfache, normale Beziehung wie..." Maria brach ab, sich bewusst, dass sie diesem Fremden bereits zu viel anvertraut hatte. „Gehst du ein Stück mit mir, Charlie?" fragte sie plötzlich.

Seine Antwort kam zögernd und verlegen, als hätte ihn ihre Frage aus dem Gleichgewicht gebracht. „Nein, danke. Nein! Ich bleibe lieber noch ein wenig sitzen," sagte er trocken.

Enttäuschung flackerte kurz in ihrem Blick auf, doch dann fing sie sich wieder. „Dann sehen wir uns vielleicht beim Frühstück," schloss Maria kühl ab und wandte sich zum Gehen. Nach wenigen Schritten versuchte sie bereits, Karl aus ihren Gedanken zu verbannen. „Es ist wichtiger, einen Plan zu haben, hier wegzukommen, als sich mit so einem Kerl abzugeben," dachte sie. Sie riss einer Margerite den Blütenkopf ab, roch kurz daran und warf sie achtlos zur Seite. Sie vermutete Charlies Blicke auf ihrem Rücken, aber sie widerstand dem Drang, sich umzudrehen. „Umdrehen heißt verlieren!" dachte sie und ließ ihr Hemd locker aus der Jeans hängen, sodass es weit über ihr Gesäß fiel. Sie ging mit Bedacht, darauf bedacht, nicht zu stolpern – vor allem nicht vor seinen Augen.

„In dieser Isolation kann ich nichts tun; alles hier ist fremd und unangenehm. Ich hätte auf Al hören und bei ihm bleiben sollen. Ich wollte hierherkommen, einen klaren Schnitt machen und endgültig Schluss machen. Ich habe meine Aufgabe nicht erfüllen können, und es war keine Flunkerei, dass Dr. Sola wichtig war. Costa? Aber was haben die beiden Frauen damit zu tun?", hämmerte Vieles unsortiert in ihrem Kopf.

Der Weg unter ihren Füßen endete plötzlich, und sie fand sich auf einer Wiese wieder. Der Duft von frischem Gras erfüllte die Luft, und Insekten tanzten auf den Blüten, als wollten sie um den besten Nektar wetteifern. Der wilde Thymian verströmte seinen intensiven Duft, den Maria tief durch die Nase einatmete. Sie beugte sich hinunter und knetete vorsichtig einen Thymianstrauch, ohne ihm weh zu tun. Mit duftenden Händen schaufelte sie sich die Essenz des Thymians an die Nase. Sie schloss die Augen und ließ sich für einen Moment von ihren

Sinnen forttragen. Doch als sie ihre Augen wieder öffnete, erstarrte ihr Herz. Nimués Bastarde und Stew waren ebenfalls auf dieser Wiese, etwa 200 Meter entfernt, und sie hatten wieder ihren makabren Spaß. Besonders Stanislaus, der mit seinem Bogen jonglierte. „Ein halber Indianer mit altdeutschem Namen und einer unheimlichen Begabung im Schießsport", dachte sie ironisch. „Aber was macht er daraus? Nichts, außer Mensch und Tier quälen."

Sie hatten ein Mädchen aus dem Dorf gefangen, eine Waise, die alleine und hilflos war. Das Mädchen konnte kaum stehen; sicherlich stand sie unter Drogen. Friedrich hatte sie an einen Baum gebunden, und auf ihrem Kopf thronte ein großer Kürbis, der ihr Kinn auf die Brust drückte. Stanislaus zielte, schoss, und der Pfeil durchbohrte den Kürbis, der dann am Baum stecken blieb.

„Der Tod wäre eine Erlösung für das arme Ding", dachte Maria mit einem Anflug von Verzweiflung. „Aber würde ich ihr helfen, würde es noch viel schlimmer für sie werden. Stanislaus würde noch mehr Spaß daran haben, sie zu quälen!" Maria konnte das Mädchen zwar nicht beschützen, aber sie konnte es vielleicht mitnehmen, wenn sie endlich von hier wegkäme. Diese Bastarde hatten keinen Respekt vor dem Leben, und für sie waren Normalsterbliche nur unnützes Ungeziefer. Sie fragte sich, welche Mütter so etwas ertragen könnten; keine von ihnen würde stolz auf solche missratenen Söhne sein. Wie konnte man sein Kind in die Obhut von Nimué und Merlin geben? Maria unterbrach ihre Gedanken, als sie sah, dass Stew den Bogen in die Hand gedrückt bekam. Stew hatte noch nie einen Bogen gehalten. Entweder würde er total danebenschießen oder jemanden treffen. Friedrich und Stanislaus amüsierten sich weiter. Stew spannte den Bogen und zielte. Für diesen Moment nahm Maria ihre Umgebung nicht mehr wahr; alle Lebewesen auf der Wiese schienen nur auf Stew zu starren und zu beten, dass...

Aber Stew entspannte sich schließlich und gab die Waffe zurück. Ein großer Seufzer entglitt Maria, was Stanislaus aufmerksamer machte.

Er lächelte Maria an, und sie wusste, dass er jetzt – um sie zu provozieren – einen besonders gefährlichen Schuss auf das Mädchen und den Kürbis abgeben würde.

Maria drehte sich schnell um und ging eilig davon, um die Situation zu entspannen. Nach einigen Schritten hörte sie ein aufgeregtes Aufjohlen hinter sich, aber sie ging weiter. „Durch mein Weggehen erhöhe ich die Überlebenschancen des Mädchens auf gute 80%", versuchte sie sich selbst zu beruhigen.

Als sie nach einigen Minuten wieder an der Sitzbank vorbeikam, war sie leer. „So ein Stoffel", dachte sie frustriert über Karl, der unschuldig und unwissend am Geschehen der letzten Minuten beteiligt war. Aber seine Abwesenheit störte sie. Sie verspürte den impulsiven Drang, die unschuldige Sitzbank umzustoßen.

„Guten Morgen, Maria!", wurde sie aber von ihrer Tante unterbrochen. „Auch einen guten Morgen, Tina. Ich bin auf dem Weg zu Mutter, um mit ihr über meine neue Aufgabe zu sprechen."

„Das hat sich erledigt. Ich komme eben von Vater und Mutter, du kannst frühstücken gehen. Sie melden sich später bei dir", erklärte Tina.

„Gut", stimmte Maria wortkarg zu und beobachtete, wie ihre Tante ging. In Gedanken fragte sie sich, ob sie nicht irgendwann wie Popstar Tina Turner herumlaufen würde. Wahrscheinlich ändert man sich alle paar hundert Jahre, und jeder bekommt eine neue Identität und ein neues Image. Wer könnte schon von sich behaupten, in einem Dorf mit den Double von Lady Gaga und Tina Turner zu leben?" Sie schmunzelte bei dem Gedanken.

Als Maria den Frühstücksraum betrat, saß Karl bereits am Tisch. Er grüßte nur mürrisch, klopfte sein Frühstücksei und starrte in die Leere. „Nur Deutsche klopfen ihre Eier", dachte Maria amüsiert, als sie an ihm vorbeiging. Charlie konnte seine Augen nicht von ihr abwenden, als wären seine Augen aus Eisen und ihre Figur ein Magnet. Er steckte aus Versehen den leeren Eierlöffel neben seinen Mund. Maria lächelte kurz und setzte sich zwei Tische weiter und blickte ihn verführerisch an. „Charlie könnte sogar in mein Beuteschema passen", scherzte sie in Gedanken, „und etwas Spaß mit Männern ist immer erlaubt. Für seine Unverschämtheiten spiele ich etwas mit ihm. Aber nicht zu lange, weil er schöne, ehrliche Augen hat. Wie …!"

„Hast du noch Butter für mich?", unterbrach Maria das Schweigen. Charlie erschrak, antwortete hastig „Ja" und warf ihr ein Stück Butter zu. Die Butter flog direkt gegen Marias Kopf, ohne dass sie versuchte auszuweichen oder zu fangen. Laut klirrte ihr Löffel in die Tasse, als sie aufstand und betont desinteressiert den Raum verließ. „Solche Frechheiten hätte ich nicht mal Al zugetraut, obwohl er auch ab und zu fragliche Manieren hatte", dachte Maria aufgebracht.

Charlie saß weiter da, neigte den Kopf und drückte mit aller Kraft die Butter auf sein Brot, sodass es zerbröselte. „Verdammtes Brot", schrie er frustriert.

Als er das Messer auf den Tisch warf und den Kopf hob, stand Maria plötzlich wieder vor ihm. Der Lichtschein vom Fenster umgab sie mit einer Aura, die sie wie einen Engel erscheinen ließ. Aber in ihr steckte ein Racheengel. Charlie stockte der Atem. Sein Herz hämmerte wie wild in seiner Brust.

„Na, Mister bleibt sitzen und cooler Butterwerfer, wenn Frauen anwesend sind, hast du die Sprache verloren? Hat dir Mami nicht beigebracht, wie man sich einer Dame gegenüber benimmt?" Ihre Worte schossen wie Blitze auf ihn nieder.

Charlie sagte nichts, sondern sah sie nur an. Er erwartete den nächsten Treffer.

„Ach, jetzt schaut er auch noch traurig, unser Charlie", verspottete sie ihn.

„Was glaubt er nur, wer er hier ist", dachte Maria, aber in dem Moment erkannte sie, wie ungerecht sie zu ihm war. Sie war erbost über das Bogenschießen und ließ ihn dafür büßen. Sie fühlte sich elend und wollte sich am liebsten sofort bei ihm entschuldigen.

Charlie schwieg, senkte seine Augen und murmelte eine leise Entschuldigung. Maria wusste nicht, was sie tun sollte: gehen oder bleiben, schweigen oder reden, lachen oder weinen.

Diese Momente der Unentschlossenheit machten sie wahnsinnig. Wie bei Al: Sollte sie ihn verlassen oder für immer lieben? Sie hatte Gefühle für Costa zugelassen, sollte sie sich ihm öffnen?

Sie blieb stehen, etwas hielt sie fest. Sein Lächeln war ihr vertraut und seine Augen schienen mit ihr zu sprechen. Für einen kurzen Moment schien die Zeit stillzustehen.

„Gehst du bitte zur Seite, Maria?", wurde sie von Stanislaus freundlich aufgefordert. Sie hatte ihn nicht kommen sehen und ging wie im Trance einige Schritte zurück. Stanislaus zog den Tisch weg, nahm Charlie in die Arme und trug ihn breitschultrig aus dem Frühstücksraum.

Beschämt senkte Charlie seinen Blick. Marias Augen folgten ihnen, als hätte sie das neunte Weltwunder gesehen. Sie fühlte sich wie im K.o.-Kampf: acht, neun, zehn… aus! Sie ging schon in der ersten Runde k.o.!

„Der arme Kerl kann im Moment nicht mehr gehen", sagte Tante Gaga, die plötzlich hinter ihr mit einem Croissant stand.

Maria stand nur da, als hätte sie Jauche getrunken und würde auch danach stinken, während sie den beiden nachsah. Tante Gaga redete munter weiter, ohne gefragt worden zu sein: „Wir haben ihn vor ein paar Tagen gefunden. Vater und Mutter machten eine Ausnahme und erlaubten, dass wir ihn hier pflegen dürfen. Eines Morgens lag er bewusstlos im Flur und konnte nicht mehr gehen. Er wiederholte immer wieder, es sei zehn nach sieben. Wir wissen nicht, was das bedeutet. Nun geht es ihm wieder gut – ein bisschen gut."

Maria konnte erst jetzt ihre wirren Gedanken wieder ordnen und einfangen, als sie Tante Gagas Outfit bemerkte:

Ihre Erscheinung war ein Spektakel für sich – extravagant, verrückt, und dennoch faszinierend. Sie trug ein Kleid, das aussah, als sei es aus

Spiegeln gefertigt, jeder Schritt warf funkelnde Lichtreflexe an die Wände, als würde sie ein wandelnder Disco-Ball sein. Die Schultern des Kleides waren dramatisch überhöht, wie zwei silberne Flügel, die sie in den Himmel tragen könnten. Um ihren Hals lag eine Kette, die aus überdimensionalen, künstlichen Edelsteinen bestand, so groß wie Fäuste und in allen Farben des Regenbogens schillernd.

Ihr Haar war eine wilde, zerzauste Mähne, die in Neonpink leuchtete, wie flüssiges Feuer, das aus ihrem Kopf zu sprühen schien. Dazu trug sie ein futuristisches Kopfstück, das aus einem wirren Gewirr von Drähten und LED-Lichtern bestand, die in allen möglichen Mustern blinkten. Ihr Gesicht war aufwändig geschminkt, mit dramatisch verlängerten Augen, deren Lidschatten in einem kräftigen Blau glitzerte, und Lippen, die in einem metallischen Violett leuchteten.

Ihre Beine steckten in kniehohen Stiefeln, die aus durchscheinendem Plastik gefertigt waren und mit unzähligen kleinen LED-Lichtern versehen waren, die im Takt ihrer Schritte aufleuchteten. Die Absätze waren derart hoch und schmal, dass es schien, als würde sie auf Nadeln balancieren, doch sie bewegte sich mit einer Eleganz, die ihresgleichen suchte.

Über all dem thronte ein schräger Humor in ihrer Haltung – ein Lächeln, das verriet, dass sie genau wusste, wie übertrieben ihr Look war, und dass sie es liebte, die Normen der Mode und des Anstands herauszufordern. Sie war ein lebendes Kunstwerk, ein wandelndes Paradoxon zwischen Glamour und Wahnsinn, das es schaffte, alle um sie herum gleichzeitig zu verwirren und zu faszinieren.

Ihre Tante Gaga stöckelte wortlos davon und ließ sie zurück.

Als Maria vor Charlies Zimmer stand, kam Stanislaus gerade heraus. Mit einem abfälligen Blick meinte er: „Mutig, mutig, Maria… und du glaubst, er redet noch mit dir?" Seine Augen funkelten spöttisch, und ein überlegenes Grinsen zog über sein Gesicht.

Maria hielt seinem Blick stand; ihr Atem ruhig.

„Keine Angst vor Charlie! Er kann nicht laufen", fügte Stanislaus provokant hinzu, als ob er ihr eine Falle stellen wollte.

„Eine kleine Frage, du großer Indianer!" konterte Maria scharf, ihre Augen funkelten vor Entschlossenheit. Sie wollte diesen Türrahmen als Siegerin verlassen.

Stanislaus zog die Brauen hoch. „Ich bin kein Indianer, du dumme Magd", erwiderte er kalt und abwertend.

„Als ich hier ankam, habe ich ein nettes Mädchen getroffen. Sie hieß Nika. Wo ist sie? Ich würde mich gerne mit ihr treffen", setzte Maria ungerührt fort, ihre Stimme so ruhig wie eine Wasseroberfläche vor einem Sturm.

„Warum, Maria?"

„Warum nicht! Alle meiden mich hier. Ich dachte, ein bisschen Gesellschaft könnte nicht schaden. Außerdem könnte ich mein Russisch auffrischen."

Stanislaus' Blick verengte sich. „Du lügst, Maria!"

Bevor sie antworten konnte, unterbrach er sie. „Hör auf. Du kannst Nika nicht getroffen haben. Sie kam nach dir an, und keiner außer mir und Friedrich hat sie gesehen oder mit ihr gesprochen. Es soll auch keiner wissen, dass sie jemals hier war. Also lass es und schweig einfach!"

Er packte plötzlich ihr Kinn zwischen Daumen und Zeigefinger, sein Griff drohend und seine Augen rachsüchtig. Doch Maria verzog keine Miene, ihre Entschlossenheit ungebrochen.

„Vergiss die Kleine! Sie war nie hier, und glaub nicht, du könntest uns damit erpressen. So wichtig ist sie nicht, aber du könntest uns Probleme machen, wenn es publik wird." Stanislaus ließ schließlich von ihr ab und trat zur Seite.

Maria ging wortlos an ihm vorbei und betrat Charlies Zimmer. Er saß in seinem Bett und starrte zum Fenster hinaus, verloren in Gedanken. Ohne ein Wort zog sie einen Stuhl heran und setzte sich an die fensterabgewandte Seite des Bettes. Eine gespannte Stille legte sich über den Raum.

Es dauerte nur einen Moment, bis Charlie sich umdrehte und Maria ansah. Ihre Blicke trafen sich, und ohne ein Wort hielt sie ihm eine weiche Butter in einer Serviette hin. „Hier, wirf nochmal!", forderte sie ihn mit einem leichten Lächeln auf.

Charlie nahm die Serviette, sah sie einen Augenblick lang an und dann, mit einem schiefen Lächeln, drückte er die Butter auf seine Stirn. Der Anblick war so absurd, dass beide plötzlich in Lachen ausbrachen, ein Lachen, das all die Anspannung und den Schmerz der letzten Tage durchbrach.

Maria ließ sich neben ihn aufs Bett sinken und ohne nachzudenken, umarmten sie sich mit gewässerten Augen. Für einen Moment schloss Maria die Augen. In Charlies Nähe zu sein, gab ihr ein Gefühl von Sicherheit und Geborgenheit, was sie so dringend gebraucht hatte. Es war ein stilles Einverständnis, eine Verbindung, die in dieser Umarmung wuchs.

Erst nach einem tiefen Seufzer lösten sie sich voneinander, und Maria wischte ihm sanft die Butter von der Stirn. Sie fuhr ihm liebevoll durch sein weiches, blondes Haar. „Entschuldige, bitte", flüsterte sie leise, ihre Stimme zärtlich und voller Reue.

Charlie nahm ihre Hand, hielt sie fest, als wäre sie sein einziger Anker in diesem stürmischen Meer. In seinen Augen spiegelte sich tiefer Schmerz, aber auch eine leise Hoffnung, die langsam zu keimen begann. Zwei Freundinnen hatte er verloren, und es schien, als hätte er nun in Maria eine neue Vertraute gefunden.

„Endlich ein Mensch, ein Freund hier", dachte er, während Tränen aus seinen Augen rollten. Der Verlust seiner Freundinnen lastete schwer auf ihm, und die Schuld, die er trug, erdrückte ihn. Doch jetzt, mit Maria an seiner Seite, fühlte er sich nicht mehr ganz so allein. Ihre Augen begegneten sich, und in diesem stillen Austausch lag eine stille Versprechung, die über Worte hinausging.

„Jetzt bin ich aber nicht mehr allein, hier an diesem schrecklichen

Ort", dachte Charlie, während er Marias Hand festhielt, als würde sie ihm die Kraft geben, weiterzumachen. Sie schlossen ihre Augen.

Als Roja das Präsidium betrat, blickte er verärgert ans Ende der Straße, wo sich das Gebäude der Gerichtsmedizin befand. Es stieg Rauch aus den Kamin und er dachte sich, so einen könnte er jetzt auch gebrauchen um Dampf abzulassen. Im Besprechungszimmer war sein Team schon anwesend als er seine Tasche auf den Tisch warf und rief. „Jemand verarscht uns hier gewaltig … und wir lassen es zu!"
Alle blieben stumm und er setze sich gefasst, aber theatralisch.
„Eben habe ich die Nachricht bekommen, dass unsere unbekannte Männerleiche verschwunden ist. Gestern am späten Nachmittag ist jemand eingebrochen und hat sie gestohlen. Wieso und wer macht das? Wie wichtig ist dieser Mann, dass man so ein Risiko auf sich nimmt und in die Gerichtsmedizin einbricht? … und rein zufällig wurden gerade alle Kameras für einen Systemcheck heruntergefahren. Also gibt´s keine Bilder von der Überwachung! Wir sitzen hier nur 300 Meter entfernt und sehen zu, wie jemand in die Gerichtmedizin spaziert und unsere Leiche herausholt."
Es blieb weiter still im Raum nachdem Roja seinen Frust freien Lauf gelassen hatte.
„Wir verteilen die Aufgaben neu" ,fuhr Roja viel ruhiger fort, „Selenia, du lässt die Teams rotieren. Christoph könnte zum Beispiel nochmal als Wanderer in das Dorf gehen. Sarah checkt nochmal den Penner und so weiter .... jeder überprüft die Ermittlungen des Vorgängers. Wir können uns aber schwerpunktmäßig auf Estelle und Torro konzentrieren. Das sind unsere Hauptdarsteller. Ein guter alter Freund konnte mir mitteilen, dass unser Torro nicht bei der Fremdenlegion angekommen ist. Entweder hat Estelle - unsere Schwarze Witwe - ihn aus dem Weg geräumt oder die beiden sind auf der Flucht. Sucht nach ihnen! Los!"
Sein Team stand auf und verließ den Raum. Nur Selenia bekam von ihm einen Wink anschließend zu ihm zurück zu kommen.

Roja war nun alleine, nahm sein Handy und wählte eine Nummer aus seinem Speicher. Nach zweimal läuten, wurde schon abgenommen.

„Hallo Secunda mein Schatz ‚hier ist Roja !"

„Hallo mein großer Kater !" Schnurrte Secunda durch Telefon.

Roja atmete nur genussvoll ins Telefon und spielte mit Bildern in seinem Kopfkino

„Hat mein Kater Sehnsucht nach seiner Kätzin ?" Miaute sie ins Telefon. Bist du alleine, Roja ?"

„Ja !", räusperte er.

„Ich spüre du brauchst mich, Kommissar. Schließ die Augen, großer schwarzer Kater! Siehst du mich wie ich auf allen Vieren um dich herumschleiche? Ich trage nur mein Fell für dich," flüsterte sie lasziv, „willst du mich streicheln?"

Roja saß auf seine Stuhl, voll entspannt mit Bildern in seinem Kopf, die zu einem Film wurden.

„Bist du bei mir, Roja? Bist du entspannt? Meine Fell ist …. Kannst du es fühlen?" Sprach sie weiter mit tiefer, durchbohrender Stimme.

„Ja!", hauchte er entspannt ausatmend in sein Handy.

„Ich fühle, du willst jagen, mein großer Kater. Willst du mit mir Fangen spielen?"

„Nein mein Kätzchen, ich bin zu müde!"

„Folge meiner Fährte ! Wie kann ich dir helfen? Was bedrückt dich?", schnurrte sie weiter durchs Telefon und Roja sagte mit faltiger und nachdenklicher Stirn, „diese Krankenschwester spielt mit mir. Sie ist immer zwei Schritt voraus."

„Ich habe Angst vor dir, großer schwarzer Kater ! Ich bin ja nur ein kleines weißes Kätzchen. Ich verstecke mich vor dir", flüsterte sie weiter, „aber ich bin ganz nah." Sie lachte Tränen mit vorgehaltener Hand ins Handy, obwohl er sie nicht sehen konnte.

„Verstecken - ganz nah", diese Worte wiederholen sich in Rojas Kopf wie eine Echo, „du hast Recht!"

„Was ?", fragte sie feixend aus ihrer Häme gerissen.

„Das ist es! Danke dir, du bist genial !", jubelte er.

„War´s das schon - so schnell ?", fragte sie verunsichert fernmündlich. Roja Gehirn arbeitete plötzlich auf Hochtouren und Vieles wurde ihm klarer. Secundas Catwalk war verpufft und gedanklich hatte er schon das passende Halsband für Estelle. Zufrieden lehnte er sich zurück, denn der Fall war fast gelöst. Nebenbei dachte er noch an die verschwundene Leiche, die ihm egal war, aber der ordnungshalber kümmerte er sich darum.

„Die verschwundene Leiche aus der Gerichtsmedizin - habt ihr schon Spuren vom Einbrecher ?", fragte Roja sachlich.

„Nein!", antwortete Secunda überrascht, fragte aber, „was ist, Roja?"

„Wie konnte er unbemerkt ins Gebäude und es mit einer Leiche verlassen?", Fragte er sich rhetorisch nach Polizistenart.

„Die Kameras waren aus, Roja.", antwortete sie kurz und ungeordnet wie eine Katze, die ihre Maus zum Spielen verloren hat.

„Gib mir bitte sofort Bescheid, sobald du mehr weißt, Secunda - Adios!"

Roja legte auf und hatte einen Plan.

„Nun wie versteht ihr euch?" Fragte Tante Tina Maria mittags.

„Gut! Ich hole uns das Mittagessen und wir machen ein Picknick auf der Wiese am Bergsee" ,antwortete Maria glücklich, „wir nehmen die Kutsche."

„Es ist schön, dass du dich um den Jungen kümmerst, Maria."

„Was ist ihm eigentlich passiert, Tina?"

„Besser er sagt es dir selber, wenn die Zeit reif dafür ist. Ich weiß übrigens, er liebt Trauben. Hier nimmt die kernlosen Weißen mit!"

„Ahnt Charlie was wir sind?"

„Nein, Maria! Er trauert und ist sehr verschlossen!"

„Darf ich ihm etwas von uns verraten?"

„Warum nicht, Maria! Entscheide selber wie viel, wenn du ihn näher kennst."

„Werdet ihr ihn wegschaffen, wenn er wieder gesund ist?"

„Denk nicht immer so schlecht von Mutter. Sie mag den Jungen und es könnte sogar sein, dass er für immer hierbleiben kann. Er könnte wie die anderen Sterblichen unten im Dorf leben. Er hat keine Familie in der Heimat, soviel ich weiß, Maria."

„Kann! Er Kann bleiben." Betonte Maria und Tina nickte zuversichtlich.

„Wann soll ich zu Nimué gehen und mit ihr meine neue Aufgabe besprechen?"

„Mutter und Vater sind weggefahren, Maria. Es eilt nicht! Genieße die Zeit mit ihm!"

„Warum seid ihr so nett, Tina? Ist er meine neuer Auftrag ?"

„Lass es, wenn du nicht willst ! Wir dachten, du hast Zeit, weil du eh länger als geplant bleiben musst und bist ausgebildete Krankenschwester. Ich kann auch die Tochter vom Bäcker zum ihm schicken. Charlie braucht nur etwas Gesellschaft und Ablenkung!"

„Nein, nein, Tina! Ich kann das schon tun ... bis ..."

„Dann ist es ausgemacht!"

„Kann ich mit Al telefonieren, Tina? Bitte!" Fragte Maria wie aus der Hüfte geschossen und traf nur harten Fels.

„Nein! Niemals!", antwortete die Tante kurz und schroff.

„Ich muss wissen, was er tut und wo er ist!"

„Nein! Es reicht, wenn er weiß, wo DU bist. Wag es nicht ....!"

„Al hat dir damals deinen schwarzen Arsch aus der Sklaverei befreit, Tina. Er hat für dich damals Kopf und Kragen riskiert um dich in die Nordstaaten zu bringen. Wenn SIE nicht hier sind, könnte Al doch kommen. Ich brauche ihn, Tina."

„Wenn ich dir dabei helfe mit Al Kontakt aufzunehmen, wäre meine damalige Rettung nun völlig umsonst. Nimué und Merlin wurden mich töten und das weiß auch Al und deswegen lass ab von deiner Idee, Maria. Kümmere dich um Charlie, damit er bald wieder zu Kräften kommt und laufen kann. Schweig jetzt Maria und geh! Das ist mein

letztes Wort; ich habe schon viel zu viel gesagt und für dich getan."
Sie wollte kein weiteres Wort darüber verlieren und wendete sich ab
von Maria. Ihre Haare wild und voluminös, vielleicht sogar in einer
ikonischen Löwenmähne gestylt, untermalten ihren Abgang und ihre
Ablehnung zu Marias Ideen. Wahrlich ihr Tina-Turner-Outfit beein-
druckte Maria. Sie spielte ihre kraftvolle Präsenz aus. Die Bewegungen der Tante waren dynamisch und energiegeladen. Modebewusst
trug ihr sie auffälliges Outfits – wie ein enganliegendes, funkelndes
Kleid mit Lederjacke – die ihre Figur betonen und ihre starke Persön-
lichkeit unterstrich.

M&C

Maria und Charlie lagen am Ufer des stillen Bergsees, die weiche,
sanfte Brise streichelte ihre Haut, während sie wortlos zum Himmel
hinaufblickten. Die Wolken zogen langsam dahin, wie flüchtige Gedanken, die ebenso schnell wieder verschwanden, wie sie kamen. Der
Augenblick war friedlich, doch in beiden nagte die Einsamkeit, jeder
in seine eigenen Gedanken vertieft.
Maria dachte an Al und Costa. Al zu verlassen fühlte sich nie endgültig
an. Sie waren schon oft getrennt, nur um sich dann doch wiederzufin-
den. Der Gedanke, ihn wiederzusehen, tröstete sie und ließ keinen
Raum für Traurigkeit. Aber die Erinnerung an Costa, an ihre junge
Liebe, die fast schon vorbei war, lastete schwer auf ihrer Seele. Ihre
Gedanken wirbelten durcheinander. War es wirklich Liebe, die sie für
Costa empfand? Oder nur Freundschaft, oder gar eine Flucht aus der
Realität?

Charlie hingegen konnte die Nähe von Franzi und Toni in seinem Herzen spüren, als wären sie noch bei ihm. Ihre Lachen hallte in seiner
Seele wider, warm und bittersüß. Die Sonne kitzelte seine Nase, und
er musste niesen. Er lächelte verlegen und entschuldigte sich mit einer

sanften Geste bei Maria.

Ihre Blicke trafen sich, und für einen Moment schien die Welt stillzustehen. Es war Maria, die als erste das Schweigen brach. „Hast du Lust, schwimmen zu gehen, Charlie?", fragte sie sanft.

Charlie schüttelte den Kopf, „Meine Beine sind erschöpft, und ich habe nichts zum Umziehen dabei."

Maria lächelte, ein warmes, einladendes Lächeln. „Du brauchst deine Beine nicht. Wir sind erwachsen, und wir können in unserer Unterwäsche baden. Ich werde dich halten. Die Bewegungen im Wasser sind gut für deine Beine. Vertrau mir, ich bin Krankenschwester."

Charlie hob überrascht die Augenbrauen. „Krankenschwester? Du? Erzähl mir mehr, Maria."

Maria lachte leise. „Erst das Wasser, dann die Geschichte." Ohne auf eine Antwort zu warten, begann sie, Charlie auszuziehen. Ihre Hände, die zuerst routiniert wie die einer Krankenschwester vorgingen, wurden langsamer, als sie sich dem Moment hingab. Sie genoss es, seine Knöpfe behutsam zu öffnen, ihre Finger über seine Brust gleiten zu lassen und den Stoff sanft über seine Schultern zu streifen. Es war, als würde sie ihn nicht nur entkleiden, sondern auch seine Seele berühren. Mit einer geschickten Bewegung öffnete sie seinen Gürtel, und seine Jeans glitt mühelos über seine Beine. Charlie war überrascht von ihrer Sanftheit und Geschwindigkeit, doch noch mehr von der Wärme, die durch ihre Berührungen entstand. „Hallo Calvin," neckte sie ihn lächelnd, als sie seine Shorts sah, und Charlie erwiderte ihre Zärtlichkeit mit einer sanften Berührung ihrer Hand.

Maria drehte ihm leise den Rücken zu, zog ihr langes Haar nach vorne und flüsterte: „Öffne bitte mein Kleid, Charlie."

Seine Finger fanden den Reißverschluss, und langsam, genießerisch, zog er ihn nach unten. Es war ein Moment purer Intimität, ein stilles Versprechen, das zwischen ihnen lag.

Ohne ein weiteres Wort stand Maria auf und begann sich auszuziehen, vollkommen unbefangen. Charlie konnte seinen Blick nicht von ihr abwenden, fasziniert von ihrer Anmut und dem Vertrauen, das sie ihm schenkte. Ihr Kleid glitt wie ein sanfter Wasserfall an ihrem Körper hinunter. Ihre Unterwäsche, zarte schwarze Spitze, die ihre Schönheit betonte, ließ Charlies schwerer atmen.

„Hallo, Marie Jo," murmelte er, um seine Gedanken zu ordnen, aber seine Augen blieben an ihr haften, als wären sie in einen Zauber gefangen. Maria lachte leise und kniete sich vor Charlie hin. Ihre Augen trafen sich, und er wagte es nicht, den Rest ihres Körpers zu betrachten. Es war, als würde der Moment zwischen ihnen eine unsichtbare Grenze ziehen, die von gegenseitigem Respekt und vorsichtiger Neugier geprägt war. Seine Hand bewegte sich instinktiv, seine Finger berührten vorsichtig ihre Schulter. Sie lächelte sanft, als hätte sie genau das erwartet. Seine Berührung war zärtlich, fast zaghaft, als seine Finger langsam über ihre Schulter glitten, den Weg entlang, den der BH-Träger vorgab. Doch anstatt weiterzugehen, wanderte seine Hand höher und berührte ihren Hals, fast ehrfürchtig, als wäre er auf der Suche nach ihrem innersten Wesen.

„Er wird gleich versuchen, meinen BH zu öffnen," dachte Maria, und ein kleines Lächeln spielte um ihre Lippen. Doch anstatt sich darauf zu konzentrieren, ließ sie sich einfach von der Sanftheit seiner Berührungen tragen, die nun zu ihrem Gesicht wanderten. Überrascht, aber wohlwollend, ließ sie es zu, als seine Finger ihre Lippen ertasteten. Ein unaufdringlicher Kuss seiner Fingerspitzen brachte seine Hand zum Zittern, eine Reaktion auf die Unsicherheit, die er in diesem Moment verspürte.

Charlie war hin- und hergerissen zwischen dem Wunsch, den Augenblick auszukosten, und der Angst, etwas zu überstürzen. Er kannte diese Frau noch keine 24 Stunden, und doch fühlte er sich ihr vertrauter als jeder anderen zuvor. Maria spürte seine Unsicherheit und entschied, ihm die Entscheidung abzunehmen. Sie öffnete ihre Augen, lächelte warm und nahm seine Hand. „Lass uns schwimmen gehen," sagte sie leise, ihre Stimme voller Zuneigung.

„Oh!" entfuhr es ihm, leicht verlegen, während er den Blick nach unten senkte. Sie lachte leise, versuchte, die Spannung aufzulösen. „Das macht nichts, Charlie. Wir sind hier, um den Moment zu genießen." Sie nahm ihr langes Haar nach vorn, um ihren BH zu bedecken, eine sanfte Geste, die ihre Vertrautheit und Zurückhaltung zugleich zeigte. Charlie bemerkte dies und lächelte dankbar.

Mit der Entschlossenheit einer Krankenschwester kniete Maria sich erneut vor ihn, diesmal nüchtern und konzentriert. Sie hob seine kraftlosen Beine auf ihre Schenkel, um ihm beim Aufstehen zu helfen. „So, jetzt rutsch auf meine Schenkel," wies sie ihn an, ihre Stimme fest und fürsorglich.

Gemeinsam schafften sie es, aufzustehen, und Charlie klammerte sich an sie. „Du bist ziemlich kräftig, Maria, und ich komme mir wirklich doof vor," gab er zu, seine Stimme leicht unsicher.

Maria lachte, ihre Augen strahlten vor Wärme. „Kraft gehört zum Job, Charlie, und doof ist gar nichts!"

Beide lachten, und für einen kurzen Moment war die Welt nur noch ihr Lachen und die Nähe zueinander. In den meisten Fällen hätte ein Kuss den Moment perfekt gemacht, aber Maria entschied, das Spiel der Spannung noch ein wenig länger aufrechtzuerhalten. „Woher kennst du eigentlich Marie-Jo-Unterwäsche, Charlie?" fragte sie, eine leicht neckische Note in ihrer Stimme. Die Frage war belanglos, aber sie erfüllte ihren Zweck: den Moment der Entscheidung hinauszuzögern.

Charlie erkannte, dass er eine Antwort geben musste, auch wenn er wusste, dass es nur ein Vorwand war. Gleichzeitig war ihm unangenehm, so getragen zu werden, und die Tatsache, dass sie ihn so hielt, machte ihm bewusst, wie verletzlich er sich fühlte.

Maria spürte seine Unbehagen und lächelte beruhigend. „Alles ist gut, Charlie. Wir haben Zeit." Ihr Lächeln war warm und beruhigend, und in diesem Moment wussten sie beide, dass es keinen Grund zur Eile gab.

Ansatzlos antwortete er auf ihre letzte Frage: „Viele Architekten entwerfen nicht nur Häuser, sondern auch Möbel, insbesondere Stühle. Mies van der Rohe hat die 'Barcelona Liege' und Le Corbusier die 'Chaiselongue' designt. Es sind berühmte Möbel, die..."

„... die mich nicht im Geringsten interessieren. Red nicht um den heißen Brei herum, Charlie! Ich kenne Charles Jeanneret und sein Stuhl kostet gut 6.000 Euro. Also, was hast du mit Dessous zu tun?" Maria lächelte neckisch, und Charlie fühlte sich noch mehr fehl am Platz – getragen von der Nähe einer wunderschönen Frau.

Verblüfft von ihrer Schlagfertigkeit und ihrem Wissen über seine Lieblingsarchitekten, wollte Charlie seine Antwort weiter ausschmücken.

„... meine Freundin To...", er stockte abrupt, um den Namen seiner verstorbenen Freundin Toni nicht auszusprechen, und er erfand schnell einen Namen: „Toffina hat..."

„Du hast eine Freundin namens 'Toffina'?", unterbrach sie verblüfft und spontan.

„Ja, natürlich", hustete er verlegen. „Ich hatte sie einmal in einen von mir entworfenen Bikini gezeichnet. Sie hatte es einem Bekannten gezeigt, der einen Zeichner für Dessous kannte, und so weiter, … so einfach war es. Am Ende habe ich Unterwäsche für Frauen entworfen!" Er verkündete dies sachlich, obwohl ihm die Rötung seiner Wangen nicht entging. Sie lächelte, als würde sie seine Geschichte lieben.

„Für einen Studenten kein schlechtes Zubrot!" verteidigte er sich, weil er sich in ihren Augen verloren fühlte und sich hilflos wie ein kleiner Junge vorkam. Maria konnte kaum Worte finden; ihr Herz pochte so heftig, als wolle es Charlie anspringen. Ihr wurde etwas schwindlig, da sie versuchte, ihren heftigen Atem zu unterdrücken. Charlie wurde langsam schwer, und sie hatte das Gefühl, ihre wahren Gefühle für ihn zu zeigen, wäre zu direkt gewesen. Seltsamerweise vertraute sie ihm, aber sie vertraute sich selbst nicht. Sie hatte Angst, sich gehen zu lassen, alle Hemmungen zu vergessen und ihr Herz zu befreien: „Unchain my Heart!", röhrte Joe Cocker in ihrem Kopf. Mit diesem Rock im

Ohr ging sie wortlos mit Charlie ins Wasser, und sie tauchten gemeinsam ein - in einen See der Gefühle. Das Wasser des Sees aus den Bergen war äußerst erfrischend. Jeder genoss die Wärme und Nähe des anderen, und keine weitere Bewegung oder Annäherung sollte diese Stimmung zerstören. Maria spürte die Nähe dieses noch Fremden, den sie erst gestern kennengelernt hatte, und fühlte sich ihm schon ewig verbunden. Sogar sein Herzschlag schien ihr vertraut. Dieses Gefühl, einem Fremden zu vertrauen, hatte sie nur einmal zuvor erlebt, als sie damals Alexx am Apfelbaum traf.

„Alexx! Halt, nein! Al! Das geht nicht", schossen Gedanken wie Querschläger durch ihren Kopf, und einer wurde laut: „Nein!" Maria rief es kurz und entschieden.

Schnell löste sie die Umklammerung und Charlie tauchte unter, da seine Beine noch nicht mehr die Kraft hatten, sein Körpergewicht im bauchtiefen Wasser zu halten. Für ein paar Sekunden blieb er unter Wasser, bis Maria ihre Sinne wiederfinden konnte. Sie zog ihn hustend wieder an die Oberfläche.

„Entschuldige bitte, Maria! Ich wollte dir nicht..."

„Nein, Charlie! Keine Entschuldigungen zwischen uns. Wenn wir ehrlich zueinander sind, muss niemand um Verzeihung bitten."

Wortlos zog sie ihn weiter ins tiefere Wasser, wo es leichter war, ihn auf ihren Armen zu tragen. Es war klar, dass nicht alle Worte und Gefühle ausgesprochen werden mussten; manchmal konnte man auch mit den Augen sprechen.

Maria öffnete ihren BH und ließ ihn vom Wasser davon treiben. Es gab keinen besonderen Grund dafür, aber es ließ sie freier fühlen. Ihre Augen sagten: „Ich vertraue dir."

Seine Augen erwiderten: „Ich vertraue dir auch."

Ihre Hände tasteten sich aneinander und fanden an den Schultern Halt, um einen Abstand zu wahren, der sich jedoch sekündlich verringerte. Ihre Körper trieben immer näher zusammen, bis nur noch ein hauchdünner Wasserfilm zwischen ihnen war. Das Wasser umhüllte sie und schien ihre Gefühle zu übertragen. Die Hände des einen berührten den Körper des anderen, als sollte alles, was unter Wasser geschah, ein Geheimnis bleiben.

Der Kuss aber, der alles öffnen hätte können, blieb aus.

„Kannst du stehen, Charlie?" flüsterte sie ihm leise ins Ohr, ohne die Umklammerung zu lösen.

„Irgendwie schon, aber auch nicht wirklich. Keine Ahnung, Maria!" blubberte er ins Wasser.

„Was sollen wir tun, Charlie?"

„Ich weiß es nicht, Maria!"

„Kannst du dich bewegen?"

„Ich will mich nicht bewegen!"

„Fühlst du deine Beine?"

„Ich weiß nicht, was ich fühle. Darf ich noch näherkommen, Maria?" Maria umklammerte ihn noch fester, und er zog sie ebenfalls näher an sich. „Ist dir kalt, Charlie?"

„Ich weiß im Moment nicht, was kalt bedeutet."

Er schmunzelte und blubberte weiter Luft ins Wasser. Maria blickte ihn an, und nur seine himmelblauen Augen blieben über Wasser.

„Wenn er mich so weiter ansieht, bekomme ich noch weiche Knie und er muss mich tragen", dachte sie vorsichtshalber.

„Ob ihre Lippen sanft beim Küssen sind", überlegte er, während er immer tiefer in ihre Augen versank. „Vielleicht sind sie nicht nur sanft, sondern auch einfach nur zum Küssen da."

„Einen Kuss könnte er sich schon stehlen, bevor wir wieder nach Hause fahren", plante sie im Voraus. „Küsse stehlen ist schließlich ein Privileg der Männer", rechtfertigte sie gedanklich sein mögliches Vorhaben.

Ungewollt stellte sich ein kleiner Sicherheitsabstand zwischen ihnen ein, der es ihnen ermöglichte, den anderen zu beobachten und zu studieren. Neugierig wie kleine, tapsige Kätzchen schienen beide Lust auf das Unerwartete und Unbekannte zu haben.

„Jetzt könnte es ernst werden – jetzt wird er mutig – jetzt sollte ich etwas sagen", dachte sie und stellte eine Frage, die ihr gerade eingefallen war.

„Toffina!", sagte sie, „welche Körbchengröße hatte sie?"

„Wer?" erwiderte er und korrigierte sich sofort: „Ach so, Toffina!" Charlie musste lachen und schluckte dabei Wasser. Hustend sagte er: „Echt ein blöder Name, oder!"

„Ja, Charlie, aber es ist deine Freundin! Also, welche Größe?"

„Woher soll ich das wissen?"

„Sie war dein Modell, Charlie!"

Wie ein Hefekloß steckten ihm die Worte im Hals fest. Maria spürte, dass er nicht über seine Freundin sprechen wollte. Die Gründe dafür gingen sie nichts an, und sie wollte keine alten Wunden aufreißen. Wenn diese Toffina eine Beziehung mit ihm gehabt hat oder hatte, musste sie es herausfinden. Sie würde ihm Zeit geben, darüber zu sprechen, aber nicht zu viel. Plötzlich hatte sie das Gefühl, unter Zeitdruck zu stehen. Zeit hatte in den letzten 600 Jahren für sie nie eine Rolle gespielt. „Er wird heute keinen Kuss bekommen", entschied sie etwas abgekühlt. „Ich will zuerst wissen, wie diese Frau zu ihm steht."

Charlie blieb still, und sein Schweigen beklemmte ihn.

„Kannst du stehen, Charlie?" löste sie die Anspannung mit einer Frage.

„Ich weiß nicht ! Stehen ja, aber das Knie heben, kann ich nicht, Maria. Bist du mir jetzt böse ?"

„Ich trag dich jetzt besser wieder raus. Es wird zu kalt!" Beschloss Maria, „komm auf meinen Rücken. Ich trage dich Huckepack raus!"

Wahrlich Charlie wurde wirklich schwerer und die Gedanken an diese Toffina raubten ihr Kräfte und Sinne. Es schien ihr, als hätte sie zu viele flüssige Schokolade gegessen – ihr Magen fühlte sich verklebt und voll an, als hätte sie einen Schokoladenbrunnen im Bauch. „Diese Toffina ist sicher klein und dick" , bebilderten sich ihre Gedanken. Mit solchen Gedanken wurde er immer schwerer.

Als sie an ihrem Picknickplatz ankamen, fielen sie beide unsanft zur Seite. Aber sie lachten dabei. Maria begann ihn erst abzutrocknen als er am Boden lag, doch es war ihm peinlich so hilflos zu sein und so hielt er ihre Hände und zog sie zu sich. Unweigerlich musste sie sich seitlich an seinen Körper legen. Wieder sprachen sie nur mit ihren Augen. Ihre beiden nassen Körper lagen aneinander und Charlie warf den rechten Teil ihrer Picknickdecke , auf den sie nicht lagen, über ihre Körper. Charlie sagte tief schluckend und kurz, „eine Toffina oder eine andere Frau existiert nicht … mehr." Seine himmelblauen Augen wässerten sich. Maria streichelte seine Wange und fing seine Tränen auf. Maria fühlte sich schuldig und schlecht, dass sie ihn mit ihrer Eifersucht so bedrängte. Auch ihr liefen Tränen über ihre Wangen und Charlie versuchte sie mit seinem Zeigefinger auf zu fangen.

Das Vertrauen zueinander wurde stärker, aber ihre Berührungen blieben vorsichtig und abwartend. Gegenseitig konnten sie den heftiger werdenden Atem des anderen bereits spüren und das Verlangen den anderen zu küssen war so stark, dass sie den Gefühlen ihren Lauf ließen. Ihr Kuss war voller Sehnsucht, heftig aber zärtlich zu gleich. Maria hatte das Gefühl ,als hätte sie die letzten Jahrhunderte auf diesen Kuss gewartet.

Auch für ihn schien es so als wäre er so noch nie geküsst worden. Mit jeder Berührung ihrer Lippen wollte er mehr; es war ihm nicht möglich aufzuhören. Ihre Körper lagen aneinander und verschmolzen fast zu einem. Sie genossen es den Körper des anderen zu streicheln und näher kennenzulernen. Unausgesprochen waren sie sich einig, nicht zum Äußersten zu gehen, aber ihr Hunger und ihre Verlangen nach dem anderen hielt an - sehr lange und ausdauernd. Fast am Höhepunkt der Gefühle kaum fähig zu denken, hechelte er atemlos, „bitte, lass uns warten!"

Maria drehte ihn auf seinen Rücken und murmelte, „ja, du hast Recht", aber liebkoste mit ihren Lippen seine Oberkörper weiter, als hätte sie vergessen, was sie eben gesagt hatte. Sie bemerkte aber plötzlich ihr unkontrolliertes Tun und stoppte.

Sie drehte sich weg und rannte zum See, als würde sie davonfliegen wollen. Von einem Felsen aus hechtete sie ins Wasser und ihr Körper verschwand im See. Die Wellen ihres Wassersprungs hatten sich schon geglättet, als sie immer noch nicht auftauchte. Charlie blickte unruhig zum See, der eben Maria verschluckte. In Sorge machte er wie ein verliebter Teenager ein M und C in den Sand. Er konnte nichts tun und es vergingen Sekunden, die ihm wie Minuten erschienen. Er schlug auf seine nutzlosen Beine und plötzlich durchfuhr es Charlie als hätte ihn ein Blitz getroffen. „Maria, Maria !", schrie er auf den See hinaus. Seine Beine hatten vergessen wie man geht, wie man sich bewegt.

Er rollte sich ans Seeufer, als ihn ein Schatten erschreckte.

„Charlie, was ist ?", fragte Maria, die sich von der Seite annäherte und gegen die Sonne stand.

„Maria, ich hatte Angst …., aber schau meine Beine - es ist wieder etwas Kraft in ihnen."

 Was ist passiert?"

„Keine Ahnung!"

„ Aber kannst du aufstehen, Charlie?"

„Nein! Ich glaube noch nicht, aber sieh her, ich kann mich selber aufsetzen und die Beine strecken und beugen. Tolles Gefühl, seine Beine wieder zu haben."

„Besser …."

„Ja!"

„… als das eben?" Maria lächelte nochmals mit einer nachdenklichen Mine, bis er seine Antwort korrigierte: „Aber nein, Maria!"

Sie lachte und bevor er noch weiter versuchte sich zu rechtfertigten, küsste sie ihn und sagte, „alles gut! Lass uns nichts überstürzen ! Ich helfe dir !"

Charlie blickte etwas verwundert; wollte sie sich nicht mit ihm freuen. Als er erneut versuchte etwas zu sagen, küsste sie ihn nochmals und erklärte, „wir müssen vorsichtig sein. Wir ziehen uns an und ich helfe dir zur Kutsche. Unterwäsche gibt´s keine, sie ist nass und wird nicht trocken. Im Dorf sagen wir nichts davon, dass du deine Beine wieder bewegen kannst und …"

Erneut küsste sie ihn, um ihn am Sprechen zu hindern.

„… und vielleicht bald wieder laufen kannst. Bitte vertraue mir ! Bitte, Charlie!"

Charlie lächelte die nun etwas ängstlich und fürsorglich blickende Maria an und wich ihrem nächsten Kuss aus, als er ansetzte etwas zu sagen. Er nahm sie in seine Arme und meinte, „meine Mutter sagte mir, trau keiner Frau ohne Unterwäsche. Also müssen wir noch hierbleiben und warten bis sie trocken ist. Ich finde es schön hier. Machen wir doch ein kleines Lagerfeuer!"

„Deine Mutter ist ein weise Frau. Küss mich, du Quatschkopf !"

Selenia kam zurück ins Besprechungszimmer und Roja kritzelte mit seinem Kugelschreiber gedankenlos auf einem Stück Papier herum. Sie drängte sich zwischen ihn und dem Tisch und stellte ihre Beine auf seinen Stuhl. Roja lehnte sich zurück und blickte nachdenklich und abwesend in ihre Augen.

„Wo verdammt bist du?", dachte er kalt und emotionslos.

Er fing an gedankenfern ihre Oberschenkel zu streicheln und schob dabei ihren Rock immer weiter nach oben. Er spielte geistesabwesend mit ihren halterlosen Strümpfen. Seine Blicke senken sich und starrten nur auf ihren Slip, als würde sich dahinter etwas Befremdliches befinden. Es gefiel ihr normalerweise, wenn er sowas machte, weil sie ihm dann überlegen war. Er war dann wie ein kleiner Junge, der an seinem Spielzeug, in diesem Fall an ihrer Reizwäsche, herumspielte. Aber dieses Mal verspürte sie Angst. Sie hatte das Gefühl als wurde er nicht sie sehen, sondern etwas anderes … und das was er sah, würde er nicht lieben, sondern hassen.

„Willst du mir was auf mein Höschen malen, Roja ?", fragte sie um die Stimmung zu kippen. Sie wollte in seine Gedankenwelt eintauchen, die oft offen wie ein billiger Roman vor ihr lag. Er starrte weiter und blieb unerreichbar.

„Roja, nein, so mag ich das nicht. Du bist nicht bei der Sache und denkst an etwas ganz anders.", wies sie ihn zurück.

Mit einer minenfreien Karpfenschnauze sagte er mit leer blickenden Augen, „Estelle hat geantwortet. Sie kommt nicht zu Costa zurück! Sie bleibt in ihrem Versteck! Ich weiß, sie ist ganz nah und kann mich beobachten. Wie ein kleines Kätzchen versteckt sie sich und miaut sich eins!"

Sie nahm seine Kopf, streichelte ihn liebevoll und legte ihn auf ihren Bauch und sagte leise. „Entspann dich! Lass den Fall ruhen! Morgen ist mein 30.Geburtstag und ich habe eine Überraschung für dich."

Er rutschte mit dem Stuhl näher, umarmte ihre Hüften und vergrub sein Gesicht in ihrem Schoss, so konnte er am besten Denken ohne auf die Worte seiner Kollegin zu achten.

Selenia aber fuhr fort. „Mein Mann ist das ganze Wochenende noch auf Geschäftsreise und er glaubt, ich bin mit meiner Freundin Quinta unterwegs, die es gar nicht gibt. Also wenn mein Mann meine fiktive Freundin doch anrufen würde, wird der Anruf zu mir umgeleitet und mit der Stimmenverzerrer-App kennt er mich dann nicht am Handy. Wir zwei treffen uns wieder in unserem alten Motel. Ich habe wieder alles unter einem falschen Namen reserviert - das Ehepaar Haußer sind wir dieses Mal - mit einem scharfen S geschrieben - richtig deutsch! Unter falschem Namen und Angaben findet uns keiner. Ich habe mir auch schöne neue Reizwäsche aus Deutschland von Beate Uhse für dich gekauft, in der wirst du mich nicht wiedererkennen. Ich freue mich schon so sehr darauf, sie für dich zu tragen!"

Roja hob seinen Kopf und blickte Selenia sekundenlang schweigend und nachdenklich, aber angespannt an, bis er endlich antwortete. „Du bist genial!"

Sie lächelte ihn an, sie wusste welche sexuellen Wünsche er hatte und in ihrem Kopf sah sie bereits wie sie ihn empfangen und verführen würde.

„Du hast das fehlende Verbindungsstück gefunden.", sprach er weiter. Selenias Stirn bekam Denkfalten und sie stammelte nur ein „Wie!" heraus.

„Selenia, Liebes", sagte er lachend, „es gibt gar keine Estelle. Sie hat einen falschen Namen benutzt. Ihre Angaben in ihrer Krankenhaus-personalakte waren ungenau und falsch , weil sie gar nicht lange blei-ben wollte. Sie hatte nur einen Auftrag zu erfüllen und der hieß Dr. Sola. Sie sollte ihn ausschalten! Dass er jetzt tot ist, war nicht geplant, aber ändert nichts an der Erfüllung ihres Auftrags. Ich denke sie ist eine Auftragskillerin …."

„Drehst du jetzt komplett durch Roja?" Unterbrach sie ihn, aber er konstruierte den Fall weiter.

„Der unwichtige Penner musste sterben, weil er etwas gesehen hatte, das Estelle verraten könnte. Der tote Unbekannte war ihr Komplize und musste auch sterben. Costa hatte sich in sie verliebt und musste sterben , damit ihre Tarnung nicht auffliegt. Torro hat mit allem nichts zu tun, mit ihm hat sie nur gevögelt und ich bin sicher, dass er auch tot ist. Die beiden ARANAS waren zum falschen Zeitpunkt am falschen Ort oder ahnten nicht, dass eine Killermaschine in ihr Zugabteil kam. Sie wurden von ihr schnell, leise und professionell ausgeschaltet … nun vielleicht hat sie wirklich das Mädchen gerettet, aber das spielt keine Rolle und der Soldat hatte nur Glück."

„Hey, Roja ich habe eben von uns gesprochen. Lass den Fall !", ver-suchte sie erneut sein Interesse auf ihr gemeinsames Wochenende zu lenken.

„Aber" , fuhr er fort ," sie hat eine Spur hinterlassen. Es ist unsere Aufgabe sie wieder aufzunehmen. Wo ist das Team? Der Zug fuhr mit ihr in Richtung des Dorfes, das wir mit den beiden deutschen Mädchen besucht haben. Dort muss sie sein! Es passt zusammen ! Dort müssen wir wieder anfangen - sofort!"

Roja war wie besessen von seiner Idee und stand auf.

„Hast du mir nicht zugehört!" Rief Selenia, „unser Wochenende, das Motel und meine Überraschung ....!"

„Ich kann nicht! Ich muss das Wochenende bei meiner Frau und meinen Kindern verbringen. Ein anderes Mal ! Aber danke!" Antwortete er und ließ sie zurück wie eine fad gewordene Nachspeise, die man schon zu oft genossen hatte und einfach mal stehen lässt.

Maria und Charlie humpelten gemeinsam zum Haus, als ihnen Friedrich und Tina aufgeregt entgegeneilten.

„Lass mich reden, Charlie !"

„Ist euch was passiert !" , rief Tina.

„Ja !", antwortete Charlie überglücklich und „Nein !", antwortete Maria profan fast synchronisiert, aber keiner von beiden wusste wer was auf welchen Vorfall am See geantwortet hatte. Sie lachten und alle Zweifel und Sorgen der beiden war verpufft. Maria empfand keinerlei Intrige seitens Merlins oder Nimués und hatte nur Liebe für Charlie.

Alle blickten auf die wieder genesenen Beine von Charlie und das Geheimnis war dahin. Friedrichs Handy klingelte und unterbrach die stille Freude.

„Er kann seine Beine wieder bewegen. Die Übungen im Wasser taten ihm gut", antwortete Maria und wieder mussten beide schmunzeln.

„Dann ist ja alles in Ordnung!", schnalzte Tina und fügte hinzu, „man sagt dem Seewasser heilende und anregende Kräfte nach."

Ein Handy klingelte.

„Ich muss runter ins Dorf. Ein Autounfall in der ´Wildschweinkurve` - es gibt einen Schwerverletzten - sie brauchen einen Arzt - Stanislaus ist schon dort!", erklärte Friedrich im Telegrammstil und eilte davon.

„Wir haben uns Sorgen gemacht. Mutter hat angerufen und sich nach dir erkundigt, Maria. Die neue Arbeit braucht noch Zeit und wenn es deine Zeit erlaubt, dann würde sie mit Vater noch gerne einen Abstecher nach Rom machen."

„Lass sie ihren Abstecher machen! Ich habe keine Eile hier

wegzukommen", antwortet Maria und sah Charlie dabei sehnsüchtig in die Augen, „es ging mir noch nie besser."

„Wie geht´s dir, Charlie ? " Fragte Tina neugierig.

Charlie stockte der Atem und das Wort ´besser´ wollte nicht über seine Lippen. Auch Maria krallte sich an seinem Arm fest, als hätte sie Angst dieses Wort würde ihn ihr nehmen.

„Keine Angst, ihr zwei !", lächelte Tina, „Charlie kann hierbleiben, auch wenn es ihm besser geht. Nimué sagte ausdrücklich, ich dürfte ihn nicht gehen lassen, bevor Merlin zurück ist. Sie sprach davon, dass wir ihn hier brauchen." Tina lächelte und ging an ihnen vorbei.

„Welche Arbeit, Maria ?", fragte Charlie unsicher und ablehnend.

„Nichts ! Nichts wird uns trennen, Charlie."

Auf der Treppe nach oben trafen sie Laurin und ihre Tante `Gaga´.

Laurin war etwas verschlossen und zurückhaltend und begrüßte die Beiden nur mit einem Kopfnicken, als wäre er krank.

Charlie kramte auch nur eine kurzes, „Hallo", aus sich heraus.

Maria meinte nur unsinnig, „hey Laurin, heute schon einen Apfel gegessen?" Vermutlich gab es eine nette Anekdote zwischen den beiden, weil er sich eine kleines Mundwinkellächeln entlocken konnte.

`Gaga´ war wieder total verrückt angezogen: extrem halsbrecherische Plateau-Schuhe; löchrige mit Glimmer besprühten Legins ; verchromte Eisenspiralen spielten sich um ihre Waden, über ihre Hüften bis rauf zum Hals; ihr Top war nur ein verbeultes Kupferschild und ihre Haare waren voller Schrauben und Nägel. Es war nicht zu übersehen, dass sie ein Fan der Sängerin „Lady Gaga" war und sie sich selber verrückte Kostüme ausdachte. Charlie lavierte sich an ihr vorsichtig vorbei und ging weiter. Maria blieb stehen, denn sie glaubte zu erkennen, dass Gaga mit ihr etwas unter vier Augen besprechen wollte. Gagas richtiger Name ist Katjuscha und sie stammte aus Russland. Merlin hatte sie vor gut 1000 Jahren zufällig auf einer seiner vielen

Wanderungen entdeckt. Ihr Dorf hatte sie verjagt, weil niemand verstand warum sie nicht älter wurde. Ihre Mutter war auch eine Aeterni, die kurz nach ihrer Geburt von einem Bären getötet wurde. Tante Gaga wuchs als Vollwaise auf und war damals in der Pyramide im heutigen Mexiko dabei. Maria und Katjuscha waren damals noch keine Freundinnen und wie viele Aeterni-Frauen folgten sie ihrer Berufung, wie es Merlin nannte. Kinder wurden gezeugt, geboren und nur von Frauen aufgezogen. Damals im Mittelalter war eine alleinstehende Frau mit Kind in Europa hilflos und verdammt; nicht aber bei den Ureinwohnern Südamerikas. Dort kümmerten sich alle um alle. Sehr sozial und fortschrittlich für diese Zeit und diese Menschen. Die Vereinigung mit einem potentiellen Erzeuger hatte selten etwas mit Liebe zu tun. Für gewöhnlich bleibt eine Aeterni-Frau nie bei einem normal sterblichen Mann, weil sie jung blieb, während er älter wurde und sterben musste. Nimué meinte damals, dass die Natur es so eingerichtet hat und alles damit einfacher ist. Heute noch gibt es Zeichen in Stein von den Mayas, die von diesen Ritualen berichten, aber keiner der Archäologen kann sie deuten. Ein Ritual, das man sich heute nicht mehr vorstellen kann. Damals vor 500 Jahren war vieles anders und unvorstellbar. Maria empfand es damals von Nimué überzeugt für richtig, dass es ihre Aufgabe sei, Aeternis zu gebären. Tante Gaga musste sich auch mit einem Maya-Mann vereinigen und sie gebar damals ein Aeterni-Mädchen. Maria weiß weder wer dieses Mädchen heute ist oder ob sie überlebt hat. Ihren Maya-Sohn hatte Maria damals Nimué gegeben. Vielleicht hatte er auch nicht überlebt – sie weiß es nicht. Ihre beide Söhne wurden nicht in Liebe gezeugt und sie hatte nie Muttergefühle für sie empfunden. Sie fragte sich gedanklich oft, ob das normal ist. Mit Al, den einzigen Mann, den sie damals liebte, durfte sie keine Kinder haben. Aber sie fühlte und wusste, dass sie seine Kinder lieben und nie zurücklassen würde – sie schniefte und ihre Augen wurden glasig. Noch bevor Maria weiter in ihren Erinnerungen schwelgen konnte , wurde sie plötzlich von ihrer Tante ermahnt; „Maria, pass auf! Du spielst mit deinem Leben. SIE gibt dir noch eine Chance. Wenn du das vermasselst, kann dir niemand mehr helfen."

Maria wollte etwas sagen, aber ihre Tante verhinderte es, „Bleibt hier! Dort draußen wirst du von der Polizei gesucht! Wenn ihr flieht, verrätst und gefährdest du alles hier. Es wäre euer beider Tod."

„Wer sucht mich und warum?", fragte sie, aber die Tante beantwortet ihre Frage nicht direkt. Ihre Augen logen als sie mit ermahnenden Zeigefinger pochte, „reiz und unterschätz die beiden nicht, Maria! Kümmere dich um Charlie bis wir eine Aufgabe dich haben."

„Wenn ihr dann eine Aufgabe habt, werdet ihr ihn beseitigen?"

„Merlin und Nimué mögen den Jungen, sonst hätte sie ihn wohl kaum hierherbringen lassen. Also du bist es ‚um die du dir Sorgen machen musst."

Als Maria nachsetzen wollte, versperrte Gagas Hand Marias Mund. Gagas Hand formte sich zu einer Faust, in der ihre unausgesprochenen Gedanken gefangen waren. Mit einer Wurfbewegung schleuderte Gaga die Worte in ihrer Faust durchs geschlossene Fenster. Das war ihr alter Schamenenzauber. So hatte die Tante noch nie mit ihr gesprochen. Erst jetzt begriff Maria den Ernst ihrer Lage. Um hier wieder lebend rauszukommen, musste sie mitspielen. Ihre Tante stöckelte nach unten, während Maria benommen weiter auf ihr Zimmer ging.

Es war schon spät am Nachmittag als Kommissar Roja an diesem Freitag noch aufbrach das Dorf zu erreichen, um die Bewohner nach Estelle persönlich zu befragen. Er war dieses Mal alleine unterwegs und hatte nach Aussagen der Dorfbewohner und des Doktors das Dorf nie erreicht. Sein Auto raste etwa 5 Kilometer vor dem Dorf in einer Kurve in einen Holzlaster als er ein anderes Auto überholen wollte. Roja war sofort tot; der Autofahrer, der überholt wurde, und der Lkw-Fahrer kamen mit dem Schrecken davon.

Selenia übernahm den Fall `Estelle´ und schloss die Akte nach einigen Monaten, die dann zu den ungeklärten Fällen den ´cold cases` kam, da

Estelle und Torro nicht gefunden werden konnten.

Maria stand vor ihrem Kleiderschrankspiegel und betrachtete sich und ihr Outfit. „Einmal so verrückt sein wie Tanta Gaga," sang sie lachend und drehte sich hin und her. Sie fand sich albern aber auch sexy; pubertierend aber auch verführerisch, als hätte sie ihr erstes Date oder würde zum Abschlussball gehen. Ihre Bluse passte wie angegossen. Ein bisschen BH darf durchschauen. Der Rock war nicht zu kurz. Sie gab sich im Spiegel ein Daumenhoch, verließ eilig ihr Zimmer und rannte den Flur entlang.

Maria stand wie angewurzelt vor Charlies Zimmertür und ihre rechte Faust wollte klopfen. In derselben Sekunde fragte sie sich zum einen warum sie eigentlich klopfen sollte und zum anderen warum das alles hier geschah. Sie schloss ihre Augen und verharrte in Klopfstellung. „Charlie, wer bist du?", fragte sie sich immer wieder in ihren Gedanken.

Alles nach Plan

Charlie saß in seinem Zimmer und blickte aus dem Fenster. Er sah nicht die Wiesen und Berge im Tal, sondern sein Blick ging viele weiter - endlos weit. Am Horizont wurden Wolken vom Wind getrieben und bewegten sich im Abendrot wie Marias Haar. Teils wie ein Diabild erschien sie für ihn am Himmel und verschwand wieder. Maria war nicht mehr aus seinen Gedanken zu verbannen und er fand es pietätlos an sie zu denken, denn vor kurzem hatte er zwei Freundinnen verloren. Er befand sich in einem Zeitvakuum und wusste nicht wie lange er schon hier vor sich hin vagabundierte und vor sich hin jammerte.

Er dachte an Franzi und Toni und ihre Familien. Er war lange bewusstlos und niemand hatte nach ihn gefragt. Wären Franzi und Toni am Leben gewesen, hätten sie nach ihm gesucht. Als er dann den Doktor und Tina reden hörte, dass zwei Mädchen aus Deutschland tot aufgefunden wurden, hatten sich seine Vermutungen bestätigt, dass es nur

Franzi und Toni sein konnten. Niemand erkannte eine Verbindung zwischen ihm und den toten Mädchen. Was hätte er tun sollen ; mit kaputten Beine und hohen Fieber war er ans Bett gefesselt. Er wurde von Alpträumen geplagt und war nur zeitweise bei Bewusstsein. Er schämte sich und behielt die Wahrheit für sich. Niemand hier oben fragte danach und er konnte und wollte sich verstecken. Sogar die Familien von Franzi und Toni stellten keine Nachforschungen nach ihm an - vermutlich waren sie in Trauer und verärgert, dass wegen ihm ihre Töchter nicht mehr heimkamen. Er hatte sogar einen Kondolenzbrief verfasst - der Doktor half ihm dabei - aber er verbrannte ihn. Für die Familien der beiden war er gestorben, wenn auch nur im Geiste. Selber hatte er keine Familie mehr. Er dachte auch schon daran, seinen Tod wahr zu machen und dann …. Zwei sanfte Hände umklammerten seine Brust und ein warmer Körper schmiegte sich an und er fühlte und wusste wer es nur sein konnte.

„Maria !", hörte er sich im Geiste rufen.

„Hallo, mein Schatz! Wie geht es dir heute?", fragte Maria liebevoll und legte ihren Kopf auf sein Schulterblatt und genoss seine Nähe. Marias Gedanken waren zweigeteilt: zum einen wollte sie nur noch glücklich sein, aber zum anderen musste sie Charlie ihr Geheimnis verraten um nicht nochmals denselben Fehler zu machen. Aber wie viel dürfte sie ihm verraten ohne ihn zu gefährden oder konnte sie ihm vertrauen, dass er wirklich hierbleiben würde. Die Tante gab ihr dabei volle Freiheiten.

In diesem Moment waren sich Maria und Charlie so nah, aber gedanklich weit entfernt, aber trotzdem hatten sie unwissentlich viel gemein. Jeder trug eine Last mit sich herum und je länger der einzelne das tat, desto schwerer wurde sie.

Maria und Charlie verbrachten sehr viel Zeit miteinander, aber es kam nie wieder zu solchen Gefühlen wie am See. Sie beschränkten ihr Zärtlichkeiten auf Händchen halten, kuscheln, lachen und gelegentliches freundschaftliches küssen … und nachts im Bett liegen und vom anderen träumen. Maria konnte es gar nicht verstehen, dass es Tage gab, an denen sie nicht an Al dachte und Charlie konnte nicht verstehen, warum seine Gefühle für Maria stärker waren als für Franzi und Toni. Sie fanden einfache, belanglose aber schöne Gemeinsamkeiten wie Tee trinken, Star Trek Geschichten und Schokolade essen. Das Einzige, das sie voneinander wussten und von dem sie gerne sprachen um von früheren Leben ablenken zu können, war, dass Maria Krankenschwester war und Charlie gerade sein Architekturstudium hinter sich hatte. …und da gab ihr Tante Gaga einen grandiosen Tipp, der nicht einfacher und verrückter sein konnte.

„Rede mit ihm über Architekturgeschichte und Bauwerke und erzählte ihm Dinge, die nicht in Büchern stehen und die nur du wissen kannst, weil du dabei warst und es gesehen hast", sagte Gaga und die Idee spukte in Marias Kopf. In vielen Gesprächen verblüffte sie dann Charlie mit Wissen über Architektur, dass es ihm schier unheimlich war. Charlie hatte schon den Verdacht, sie würde nachts heimlich lernen. Er kam sogar eines nachts zu ihr ins Zimmer um eine Flasche Wein zu trinken, aber Maria trank keinen Wein und deshalb blieb die geöffnete Flasche fast voll. Er suchte nach Hinweisen und Architekturbüchern in ihrem Zimmer, aber fand keine. Maria merkte was er vorhatte. Sie genoss es wie er umher schlich und alle Winkel und Ecken absuchte.

„Komm her und setz dich aufs Bett! Keine Angst", forderte sie ihn auf. Er tat es vorsichtig. Sie richtete sich auf, stand auf ihren Bett und streckte sich um etwas auf dem Schrank zu ertasten. Sie hatte nur ein T-Shirt und eine kesse Boxershort an. Er verstand nicht was sie dort so lange suchte; er wusste schon, dort lag nur eine alte verstaubte Mappe mit alten Zeichnungen.

Er beobachtete sie, fühlte, wie seine Wangen sich erhitzten, und atmete tief durch. Als echter Gentleman senkte er seinen Blick, doch in seinem Inneren hoffte er, dass sie ahnte, dass er sie die ganze Zeit über bewunderte. Er versuchte, seine Erregung hinter einem Kopfkissen zu verbergen, und richtete seinen Blick erneut nach oben, bemühte sich, interessiert, hilfsbereit und sachlich zu wirken.

„Ich bin Architekt", rechtfertigte er sich in Gedanken, „und es ist meine Aufgabe, das Schöne zu betrachten – ohne Hintergedanken, versteht sich."

Unterdessen durchsuchte sie ihre Gedanken. „Ich denke, ich habe lange genug gewartet", resümierte sie für sich, „und hoffentlich habe ich nicht übertrieben."

„Ich hab's!", rief sie schließlich aufmunternd, doch er registrierte ihre Worte ohne Kommentar, beinahe als wäre er in einer anderen Welt.

Als sie zurück ins Bett sank, fing Charlie sie auf und hielt sie fest. Sie sah ihm tief in die Augen, und in einem Moment sehnsüchtiger Hingabe kroch sie in seine schützenden Arme. Die Mappe fiel mit einem dumpfen Geräusch zu Boden – ein Geräusch, das wie ein Startschuss wirkte.

Hastig, fast ungestüm, entkleideten sie sich, ohne Romantik, aber voller Verlangen. Er zog sie eng an sich, und sie umklammerte ihn mit Armen und Beinen. Ihre Körper verschmolzen in einem Moment intensiver Leidenschaft, beide überwältigt von der Wucht ihrer Gefühle, aber gleichzeitig hungrig nach mehr.

Endlich geschah das, was damals am See einvernehmlich unterblieb.

Die Morgensonne strahlte sanft durchs Fenster und kitzelte ihre Nasen, als wolle sie den beiden zu ihrer Liebe gratulieren. Als Charlie erwachte, bemerkte er, dass sie gemeinsam auf dem Fußboden lagen, eng ineinander verschlungen. Einen Moment lang genoss er es, Maria anzusehen, wie sie in friedlichem Schlaf dalag. Behutsam strich er ihr das Haar aus dem Gesicht und ließ seine Finger sanft über ihre Lippen gleiten. Sie wachte nicht auf, sondern schnupperte nur verschlafen, wie ein kleiner Hase.

Langsam zog er das Bettlaken von ihrem Körper und bewunderte das zarte Schattenspiel, das die Morgensonne auf ihrer Haut malte. Es war ein Anblick, den er am liebsten für immer festhalten wollte. Als sie sich im Schlaf auf den Bauch drehte, nutzte er die Gelegenheit, um sanft über ihren Rücken zu streichen und mit einem Finger, nur für ihn sichtbar, „Ich liebe dich" auf ihre weiche Haut zu schreiben. Ein leiser Seufzer verriet ihm, dass sie erwachte.

Maria spürte, wie seine Lippen ihren Rücken sanft berührten und er spielerisch an ihrem Po knabberte. Ein warmes Gefühl der Zufriedenheit durchströmte sie, und sie war bereits süchtig nach seinen zärtlichen Berührungen und liebevollen Verrücktheiten. Es störte sie nicht im Geringsten, dass sie auf dem Boden lagen – im Gegenteil, es machte den Moment umso besonderer.

Seine spielerischen Zärtlichkeiten entlockten ihr ein Lachen und weckten gleichzeitig ein tiefes Verlangen in ihr. Seine sanften Hände schienen ihren Körper in einen Tempel der Lust zu verwandeln, jedes Streicheln ein Versprechen auf mehr. Doch gerade, als das Verlangen sie zu überwältigen drohte, blieb er, wie in der Nacht zuvor, sanft und zurückhaltend. Es war, als würde er ihr geschmolzene warme Vollmilchschokolade, die sie so liebte, nur tröpfchenweise mit einem Zahnstocher reichen. Ihre Gefühle schienen unter dieser süßen Qual zu zersplittern, wie die knusprige Karamellkruste einer Crème Brûlée, die unter dem Löffel zerbricht.

Maria lag glücklich mit geschlossenen Augen auf Charlies Brust und lauschte dem rhythmischen Pochen seines Herzens, das vor Freude schneller schlug. Atemlos lag er mit weit geöffneten Armen auf dem Boden und genoss den Moment, bis sein Blick auf die Mappe fiel, die sie am Vortag aus dem Schrank geholt hatte. Der Staub, der darauf und auf dem Schrank lag, verriet, dass die Mappe schon lange nicht mehr geöffnet worden war. Er schenkte ihr zunächst keine Beachtung.

„Da hat die kleine Schwindlerin ihre Architekturschätze versteckt", murmelte er leise und lächelte über sich selbst, dass er es nicht früher entdeckt hatte. Neugierig öffnete er die Mappe – und was er darin fand, war tatsächlich ein Schatz. Uralte Originalzeichnungen des Eiffelturms, Skizzen von unglaublicher Schönheit und unschätzbarem Wert lagen vor ihm. Die Entwürfe waren unterzeichnet mit einem unleserlichen Namen: Ala-Ro-…aux.

Mit größter Sorgfalt blätterte er weiter, bis er auf die letzte Skizze stieß – die Turmspitze. Eine kaum lesbare Randnotiz erregte seine Aufmerksamkeit: „Mar…Maria und Alsk...!" Daneben war ein kleines Konterfei gezeichnet, das Maria auffallend ähnelte. Fasziniert und zugleich verwirrt betrachtete er das Bild, ohne zu bemerken, dass seine Neugier schon seit Längerem beobachtet wurde. Er zuckte zusammen, als Maria ihn leise ansprach: „Das ist mein Geheimnis."

Er schwieg, überlegte einen Moment, und sprach dann seinen ersten Gedanken aus: „Du bist eine … Diebin! Ein Kätzchen, das über die Dächer von Nizza schleicht." Dabei lächelte er, um den Ernst aus seinen Worten zu nehmen.

„Oh mein Gott, nein!" antwortete Maria, ohne sich aus der Ruhe bringen zu lassen. „Das sind Skizzen, die mein Freund damals für Gustave gemacht hat! Er hat uns auf der Spitze des Eiffelturms verewigt."

„Dein Freund, Alsk-…", versuchte er, die unleserliche Schrift zu entziffern.

„Maria und Alskaer für immer", korrigierte sie ihn sanft und setzte sich auf.

„Dein Vorfahre hat den Eiffelturm mit entworfen – beeindruckend", sagte er anerkennend, wenn auch etwas ungläubig.

„Nein, nicht mein Vorfahre, sondern mein Freund Alskaer – ich nenne ihn einfach Al. Er lebt noch, aber leider kann er nicht hier sein." Maria sprach ruhig, fast sachlich.

Charlie holte tief Luft und ließ seine Gedanken kreisen. „Also gut, du hast einen Freund, der über 120 Jahre alt ist. Das wäre dann wohl der älteste Mensch auf Erden", sagte er, doch sein gesunder Menschenverstand begann zu zweifeln. Er erkannte, dass sein Rechenfehler den Freund noch viel älter machen müsste. Maria ließ ihn in seinen

Gedanken schweifen, bis er versuchte aufzustehen. Doch sie hielt ihn sanft zurück. „Hier ist noch eine Fotografie von damals, mit Al und mir an der Seine", erklärte sie, während sie ihm das Bild zeigte. „Bitte versprich mir, nicht wegzulaufen und mir bis zum Schluss zuzuhören." Charlie betrachtete das unscharfe Foto und lehnte sich zurück. Sein Blick wanderte von dem Bild zu Maria, und er entschied sich, zu bleiben – nicht zuletzt, weil er noch unbekleidet war. Maria bemerkte seinen Zustand und warf ihm ein Laken zu. „Das werden wir später noch brauchen", sagte sie lächelnd. „Jetzt müssen wir reden."

Auf dem alten Foto erkannte er tatsächlich eine Frau, die Maria verblüffend ähnlich sah. „Deine Oma?" , fragte er spitz und Maria schnalzte nur. Doch aus seinem Fotokurs wusste er, wie man den Sepiaeffekt nachträglich bearbeiten konnte. Maria, ohne ein Blatt vor den Mund zu nehmen, fuhr fort: „Am 12. Mai nächsten Jahres feiere ich meinen 614. Geburtstag."

Sie hielt inne, verschränkte ihre Arme und wartete gespannt auf seine Reaktion.

„614 Jahre! Okay," sagte Charlie salopp mit einem nachdenklichen Nicken, „und ich bin nun offiziell dazu eingeladen?" Er lachte, doch Maria blieb ernst.

„416 Jahre hätten mir auch gereicht," scherzte er weiter und drehte dabei die Zahl um. Doch Marias Blick blieb fest, und plötzlich erschien sie ihm fremd, seltsam. Er spürte, dass es hier um mehr ging als nur um ein altes Foto und historische Zeichnungen.

„Wir altern nicht so schnell wie du, aber wir sind auch nur Menschen…," begann Maria, doch sie hielt inne, als sie bemerkte, dass ihm übel zu werden schien.

„Wieso WIR?", fragte er verwundert, unfähig, etwas Besseres zu sagen.

„Wir! Wir alle hier oben, und einige sind unten im Dorf oder über die ganze Welt verstreut," erklärte sie ruhig.

Charlie konnte mit dieser Aussage noch weniger anfangen. „Noch vor ein paar Minuten hatte ich den besten Sex meines Lebens, und jetzt soll die Welt voller uralter Menschen sein?", dachte er ungläubig, verwirrt und ein wenig hilflos. Die Situation überforderte ihn.

Maria musste noch nie so offen über ihr hohes Alter sprechen. Bisher hatten nur wenige Menschen davon erfahren, und sie war sich nicht sicher, wie sie es am besten erklären sollte. Die Stille im Raum war fast greifbar, und beide zuckten zusammen, als plötzlich ein Klopfen die angespannte Ruhe durchbrach.

„Dürfen wir stören?" Gagas Stimme erklang fröhlich von der Tür.

Weder Maria noch Charlie hatten eine Einladung ausgesprochen, doch das hinderte Gaga nicht daran, einzutreten. Sie war in ein schillerndes Elfengewand gehüllt, das mit Glitzer übersät war, und ihr Kopfschmuck aus Federn war breiter als der Türrahmen. Schnell rückten Maria und Charlie näher zusammen und bedeckten sich hastig mit dem Bettlaken. Aber Gaga war nicht allein. Ihr folgten Tina, Stanislaus und Prima – Letztere hatte Charlie als Erste kennengelernt und gepflegt.

„Noch jemand, der hier rein will?", fragte Maria scharf und forderte sie zum Gehen auf. „Ist euch aufgefallen, dass wir nackt sind und etwas Wichtiges zu besprechen haben?"

„Ja, ihr wart letzte Nacht nicht zu überhören. Ihr habt das Bett kaputt gemacht," sagte Tina grinsend.

„Hattet ihr Sex?", fragte Prima neugierig.

„Geschützten Sex, hoffe ich?", fügte Stanislaus ironisch hinzu.

„Wir antworten nicht," fauchte Maria und warf ihnen einen finsteren Blick zu. „Und jetzt raus mit euch!"

„Nein, wir bleiben," entgegnete Gaga bestimmt. „Du warst gerade dabei, ihm unser Alter zu erklären, und wir dachten, wir helfen dir dabei."

„Habt ihr an der Tür gelauscht?", fragte Maria empört, doch niemand schenkte ihr Beachtung. Die vier drängten sich ins Zimmer und stellten sich in einer Reihe auf.

Prima ergriff das Wort: „Es stimmt, was Maria sagt: Wir altern nicht so schnell. Man könnte sagen, dass 1000 eurer Menschenjahre für uns etwa einem Jahr entsprechen. Aber wir sind nicht unsterblich! Wir können ertrinken oder sterben, wenn wir schwer verletzt werden. Ich werde nächsten Monat 99 Jahre alt – ungefähr. Aber schau mich an, niemand würde mich auf mehr als 22, vielleicht 22½, schätzen."

Maria wusste, dass das gelogen war, aber es schien im Moment unwichtig. Gaga ließ ihr keine Zeit zum Nachdenken oder Widersprechen.

„Ich bin mit über 2000 Jahren die Älteste hier im Raum und stamme aus Väterchen Russland. Schnee und Eis haben mich haltbar gemacht. Sieh mich an – hättest du mich auf älter als 30 geschätzt? Bevor Maria kam, hast du mir schon mal auf meinen Po gestarrt, Charlie," rief Gaga lachend.

Tina musste erst Gagas Federschmuck beiseiteschieben, um gesehen zu werden. „Ich bringe Farbe in dieses Dorf. Maria und Al haben mich vor gut 200 Jahren aus der Sklaverei befreit," sagte sie und zeigte ihre Narben – das Brandmal, die Wundmale der Ketten und die Peitschenstriemen auf ihrem Rücken. „Wie alt ich bin, weiß ich nicht. Es ist schwer zu sagen, denn mein Körper ist seit damals zerschunden. Man hat mir auch den großen Zeh am rechten Fuß abgeschnitten, damit ich nicht mehr weglaufen konnte. Nachwachsen tut nichts. Ich fühle mich auch nicht wie 40 und mein schwarzer Hintern widersteht noch der Schwerkraft. Wollt ihr's sehen?"

„Nein!" riefen alle außer Charlie.

„Ich bin das Küken hier. Mein Alter ist im Vergleich zu den anderen lächerlich und nicht erwähnenswert," sagte Stanislaus tiefstapelnd und log, „aber du kannst Maria glauben und ihr vertrauen."

Maria fand Stanislaus' Worte unerwartet hilfreich. Doch sie fragte sich, warum er sein wahres Alter nicht nennen wollte – sie schätzte, er könnte in ihrem Alter sein.

„Ich denke, wir können euch jetzt wieder alleine lassen," beschloss Gaga und die Gruppe verließ das Zimmer. Charlie wollte applaudieren, aber Maria hielt ihn davon ab.

Maria wartete eine gute Minute, wickelte sich das Laken um und ging zur Tür. Sie riss sie auf und rief "HA!" hinaus, um jemanden zu erschrecken, der vielleicht noch lauschte. Doch der Flur war leer.

Maria drehte sich zu Charlie um, der wie ein Kunstwerk von Leonardo auf dem Bett lag, und wollte abwarten, bis er alles verarbeitet hatte und das Wort ergriff. „Willst du reden, Charlie?" Doch er schwieg. Also kuschelte sie sich ganz nah an ihn. Er streichelte sanft ihren Oberarm, hielt sie fest in seinen Armen, aber äußerte sich nicht zu den Geschichten. Sie blieben einfach im Bett liegen, schlossen die Augen und schliefen gemeinsam ein.

Vier Tage und Nächte vergingen, in denen Maria und Charlie das Zimmer nicht verließen. Anfangs hörte man gelegentliches Klopfen, und im Haus vermutete man, dass sie versuchten, das Bettgestell zu reparieren. Tina stellte ihnen das Abendessen zusammen mit Hammer und Nägeln vor die Zimmertür. Als man dann nach ein paar Hammerschlägen ein lautes „Autsch" von Charlie hörte, wusste man, dass alles in Ordnung war.

Am leeren Geschirr vor der Tür erkannte man, dass Essen und Trinken für sie wichtig waren. Gaga und Tina verwöhnten sie mit allerlei Leckereien wie exotischen Früchten, Schokolade, frisch gepressten Säften, frisch gebackenem Brot, selbstgemachter Marmelade, Rehbraten, Rinderfilet, Hummer und Lachs. Manchmal stritten die beiden darüber, wer besser wusste, was Maria und Charlie oben im Zimmer mochten oder brauchten. Prima war da pragmatischer: Sie kümmerte sich um frische Bettwäsche und betrachtete die unbenutzten Kondome vor der Tür ohne Kommentar.

Stanislaus saß kurz vor dem Abendessen in einem Büro, als das Telefon läutete. Er erkannte die Nummer und antwortete sofort: „Hallo, Mutter!" Nach einer kurzen Pause fuhr er fort: „Ja, alles läuft nach Plan. Sie waren zusammen am Bergsee, und ich habe die Fotos... Ja, sie sind seit Tagen in ihrem Zimmer... und ja, mir entgeht nichts. Die

Kameras laufen... Was sie gerade tun? Moment, bitte! Kamera schwenkt... Oh, sie... Moment, ich kann zoomen... Sie lesen gemeinsam ein Buch... Ton? Den kannst du haben, Mutter!"

Charlies Stimme war nun im Büro zu hören: „...Legolas lief im Geist unter den Sternen einer Sommernacht auf irgendeiner Waldlichtung im Norden zwischen den Buchen dahin. Gimli glaubte, Gold in den Fingern zu haben und..."

Stanislaus drehte den Ton leiser und bemerkte: „Das kenne ich! Das ist aus ‚Der Herr der Ringe', mein Lieblingsbuch!"

Er wartete einen Moment, und als am anderen Ende der Leitung nichts mehr zu hören war, legte er auf. Er drehte den Ton wieder auf und hörte Charlie weiter vorlesen. Stanislaus schloss die Augen, fasziniert von Charlies angenehmer Erzählerstimme, und bemerkte nicht, wie Marias Kopf unter der Bettdecke verschwand.

Am vierten Tag verließen Maria und Charlie endlich ihre Liebesgrotte. Im Morgennebel, als das Haus noch still war, traten sie hinaus, nur mit ihren Morgenmänteln bekleidet. Die frische Luft belebte ihre Sinne, und sie beschlossen, zum See zu laufen. Das Wasser war wärmer, als sie erwartet hatten, und als sie hinausschwammen, wurden sie von Nebelschwaden umhüllt, bis nur noch ihre Silhouetten zu sehen waren. Charlie blieb stur und sprach nicht über das Thema des Eiffelturms und der mysteriösen Altersgeschichte der vier Dorfbewohner. Doch Maria hielt es kaum aus, in Ungewissheit zu leben, was er wirklich dachte. Zum ersten Mal in ihrem Leben konnte sie ohne Al sein, und zu ihrer Überraschung vermisste sie ihn nicht.

In den vergangenen Jahrhunderten hatte sie viele Affären und Liebschaften erlebt, doch am Ende war sie immer zu Al zurückgekehrt. Jetzt stand sie vor einer Entscheidung, die bedeutete, dass sie Charlie bis zu seinem Lebensende begleiten würde. Für sie würde das nur eine geringe Zeitspanne bedeuten. Sie konnte sich vorstellen, mit einem alten Mann zu leben, aber würde er es ertragen, mit einer Frau zusammen zu sein, die für immer jung erschien?

„Liebst du mich, Charlie?" fragte sie leise im Wasser.

Er lachte und schwamm ein Stück von ihr weg.

„Ich muss es wissen," flehte sie, „sei nicht so grausam zu mir!"

Es gab kaum Momente in ihrem langen Leben, in denen sie sich so verletzlich zeigte, in denen sie ihr Schicksal in die Hände eines anderen legte.

„Du musst es nicht wissen, Maria," sagte er schließlich sanft. „Du musst es fühlen, dass ich dich mehr als mein eigenes Leben liebe." Er schwamm zu ihr zurück und küsste sie zärtlich.

Der Gedanke, dass jemand sie mehr als sein Leben lieben könnte, war ihr nicht fremd, doch es reichte ihr nicht. Trotzdem erwiderte sie seinen Kuss.

„Dann gehörst du jetzt mir – für immer. Mit diesem Kuss ist es besiegelt," sagte Maria entschlossen und umklammerte ihn fest mit ihren Beinen.

„Für immer und ewig, Maria. Sind wir jetzt verheiratet?" fragte er mit einem Lächeln.

„Dann habe ich ja, was ich wollte!" antwortete sie, löste sich von ihm und versuchte, zum Ufer zu schwimmen. Doch mit ein paar schnellen Zügen holte Charlie die schlechte Schwimmerin ein und zog sie an sich.

„Ohne mich bist du hilflos, du kleiner Wasserfloh!" neckte er sie, doch Maria wurde plötzlich ernst. Ihr Herz schmerzte, und ihr wurde schwindlig. Charlie erkannte sofort, dass es ihr nicht gut ging. Er trug sie ans Ufer und wickelte sie in ihre Morgenmäntel.

„Was ist los, Maria?"

Sie fasste sich an die Brust und rang nach Luft.

„Nichts! Ich hatte nur ein Déjà-vu, als du mich Wasserfloh genannt hast. Al, mein bester Freund, hat mich oft so genannt. Ich habe in letzter Zeit kaum an ihn gedacht. Ich kenne ihn schon fast mein ganzes Leben, aber wir waren immer nur Freunde. Wenn die Zeit und

Gelegenheit es erlauben, solltet ihr euch kennenlernen. Nur hierher wird er nicht kommen."

„Ich hoffe doch, ich bin ab jetzt dein bester Freund, Maria?"

„Du bist mehr, du bist mein Mann… das habe ich noch nie zu jemandem gesagt, und es bedeutet alles, was ich dir geben kann."

„Mehr brauche ich auch nicht, Maria."

Sie umarmten sich, und Maria wickelte auch ihn in die Morgenmäntel, denn er fröstelte bereits.

„Warum hast du mich Wasserfloh genannt, Charlie?"

„Meine Mutter nannte mich so, wenn ich nicht aus der Badewanne wollte."

Maria dachte kurz nach, ließ es dann aber dabei, an Zufälle zu glauben.

„Wirst du bei mir bleiben, Charlie? Auch wenn ich nicht so schnell altern werde wie du? Glaubst du meine Geschichte?"

„Zweimal Ja, Maria!"

„Einfach so, Charlie?"

„Nein, nicht einfach so!" Charlie zögerte, weiterzusprechen, aber Maria drängte ihn mit sanftem Nachdruck.

„Ich bin ohne Vater aufgewachsen. Er hatte nie Zeit für mich und meine Mutter. Ich hasste ihn dafür. Als ich sechs war, verschwand er für immer. Meine Mutter hatte Verständnis dafür und verteidigte ihn sogar. Sie war damals schon 51 und nicht bei bester Gesundheit, als er ging. Er hinterließ ihr kleine Veilchen, die sie wie ihren Augapfel hütete. Sie fühlte sich zu alt für ihn. Sie starb vor sechs Jahren, als sie 65 war, nachdem die Veilchen nicht mehr blühten. Sie erzählte mir, dass mein Vater immer jung geblieben sei. Ich hielt das damals für Unsinn, eine Folge ihrer Schmerzmedikamente. Ich vermutete, dass er andere Frauen hatte. Ich behielt nur ein Stofftaschentuch, das mir meine Mutter vor ihrem Tod gab. Es war alt und hatte zwei kleine Buchstaben eingestickt."

„Welche Buchstaben?" unterbrach sie ihn plötzlich und fordernd.

„Man konnte sie nicht mehr lesen, also behielt ich es," antwortete er schnell.

„Wo ist es?" fragte sie rasch.

„Es ist leider bei einem Lagerfeuer verbrannt," sagte er und fuhr mit seiner Geschichte fort: „Meine Mutter ließ mich Architektur studieren und meinte, das sei sein Erbe. Zuerst weigerte ich mich, aber ich hatte immer Jobs, die mit Bau zu tun hatten. Ich war Zimmerer, Maurer und sogar kurz Landschaftsgärtner. Erst meine Freunde meldeten mich zum Studium an und schleppten mich in die Vorlesungen. Es war das Richtige, was sie taten. Meine Mutter erlebte meinen Abschluss nicht mehr."

Charlie senkte den Kopf, um seine Trauer zu verbergen. Maria drückte ihn fest an sich und fragte sich, ob sein Vater vielleicht ein Aeterni gewesen war.

„Du warst zu jung, um das damals verstehen zu können," versuchte sie ihn zu trösten.

Aber er sah ihr tief in die Augen, signalisierte ihr, dass er noch nicht fertig war. Maria spürte, wie sich ihre Unruhe steigerte.

„Die Skizze von der Eiffelturmspitze … Ich habe sie schon einmal gesehen, als ich zwei Semester in Paris studierte. Mein Professor Lerouge zeigte sie mir und sagte, dass er sie von einem seltsamen Mann zur Ansicht bekommen hatte. Die unleserliche Notiz ‚Maria und Alskaer für immer' hatte ich damals schon einmal gesehen, aber ich konnte sie nicht lesen und ignorierte sie einfach. Der Professor und ich stiegen auf den Turm und fanden die Inschrift. Es war eine Sensation, die wir aber für uns behielten. Der Professor und dieser seltsame Mann, den ich nie zu Gesicht bekam, hatten eine Vereinbarung, nicht darüber zu sprechen. Ich hielt mich bis heute daran, auch als der Professor tödlich verunglückte, als er den Eiffelturm erneut besteigen wollte."

Nun gönnte Charlie Maria eine kleine Pause, bevor er weitersprach: „Dann bist du diese Maria, und dein Al ist dieser Alskaer, also muss deine Geschichte stimmen. Es ist Wahnsinn, ich kann es kaum glauben, aber du bist hier, du bist real, und das ist alles, was zählt. Liebe mich, solange es geht! Wenn ich alt oder krank bin, werde ich dich gehen lassen. Jetzt verstehe ich meine Mutter."

„Charlie, ich werde dich nie verlassen! Aber glaubst du, deine Mutter hatte eine Beziehung mit einem Aeterni?"

„Ich weiß es nicht, und es spielt jetzt keine Rolle mehr für mich." Ihre Hände fanden zueinander und begannen einen Tanz, für den es keine Musik gab, nur die Berührung ihrer Körper.

„Liebe mich," flüsterte er ihr fast atemlos ins Ohr, als hinge sein Leben davon ab.

„Charlie, ich möchte dich spüren und dich nie wieder loslassen." Ihre Atmung wurde schwerer, und ihr Liebestanz begann in vollkommener Harmonie.

„Wenn ich dich spüre..."

„Pst, Maria!"

„...dann fühle ich mich wie Supergirl, als könnte ich fliegen."

„Nun, Maria, zeig mir deine Superkräfte!"

Nimué und Merlin betraten den Raum, in dem bereits auf sie gewartet wurde. Die massiven Doggen blieben im Flur zurück, erstarrt wie steinerne Wächter. Merlins Leibwächter, ein Schatten von ihm, folgte stumm und unheimlich leise, bis er sich an der Wand wie ein schwerer Eichenschrank aufstellte.

„Hallo Mutter, hallo Vater", erklangen die Stimmen der Anwesenden, fast synchron. Merlin setzte sich sofort, während Nimué die Runde machte, jeden Einzelnen durch eine flüchtige Berührung ehrend. In Gedanken rezitierte sie die Namen ihrer Lieblinge: „Stanislaus und Friedrich, Gwen und irgendwer, Tina und Gaga, Leon und Stew, Secunda und Prima, Misaki und Sebastian und ... der Rest."

Als sie bei Prima ankam, blieb sie kurz stehen und flüsterte ihr ins Ohr: „Er ist tot. Ich habe ihn leiden lassen." Primas Lächeln wuchs, ein dankbares „Danke" entwich ihr.

Nimué wandte sich nun an die Runde. „Wie geht es unserem Liebespaar?", fragte sie direkt und ohne Umschweife.

„Sie sind am See. Sie lieben sich", antwortete Stanislaus mit einem wissenden Grinsen.

„Habt ihr ihnen zu viel von meinem Liebespulver gegeben?" Nimué konnte sich ein Lachen kaum verkneifen.

„Nein, nicht zu viel. Aber es reagiert unterschiedlich – bei Hummer und Rindfleisch anders als bei Hühnchen", erklärte Tina mit einem scharfen Seitenblick auf Gaga.

„Ich habe es gesagt, aber keiner hört auf mich", beklagte sich Gaga, die sich in ihrem neuen Pinguin-Outfit unbehaglich fühlte.

„Du selbst hast Peperoncino statt des Pulvers auf das Hühnchen gestreut", warf Friedrich ihr vor.

„Der Hummer bekam Vanille, das Huhn Mango-Pfeffer, um den Geschmack von Nimués Pulver zu überdecken", verteidigte sich Gaga trotzig.

„Der arme Hummer!" Prima lachte herzhaft und klatschte sich mit Secunda ab.

„Der Ananassaft war für Charlie entscheidend", warf ein junger Mann neben Gwen ein, woraufhin ihn misstrauische Blicke trafen.

„Wer wagt es, unerlaubt zu sprechen?", fragte Secunda scharf und wandte sich dann an Gwen: „Hast du dein `Eselchen´ nicht im Griff? Gib ihn mir!"

Gwen stieß dem Jungen ihren Ellbogen in die Rippen, woraufhin er sich kleinlaut zurückzog.

„Es ist egal, solange sie nur miteinander schlafen. Aber keinen Ananassaft mehr!" Nimué lenkte das Gespräch wieder auf das Wesentliche.

„Ich habe alles auf Video, Mutter. Du kannst es dir selbst ansehen", erklärte Friedrich kühl und nahm einen Schluck Tee.

„Ich freue mich schon darauf, unsere Maria in Aktion zu sehen", lächelte Nimué.

„Gwen, dein Eselchen soll mir frischen Tee bringen. Dieser hier ist lauwarm", befahl Friedrich, und der Junge verließ auf einen Blick von Gwen hin den Raum.

„Wie weit ist der Junge schon, Gwen?", fragte Prima provokant.

Gwen ließ sich Zeit, die Frage zu beantworten, bis Nimué sie ansah.

„Er ist weiter, als man denkt, aber…"

„Aber, aber", unterbrach Prima scharf, „gib ihn mir, und ich mache aus unserem Eselchen eine Hornisse."

„Schlomo erledigt seine Aufgaben ordentlich. Wir können ihn bald nach Jaffa schicken, aber…", versuchte Gwen erneut, ihn zu schützen, doch Prima fiel ihr wieder ins Wort: „Schlomo ist sein Name! Ein Jude, also gehört er besser zu mir. Ich nenne ihn aber Zac. Das klingt jüdisch und viel männlicher."

„Ich könnte mir einen Zac besser in engen Shorts vorstellen als einen Schlomo", lachte Secunda und klatschte sich erneut mit ihrer Schwester ab.

„Den letzten Schliff bekommt Zac von Prima", entschied Nimué endgültig.

„Der Junge ist wichtig für mich", warf Merlin kühl ein, ohne Zustimmung zu erwarten.

Die Anwesenden nickten stumm.

„Haben wir noch etwas, bevor…?" fragte Nimué.

„Ja! Wir haben Alskaers Leiche verschwinden lassen! Ist das nichts?", beschwerten sich Prima und Secunda im Einklang.

„Doch", murmelte Merlin, emotionslos.

Schlomo kehrte mit Friedrichs Tee zurück, stellte ihn ab und wartete.

Friedrich ließ ihn absichtlich warten.

„Wie lange hat Al gelitten?", fragte Prima, als ob sie nach einem Geschenk fragte.

Friedrich wollte antworten, aber Nimué kam ihm zuvor: „Er hat die ganze Nacht gelitten, Liebes. Lauge löst langsamer auf als Säure!"

Friedrich behielt sein Pokerface, doch Nimué wusste, dass er ihre

Finte durchschaut hatte.

„Was hat er dir angetan, dass du wissen willst, wie lange er gelitten hat?", fragte Stanislaus, der genauso wie Friedrich wusste, dass Al bereits tot war, als sie ihn fanden.

Noch bevor Nimué reagieren konnte, platzte Secunda heraus: „Er hat ihr Alraunenessig gespritzt…"

Gelächter brach aus, doch einige Anwesende, die den Schmerz kannten, senkten ihre Köpfe. Nimué hatte den Alraunentrank perfektioniert, ein grausames Mittel, das nicht nur Schwangerschaften beendete, sondern auch furchtbare Nachwirkungen hatte. Eine Frau, die bereits mehrmals ohne Erlaubnis schwanger geworden war, senkte den Kopf noch tiefer, als Merlin sie mit einem abwertenden Blick strafte. Bei ihm gab es meist nur den Tod als Strafe.

Friedrich probierte seinen Tee und warf die Tasse ungerührt zu Boden. Gwen bemerkte Schlomos unsicheren Blick und schüttelte leicht den Kopf.

„Zac!", rief Prima, und Schlomo reagierte sofort auf seinen neuen Namen. „Komm her!", befahl sie strahlend.

Zögernd näherte er sich, während Prima Misaki etwas ins Ohr flüsterte. Diese nahm Zac an der Hand und führte ihn hinaus.

Keiner außer Gwen schenkte diesem Vorgang Beachtung.

„Hat dich der alte Wikinger noch mal richtig rangeholt, Prima?", fragte Friedrich mit provokantem Lächeln. Stanislaus lachte laut mit. Prima blieb ruhig. „Hättest du gerne getauscht, Friedrich? Der alte Al war besser als dein Stanislaus!"

Secunda steckte ihre Zunge heraus und spülte laut gurgelnd ihren Mund, bis sie sich verschluckte. Beide Frauen lachten über ihre Fast-Brüder. Friedrich setzte schon zu einem weiteren Angriff an, doch Merlin unterbrach die Spielerei: „Es reicht, Kinder!"

Eine plötzliche, schwere Stille legte sich über den Raum. Alle Augen waren auf Nimué gerichtet, die sich setzte. Merlin beobachtete die Anwesenden und machte klar, dass niemand das Geschehene weiter besprechen würde.

„Nun habe ich eure volle Aufmerksamkeit", begann Merlin wie ein strenger Professor. „Ich wurde hintergangen, belogen und verraten."

Sein Leibwächter trat hervor, ging hinter den Anwesenden entlang und blieb bei Laurin stehen. In einem brutalen Griff brach er ihm das Genick. Der leblose Körper wurde aus dem Fenster geworfen, und das Geräusch eines wegfahrenden Piaggios deutete an, dass alles vorbereitet war.

Fast gleichzeitig öffnete sich die Tür, und Zac kehrte mit Misaki zurück. Er setzte sich auf Laurins Platz, doch etwas an ihm war verändert. Gwen konnte ihre Sorgen nicht verbergen.

Nimué schenkte dem keine Beachtung, doch Merlin spürte, dass sich etwas in der Luft veränderte.

Gwen sprang auf und zog ihren Sgian Dubh, bereit, Prima zu töten. Doch Prima lächelte nur.

„Gwendolyn Macgillivray of Sleat", rief Merlin, „keine Waffen in diesem Raum!"

Im selben Moment packte eine unsichtbare Kraft Gwen und zwang den Dolch gegen ihren Hals. Die Blicke aller waren auf sie gerichtet, voller Schadenfreude, Angst oder Gleichgültigkeit.

„Gwendolyn Macgillivray of Sleat", wiederholte Merlin, „deinem Vater habe ich viel zu verdanken…"

Er hielt inne, zögerte, doch er ließ sich Zeit. Gwen rang nach Atem, ihre Zunge bereits herausgestreckt, als hätte sie sich selbst stranguliert. Merlins Gesicht zeigte keine Emotionen, als er ihre Qual beobachtete, niemand wusste, ob er zögerte oder ihren langsamen Tod genoss.

„Wir haben Alskaers Leiche im alten Keller der Gerichtsmedizin verbrannt," erklärte Secunda mit einer Kälte, die Gänsehaut verursachte, während Gwen um ihr Leben rang. „Sein Rauch war tiefschwarz. Niemand außer uns weiß von diesem alten Brennofen. Der gute alte Al hat ihn uns damals im Ersten Weltkrieg selbst gezeigt."

Die Zwillinge kicherten respektlos.

„Niemand hat bemerkt, dass wir mal wieder das doppelte Spiel gespielt haben," prahlte Prima selbstgefällig. „Während ich den armen Al in den Ofen schob…"

„…war ich bei Kommissar Roja und habe mit ihm gevögelt – unser Alibi ist perfekt," ergänzte Secunda, während sie dem Höhepunkt und Gwens Ende entgegenfieberte.

Misaki spürte Secundas Erregung und küsste ihre Herrin zärtlich auf den Mund, als wolle sie die Spannung umleiten. Nimué bemerkte Merlins missfälligen Blick und schlug mit der flachen Hand auf den Tisch. Misaki und Secunda trennten sich abrupt.

„Und niemand hat gemerkt, dass zwei Frauen denselben Job im Sekretariat der Gerichtsmedizin erledigen? So dumm muss man erstmal sein," resümierte Stanislaus, während er einen neugierigen Blick auf die zappelnde Gwen warf. Friedrich warf einen zufriedenen Blick auf seine Uhr.

„Das ist ein großer Vorteil für uns in der Gerichtsmedizin, und das soll auch so bleiben," mahnte Merlin mit einem zufriedenen Lächeln, bevor er dem stummen Chinesen ein paar unverständliche Worte zuflüsterte.

Der Chinese lockerte seinen Griff um Gwens Hals, woraufhin sie heftig nach Luft schnappte. Doch ohne eine Miene zu verziehen, verstärkte er seinen Griff am Messer. Ein leises Knacksen, wie das Brechen von Kartoffelchips in einer Tüte, war zu hören, gefolgt von Gwens letztem Schrei. Der Chinese legte sie behutsam auf den Stuhl zurück, während ihr Dolch mit einem lauten Krachen auf den Tisch fiel. Ihre Finger schwollen an und verfärbten sich, die Schmerzen schienen ihr die Luft abzuschnüren.

„Gwen, die Finger deiner rechten Hand sind gebrochen. Wir werden sie einzeln richten, vielleicht sogar nochmal brechen müssen, um sie dann zu schienen. Dein Kehlkopf ist gequetscht, also sprich besser nicht viel in nächster Zeit, und deine Halswirbel sollten wir röntgen," diagnostizierte Friedrich kühl aus der Ferne.

Als Stanislaus vor Lachen in sein Wasserglas prustete, konnte auch Friedrich sein Lachen nicht mehr unterdrücken. Die meisten, nicht alle, aber viele stimmten ein.

Doch fast unbemerkt erhob sich Zac und ging zu Gwen. Nur Merlins Augen folgten seinem Weg.

„Secunda, es war nicht abgesprochen, dass du mit Roja schläfst. Haltet euch an den Plan!" Nimué klang gespielt verärgert, versuchte, Disziplin zu demonstrieren, aber Merlin spürte den Ungehorsam und die Zwietracht.

„Roja war schon lange heiß auf mich. Ich musste nur kurz meine Strapse vor ihm richten, dann war er sofort bereit – dieser schwanzgesteuerte Bulle," beschwichtigte Secunda mit einem schiefen Lächeln. „Und wenn es kein Aeterni wird, treibe ich es mit Alraune ab. Versprochen!"

„Ich könnte das Ergebnis bis morgen Mittag haben," fügte Friedrich hinzu.

„Sollte Secunda schwanger sein, dann ist ihr Bastard jetzt schon Halbwaise," verkündete Stanislaus trocken.

Ein unterdrücktes Winseln war von Gwen zu hören, als sie versuchten, ihre gebrochenen Finger zu sortieren.

„Zac, was machst du bei dieser schottischen Haggis-Wurst?" rief Misaki, während Primas Blicke Zac durchbohrten. „Geh weg von ihr, Eselchen, sonst reiß ich dir deine Flügelchen aus. Los, auf deinen Platz! Nein, besser unter den Tisch mit dir!"

Zac gehorchte widerwillig.

„Gibt es noch etwas Wichtiges, was unser Liebespaar betrifft?" fragte Nimué in den Raum.

„Der Kommissar ist nochmal allein im Dorf aufgetaucht," berichtete Stanislaus. „Er stellte dumme Fragen über Estelle, alias Maria. Wir haben ihn dann beseitigt – ein Autounfall, die Dorfbewohner halfen mit."

„Gut gemacht, aber unser Hauptaugenmerk liegt auf Maria und Charlie. Diesmal darf nichts schiefgehen. Eine solche Chance bekommen wir nie wieder. Wir spielen mit hohen Einsätzen!" beendete Nimué ihre Rede, um Merlin zu zeigen, dass sie alles unter Kontrolle hatte.

„Willst du Maria und Charlie gleichsehen, Mutter?" fragte Friedrich und drückte auf den Beamer, ohne die Antwort abzuwarten. Der Raum verdunkelte sich, und eine erwartungsvolle Stille legte sich über die Anwesenden. Alle Augen waren auf die weiße Wand gerichtet, auf der Aufnahmen von Marias und Charlies Liebesnächten abgespielt wurden. Die Reaktionen reichten von Lächeln und Schmunzeln bis hin zu Scham und Wegsehen.

Nur Zac war im Dunkel wieder bei Gwen, hielt ihre zerquetschte Hand und wollte ihren Schmerz mit ihr teilen. Gwen wollte nicht gehen.

„Wie oft am Tag im Durchschnitt?" fragte Nimué im Dunkeln, um nochmals die Bedeutung dieser Mission zu betonen.

„Drei bis fünf Mal am Tag – ungefähr. Dein Pulver ist wirklich gut!" antwortete Friedrich.

„Gut, mir reicht's! Ich habe genug gesehen," sagte Merlin plötzlich. „Komm bitte mit mir, Friedrich."

„Muss das sein? Jetzt kommt gerade meine Lieblingsstelle, wo Maria…" Friedrich sprach nicht weiter, folgte aber Merlin, während der Riese stumm wie ein Schatten hinter ihnen herging. Der Holzboden ächzte unter seinen schweren Schritten.

Vor der Tür blieb Merlin stehen und wartete, bis Friedrich heraustrat und die Tür schloss.

„Friedrich, ich wollte dir nur sagen, dass du sehr gute Arbeit geleistet hast. Nimué und ich sind uns leider nicht einig, was wir in Zukunft mit Maria und Charlie tun sollen. Ihr Lügenpalast wird nicht ewig Bestand haben und irgendwann wie ein Kartenhaus einstürzen. Eine kleine Böe, und Nimués Spielchen werden scheitern. Maria ist nicht dumm! Den Tod von Al können wir nicht ewig vertuschen. Ginge es nach mir, würde Charlie binnen zwölf Monaten für immer verschwinden; doch sie will mit den beiden weitere Aeterni züchten."

„Was ist so besonders an ihnen, Vater?" fragte Friedrich.

„Nimué erhofft sich mit den beiden Aeterni-Babies ohne Ende. Ich habe jedoch andere Pläne."

„Vater, ein Wort von dir, und die beiden sind Geschichte."

„Friedrich, du hättest kein Problem damit, Maria zu töten?"

„Nein, Vater!"

„Sollte Nimué Recht haben, müssten wir 21 Jahre warten, um sicher zu sein! Bis dahin musst du Maria beschützen – mit deinem Leben."

„Was immer du willst, Vater, aber was sind schon 21 Jahre für dich?"

„Mehr, als du vielleicht glaubst, Friedrich! Wie steht Stanislaus dazu?"

„Er steht mehr zu Nimué, aber niemals zu Maria."

„Dann gut. Geh wieder rein und amüsiere dich! Schick mir Misaki heraus!"

Als Friedrich die Tür öffnete, drang lautes Gelächter nach draußen. Nach weniger als einer Minute öffnete sich die Tür erneut, und eine über beide Ohren strahlende Misaki trat heraus. Sie erschrak etwas, als der riesenhafte Chinese vor ihr auftauchte. Merlin begrüßte sie mit höchster japanischer Höflichkeit, und sie erwiderte.

„Nun, Misaki, was war heute los mit Gwen, Schlomo und Prima?"

„Prima und Secunda wollen Zac für ihre Spielchen, aber Gwen ist zu stark für sie. Zac und Gwen lieben sich, und das wollen die anderen beiden nicht. Es ist eben Stutenbissigkeit unter Frauen."

„Warum hast du mit ihm den Raum verlassen?"

„Um Gwen zu provozieren. Es war nichts."

„Du hast ihm nicht etwa…"

„Ich bin keine Anfängerin!" lächelte sie unschuldig, wie eine frisch erblühende Kirschblüte. Merlin war belustigt, korrigierte sie aber nicht.

„Ich habe mit Prima ausgemacht," fuhr Misaki fort, „dass ich mit ihm nur den Raum verlasse und warte. Lange genug, damit Gwen denkt, ich hätte mich an Zac herangemacht. Er ist Jude und noch Jungfrau, und ich glaube, das reizt Prima. Sie will ihm seine Unschuld nehmen. Es ist eigentlich nur ein Spiel. Der Rest lief optimal! Prima hat nun ihr neues Spielzeug. Wenn es kaputt ist, bekomme ich es."

„Sie haben mich benutzt," dachte Merlin laut und fragte freundlich: „Was hat dir Schlomo getan?"

„Nichts," antwortete sie frech. „Ich mag ihn einfach nicht. Wenn Prima ihn nicht mehr will, wird er mein Eselchen, mein Sklave."

„Was ist ein Eselchen?"

„Sowas wie ein Fuchs in einer Studentenverbindung."

„Was hast du mit ihm vor der Tür gemacht, Misaki?" fragte er ernst. Plötzlich verspürte sie Furcht und Kälte, als würde ein eisiger Wind ihre Blüte zerstören.

„Was hat er DIR getan, Misaki? Dein Name bedeutet ‚Blüte', das ist etwas Schönes," versuchte Merlin sich zu beruhigen.

„Er hat mir nichts getan," wiederholte sie, „aber meine Herrin mag ihn nicht, also mag ich ihn auch nicht. Wenn ich anders denke, ist das ungehorsam <Fu fukujū>."

Merlin verstand die tief verwurzelte Bedeutung von Gehorsam für sie. Ehre bis in den Tod.

Merlin lächelte so gut er konnte und fragte fast väterlich: „Was sagt Nimué dazu?"

„Das steht mir nicht zu, Vater."

„Verstehe!" erwiderte Merlin nickend und fragte: „Ist euch in den Sinn gekommen, dass die Verbindung zwischen Schlomo und Gwen wichtig ist… für mich und meinen Plan?" Er strich sanft über ihre flache Wange.

„Nein, aber…" Misaki verstummte, als sie der erste Faustschlag des riesenhaften Chinesen von oben traf und sie wie eine Puppe zu Boden sank. Sie krachte gegen die Tür und blieb bauchseits am Boden liegen. Merlin beobachtete sie, unsicher, wie sein Urteil ausfallen würde. Der Chinese trat einen Schritt zurück. Die Zimmertür öffnete sich, und Prima und Secunda wollten Misaki zu Hilfe eilen, wurden aber von

Friedrich und Stanislaus zurückgehalten. Misaki spuckte Blut, und Merlin forderte: „Sein Name ist Schlomo! Sag es!"

Misaki stöhnte nur und ihr Körper zuckte unkontrolliert.

Merlin blickte zornig in die Runde, die in der offenen Tür stand, und deutete auf Misaki. „Was glaubt ihr eigentlich, was ihr hier tut? Kabale und Liebe? Pornos für eure eigenen Fantasien oder zum Masturbieren? Ist euch langweilig? Braucht ihr Brot und Spiele? Kann ich euch geben, und ihr bekommt sogar Ehrenplätze mitten in der Arena. Ich schicke euch meine Assassinen und dann sehen wir weiter. Oder nein! Hier und jetzt, ihr alle gegen ihn." Merlin deutete auf seinen riesenhaften Chinesen.

Niemand wagte sich zu bewegen oder zu sprechen. Er ließ sie stehen, um das Ergebnis ihrer Spielchen am Boden liegend zu betrachten.

„Friedrich, ich will, dass Gwens Hand wiederhergestellt wird. Schick sie zum besten Spezialisten, wenn nötig. Schlomo soll sie begleiten," befahl Merlin und fügte hinzu: „Prima, du kommst mit!"

Ein leiser Aufschrei von Nimué konnte Prima nicht retten, die ins Ungewisse folgte.

Maria und Charlie waren schon auf dem Rückweg zum Haus, als sie bemerkten, dass es immer noch Still dort war. Sie gingen eng umschlungen und sprachen kein Wort. Charlie schien gedankenlos und glücklich zu sein, aber in Marias Kopf kreiste eine Frage, warum hat Al diesem Professor die Skizze von der Eifelturmspitze mit der Inschrift gezeigt. Was für ein Zufall, dass Charlie dort gerade studiert hatte.

Beide waren in ihren Gedanken so vertieft und verloren, so dass sie kaum bemerkten, dass sie sich voneinander lösten. Charlie blieb stehen und Maria ging weiter. Sie lächelte ihn kurz an, aber ging weiter ins Haus. Er drehte sich noch einmal um, streckte seine starken Arme in die Luft als wollte er die ganze Welt umarmen und holte durch die Nase tief Luft. Sein Brustkorb hob sich und er sperrte so viel Luft ein in seinen Lunge so viel er konnte. Langsam ließ er die Luft wieder in die Freiheit entweichen, als er den alten Merlin sah, wie dieser gemütlichen Schrittes den schmalen Weg zu alten Mühle hinunter spazierte. Dort in der Mühle, die noch von einem Wasserrad angetrieben wird, wird das frische Brot für alle noch selber gebacken. Charlie dachte kurz daran, ihm nachzulaufen und ihn auf einen kurzen Plausch zu begleiten. „Der Alte würde sich sicher über Gesellschaft freuen und man könnte sich besser kennenlernen. Er könnte sich mit der Zeit auch an Merlin Aussehen gewöhnen", dachte Charlie, aber eigentlich wollte er nicht so lange von Maria getrennt sein. Der Alte würde ihn sicher nur mit Weisheiten und Geschichten zu texten, während er selber nicht viel zu Wort kommen würde. Dieser Unsicherheit, ob er zu Maria oder Merlin laufen sollte, ließ ihn wie angewurzelt am Weg stehen. Normalerweise entschied er schnell und geradlinig, aber hier war er zerrissen. Genaugenommen war ihm Merlin egal, aber es wäre eine günstige Gelegenheit ihn näher zu kommen. Merlin erreichte die Mühle und war für ihn außer Rufweite. Vor der Mühle stand ein Schubkarren mit Säcken und eine junge Frau kam heraus. Merlin, vermutlich müde vom Gehen, setzte sich auf die großen Säcke, die sicher mit Korn gefüllt waren. Die junge Frau stand vor ihm wie ein Soldat vor seinem Hauptmann und nickte nur. „Sicherlich", so murmelte Charlie leise vor sich hin, „langweilt er das Mädchen mit alten Geschichten oder Small-Talk. Naja gönnen wir´s ihm!" Charlie wollte sich schon wegdrehen um zu Maria ins Haus zu gehen, als sich die Frau auch umdreht und in die Mühle ging. Die Tür stand noch weit offen und er konnte noch sehen wie sie sich zu Boden kniete. Das Nächste aber überraschte Charlie noch mehr, denn der alte Merlin nahm einen vollen Sack als wäre er mit Federn gefüllt, folgte der Frau und schlug die Haustür der Mühle zu, so dass er es sogar hören konnte. Er beobachtete die geschlossene Tür und nichts tat sich. Was hinter der Tür sein könnte, entzog sich ihm. Es war seltsam, was er beobachten musste. Vielleicht hat er ihr nur geholfen den schweren Sack hineinzutragen. Unglaublich kräftig schien dieser Merlin zu sein. Er ging mit einem unguten

Gefühl zu Haus. Im Hausgang traf er auf Friedrich, den er ungegrüßt verblüfft fragt, „wer ist die junge Frau an der Mühle?"

„Eine unbedeutende Arbeiterin!" Antwortete Friedrich kurz und ließ sich nicht aufhalten nach draußen zu eilen.

Charlie ging nach oben, weil ihn einfiel, dass ihr Zimmerfenster in Richtung Mühle ausgerichtet war. Im Zimmer war keine Maria und er ging zum Fenster.

Er beobachtete die Mühle, aber nichts tat sich. Hätte Merlin die Mühle bereits verlassen, hätte er ihn auf dem Weg noch sehen müssen. So schnell war er zu Fuß nicht. Er machte sich Sorgen um das Mädchen.

Maria stand noch in der Küche im Erdgeschoss und mischte sich Hollersirup mit Buttermilch, als ihre Tante Gaga hereinkam. „Du und dein Hollersaft, ihr seid unzertrennlich," begann Gaga das Gespräch, das sie mit Maria führen wollte. Maria prostete ihr lächelnd zu und nahm einen Schluck.

„Wie läuft es mit Charlie? Ist der Sex noch gut? Brauchst du vielleicht ein paar Tipps?" fragte Gaga neugierig. Sie trug ein kleines Plastikgeweih einer Gazelle auf dem Kopf, dazu das unechte Fell eines Geparden über ihren Schultern. Darunter schimmerte ein Netz-Bodystocking, der ihren nackten Körper wie eine zweite Haut bedeckte – abgesehen von den Pobacken, wo der Designer eindeutig am Stoff gespart hatte. Maria musterte ihre Tante kritisch, ignorierte jedoch deren Fragen, denn sie hasste es, Antworten geben zu müssen. Stattdessen stellte sie eine Gegenfrage: „Gaga, was in aller Welt soll das darstellen?"

Tante Gaga drehte sich auf ihren Stöckelschuhen und bewunderte selbstzufrieden ihr Kostüm. „Ich wusste, dass es dir gefällt, Maria!"

Maria schwieg, lächelte und wartete ab.

„Ich bin mir sicher," fuhr Gaga fort, „dass dir dieses Kostüm besser stünde als mir – und Charlie würde es lieben."

„Was ist das?" fragte Maria, sichtlich verwirrt.

„Nun, siehst du nicht die konträre Aussage in diesem Outfit?" Gaga sah sie erwartungsvoll an.

Maria schüttelte nur den Kopf und stellte ihr leeres Glas in die Spüle.

„Eine Gazelle hat eine Raubkatze gefressen!" erklärte Gaga unverblümt.

„Ähm, ja," nickte Maria vorsichtig, „wenn du das sagst... und besonders diese Teile da... die verstärken deine... äh... deine... ja, genau."

„Ja, ich finde auch, dass die Stierhoden dem Ganzen noch mehr Stärke und Kraft verleihen," prahlte Gaga weiter.

„Stierhoden? Um deinen Hals? Echte?" wiederholte Maria ungläubig.

„Natürlich! Aber passender wären Hoden eines Löwen gewesen, aber..." Gaga zuckte mit den Schultern und fügte hinzu: „...aber Charlie würde es nicht merken."

„Er wird es sicher nicht merken, weil ich so etwas niemals anziehen würde. Du bist verrückt!" schloss Maria das Gespräch ab und verließ die Küche, während ihre Tante enttäuscht zurückblieb.

Als sie ihr Zimmer erreichte, legte Maria ihren Bademantel ab und trat zu Charlie heran. „Dir ist schon bewusst, dass ich nach diesen Tagen von dir schwanger sein werde," sagte sie und streichelte über ihren Bauch, während sie Charlies Hand nahm und sie auf ihren Bauch legte. Charlie nickte nur und lächelte.

„Vermutlich werden wir ein ganz normales Baby bekommen, das mit dir alt wird. Mir ist nur wichtig, endlich eine eigene Familie zu haben. Wir werden von hier fortgehen, sobald es möglich ist, und ganz neu anfangen. Ich werde das mit Nimué klären; sie kommt nächste Woche zurück. Al wird uns dabei helfen – ihr zwei werdet euch gut verstehen."

Charlie nickte erneut zustimmend und stupste sie leicht, sodass sie aufs Bett fiel. Er folgte ihr und flüsterte ihr ins Ohr: „Ich möchte viele schöne Babys mit dir machen…"

Alskaers Lügen

Maria hörte nur die letzten Worte, die Nimué an Secunda richtete, als sie das Zimmer betrat: „... und behalte es, Secunda!" Die beiden Frauen begegneten sich wie Raubtiere in einer Arena – die Blicke scharf wie Messer, die Atmosphäre geladen.

„Was soll sie behalten?" fragte Maria, ohne Secunda den Rücken zuzuwenden. „Und wo ist Prima?" setzte sie nach, während ihr innerlich der Gedanke an „das andere Miststück" kam.

„Wie geht es dir, Maria? Tina hat mir schon die freudige Nachricht überbracht, dass du schwanger bist," entgegnete Nimué, doch ihre Stimme war glatt wie Eis.

„Ihr wart lange weg! Freust du dich etwa wirklich, dass ich schwanger bin? Was ist mit meiner neuen Aufgabe? Bist du nicht wütend?" Maria versuchte, die Stimmung zu ergründen.

„Wütend? Nein, Maria, das bin ich nicht. Es ist nun einmal geschehen. Selbst ich kann gegen die Liebe nichts ausrichten. Die anderen hätten euch nicht zusammenlassen dürfen – oder allein. Aber nenn mich doch einfach 'Mutter', wie es die anderen tun."

„Woher dieser Sinneswandel, Nimué? Was ist passiert?"

„Vieles, Maria. Meine Tochter Prima wird deine Aufgabe übernehmen."

„Du lässt deine eigene Tochter arbeiten, während Aschenputtel Pause macht? Was geht hier vor?"

„Es ist ein ehrenvoller Auftrag, Maria, und sie macht es freiwillig. Merlin selbst hat ihn ihr übertragen. Du warst nie Aschenputtel für uns... und jetzt kannst du dich ausruhen. Charlie kann auch bleiben, aber er darf nicht gehen, Maria. Er weiß schließlich, wer wir sind."

„Charlie und ich werden von hier weggehen."

„Das kann ich jetzt auf keinen Fall zulassen."

„Ach, da liegt also der Hund begraben! Ich wusste, du bist eine Schlange!"

„Du und Alskear habt schlampig gearbeitet. Man sucht fieberhaft nach 'Estelle'. Hier, lies die Schlagzeile. Dieser Kommissar ist schlauer als gedacht. Euer Trick mit der verbrannten Frauenleiche im Auto ist fehlgeschlagen."

Maria griff nach der Zeitung, ihre Hände zitterten vor Wut. Sie hasste sich dafür, die letzten Wochen so untätig und isoliert gewesen zu sein.

„Sie suchen nach dir, Maria, wie du sehen kannst. Die beiden 'Spinnenmänner' im Zug will man dir auch anhängen – und ich denke, das zu Recht."

„Aber sie hätten das kleine Mädchen verbluten lassen!"

„Du hast sicherlich richtig gehandelt, Maria, aber jetzt sind die beiden tot, und du musst die Konsequenzen tragen. Ich biete dir an, hier zu bleiben, bis Gras über die Sache gewachsen ist. Du hast Zeit. Oder du veränderst dein Aussehen mit einer Gesichtsumwandlung."

„Die Spinnenmänner sind tot? Aber ich habe sie doch nur k.o. geschlagen!"

„Uneigentlich, wie die Zeitungen berichten, Maria."

Die Nachricht traf Maria wie ein Schlag, und Nimué schien das zu genießen. Maria goss sich ein Glas Wasser ein, ihre Hand zitterte beim Trinken. Nimué wandte sich ab, um das Lächeln zu verbergen, das ihr Gesicht erhellte, als ihr Plan aufging.

„Was macht Al, Nimué? Wo ist er?"

„Er ist wieder untergetaucht. Deswegen waren wir in Rom."

„Ihr wart mit Al im selben Raum und habt überlebt?" fragte Maria sarkastisch.

„Nein, wir haben Geld und Papiere für ihn hinterlegt. Er wird für lange Zeit verschwinden müssen. Charlie wird ihn in diesem Leben nicht mehr kennenlernen."

„Ihr zwei habt Al geholfen? Träume ich?"

„Wir hegen keinen Groll gegen ihn. Der Hass kommt von ihm."

„Das ist wieder eines deiner Spielchen, Nimué."

„Glaub, was du willst, Maria. Wir haben hier Wichtigeres zu tun als die Hirngespinste eines Mannes zu beachten. Al muss endlich die Vergangenheit begraben. Für uns alle steht viel mehr auf dem Spiel. Die

Welt wandelt sich schneller, und die Zeit wird knapper. Wir haben eine große Mission!"

Maria musterte Nimué genau, versuchte in ihrem Gesicht zu lesen, ob sie log oder erneut Intrigen spann. Doch Nimués Worte schienen wahrhaftig, und etwas in ihnen ließ Maria zweifeln. Sie trank ihr Wasser aus, um die Unterhaltung zu beenden, und legte ihre Pläne mit Charlie auf den Tisch.

„Wir werden gehen und eine Familie gründen, weit weg von hier, Nimué."

„Nein, auf keinen Fall! Du schuldest mir noch etwas, Maria!"

„Das muss mit Dr. Sola abgegolten sein, Nimué, auch wenn es nicht geklappt hat."

„Dr. Sola war nie als Gegenleistung gedacht."

„Welche Gegenleistung, Nimué?"

„Ich habe deinem geliebten Al im November 1939 das Leben gerettet. Georg Elser wollte Hilter in München in die Luft sprengen."

Maria hatte genug von den Spielchen und war im Begriff zu gehen, als Nimué nachsetzte.

„Ich war es, die Al die falsche Nachricht geschickt hat."

Maria hielt inne, erkannte sofort, worauf Nimué anspielte. „Was stand drin?"

Nimué lachte, als hätte sie den Text auswendig gelernt: „Komm zur Alten Pinakothek! Attila stirbt ein zweites Mal! In Liebe, Maria."

„Woher weißt du das alles?"

„Kleine Maria, ich habe die Nachricht verfasst. Der Freitod von Attila damals in Paris hat sich in unseren Kreisen herumgesprochen," amüsierte sich Nimué.

„Aber wie konntest du wissen, dass das eine Nachricht für Al war, die ihn dazu brachte, alles stehen und liegen zu lassen?"

„Maria, müssen wir wirklich darüber sprechen, woher wir unser Wissen beziehen?"

„Aber warum? Du hättest ihn doch so einfach beseitigen können,

Nimué."

„Er war nützlich für uns bei den Nazis. Merlin zumindest dachte das. Dein Al ist ein Lügner."

„Al war kein Nazi, sondern ein Soldat fürs Vaterland, der getäuscht wurde wie so viele andere. Als er seinen Fehler erkannte, ist er..."

„Desertiert, ja! Desertiert nach Südamerika, zu unser aller Pech. Dein Al lügt uns ist feige. Doch letzten Endes habe ich ihm das Leben gerettet."

„Nein, er hat sich entschieden und ist mit mir noch vor Kriegsbeginn nach Ecuador gegangen."

„Geflohen ist dein Al! Und ein Soldat? Dass ich nicht lache! Fürs Vaterland, ha! Er ist ein geborener Wikinger, er hat keine Heimat mehr. Hast du ihn in all den Jahrhunderten nie richtig kennengelernt? Kennst du seine große Leidenschaft nicht – sein Geheimnis? (Nimué wartete kurz) Maria, dein Al war Henker. Sein Beruf war das Köpfen. Er hat mit seiner Axt nicht nur Holz gespalten, sondern auch Köpfe rollen lassen. Al hat die Kunst des Richtens über Jahrhunderte verfeinert: in Italien die 'Mannaia', dann das 'Fallbeil von Halifax', später die 'schottische Jungfrau' im 17. Jahrhundert. Diese Technik gab er während der Französischen Revolution an den Henker von Paris, Henri Sanson, weiter, der mit dem Arzt Joseph Guillotin diese Höllenmaschine entwickelt hat. Viele Aeternis, die sich damals unter den Adligen am französischen Hof befanden, verloren ihr Leben. Ich habe viele geliebte Menschen damals verloren!", schluchzte sie tief, „wir waren zahlreich und mächtig, doch Al wollte uns ausrotten, und er wäre fast erfolgreich gewesen." Unter Tränen rang sich Nimué ein, „Al ist ein Lügner!", heraus.

„Das ist nicht wahr!" widersprach Maria, aber sie fühlte sich bereits wie ein Fisch, der am Haken zappelte.

„Warum hast du ihm dann geholfen, wenn er so viele Aeternis hinrichten ließ?", warf sie ihr kokett entgegen.

„Wach auf, Maria! Wann war die Französische Revolution und wann war das Dritte Reich?"

Maria war am Boden zerstört, aber Nimué gab ihr den Rest.

„Ist dein Al jemals wie andere Männer zur Arbeit gegangen? Kam und ging er nicht zu sehr ungewöhnlichen Zeiten, Maria? Tauchte mal hier, mal dort auf, als wäre es Magie? Denk nach! Seine Sammlung an Schwertern und Äxten – wozu glaubst du, waren die da?"

Maria schwieg, überwältigt von der plötzlichen Klarheit, die sie traf. Dinge aus ihrer gemeinsamen Vergangenheit, die sie sich nie erklären konnte, begannen plötzlich Sinn zu ergeben. Sie nahm einen weiteren Schluck Wasser. Nimué gönnte ihr keine Pause. „Maria! Dein ritterlicher Alskaer", sie wählte bewusst nicht seinen Spitznamen, „hatte sich trotz Verbot mit einer Aeterni-Frau eingelassen und ein Mädchen gezeugt. Es war Liebe winselte er. Die Natur regelte es dann, als sie 21 wurden. Alskaers Tochter litt unter menschenunwürdigen Qualen, aber dein Held …", Nimué seufzte tief als würde ihr Herz für eine Sekunde nicht schlagen, „ich musste ihr helfen."

„Also, Maria, ich biete dir und Charlie ein Leben hier an. Er kann als Architekt im Dorf arbeiten. Ein Büro eröffnen. Das Dorf muss sich weiterentwickeln und mit der Zeit gehen. Es gibt viel zu tun."

„Und meine Aufgaben, Nimué? Ich kann nicht mit Charlie leben und gleichzeitig mit anderen Männern deine Aeternis zeugen."

„Das musst du nicht! Ich kann 50 oder 60 Jahre warten, bis du wieder frei bist. Dann sehen wir weiter. Werde jetzt erst einmal glücklich, bleib hier und gründe deine Familie. Du hast unseren Segen."

„Merlin ist damit einverstanden?"

„Hier im Dorf habe ich das Sagen, Maria!"

Maria brach in Tränen aus, überwältigt von dem Glück, das sie verspürte. „Danke, Mutter! Ich kann es kaum glauben!"

„Geh jetzt, Maria, und sprich mit Charlie. Morgen können wir uns ein Haus im Dorf für euch ansehen."

„Wir können im Dorf leben?"

„Aber natürlich, Maria! Aber erst in ein paar Wochen. Die Frauen sind weg und der Kommissar hat seine Ermittlungen eingestellt, wie ich gehört habe."

Nimué umarmte sie und sagte: „Geh jetzt, Liebes!"

Maria verließ das Zimmer, und Tina schlüpfte unbemerkt aus dem Nebenzimmer herein.

„Warum hast du ihr nicht gesagt, dass ihr Baby ein Aeterni wird? Sie wird es bald merken!" fragte Tina ungläubig und argwöhnisch.

„Alles zu seiner Zeit! Wenn sie es merkt, hast du einen Testfehler gemacht. Sie darf nicht herausfinden, dass alles geplant war," mahnte Nimué.

„Warum die Umstände?" fragte Tina und fügte hinzu: „Du hast sogar eine Zeitung für Maria falsch drucken lassen. Die Spinnenmänner sind nicht tot."

„Wenn du leben willst, Tina, schweigst du darüber! Merlin will Charlie aus dem Weg räumen. Ich weiß es und muss es für die nächsten Jahre verhindern. Solange Charlie unsere Maria schwängert, darf er leben. Sie lieben sich und machen Aeternis für mich. Ist das nicht genial? Männer können bis ins hohe Alter Kinder zeugen, und Maria wird nicht älter. Der alte Merlin erkennt nicht, welches Glück das für uns ist. Aber ist Charlies Zeit erst einmal abgelaufen, stirbt er! Merlin will keine Dynastie mehr erschaffen. Er will klein und unauffällig bleiben. Wir sind schon so oft gescheitert, aber ich gebe nicht auf."

„Was tun wir mit Secunda? Soll sie das Kind bekommen?" fragte Tina.

„Ja! Das Kind kann später bei einer normalen Familie im Dorf aufwachsen," entschied Nimué.

„Und was wird aus Prima, ihrem Zwilling? Sie können dann wohl kaum mehr das doppelte Lottchen spielen, oder?" mahnte Tina.

„Prima fährt heute nach München in meine Wohnung. Dort wartet ein potenzieller Erzeuger auf sie. Meine Zwillingsmädchen werden schwanger. Es läuft besser, als ich dachte und geplant habe."

„Hat Merlin deiner Prima verziehen?"

„Ja, und er bekam dafür das Mädchen an der Mühle."

„Was können wir für Misaki tun, Nimué?"

„Nichts oder nicht mehr viel, Tina."

„Lassen wir sie so leben oder erlösen wir sie?"

„Misaki war so wertvoll für mich, was wusste Merlin, aber der Schlag seines Monsters war zu heftig. Sie hat einen bleibenden Gehirnschaden, sagte Friedrich. Sie könnte aber noch Aeterni-Babies zur Welt bringen. Wenn du keinen Erzeuger findest, kannst du sie künstlich befruchten. Mach, was du willst, aber es muss etwas herauskommen!"

Tina erschrak, musterte Nimués Gesicht und dachte: „Wenn das Böse eine Gestalt hätte, wäre es Nimué."

„Tina, verschwinde jetzt und überlass mir das Denken. Stell dich schon mal auf eine baldige Hochzeit ein."

Nimué nahm die Wasserkaraffe und goss den Rest mit einem zufriedenen Lächeln in einen Blumentopf.

Die Familie

„Hallo, mein Schatz," flüsterte Maria, als sie Charlie im Garten auf dem Rückweg entdeckte. Ihre Stimme war weich, fast sanftmütig, doch eine tiefe Sehnsucht schwang darin mit. Charlie blieb stumm, schloss die Augen und zog sie in eine feste Umarmung. Ihre Körper verschmolzen in einem Moment, der die Welt um sie herum zum Stillstand brachte. Das Zwitschern der Vögel und das sanfte Rauschen des Windes in den Bäumen schienen in diesem Augenblick nur für sie zu existieren. Doch Charlies Gedanken schweiften zu Toni und Franzi, den Menschen, die er verloren hatte. Ein düsteres Geheimnis, das er tief in sich verschlossen hielt. Sollte er es Maria anvertrauen? Der Doktor hatte ihm davon abgeraten. Die Last dieses Geheimnisses könnte ihre Beziehung zerstören. Und was nützte es, die Toten erneut zu beschwören? Nichts würde Toni und Franzi zurückbringen. Ihre Familien würden ihm niemals vergeben. Vielleicht war es besser, in eine unbeschwerte Zukunft mit Maria zu blicken. Friedrich, ein wahrer Freund, erledigte für ihn gerade alles in Raubling—die Wohnung auflösen, den Umzug organisieren. Friedrich ersparte ihm die Peinlichkeit, dorthin zurückkehren zu müssen, wo die Wunden noch frisch waren. So behielt Charlie seine Sorgen für sich, während er Maria umklammerte.

Maria löste sich ein wenig von ihm, sah ihm tief in die Augen und sagte leise: „Charlie, ich muss dir etwas erzählen, etwas über mich, uns und... das hier." Ihre Stimme zitterte leicht, als ob sie die Schwere ihrer Worte selbst fürchtete. „Du weißt jetzt, dass ich eine Aeterni bin und schon seit langer Zeit lebe. Aber ich bin nicht unsterblich. Unsere Organe und Zellen erneuern sich von selbst, und unser Blut ist... besonders. Erst seit kurzem verstehen wir die wahre Natur unseres Blutes durch moderne Technologie. Die Evolution hat uns geschaffen, um sicherzustellen, dass die Menschheit nicht ausstirbt. Es gibt andere Wesen auf dieser Welt, die uns ähnlich sind. Jahrtausende lang wussten wir nicht, warum wir nicht so schnell altern oder eines natürlichen Todes sterben. Krankheiten wie Herzinfarkte, Grippe oder Lungenentzündungen haben uns nie heimgesucht. Wir sterben nur durch Gewalt, wenn man uns zum Beispiel den Kopf abschlägt oder verbrennt. Aber verlorene Gliedmaßen wachsen nicht nach, und das Einzige, was unsere Verletzungen und unser Alter verrät, ist die Haut."

Charlies Atem stockte, als er die Ernsthaftigkeit in ihren Worten erkannte. Maria fuhr fort: „Du wirst es verstehen, wenn du Merlin triffst. Seine Haut wurde bei einem Experiment verletzt... und du wirst sehen, was ich meine."

Als sie von Merlin sprach, war Charlies Neugier geweckt, aber er spürte auch, wie eine unerklärliche Angst in ihm aufstieg. „Merlin und Barabbas," flüsterte Maria, „sie waren die ersten, die unsere Art zusammenführten. Tausende Jahre reisten sie umher, suchten und fanden uns. Den Namen Aeterni gab uns erst König Arthus, nachdem Merlin und Nimué sich ihm offenbart hatten."

Charlie versuchte, die Bedeutung ihrer Worte zu erfassen. „Ich bin froh, dass du kein Vampir bist, sondern meine 'woman of steel'," scherzte er, um die Spannung zu brechen.

Maria blieb ernst. „Es ist wichtig, dass du alles verstehst und akzeptierst, Charlie. Ansonsten ist unsere Zukunft in Gefahr." Sie sah, wie seine Augen erneut zu ihren Brüsten wanderten. „Und hör auf, auf meine Brüste zu starren," fügte sie streng hinzu, obwohl ein Lächeln über ihre Lippen huschte.

„Dein Busen ist größer geworden, Maria," stellte Charlie fest und grinste.

Maria schloss kurz die Augen, bevor sie antwortete: „Ich bin schwanger, du großes Kind." Ihr Ton war sanft, aber fest.

Charlie grinste weiter, unfähig, seine Freude zu verbergen. Maria legte ihre Daumen auf seine Augenlider, schloss sie sanft und sagte: „Ich muss dir noch mehr erzählen." Sie wusste, dass sein Blick sie ablenken würde, genauso wie sie ihn.

„Charlie," begann Maria erneut, „meine Eltern habe ich nie gekannt. Es war keine Liebesbeziehung, sondern eine geplante Vereinigung, um mich, einen Aeterni, zu zeugen. Mein Vater kehrte nach Griechenland zurück, nachdem meine Mutter schwanger wurde. Al kümmerte sich um sie, bis man sie ertränkte—die Menschen hielten sie für eine Hexe, weil sie das Geheimnis der ewigen Jugend kannte."

Charlies Gesichtszüge veränderten sich, als er die Tragik in ihrer Stimme erkannte. Maria nahm ihre Hände von seinem Gesicht, und er öffnete die Augen, jetzt voll bei ihr. „Eine kurze Frage, Maria," unterbrach er sie. „Dieser Barabbas, von dem du sprichst—meinst du denjenigen, der anstelle von Jesus freigelassen wurde?"

Maria nickte ernst. „Ja, Merlin rettete ihm das Leben, indem er Herodes sein heilsames Aeterni-Blut gab. Das Volk entschied damals nicht gegen Jesus. Die Kirche machte ihn später zum Märtyrer und die Juden zu Verrätern."

Charlie wirkte geschockt, als ob sein Weltbild zusammenbrach. „Alles, was du mir erzählst... ich verstehe es noch nicht ganz. Aber ich bin froh, dass du mir die Wahrheit sagst," murmelte er.

Maria nahm seine Hände und hielt sie fest. „Charlie, das ist unser Schicksal. Wir werden gemeinsam diese Hürden überwinden. Ich weiß, es ist schwer zu verstehen, aber du bist das Wichtigste in meinem Leben. Du und unser Kind."

Charlie spürte den Schmerz in ihren Worten, aber auch die tiefe Liebe, die sie für ihn empfand. „Das ist unser Schicksal, Maria," sagte er leise und umarmte sie fest.

Maria atmete tief ein und fügte dann leise hinzu: „Ich habe bereits zwei Söhne zur Welt gebracht, die ich nie aufwachsen sah, weil sie mir genommen wurden."

„Du hast Kinder, Maria? Wo sind sie?" fragte Charlie, seine Stimme voller Besorgnis.

Maria blickte in die Ferne, ihre Augen voller Trauer. „Mein erster Sohn wurde mir vor 600 Jahren genommen. Ich war eine Sklavin auf einem Bauernhof, vergewaltigt und geschwängert. Man nahm mir meinen Sohn, und er starb lange bevor ich zurückkam. Al rettete mich damals und zeigte mir die Welt der Aeternis. Mein zweiter Sohn wurde in Mexiko geboren, aber auch er starb, bevor ich ihn richtig kennenlernen konnte."

Charlies Herz zog sich zusammen, als er den Schmerz in ihrer Stimme hörte. „Du musst so viel erlitten haben," flüsterte er.

„Es ist mein Schicksal, Charlie. Doch jetzt, mit dir und unserem Kind, fühle ich, dass alles einen Sinn hat," sagte Maria, ihre Stimme voller Entschlossenheit.

Charlie zog sie erneut in eine Umarmung, das Gewicht ihrer Worte lastete schwer auf ihm. Doch er wusste, dass er für sie da sein musste, egal was kommen würde. „Wir schaffen das, Maria. Zusammen."

Maria sah ihn an, ihre Augen leuchteten vor Hoffnung. „Ja, zusammen. Das ist alles, was zählt."

Lass uns ein Stück gehen, nur wir beide," flüsterte Maria, ein sanftes Lächeln auf den Lippen. Sie wusste, dass Charlie keine Worte brauchte, um zu verstehen.

„Gut, gehen wir zu der Scheune dort drüben," antwortete er, und sie spürte, dass seine Augen sie förmlich in ihre Richtung zogen.

Die Hühner in der Scheune hatten genug gesehen und verließen mit erhobenem Kopf das improvisierte Liebesnest. Wäre es möglich gewesen, hätten sie sicher errötend ihre Blicke abgewandt. Als letzter stolzierte der Hahn hinaus, als ob er Charlie symbolisch das Vorrecht über die Scheune als Liebesnest übergeben würde.

Noch lange lagen Maria und Charlie im duftenden Heu, die Vormittagsluft kühl und süß um sie herum. Maria konnte ihre Augen nicht von dem hölzernen Ring abwenden, den sie zärtlich an ihrem Finger drehte. „Gefällt er dir, Maria?" fragte Charlie, die Unsicherheit in seiner Stimme fast verborgen.

„Ich habe noch nie einen schöneren Ring gesehen," antwortete sie leise, ihre Stimme erfüllt von ehrlicher Freude.

„Wir können später einen aus Gold oder Platin besorgen," schlug er vor, doch sie schüttelte den Kopf.

„Nein, ich will nur diesen. Woher hast du ihn?"

Charlie zögerte, aber ihr neugieriger Blick forderte eine Antwort. „Das willst du wirklich wissen?"

„Ja, bitte, sag es mir," drängte sie sanft.

„Er gehörte meiner Exverlobten," platzte es aus ihm heraus, ein neckisches Lächeln auf den Lippen. Maria erstarrte für einen Moment, doch dann erkannte sie das Funkeln in seinen Augen.

„Nein, du Scheusal, du lügst!" rief sie und begann ihn spielerisch zu kitzeln, bis er aufgab.

„Na gut, ich erzähle es dir," sagte er lachend. „Du erinnerst dich doch an das alte Bett, in dem wir uns zum ersten Mal geliebt haben..."

„Das, das jetzt kaputt ist?" fragte sie grinsend und ihre Augen funkelten.

„Genau das," bestätigte er. „Es bestand aus einem seltenen Holz –
Sheesham, Rosenholz aus Indien. Ich habe ein Stück vom Bettfuß ab-
gesägt und daraus diesen Ring geschnitzt. Stanislaus hat mir für die
Feinarbeiten seine Werkstatt überlassen."

Maria lächelte, zog ihn zu sich und küsste ihn sanft, als ob sie ihm so
das Glück, das sie in diesem Moment fühlte, zeigen wollte.

Doch nach einer Weile brach sie den Kuss ab und sagte bedauernd:
„Es tut mir leid, wir müssen los. Die Familie erwartet uns in einer halben Stunde zum Essen, und ich würde noch gerne duschen."

„Wenn wir zusammen duschen, sparen wir die halbe Zeit," schlug er
vor, ein verschmitztes Lächeln auf den Lippen.

Sie lachte, ergriff seine Hand und zog ihn spielerisch zu sich. „Und
was willst du mit der gewonnenen Zeit vom Duschen anfangen, mein
Liebster?"

„Voller Einsatz in halber Zeit – das sind fast 200% Gewinn, meine
Liebste," entgegnete er triumphierend.

„Dann lass uns sehen, was ich aus dir noch herausholen kann, du großer Gauß," neckte sie ihn, bevor sie ihm einen weiteren Kuss auf die
Lippen drückte.

Ob die Zeit in der Scheune wie im Flug verging oder ob die beiden
Raum und Zeit völlig vergessen hatten, lässt sich nicht eindeutig sagen. Sicher ist nur, dass sie zu spät zum Mittagessen erscheinen würden.

Als sie die Scheune schließlich verließen, zog Maria den Ring noch
einmal fester an ihren Finger.

Als erster kehrte der Hahn zurück, musterte die Scheune mit einem
skeptischen Blick und gab dann ein zufriedenes Krähen von sich, bevor er seine Hühner zurückrief.

Kurz vor ein Uhr mittags betraten die beiden Verliebten wie auf einem
roten Teppich von Cannes verspätet das Speisezimmer. Die Familie
empfing sie mit einem freundlichen Murmeln, das durch den Raum

schwebte. Einige Gesichter kannte Charlie bereits, doch es schien, als wären andere eigens angereist – eine seltene Zusammenkunft, deren Bedeutung ihm entging. Ob diese Anwesenden Aeternis waren oder nicht, spielte für ihn keine Rolle. Maria indes schien jeden zu kennen, und mit einer Leichtigkeit führte sie belanglose Gespräche, die wie beiläufig einen Hauch gemeinsamer Erinnerungen streiften. Die Antworten kamen ebenso flüchtig, als wären sie nur ein Teil eines endlosen Spiels aus Andeutungen und geheimen Blicken.

Charlie bemerkte, dass Namen hier keine Rolle spielten. Maria begann jede Begrüßung mit einem einfachen „Hallo", ohne die Förmlichkeit eines Händedrucks.

„Hallo, noch immer im Aktiengeschäft tätig?" fragte Maria mit einem schelmischen Lächeln.

„Seit Waterloo, wie du weißt, und das Ergebnis bleibt unverändert," antwortete ein Mann von beeindruckendem Alter, dessen Unsterblichkeit sich in seinen Augen widerspiegelte.

„Der Ausgang der Schlacht bei Waterloo war entscheidend für den Weizenhandel", flüsterte Maria ihm leise zu, während sie zum nächsten Gast überging. „Damals gab es tatsächlich Zuschauer bei der Schlacht. Heute würde man sie Gaffer nennen.", flüsterte sie Charlie ins Ohr und ihre Lippen liebkosten ihn.

„Äti Nummer eins", zählte Charlie im Kopf mit.

„Hallo, noch immer fußballverrückt?"

„Einmal Löwe, immer Löwe!", erwiderte ein Mann mittleren Alters mit einem Löwen-Konterfei als Tattoo an seinem Hals. Wenn sich beim Sprechen sein Adamsapfel bewegte, glaubte man der Löwe würde mit seiner Schnauze schnuppern. Charlie lächelte etwas mit vorgehaltener Hand.

„Kein Äti", dachte Charlie und folgte Maria weiter.

„Hallo, du bist alt geworden!", stellte Maria mit einem frechen Grinsen fest.

„Gott sei Dank! Ich gehöre ja nicht zu euch, Maria."

Charlie spürte plötzlich eine unerklärliche Sympathie für diesen alten Mann. Er reichte ihm die Hand, doch der Fremde zog weiter, ohne auf ihn einzugehen.

„Hallo, hattest du nicht mal einen Vollbart?" fragte Maria etwas voreilig.

„Seit Zar Peter nicht mehr!"

„Äti zwei," murmelte Charlie, was Maria mit einem kurzen Blick registrierte.

„Hallo, Sebastian!" Maria umarmte einen jungen Mann, dessen Gesicht vor Freude strahlte, „ und wie geht´s Goy und Ignacio? Ich vermisse die beiden hier."

„Hallo Maria, diesmal habe ich keine Äpfel für dich!" Aber er beachtete ihre Frage nicht, da er wusste, dass die beiden fortgeschickt wurden.

„Äti höchstens 2½," zählte Charlie kritisch in seinem Kopf und folgte Maria weiter.

„Hallo, hast du abgenommen... in den letzten Jahrhunderten?" scherzte sie.

„Ich bin schon lange kein Zuschneider am Hof mehr, Maria!"

„Das ist einer von uns," flüsterte Charlie Maria ins Ohr und grinste.

„Hallo Viktor, hallo Elias, ihr seid immer noch ein Paar?"

„Ja, seit der Gründung Münchens... hat sich nichts an unserer Beziehung geändert, Maria! Nur jetzt müssen sich Hetero nicht mehr verstecken."

„Das sind zwei Männer gewesen, Maria," stellte Charlie fest.

„Bei uns war Homosexualität nie ein Tabu," erklärte Maria beiläufig, stolz darauf, Charlie in diese Welt einzuführen.

„Hallo, wie geht's deinem Bonsai?" fragte plötzlich ein Gast schneller als Maria.

„Nicht gut, Yukki! Nach so vielen Jahren habe ich ihn endlich überlebt." Sie zog Charlie weiter, als ob sie ihm keine weitere Gelegenheit zum Zählen geben wollte.

„Hallo, Benedikt, pilgerst du immer noch zur Kreuz-Kirche nach Pang?"

„Natürlich, immerhin habe ich beim Bau der Rundkuppel mitgezimmert, Maria. Aber wir haben damals so gut gebaut, dass man dort keine Arbeit mehr für mich hat."

„Hallo, ewig nicht gesehen, Jack! Wie geht's deinem Bruder?"

„Ach, der ist wohl wieder auf Abenteuersuche, Maria."

„Hallo… und Hallo… und Hallo!"

Charlie fühlte sich zunehmend verloren in diesem Labyrinth aus Grüßen und Andeutungen. Die Stimmen und Gesichter vermischten sich zu einem bedeutungslosen Wirrwarr. Er lächelte höflich, hielt Augenkontakt, doch seine Gedanken drifteten ab – bis.

Merlin und Nimué traten an sie heran, und Charlies Herz setzte einen Schlag aus. Maria hatte ihn gewarnt, aber die Begegnung übertraf seine Vorstellungskraft. Merlins faltiges und borkenartiges Gesicht und die hervorquellenden Augen kamen ihm seltsam vertraut vor, als hätte er sie schon einmal in einem Albtraum gesehen.

„Das sind Nimué und Merlin!" stellte Maria die beiden ohne das übliche „Hallo" vor.

„Erschrick nicht, junger Mann," sagte Merlin mit einer Stimme, die gleichzeitig beruhigend und beunruhigend klang. „Ich sehe nur alt aus, bin aber gesünder und stärker, als du es jetzt erahnen kannst."

Charlie war sprachlos, jedweder Gedanken entleert. Er konnte einzig und allein auf Merlins Gesicht starren. Maria bemerkte diese Peinlichkeit, aber Nimué kam überraschend zu Hilfe:

„Seine Haut ist so knorrig wie die einer uralten Eiche," mischte sich Nimué ein. „Würde er im Wald stehen, könnte sich eine Wildsau an ihm reiben."

Allgemeines Gelächter brach aus, doch Merlins Lachen klang eigenartig, beinahe unecht. „Vielleicht lachen uralte Menschen eben so," dachte Charlie und umklammerte Marias Hand fester. „Charlie, sie sind heute unser Ehrengast. Willkommen!" lud Merlin ein und eröffnete das Festmahl.

Am Tisch saßen sie schließlich neben Merlin und Nimué. Es schien eine strenge Sitzordnung zu herrschen, und das Gespräch wurde von einer unsichtbaren Hierarchie gelenkt. Charlie beobachtete den alten Mann, dem er als Einzigem die Hand gegeben hatte, um zu sehen, wo er Platz nahm. Es beruhigte ihn zu wissen, dass ein Normalsterblicher mit ihm am Tisch saß. Je weiter die anderen Gäste saßen, desto weniger redeten sie, als ob nur die Worte um Merlin herum von Bedeutung wären.

Das Essen kam und die Atmosphäre lockerte sich etwas. Köstliche Tapas, Serrano-Schinken, glasierte Chorizo, Datteln im Speck, Manchego-Käse, und vieles mehr fanden ihren Weg auf den Tisch und wurden wie in einer großen Familie freundlich weitergereicht. Charlie, der diese Delikatessen liebte, kam kaum zum Essen, da er ständig in Gespräche verwickelt wurde. Die anfängliche Redeeinschränkung vermisste er allmählich. Maria versuchte, ihm beizustehen, aber die Gäste schienen erst zufrieden zu sein, wenn er selbst die Antworten gab. Der spanische Rosé, so köstlich wie trügerisch, lockerte Charlies Zunge und bald sprach er mit vollem Mund, ohne sich um Tischmanieren zu scheren. Peinlich wurde es erst, als sich herausstellte, dass der Rosé nicht aus Spanien stammte, wie Charlie felsenfest behauptet hatte. Maria stellte ein Glas Wasser neben Charlies Weinglas.

Zum Hauptgericht gab es Lamm, ein „Codero al Limón" mit Rosmarin-Kartoffeln und Bohnen, in denen sich Charlies geliebte Schinkenwürfel fanden. Natillas rundeten das Festmahl ab. Das Essen zog sich über Stunden, während Geschichten erzählt und gelacht wurde. Maria blieb dabei eher zurückhaltend und beobachtete, wie ihre große Familie Charlie immer mehr betrunken machte. Sie erinnerte sich an die Warnungen von Al vor Nimué, vermied jedoch jeden Blickkontakt mit ihr. Erst als Nimué das Architekturbüro von Charlie ansprach, wurde Maria aufmerksamer. Es schien, als hätte er zahlreiche Aufträge in Aussicht, doch noch keinen einzigen 6B-Stift in der Hand gehalten.

Merlin schwieg, während Nimué darauf bestand, Charlie solle seinen Namen ändern – in Pepe Fuente anstelle von Karl Quellmeier. „Nur ein Pseudonym", sagte sie, „aber eines, das hier verstanden und ausgesprochen werden kann." Maria verstand den Sinn dahinter nicht, doch Namen änderten sich in ihrer Welt oft und bedeuteten wenig. Dennoch spürte sie, dass mehr dahintersteckte.

Charlie, der längst vom Wein eingelullt war, stimmte zu und war von da an für alle Pepe. Nur für Maria blieb er Charlie.

Am späten Nachmittag musste Maria ihren neuen Pepe mit Hilfe von Stew ins Bett bringen.

Dinner ohne zwei

Beim Abendessen änderte sich die Szenerie dramatisch. Fast alle Aeternis waren anwesend, doch diesmal fehlten Charlie und Maria – sie schliefen tief und ahnungslos, ohne von diesem finsteren Treffen zu wissen.

Nimué saß starr und unruhig am Tisch, ihre linke Hand war von einem Handschuh bedeckt. Merlin sprach allein, umkreiste den Tisch in einem schweigsamen, fast ritualisierten Tanz. Jeder senkte den Kopf, wenn er näherkam, und es herrschte eine düstere Stille, die von einer unterschwelligen Bedrohung durchzogen war.

Plötzlich blieb Merlin stehen und begann, einzelne Personen namentlich zu begrüßen. „Friedrich, mein Freund. Stanislaus, mein Sohn. Katjuscha, meine Liebe. Jack, Sanaiya, meine Fleißige. Tina, meine schwarze Perle. Yukki, Viktor, dein Aftershave ist zu blumig. Jessy..." Er stockte und kehrte zu Jack zurück. „Ach ja, Jack. Mein... Ja, was bist du eigentlich?" Ein kaltes Lächeln umspielte seine Lippen. „Ich habe ein Geschenk für dich."

Mit einem langsamen, bedächtigen Griff zog Merlin einen angefaulten Apfel aus seiner Jackentasche und legte ihn vor Jack auf den Tisch. Jack wich zurück, seine Augen weiteten sich in blankem Entsetzen. Doch bevor er ein Wort sagen konnte, war Sanaiya über ihn hergefallen, ihre Hand blitzschnell und tödlich. Mit einem präzisen Schnitt öffnete sie seinen Hals von Ohr zu Ohr. Ein gurgelndes Röcheln drang aus Jacks Kehle, als er wie ein nutzloses Bündel zusammenbrach. Kein einziger Anwesender zeigte mehr Emotion als nötig. Katjuscha warf nur einen prüfenden Blick auf ihre Kleidung, um sicherzustellen, dass sie keinen Blutspritzer abbekommen hatte.

„Ein Schnitt, scharf und präzise, aber medium rare," kommentierte Stanislaus kühl und mit der Genugtuung eines Gourmets, der gerade ein perfekt zubereitetes Gericht gekostet hatte.

„Zu blutig für meinen Geschmack. Ich bevorzuge well done," fügte Viktor leise hinzu, während er mit einem Hauch von Ironie seinen eigenen Stil verteidigte.

Merlin, der seine Präsenz erneut geltend machte, ließ seine Stimme durch den Raum grollen. „Jack, mein Verräter. Du glaubtest wirklich, ich wüsste nicht, dass du mich mit deiner minderbemittelten Schwester hintergangen hast?"

Jack lag regungslos am Boden, seine Lebensgeister erloschen, doch Merlin sprach weiter, sicher, dass seine Worte die toten Ohren erreichten. „Du hast Alskaer und Thoraldr geholfen, meine Pläne zu durchkreuzen. Aber, du Dummkopf, mit dir als Verräter konnte ich jeden ihrer Schritte vorhersehen. Da Alskaer nun tot ist, bist du überflüssig geworden." Ein kaltes spöttisches Lachen entrang sich Merlins Kehle. „Oh, Jack, ich vergaß, du wusstest noch gar nicht, dass dein Freund tot ist. Alskaer starb nicht durch meine Hand, sondern durch das Schicksal – oder besser gesagt, durch einen Niemand. So spielt das Leben, mein treuer Verräter. Dein Tod war unvermeidlich, genauso wie der von Al."

Merlin griff nach seinem Glas Wasser und nahm einen bedächtigen Schluck, während er die Anwesenden beobachtete, ihre Reaktionen prüfte und analysierte. „Und übrigens, Jack," fuhr er fort, „deine Schwester wird jeden verdammten Cent bei mir abarbeiten, den eure lächerlichen Verbrechen mich gekostet haben. Sie ist keine von uns, also hat sie nur begrenzt Zeit. Deshalb wird sie gerade abgeholt und ins `Lady-Like´ nach Barcelona gebracht, eines meiner besten Häuser."

Merlin ließ seinen Blick erneut über die Anwesenden schweifen. „Das hier wird keine Komödie!" rief er, seine Stimme scharf wie ein Messer. „Das hier ist ernst."

Er setzte seinen langsamen, bedrohlichen Rundgang fort und sprach dabei weiter. „Sanaiya, dein Schnitt war sauber, aber wenn ich den alten Teppich, auf dem Napoleon einst die Schlacht von Waterloo plante, nicht mit einer Folie abgedeckt hätte, wäre das Blut dieses Bastards ein für alle Mal darin eingedrungen."

Einige der Anwesenden warfen flüchtige Blicke unter den Tisch, als wollten sie den Bodenbelag auf seine Unversehrtheit prüfen.

Merlin nutzte den Moment der Unruhe, um seine Stimme zu senken und die Anwesenden zu belehren, als wären sie dumme Kinder. „Ich zitiere meinen alten Freund Alexander den Großen: ‚Ich habe keine Angst vor einem Heer von Löwen, das von einem Schaf angeführt wird. Ich habe aber Angst vor einem Heer von Schafen, das von einem Löwen angeführt wird.‘ Was, glaubt ihr, will ich euch damit sagen?"

Die Stille, die folgte, war erdrückend. Niemand wagte es, die offenkundige Antwort auszusprechen. Merlin wollte ohnehin nicht unterbrochen werden.

„Ich bin der Löwe, und ihr seid die Schafe. Was ist daran so schwer zu verstehen?" Seine Stimme wurde wieder drohend. „Warum habt ihr euch nicht an meinen Plan gehalten? Was habt ihr nur für Mist gebaut? Wer hat sich dieses Spielchen mit den drei Wanderern ausgedacht? Wer hat diesen jungen Mann für tot erklärt und ihm die Beine gelähmt? Wer hat ihn glauben lassen, seine Freundinnen seien tot? Wer tötet Menschen und Aeternis, um all das zu vertuschen? Wer hat zwei Frauen betäubt und sie halb nackt zur Schau gestellt? Wer manipuliert und intrigiert hier während meiner Abwesenheit? Wer lockte mich nach Rom, um mir von Alskaers Tod zu berichten? Wer, frage ich euch? Wer?" Merlins Fragen prasselten wie ein Sturm auf die Anwesenden herab, eine Flut aus Verachtung und Wut.

Niemand wagte es, auch nur zu atmen, geschweige denn zu antworten.

„So, ihr schweigt," Merlin fuhr fort, seine Stimme scharf wie ein Dolch, „und wer zum Teufel hat Barabbas erlaubt, den Freitod zu wählen? Und wer, meine Lieben, macht Witze auf meine Kosten und vergleicht mich mit einem Schabbaum für Wildschweine?"

Er stand nun hinter Nimué, packte sie an ihrer bekleideten linken Hand. Sie krümmte sich vor Schmerz, sank unter seiner Berührung zusammen und flehte stumm um Gnade. Doch Merlin zeigte keine Regung des Mitleids.

„Kennst du die Antwort, Stanislaus?" schrie er plötzlich, seine Aufmerksamkeit auf einen anderen lenkend.

„Ja!" bellte Stanislaus zurück, seine Stimme fest. „Gib mir den Handschuh!"

„Du willst mit Nimué tauschen?" Merlin trat näher, seine Augen bohrten sich in Stanislaus.

„Du willst ihre Fehler korrigieren?" fragte er erneut, lauernd.

Stanislaus streckte entschlossen seine linke Hand aus. Merlin zögerte kurz, dann zog er Nimué den Handschuh ab und ging mit finsterer Miene auf Stanislaus zu. Nimué sackte leise wimmernd zu Boden, doch Merlin würdigte sie keines Blickes.

Friedrich und Secunda erhoben sich ebenfalls, bereit, Stanislaus beizustehen, doch ihre Blicke blieben gesenkt, keine Hand wurde ausgestreckt.

„Der Mut von Maria und den alten Mayas steckt in dir, mein Sohn. Auch in dir, Friedrich, lebt der Geist deutscher Tugenden. Aber was nützt mir euer Mut, eure Loyalität, wenn ihr unser Zuhause verratet und aufs Spiel setzt? Wenn wir diesen Ort preisgeben, sind wir verloren. Es gibt dann keinen Ort mehr auf dieser Welt, an dem wir sicher wären." Merlins Stimme war jetzt sanfter, aber nicht weniger bedrohlich. „Alles das für einen dummen Jungen, der Maria schwängern soll?

Ist es das wert, Stanislaus, bevor ich dir den Handschuh überziehe und du vor lauter Schmerzen keine Antwort mehr geben kannst?"

Tina stand plötzlich auf und deutete an, dass sie sprechen wollte.

„Ah, Tina!" Merlin wandte sich ihr zu, seine Augen funkelten vor Zorn. „Du bist doch Schmerzen gewohnt, nicht wahr? Rede oder schweige, bevor du meinen Handschuh spürst."

„Charlie... Pepe... ist Alskaers Sohn. Das hat der Test ergeben. Es ist ein Wunder!"

Merlin trat dicht an sie heran. „Streck deinen Arm aus!"

Zitternd tat Tina, was er verlangte, ihr Kopf war stolz erhoben, aber ihr Gesicht zeigte die Angst. Ihre Lippen zitterten in Erwartung Schmerz zu empfangen.

„Und du Närrin, glaubst, ich wüsste das nicht längst?" Merlins Stimme war eisig. Tina senkte den Kopf, ihre letzte Hoffnung auf Gnade erloschen.

„Und all der Aufwand nur für ein Versuchskaninchen, das sich in einen Werwolf verwandeln könnte? Es hätte einfachere und weniger gefährliche Methoden gegeben, um an Alskaers Sohn und seine Gene zu kommen, meine liebe Tina. Ihr hättet mich fragen können!"

Er legte eine Hand auf ihren Bauch. „Es wird Zeit, dass du dir einen Erzeuger suchst. Wenn ich zurückkomme, will ich hier einen farbigen Aeterni sehen. Den Handschuh erspare ich dir diesmal." Tina nickte stumm.

Merlin ging weiter, seine Schritte schwer und bedrohlich. „Ich hoffe und vertraue darauf," seine Stimme war jetzt fast sanft, „dass euch die Lage klar ist. Bei der geringsten Gefahr durch diesen Architekten muss er verschwinden. In diesem Punkt gibt es keine Alternative. Ist das klar?"

„Ja," kam die Antwort von den Stehenden und einigen der Sitzenden. Nimué, die noch immer auf dem Boden lag, gab keinen Laut von sich.

„Ihr könnt jetzt gehen. Ich kümmere mich um Nimué," befahl Merlin, seine Stimme trocken und emotionslos.

Friedrich warf einen letzten Blick auf Nimué, bevor er sich abwandte. „Gibt es noch etwas, Friedrich?" fragte Merlin, seine Augen bohrten sich in den Rücken seines alten Vertrauten.

Als die Tür hinter den letzten zu gegangen war, setzte sich Merlin auf den Stuhl neben der immer noch am Boden liegenden Nimué. Er ließ sich Zeit, sein Blick schien sie durchdringen zu wollen. Schließlich fragte er mit gespieltem Lächeln: „Bist du eingeschlafen?"

„Beinahe! Ich dachte schon, du hörst nie mehr auf zu reden," antwortete Nimué spöttisch und erhob sich langsam. „Dein Auftritt war brillant, sie fürchten deinen Handschuh immer noch."

„Du warst auch überzeugend, aber ein bisschen mehr Jammern hätte dir gutgetan. Meinetwegen!"

„Oh, ich weiß doch, wie sehr du das magst, du alter Borkenkäfer," konterte sie, ihre Stimme süßlich und einladend. „Heute Nacht, wenn wir allein sind, könnte ich extra wehmütig für dich winseln, mein großer Myrddin."

Merlin grinste schief, seine Augen blitzten kalt. „Du hättest wirklich geschrien, hätte ich dir den richtigen Handschuh mit dem richtigen Gift angelegt, Nimué. Trag die nächsten Tage einen Verband, damit unser Schauspiel auch nachwirkt."

Ihre Blicke trafen sich und sie grinsten einander sadistisch an. Dann leckte Nimué langsam über seine krustigen Wangen, ihre Zunge in jeden Winkel seiner Furchen eintauchend. Merlin schloss die Augen und ließ sie gewähren, seine Stimme wurde weich und genussvoll: „Ich habe ihnen ein schlechtes Gewissen gemacht und sie damit noch fester an uns gebunden. Alles läuft nach Plan, wie ich es mir vorstelle. Jahrhundertelange Vorbereitungen tragen nun Früchte, die wir ernten müssen."

„Es wird nichts mehr schiefgehen, Merlin," versicherte Nimué leise.

„Wir wissen jetzt, wer zu uns steht – Steini und Friedrich, Secunda und Prima, Marcos und Tina sind fast hundertprozentig auf unserer

Seite. Der Rest ist unzuverlässig. Wir sollten sie loswerden und ersetzen!" Merlins Stimme war kalt und berechnend.

„Das würde auffallen, Merlin! Barabbas' Freitod war schon schwer genug zu erklären."

„Barabbas war gegen unser Experiment, er musste weg. Niemand redet mehr von ihm, und die anderen wird auch keiner vermissen. Ihre Familie sind wir! Sie sind nirgendwo registriert. Ich hasse es, von Erfüllungsgehilfen, Weichlingen und Speichelleckern umgeben zu sein. Damals bei der Französischen Revolution konnten wir dieses dekadente Pack von Aeternis einfach und schnell loswerden. Ich gab ihnen Reichtum, Ruhm und Ehre, aber sie wurden faul und fett und verweigerten mir ihren Gehorsam. Ich genoss den Moment, als das Fallbeil zischte. Weißt du noch, wie der fette Armant unter der Guillotine schrie. Ich machte ihn zum Hauptmann der Musketiere, aber er fraß sich nur voll und verweigerte mir seinen Dienst. Nur Alskear, dieser Kretin, wollte sie alle retten."

„Du kannst nicht alle beseitigen. Wir wissen aber erst in 21 Jahren, ob das Experiment erfolgreich ist oder nicht, Merlin," warf Nimué vorsichtig ein.

„Ich hasse es, wenn du in dieser menschlichen Zeit sprichst. Jahre gibt es für mich nicht. Nur die Zeit der Sterne zählt – für mich ist es Sternzeit sechshunderteinundvierzig-punkt-null-acht-drei!"

„Solange es mehr Menschen als Aeternis gibt, müssen wir ihre Zeitrechnung akzeptieren, Liebster," beruhigte sie ihn.

„Eine Zeitrechnung, die sich nach einem jüdischen Wanderprediger richtet." Er spie die Worte aus, als wären sie faul.

„Du hast es damals versucht …"

„Versucht?" unterbrach er sie scharf. „Ich habe diesem Dummkopf Beda Venerabilis erklärt, dass er falsch liegt. Alle lagen sie falsch! In seinem Kloster datierte Beda alles auf die Geburt dieses Christus… und dabei, meine Liebe, gibt es nicht mal das Jahr Null in seiner Berechnung. Keiner dieser törichten Menschen kannte die Null als Zahl.

Weder die Mayas, Griechen noch Römer hatten ein Zeichen für die Null. Nur den Indern konnte ich die Notwendigkeit der Null erklären. In ihrem beschränkten Horizont malten sie einen leeren Kreis und erklärten ihn zur Gottheit des Nichts. Wie einfältig!"

„Immerhin, Merlin!"

„Versuch nicht, meine Bemühungen, den Menschen zu helfen, ins Lächerliche zu ziehen, Nimué."

„Merlin, bitte! Die Zeit ist auf unserer Seite!" versuchte sie ihn zu beschwichtigen, doch sie wusste, dass sie ein gefährliches Thema angesprochen hatte.

„Es dauerte bis ins 13. Jahrhundert nach der Geburt dieses Christus, bis Leonardo von Pisa die Null anerkannte, und…" Merlin lachte laut und bitter. „… und weitere 400 Jahre, bis ein Rechenmeister namens Adam Ries allen Menschen die Null verständlich machen konnte. Aber ohne die Null kann NIEMAND, wirklich NIEMAND, meine Sternzeit verstehen."

„Ich weiß, Merlin! Aber du hast viel Wissen in den Menschen gesät und wirst ihren Dank ernten können."

„Dank sagst du, Nimué? Jetzt, wo sie ihre Computer haben, brauchen sie meine Null. Aber wo ist ihr Dank, ihre Anerkennung oder ihre Erkenntnis, dass ich es war, der sie vor langer Zeit das alles hätte lehren können?"

„Dein Ziel ist nah, Merlin! In Sternzeit sechshundertsiebenundvierzig-punkt-sieben-sieben-null wird dein Plan mit Marias Kindern wahr."

Merlin schmunzelte, erfreut darüber, dass sie sich mit ihm in seiner Zeitrechnung bewegte. „Nimué, das werden die längsten 21 Erdenjahre meines Lebens sein, treueste meiner Gefährtinnen. Ich hoffe, es erzürnt dich nicht, aber in den vergangenen Jahrtausenden habe ich sicher mit Tausenden von Frauen Nachkommen gezeugt, um meine Dynastie zu erschaffen. Viele sind nutzlos, aber die von Maria, James, Schlomo und Alskear sind besonders wertvoll. Doch Al ist tot, und Thoraldr versteckt sich zu gut."

Nimué beobachtete ihn aufmerksam, spürte, dass ihn noch etwas beschäftigte. „Du bist dir sicher, Nimué, dass Al tot ist?"

Sie nickte mit einem Lächeln, aber Merlin hackte das Thema ab. „Die Mission mit Dr. Sola war eine Chance, die jedoch gescheitert ist. Er war talentiert, aber ein Psychopath. Jetzt ist alles verloren! Die Klinik, alles!"

Merlin seufzte und fuhr fort: „Maria darf nichts geschehen. Ist dir aufgefallen, dass sie nicht altert? Sie ist besonders. Sie hat meine Gene. Ich brauche sie. Sie ist der Schlüssel zu meinem Erfolg, zu meiner Genesung."

Nimué fühlte sich kurz benachteiligt, aber sie wusste, wie man mit unsichtbaren Waffen kämpfte. „Und dann musst du an das Blut und die Haut von Marias Kindern herankommen. Freiwillig wird sie es dir nicht geben."

„Lass das nur meine Sorge sein. Der Architekt soll Maria so oft schwängern, wie möglich. Aber sollte etwas schiefgehen, Nimué, dann ist mein Handschuh das kleinste deiner Probleme. Verstehen wir uns?"

„Gut, Liebster. Was soll ich mit Jacks Leiche machen?"

„Entsorge ihn und verarbeite ihn zu Dünger. Die letzten 200 Jahre hat er uns nur geschadet."

„Warum eigentlich der faule Apfel, Merlin? Sehr theatralisch!"

Merlin schmunzelte genussvoll und schwieg.

„Kann ich weiter so verfahren wie bisher?" fragte Nimué, ihre Stimme ein wenig unsicher.

„Ja, es läuft gut. Ich reise morgen wieder ab, meine Geliebte."

Nimué lächelte, summte ein Melodie und tänzelte feengleich umher. Das Kleid schwebt wie ein Hauch von Sommerluft über den Körper, gefertigt aus zartem, fast durchscheinendem Weiß, das an frische Blütenblätter erinnert. Der Stoff, leicht und fließend, bewegt sich sanft mit jeder Brise und verleiht dem Trägerinnen ein Gefühl von

Unbeschwertheit und Eleganz. Die Spitzenborte am Saum des Kleides fügt eine romantische Note hinzu und betont die Anmut jedes Schrittes.

Das Oberteil des Kleides ist filigran gearbeitet, mit einem tiefen V-Ausschnitt, der sanft die Schultern umspielt und einen Hauch von Dekolleté zeigt. Der transparente Stoff lässt erahnen, ohne zu viel preiszugeben, und wird durch feine, schwarze Stickereien verziert, die wie zarte Ranken über das Oberteil schlängelten.

Die schwarze Taillierung, die sich elegant um die Hüfte schmiegt, regte Männerträume an. Ein schmaler Gürtel aus Satin in tiefem Schwarz betont die Taille und schafft eine schmeichelhafte Silhouette, die das Kleid in einen femininen Schnitt verwandelt. Merlin fing sie ein wie den Hauch eines Windes und streichelte über ihren Körper, prüfend, wie ein Sammler, der den Wert eines Schatzes schätzt. „Du bist auch nach fast 2000 Jahren immer noch begehrenswert. Aber du zitterst ja." Er öffnete die Knöpfe ihres Kleides. Nimué lächelte, doch innerlich spürte sie die Distanz. „Ich zittere vor Glück, Merlin."
Sie spürte, in seinem Kopf aber hallte nur ein Name wider: Maria.

Sie spürte die Distanz zwischen ihnen, eine Kluft, die sich in den letzten Jahren geöffnet hatte. Sie hatte alles für diesen Mann getan, hatte ihr Leben ihm gewidmet. Aber sie spürte, dass ihre Macht über ihn schwand. Ihre Reize konnten ihn nicht mehr erreichen. Seine Augen glitten über ihren Körper, aber sie sahen nicht sie – sie verglichen, sie bewerteten, und sie wusste, dass er an eine andere dachte.
„Kann ich dir meine Mission vertrauensvoll in deine Hände legen?", unterbrach er ihre Gedanken mit einer Frage, die zugleich eine Warnung war.
„Ja, natürlich, Merlin", antwortete sie sachlich, versuchte, ihre Unsicherheit zu verbergen. Sie begann sich anzukleiden, als er sie sanft, fast schnurrend, davon abhielt. „Du vertraust Friedrich und Stanislaus sehr viel. Wir wissen, wer ihre Mutter ist."

Das Läuten seines Handys durchbrach die Spannung im Raum. Merlin sprach in einer Sprache, die sie nicht verstand, eine uralter Dialekt, den nur er und eine Handvoll anderer Menschen beherrschten. Nimué hasste es, ausgeschlossen zu sein, hasste es, wenn er Dinge tat, die sie nicht verstehen durfte. Sie griff nach einem Glas Wein, leerte es in einem Zug und öffnete sofort eine weitere Flasche.

„Friedrich und Stanislaus; egal wer ihre leibliche Mutter war", dachte sie bitter, „ich war ihre richtige Mutter all die Jahrhunderte." Sie hasste es, wie Merlin über diese Magd sprach, wie er ihre Lieblinge abwertete. Sie hatte ihre Nächte damit verbracht, sich um sie zu kümmern, hatte ihnen beigestanden, wenn sie …nicht… krank waren, hatte ihre Bettlaken gewechselt und ihre ersten Alpträume getröstet. Jetzt musste sie zusehen, wie sie sich in Männer verwandelten, die sich ihrer Macht nicht mehr bewusst waren, die nicht mehr nachdachten, sondern nur taten, was man ihnen sagte.

Merlin beendete das Gespräch und trat zu ihr. „Wo waren wir, Nimué?"

„Keine Ahnung", sagte sie mit schwerer Zunge, der Wein hatte ihre Sinne benebelt. „Ich darf ja dein Pyramidengequatsche nicht verstehen."

„Pharaonensprache, Liebste", korrigierte er sie und seine Stimme war so kalt wie immer. „Es ist besser, du verstehst sie nicht – ich müsste dich sonst töten. Aber deiner Prima geht es gut."

Nimué drehte ihm den Rücken zu, ihr Magen rebellierte gegen den Alkohol und die Nachricht über Prima ließ ihr Inneres beben. Sie hielt ihre Hand vor den Mund, kämpfte gegen das aufsteigende Gefühl der Übelkeit. Merlin trat näher an sie heran, und sie spürte seine kalte Präsenz direkt hinter sich. Er drückte sie auf den Tisch, nahm einen Kugelschreiber aus seiner Tasche und begann auf ihr Schulterblatt zu schreiben. „Beug dich über den Tisch, ich schreibe dir eine Nachricht. Kannst du die Schrift spüren und lesen, Liebling?"

„In welcher Sprache schreibst du?", fragte sie, während sie sich bemühte, ihre Übelkeit zu unterdrücken.

„Lateinische Buchstaben natürlich, liebste Nimué. A, B, C, die Katze liegt im Schnee."

„Es ist kein Wort aus deiner Pyramidensprache, Merlin."

Er lachte leise. „Du weißt, es gibt nur fünf Menschen außer mir, die diese Sprache beherrschen dürfen."

Nimué schluckte den aufsteigenden Wein hinunter, während Merlin weiter kritzelte und ritzte. Es tat ihr weh. „Um dich zu beruhigen, liebste Nimué", sagte er mit einem Hauch von Belustigung, „es war nur Ramon aus Brasilien am Telefon. Er hat mein Paket heute abgeschickt."

„Das ‚Nur' hat oft große Auswirkungen bei ihm", dachte Nimué und versuchte, ruhig zu bleiben. Sie drehte sich wieder zu ihm um, ihre Stimme war kalt und berechnend. „Prima ist in Brasilien, nicht wahr?"

„Was machst du mit meinem Mädchen?", fragte sie sich mit lauter Kopfstimme.

Merlin sah sie an, seine Augen funkelten, und für einen Moment war sie sich nicht sicher, ob er sie nicht einfach töten würde. Dann lächelte er und ihre Augen trafen sich in einem stillen Duell.

„Schreib es mir unter meinen Bauchnabel", befahl sie ihm, die Beine leicht geöffnet, „wo meine Tochter jetzt ist."

Merlin war sichtlich überrascht und sie hatte seine Aufmerksamkeit wiedergewonnen. Sie pflückte ein Minzblatt vom Tischgesteck und kaute es, während sie ihn beobachtete. Sie kannte diesen Blick, er war wieder süchtig nach ihr, hungrig, fast wie damals. Sie öffnete ihm seine Hose.

„Mal schauen, ob wir reichlich Tinte im Füller haben", sagte sie lasziv. Merlin schloss seine Augen, ließ sich von der Welle der Lust mitreißen, doch in seinem Geist erschien das Bild einer anderen Frau. Maria. Sie tanzte für ihn und eine Kraft, die in ihm aufstieg, war überwältigend.

Als Nimué wieder in seine Augen blickte, sah sie, dass er glücklich war.

„Danke", flüsterte er sanft, völlig entspannt.

„Was?", schrie sie brüllend in ihrem Kopf und drehte sich weg.

Merlin ging ein paar Schritte zurück, atmete tief ein und lachte leise, als er raunzte: „Ich bin hier, um die Welt zu retten, und du erweist mir diese kleine Gefälligkeit, Nimué."

Das Wort „Gefälligkeit" schnitt wie ein Messer durch Nimués Stolz, und sie hätte ihm am liebsten das Gesicht zerkratzt. Doch für Prima schluckte sie ihren Zorn hinunter. Niemand außer ihm hätte diese Arroganz überlebt, aber für ihre Tochter ertrug sie sogar diese Erniedrigung.

„Bist du also am Ziel angekommen, die gesamte Menschheit und die Welt zu beherrschen, mein Geliebter?" fragte sie taktierend, dabei bettelnd um sein Wohlwollen.

Merlin schüttelte den Kopf, seine Stimme triefte vor Spott. „Nein, Nimué, du Dummerchen! Die ganze Menschheit oder die Welt zu beherrschen ist töricht. Das dachten nur Idioten wie Cäsar, Attila, Hitler und die anderen. Mein Ziel ist es, die Welt zu retten – und dafür werde ich nur die halbe Welt zerstören. Den Rest regiere ich dann von meinem geliebten Amerika aus. Das ist realistischer."

„Wirst du also Europa zerstören? Auch unser Dorf?" Nimués Frage hätte jeden anderen den Tod gekostet, doch Merlin wandte sich einfach ab, um sein Missfallen zu verbergen. Ihre Sorge um das Dorf und ihre Zweifel an seiner Mission, die Welt vor der Menschheit zu retten, erzürnten ihn. „Sie sorgt sich um ihr kleines, unwichtiges Dorf", dachte er wütend. „Und sie hat Zweifel an meiner Mission. Der Mensch produziert zu viel Müll, CO_2 und Umweltschäden. Ein Kollaps ist unvermeidlich. Die Welt muss zurück in die Antike versetzt werden – in eine Zeit, die mit der Natur im Einklang steht."

„Merlin! Liebster!" rief Nimué und riss ihn aus seinen Gedanken. „Alles läuft nach Plan, aber wir müssen..."

„Jeder Satz, der ein ‚Aber‘ enthält, ist nutzlos", unterbrach er sie scharf. „Weil er alles infrage stellt, was davorstand."

„Wirst du uns rechtzeitig warnen?" fragte sie besorgt und spürte, wie sein Missfallen sich vertiefte. Es erzürnte ihn, dass solche unwichtigen Gedanken in ihrem Kopf existierten. „Nimué hält mich für einfältig", dachte er verärgert. „Glaubt sie wirklich, sie kann ihre Prima oder ihr Dorf so einfach retten? Denkt in so kleinen Welten?"

Nimué verlor ihre Beherrschung und fauchte: „Es dreht sich alles nur um diese Schlampe Maria und ihre ungeborenen Bastarde!"

Merlins Hand verkrampfte sich zu einer knorrigen Klaue, und Nimué wich instinktiv zurück. Sie erkannte, dass ihre Worte falsch und gefährlich waren. Merlin konnte keine ganze Faust machen, weil seine Haut zu rissig war, aber die Gefahr, die von ihm ausging, war spürbar. Doch in seinem Zorn erkannte er auch die Wahrheit in ihren Worten. Ihre Ehrlichkeit war wie ein Messer, das durch die dicken Schichten ihrer Lügen schnitt.

„War Prima wirklich so wichtig für sie?" fragte er sich innerlich. „Denkt sie in so kleinen Dimensionen, dass ein einziges Leben für sie von Bedeutung ist?"

Ohne ein weiteres Wort drehte Merlin ihr den Rücken zu. Prima war nicht vorgesehen in seinen Plänen. Er ging an dem reglosen Chinesen vorbei, der die ganze Zeit im Raum gewesen war und stets bereit, Merlin zu schützen. Der Chinese griff in seine Brusttasche, legte Geldscheine auf das Sideboard neben der Tür und folgte Merlin schweigend aus dem Raum.

Nimué packte den Topf mit Minze und warf ihn beinahe gegen die Tür. Doch sie hielt sich zurück, um Merlin nicht noch mehr Oberwasser zu geben. Er zerbrach scheppernd am Boden. Sie nahm einen Schluck Wein direkt aus der Flasche, gurgelte, spuckte ihn auf den Teppich und ging zum Spiegel. Sie streckte ihren beschriebenen Schulter zum Spiegel und versuchte verzweifelt, die Nachricht zu entziffern, die Merlin hinterlassen hatte. Doch das spiegelverkehrte Gekrakel zu lesen gelang ihr nicht. Ihr Sommerkleid glitt nach unten.

Plötzlich trat Friedrich mit der Müller-Tochter ins Zimmer. „Tanzt du nackt vorm Spiegel, Mutter?" stellte er fest, während das Mädchen nur stumm stehen blieb. „Hast du eine Zecke?"

„Merlin hat mir meine Schulter bekritzelt, um mir zu sagen, wo Prima ist", erklärte Nimué kalt. „Komm her und lies es mir vor, Friedrich!"

Friedrich trat näher, doch seine Verlegenheit war spürbar. „Könntest du dich bitte bücken, damit ich alle Buchstaben lesen kann, Mutter?"

„Bist du verrückt?" fauchte sie. „Geh zur Seite und bring mir die Müllerin! Warum hast du sie überhaupt hergebracht?"

Das Mädchen trat vorsichtig näher, als ob Nimués Hintern sie beißen könnte. Nimué beugte sich ein wenig vor, und das Mädchen las monoton: „Ohne Maria … bist du am … Moment, diese Buchstaben kann ich nicht... Ist das eine Pfeil?"

„Lass es, du dumme Göre!" schnappte Nimué. „Ich kann mir denken, was er geschrieben hat." Ihre Geduld war am Ende, und Friedrich, der unüberlegt fragte: „Warum liegt hier Geld? 200 Euro!"

Nimués Zorn brach aus. Sie schrie auf, kickte mit dem Fuß ihr Sommerkleid durch die Luft und verpasste dem Mädchen eine Ohrfeige. „Wohin hat er Prima gebracht? Ich drehe durch, wenn ich nicht weiß, wo sie ist. Er hat mich erniedrigt und Scherze mit mir getrieben. Ist Merlin plötzlich verrückt?"

Friedrich lachte nervös. „Lass ihn doch, und zieh dir was an!"

Nimué drehte sich um und verpasste dem Mädchen einen Boxschlag in den Bauch, sodass sie zu Boden ging. „Ich verbrenne! Ich drehe durch, wenn ich nicht weiß, wo sie ist. Einer von euch wird dafür büßen!"

„Rom", sagte das Mädchen plötzlich mit schmerzverzerrter Stimme.

„Woher weißt du das?" fragte Nimué schreiend und hysterisch.

„Der Herr Merlin hat es mir gesagt, Herrin."

„Wann und warum? Sprich, oder ich reiße dir den Mund auf!" schrie Nimué.

„Lass das Mädchen reden, Mutter! Sonst erfahren wir nichts von ihr."

„Der Herr war bei mir..." begann die Müllerin, doch Nimué schnitt ihr das Wort ab.

„Er hätte seine Wut an dir auslassen sollen, Müllerin. Warum meine Prima, mein armes Mädchen?" Nimué zog ihren seidenen Morgenmantel an, doch ihre Bewegungen waren hektisch. Sie schlüpfte mit beiden Armen in ein Ärmelloch und taumelte tänzelnd umher. Friedrich lachte.

„Der Herr war bei mir", wiederholte die Müllerin, „und ich musste ihm die Schuhe ausziehen. Er hat..."

„Red schneller! Was hat er mit dir getan, du Schlampe? Wo sind deine blauen Flecken?"

„Mutter!" ermahnte Friedrich, der die Geschichte nun auch hören wollte.

„Er hat oft schmerzende Füße, und ich pflege sie für ihn. Er kommt immer zu mir. Es tut ihm gut! Der Herr ist nett!", berichtete die Müllerin schlicht.

„Nett? Merlin? Du wagst es, ihn ohne meine Zustimmung zu pflegen?" schrie Nimué außer sich und holte zum nächsten Fußtritt aus, als sie plötzlich eine Bedrohung spürte und innehielt.

Der Schatten des riesigen Chinesen fiel von der geöffneten Tür in den Raum, und Nimué wusste, dass Merlin nicht weit sein konnte. Die Blicke des Chinesen ließ Nimué zurückweichen und die Müllerin stand auf und folgte ihm.

Nimué und Friedrich blickten ängstlich zur Tür, doch Merlin erschien nicht. Die Tür schloss sich leise, und Friedrich murmelte: „Warum hast du sie nicht ausreden lassen, Mutter? Jetzt wissen wir nicht, wo sie in Rom ist."

„Wo könnte sie schon sein, Friedrich?" fragte Nimué zynisch.

Seine Antwort war gnadenlos und traf Nimué wie ein Schlag ins Gesicht: „Im Puff."

Maria lag reglos neben dem schlafenden Charlie, der tief in seinem alkoholbedingten Schlaf versunken war. Seine ruhigen Atemzüge kontrastierten stark mit dem Wirbelsturm aus Gedanken, der in ihrem Kopf tobte. „Ich muss unbedingt Al erreichen", dachte sie entschlossen, während sie in die Dunkelheit starrte. Irgendetwas stimmte nicht. Das Verhalten der Familie beim Mittagessen war eine perfekte Inszenierung, aber Maria spürte, dass darunter eine düstere Wahrheit lauerte.

Selbst der alte Bürgermeister, der normalerweise nur dann lächelte, wenn er jemanden zuvor erniedrigt hatte, war ungewöhnlich freundlich gewesen. Er hatte Charlie die Hand geschüttelt und dabei ein Lächeln aufgesetzt, das Maria kalt den Rücken hinunterlief. Der Mann, der seit über 50 Jahren als Bürgermeister das Dorf regierte, spritzte sich täglich heilendes Aeterni-Blut, obwohl er kerngesund war. „Was hat das alles zu bedeuten?" fragte sich Maria, während sie versuchte, die Puzzleteile zusammenzusetzen.

Ihr Blick wanderte zum Fenster, und sie schätzte die Tageszeit ab. Draußen war es bereits dunkel, die Nacht hatte das Dorf in eine unheimliche Stille gehüllt. Doch Maria wusste, dass diese Stille trügerisch war. Unter der Oberfläche brodelten Geheimnisse, die sie um jeden Preis enthüllen musste.

„Keiner unserer Freunde hatte heute Informationen über Al", ging es ihr durch den Kopf. Sie überprüfte gedanklich die Aussagen ihrer Verbündeten: Sebastian hatte keine Äpfel erhalten, also hatte er Al nicht gesehen. In München hatte sich Al weder bei Viktor noch bei Elias gemeldet. Yukki war ebenfalls ahnungslos, und Benedikt hatte Al nicht im Kirchenversteck gefunden. Selbst Jack hatte keine Nachrichten von Thoraldr. Wo könnte Al nur sein? Versteckte er sich an einem Ort, den Maria nicht kannte?

Charlies Weinfahne, die sie wie eine Wolke aus abgestandenem Zigarrenrauch traf, erinnerte Maria daran, wie isoliert sie sich fühlte. „Vielleicht kann ich Als Bruder erreichen", überlegte sie. „Aber dazu muss ich erst das Vertrauen der Familie gewinnen." Mit den heutigen Technologien, Internet und sozialen Medien könnte sie jeden auf der Welt finden, selbst wenn es gefährlich war. Wenn Charlie erst sein Büro im Dorf hatte, würde sie besseren Zugang zu Informationen haben.

Doch das Dorf ließ sie nicht los, nicht wirklich. Maria wusste, dass sie hier gefangen war, aber vielleicht konnte sie Als Bruder dazu bringen, zu ihr zu kommen. Sie würde das Spiel der Familie mitspielen, auch wenn sie die Regeln und das Ziel noch nicht kannte. „Charlie darf ich nicht einweihen – zu riskant", entschied sie. Aber Al hatte ihr viel beigebracht: Geduld, das Warten auf die Schwächen des Gegners, und den richtigen Moment, um zuzuschlagen.

Maria schmiedete Pläne, während ihr Blick ziellos zum Fenster wanderte. Eine einsame Fliege krabbelte über ihr Kopfkissen, bevor sie summend zum Vorhang flog. Marias Augen folgten dem Insekt, bis ihr Blick ein verlassenes Spinnennetz in der Ecke des Zimmers einfing. Das Netz war verwahrlost, unbewohnt – ein Sinnbild für eine vergebliche Jagd.

„Keine Angst, kleine Fliege", flüsterte sie in Gedanken, „hier droht dir keine Gefahr." Sie schloss die Augen, ließ die Gedanken los und griff mechanisch nach einem Pfefferminzblatt vom Strauch auf ihrem Nachttisch, was sie langsam kaute. In der stillen Dunkelheit, während Charlie neben ihr schlief, sammelte Maria die Kraft, die sie bald brauchen würde.

7¼ Jahre später

Pepe, wie alle außer Maria ihn nannten, saß in seinem Architekturbüro und ließ den Blick durch den Raum schweifen. Sein eigentlicher Name, Charlie, war den Spaniern zu fremd, und so hatte sich der

Spitzname schnell durchgesetzt. In Gedanken erinnerte er sich an seine Zeit als Student, als er in einem kleinen Planungsbüro bei Wasserburg gearbeitet hatte. Damals war sein Chef von allen „Hadschi" genannt worden, weil er gerne Karl May Bücher las. Sein Lieblingsbuch war ´Durch Wüste und Harem´, weil er ein Original besaß. Spitznamen hatten eben ihre eigene Logik. Ein Freund aus Jugendtagen hatte sogar den Namen seines Hundes „Rex" übernommen und ihn bis heute behalten. Warum also sollte er sich über „Pepe" ärgern?

Er schaute auf die gefaltete Tageszeitung, die auf seinem Tisch lag, und runzelte die Stirn. „Schon wieder so dünn", dachte er abfällig. Als er plötzlich niesen musste, verschmierte er die Schlagzeile über Plastikmüll im Mittelmeer. „Verdammt!" rief er ärgerlich. Obwohl sich sein Spanisch in den letzten Jahren verbessert hatte, blieb das Lesen der Zeitung für ihn eine Herausforderung. Gedankenverloren überflog er die Schlagzeilen, las sie gedanklich auf Deutsch, ohne sich weiter damit zu befassen: „Montag, 20. April 2020: US-Präsident steht vor Grand Jury – Waldbrände in… – Globales Bienensterben – Kein Austragungsort für die Fußball-WM '22…"

Plötzlich blieb sein Blick hängen. „Vesuv? Was ist mit dem Vesuv?" Unruhig setzte er sich an seinen PC, doch das Internet lieferte keine aktuellen Nachrichten. Nur auf Wikipedia fand er den Hinweis, dass der Vesuv im Golf von Neapel liegt. „Was ist los mit dem alten Vesuv?" fragte er sich angespannt. Ein Jahr lang hatte ununterbrochen Lava aus einem Nebenkrater Richtung Mittelmeer geflossen. Portici, eine Stadt mit über 50.000 Einwohnern, war bis zur Hälfte abgebrannt. Giftige Dämpfe hatten Mensch und Tier bedroht. Warum hörte man nichts mehr darüber?

Frustriert schaltete er den Bildschirm aus und lehnte sich zurück. Sein Blick wanderte erneut durch den Raum, der ihm ein Gefühl von Zufriedenheit gab. Er liebte dieses Büro, das er aus einem 200 Jahre alten Ziegenstall gemacht hatte. Die Wände waren teils unverputzt, die Stahlträger rostig und original, und selbst die alte Bodenrinne hatte er nicht verschlossen, obwohl Maria immer wieder darüber stolperte. Der Raum hatte fast 30 Jahre leer gestanden und trug noch immer den Geruch von Ziegenkäse in sich, der für Charlie zur Harmonie des Ortes gehörte. Nimué mied sein Büro, was ihn und Maria nicht sonderlich störte. Maria nannte den Geruch Hexenabwehr. Einzig die modernen Bildschirme und das Klicken der Computermäuse störten diese Ruhe – Mäuse, die man heute „PC-Schlitten" nannte. Vieles änderte sich, und Charlie konnte sich des Eindrucks nicht erwehren, dass diese Veränderungen kein Ende nehmen würden.

Seine zwei Mitarbeiter, Leon und Chung-Lee, arbeiteten fleißig an ihren Computern. Leon, der im Dorf aufgewachsen war, gehörte fast zur Familie. Nimué hatte ihn als Baby aus einem Waisenhaus geholt und wie ihren eigenen Sohn großgezogen. Chung-Lee, die in Rom studiert hatte, war vor drei Jahren auf dem Jakobsweg ins Dorf gekommen und geblieben, weil sie hier ihr Ziel gefunden hatte. Sie stammte aus der Gegend von Sechuan und war eine PC-Spezialistin. In ihren Venen ließen Datenströme statt Blut. Charlie selbst zog es vor, mit seinem 6B-Stift am großen Zeichentisch zu arbeiten. Er liebte es, das Papier aufzuspannen und den Geschmack von Tusche zu spüren, wenn er seinen Rapidographen reinigte. Die kleineren Bildschirme und das Blinken des Cursors fühlten sich für ihn beengend an. Entwurfsideen kamen nur mit den Linien auf dem Papier, nicht mit digitalen Tools.

„Pepe, wie nennen wir das Dach des Gemeindehauses mit deinen schiefen und gekreuzten Betonrohrsäulen?" unterbrach Leon seine Gedanken.

„Hmm… Mikado-Dach!" antwortete er spontan und dachte dabei an die Spieleabende mit seiner Mutter, die beim Mikado eine sehr ruhige Hand hatte.

Chung-Lee lachte leise. „Hört sich instabil an!"

„Weißt du was Besseres?" fragte Leon herausfordernd, doch Chung-Lee ignorierte ihn und wandte sich an Pepe: „Hast du die Kostenschätzung für die neue Kindertagesstätte schon gemacht?"

Chung-Lee mochte Leon nicht. Er war ihr suspekt. Kaum ist Pepe aus dem Büro, telefonierte er in einer Sprache, die sie nicht verstand. Sie hatte das Gefühl, dass Leon jemandem Bericht erstattete, aber solange sie nichts verstand, hatte sie keine Beweise. Leon kannte den Unterschied zwischen einen Korbbogen und einer halben Ellipse nicht. Es gibt keinen, aber das wird sie Leon nicht verraten. Pepe hingegen war für sie ein ausgeglichener Mensch, gutaussehend mit wasserblauen Augen, in denen jede Frau ertrinken wollte. Asiatische Frauen lieben große blonde Männer. Seine Entwürfe waren klar, ausdrucksstark, und sie liebte es, ihm beim Zeichnen zuzusehen und bis spät in die Nacht mit ihm Entwürfe zu skizzieren. Oft ließen sie sich Tapas und Rotwein für Zwei von der Bodega an der Ecke bringen. Jeder seiner Striche war präzise, und sie träumte davon, das Papier zu sein, auf dem er zeichnete.

„Hallo Chung-Lee, träumst du?" fragte Charlie alias Pepe, „sieh bitte im Excel nach – Datei KiTa 200115."

Sie zuckte zusammen. „Ja, sofort, Pepe," murmelte sie und wandte sich ihrem Bildschirm zu, während sie Leons schadenfrohes Schmunzeln ignorierte.

Charlie war es egal, dass man ihn im Dorf in „Pepe" umgetauft hatte. Er lebte und arbeitete in Spanien, und irgendwie fühlte er sich sicherer, wenn er sich hinter diesem Namen verstecken konnte. Pepe Fuentes war in der Gegend bereits ein Name, der mit Architektur und Zuverlässigkeit in Verbindung gebracht wurde. In den letzten Jahren hatte er viel gearbeitet, und ein großes Projekt in Brasilien, das ihm Merlin vermittelt hatte, stand für das nächste Jahr an.

„Ach ja, übrigens Chung-Lee, den Entwurf deines Stuhls habe ich an die spanische Architektenkammer weitergegeben… er wird in der nächsten Ausgabe des Architektenblattes vorne auf dem Cover erscheinen. Alle großen Architekten haben Stühle entworfen," rief Charlie ihr zufrieden zu.

„Danke, Pepe, aber du hast mir dabei viel geholfen," antwortete sie ohne sich umzudrehen, denn seine Worte ließen ihre Wangen glühen. „Keine falsche Bescheidenheit, junge Dame. Die Idee dazu steckte in dir. Ich habe dir nur gezeigt, wie man sie herauslässt… und es wird ja auch unser Büro dazu genannt," schloss Charlie ab. Leons stummes Nachäffen ihrer Worte war ihr in diesem Moment egal. „Unser Büro," dachte sie und fühlte sich noch glücklicher. Es wurde still im Büro, nur das Klicken der PC-Schlitten war zu hören. Charlie fragte sich, ob er hier wirklich glücklich war. Mit Maria hatte er die Frau und Liebe seines Lebens gefunden, doch der Tod von Toni und Franzi lastete noch immer auf ihm. „Das Leben muss weitergehen," hatte Friedrich ihm geraten, und er hatte recht, aber die Schatten der Vergangenheit verblassten nie. Wenn er Maria wirklich liebte, musste er ihr sein Geheimnis verraten. Doch die Angst vor den Konsequenzen hielt ihn zurück. Sein Handy riss ihn aus den Gedanken und erinnerte ihn an den Termin mit Maria in der Eisdiele.

„Ich treff mich mit meiner Familie im Dorf! Ihr zwei kommt alleine klar?" fragte Charlie, ohne eine Antwort abzuwarten, und verließ das Büro

Maria saß vor der Bodega und starrte gedankenverloren auf ihr Handy. „Immer noch keine brauchbare Antwort im Face-Book", dachte sie frustriert, während sie auf Charlie wartete. Sorgen nagten an ihr: War Als Bruder bereits gestorben? Hatte er vielleicht kein Internet? Wenn das der Fall wäre, wäre alles verloren. Al würde niemals hierherkommen, und auch von Peter Schwarz, dem alten Saxone, hatte sie nichts mehr gehört.

Nur Thoraldr konnte die Nachricht richtig deuten und verstehen: ›› **SUCHE DEN SIEGER VOM APFELKAUEN** ‹‹. Wenn bald keine vernünftige Antwort käme, müsste sie sich ihrem Schicksal ergeben, und Nimué hätte gewonnen. Der Gedanke daran trieb ihr die Tränen in die Augen. Sollte Charlie jemals etwas zustoßen oder er sterben, wollte sie ihm folgen. Ihren Kindern würde sie die Entscheidung überlassen, wenn sie alt genug wären, aber sie selbst wollte nicht ohne Charlie weiterleben.

Maria betrachtete ihre beiden Kinder. Agnes, die Ältere, saß neben ihr und schleckte genüsslich an ihrem Schokoladeneis. Aleksander, der Kleine, nuckelte zufrieden an seinem Fläschchen im Kinderwagen. Sanft strich sie über ihren Babybauch; das dritte Kind wuchs bereits unter ihrem Herzen. Doch ihre Gedanken wurden abrupt unterbrochen, als ihr Handy surrte. Eine neue Nachricht – vielleicht eine Antwort auf ihre Suche? Hastig fuhr sie mit ihrem Daumen über das Display. Doch die Enttäuschung war groß: **"DU DARFST ALLES AN MIR KAUEN."** Wieder nur eine dieser unzähligen, schmutzigen Antworten. Resigniert löschte sie die Nachricht endgültig und starrte ins Leere.

Aus den Augenwinkeln bemerkte sie einen Mann mit Vollbart, der auf der anderen Straßenseite saß und sie beobachtete. Als er ihren Blick erwiderte, zog er einen Apfel aus seiner Manteltasche, biss ab und kaute endlos lange. Ein unwohles Gefühl breitete sich in Maria aus, und ihr Baby trat plötzlich heftig gegen ihre Bauchdecke. Beinahe wäre sie vor Schreck zusammengezuckt, als Charlie plötzlich vor ihr stand.

„Hallo, meine kleine Familie", sagte er liebevoll und gab Maria einen Kuss. Doch sie erwiderte ihn nur halbherzig, denn ihr Blick war weiterhin auf den Mann gegenüber gerichtet, der nun aufgestanden war und fortging.

„Dein Kuss war heute Morgen aber tiefer...", begann Charlie, doch Maria unterbrach ihn abrupt: „Ich habe Tomaten vergessen zu kaufen. Kannst du kurz auf die Kinder aufpassen? Ich bin gleich wieder da! Danke, mein Schatz!" Ohne eine Antwort abzuwarten, eilte sie dem Fremden nach, der in eine nahegelegene Gasse eingebogen war.

Charlie blieb zurück, verwirrt und mit dem unvollendeten Satz auf den Lippen, während er die Kinder behutsam umsorgte. Maria folgte dem Fremden in die dunkle Gasse, doch nach etwa 50 Metern verlor sie ihn aus den Augen. Gerade als sie sich umdrehte, hörte sie eine Stimme aus dem Schatten: „Fang!" Ein Apfel flog aus einem dunklen Hauseingang auf sie zu, den sie reflexartig auffing.

„Bleib dort stehen oder stirb!" Die Drohung war unmissverständlich, begleitet vom markanten Klicken eines Revolverhahns.

„Bist du Als Bruder, Kapitän Potter, der sich Thoraldr nennt?", fragte Maria ins Dunkle hinein. Keine Antwort. „Geboren im Wikingerdorf Haitha Havn?", setzte sie nach. Wieder Stille. Doch sie spürte, dass die Waffe weiterhin auf sie gerichtet war.

„Redselig wie ein vertrockneter Stockfisch", rief sie frustriert. „Entweder bist du es, oder nicht. Muss ich erst meinen Rock heben, damit du..."

„Nein!" Die Stimme aus dem Dunkeln war plötzlich klar und deutlich. Sie hörte, wie der Revolverhahn entspannt wurde. „Das kann nur eine Frau wissen, die damals in meiner Kajüte war. Ich bin´s, Thoraldr!"

Ohne zu zögern stürzte Maria in den dunklen Flur und umarmte den Mann. Die vertraute Stärke seiner Arme ließ sie wissen, dass es tatsächlich Thoraldr war. Auch das Baby in ihrem Bauch reagierte auf die Erleichterung seiner Mutter.

„Warum meldest du dich erst jetzt, Thoraldr?" Marias Stimme war vorwurfsvoll.

„Ich war mir nicht sicher, ob ich in eine Falle laufen würde, Maria."

„Wer sollte dich in eine Falle locken wollen?"

„Du!" Die Antwort traf sie wie ein Schlag ins Gesicht. Verwirrt sah sie ihn an, als sich ihre Augen langsam an die Dunkelheit gewöhnten.

„Maria, ich beobachte dich schon seit einiger Zeit. Du lebst hier bei Nimué, hast eine Familie gegründet und gesunde Aeternis geboren. Das nächste Kind ist bereits unterwegs."

„Red nicht so abfällig! So sprichst du nicht über meine Familie, oder willst du ein paar Zähne verlieren?"

„Lieber einen Zahn verlieren als das Leben, Maria!"

„Hat dir das Salzwasser den Verstand vernebelt? Was soll dieses zynische Gerede?"

„Es scheint, du hast dich mit Merlin und Nimué versöhnt."

Das Maß war voll. Maria packte Thoraldrs Hand und wendete einen schmerzhaften Griff an, der ihn zu Boden zwang. „Verdammter Bauerntrampel, du brichst mir die Hand!", stöhnte er, doch sie ließ nicht locker.

„Was fällt dir ein? Ich habe dich um Hilfe gebeten! Du kommst hierher, bedrohst mich mit einer Waffe, beleidigst meine Familie und unterstellst mir, Al verraten zu haben. Verschwinde, du grätenlose Flunder!" Sie stieß ihn zur Seite und trat zurück ins Licht der Gasse.

„Warte!", rief er ihr nach. „Al ist tot!"

Die Worte trafen sie wie ein glatter Durchschuss, der ihr Rückenmark durchtrennte. Schreiend sank sie auf die Knie. Thoraldr wollte ihr zu Hilfe eilen, doch die Stimme eines anderen Mannes, der ihren Namen rief, ließ ihn zurückweichen. Er zog sich tiefer in den dunklen Flur zurück, während Charlie mit dem Kinderwagen und Agnes auf dem Arm angerannt kam.

„Maria, was ist los?" Er kniete sich besorgt neben sie.

„Nichts, Charlie. Der kleine Racker will nur früher kommen. Hol Friedrich, schnell!" Sie versuchte, die weinende Agnes zu beruhigen. „Mami geht's gut, Liebes. Du musst nicht weinen." Charlie rannte los, um den Doktor zu holen. Maria blickte noch einmal in den dunklen Flur. „Bist du noch da, Thoraldr?" Keine Antwort. Er war verschwunden.

Friedrich und Charlie kamen kurze Zeit später mit dem Auto in die Gasse gefahren. Vorsichtig legten sie Maria auf die Rückbank. „Ihr Fruchtwasser ist noch nicht abgegangen. Ich bringe sie in meine Praxis", erklärte Friedrich, während Charlie die Kinder zu Stew und Danina bringen sollte.

Als sie in die Nähe der Praxis kamen, wurde die Straße plötzlich von einer Frau blockiert. Friedrich schrie aus dem Fenster: „Gehen Sie zur Seite, das ist ein Notfall!" Ein Dorfbewohner zerrte die Frau schließlich zur Seite, und das Auto konnte weiterfahren.

In der Praxis angekommen, halfen die Dorfbewohner Maria ins Gebäude. Sie hatte das Gefühl, diese Frau irgendwoher zu kennen. Friedrich telefonierte aufgeregt mit verschiedenen Leuten, beruhigte sie jedoch: „Alles in Ordnung. Das Baby kommt pünktlich in einer Woche." Er wirkte seltsam erleichtert.

Maria wollte nachfragen, ob sie Al als Taufpate haben könnte, aber Friedrich lenkte ab. Er schlug vor, Al heimlich zur Taufe einzuladen, wenn Mutter verreist sei. Diese Bemerkung irritierte Maria, doch sie ließ es vorerst auf sich beruhen. Sie war müde und schlief kurz ein, wurde jedoch durch lautes Streiten wieder geweckt. Im Flur erkannte sie die Frau, die sich vor das Auto gestellt hatte. Friedrich schloss gerade die Tür hinter ihr.

„Komm, Maria, wir fahren zu Mutter!", forderte er sie auf. Doch Maria lehnte ab. „Ich möchte allein sein, Friedrich. Es ist mir heute zu viel."

„Du solltest Mutter nicht verärgern", versuchte er noch einzuwenden, aber Marias entschlossener Blick ließ ihn verstummen. Friedrich schien verunsichert und verabschiedete sich hastig. Etwas schien ihn zu beunruhigen, und Maria konnte nicht anders, als zu vermuten, dass er ihr etwas verheimlichte.

Sie fühlte sich schuldig, ihre Familie oben bei Nimué im Stich zu lassen, aber sie musste das Risiko eingehen – für Al. Der Gedanke an Thoraldrs Worte ließ sie nicht los: **„Al ist tot!"** Konnte das wahr sein? Sie brauchte Gewissheit. Heute Nacht würde sie Thoraldr ein Zeichen geben, das nur er verstehen würde. Falls er noch im Dorf war, würde er kommen

Nächtliche Besucher

Im Haus der Fuentes – so nannte man das Heim von Maria und Charlie – brannte im ersten Stock der Küche noch ein schwaches Licht. Der schummrige Schein verriet, dass jemand wach war. Eine dunkle

Silhouette huschte immer wieder am Fenster vorbei, als würde jemand auf etwas warten. Draußen in den engen Gassen war es still, bis auf das gelegentliche Jammern streunender Katzen. Die Turmuhr schlug die letzte halbe Stunde vor Mitternacht. Alle Jakobswanderer hatten längst ihre Betten gefunden, und auch Maria war erschöpft. Das ewige Hin- und Hergehen nagte an ihrer Kraft, doch sie konnte nicht einfach zur Ruhe kommen. Das flackernde Licht einer alten 40-Watt-Birne über dem Esstisch war das einzige, das die Dunkelheit in der Küche durchbrach. Der Lichtkegel erhellte nur den Tisch, während der Rest des Raumes in düsterem Halbdunkel lag. Maria wartete ungeduldig, jeder Muskel in ihrem Körper angespannt wie die Sprungfeder einer Katze. Doch ihre Müdigkeit war ebenso präsent wie ihre Nervosität, und eine leise Angst schlich sich in ihre Gedanken. Von der Straße aus sollte es so aussehen, als sei noch jemand wach, aber nur jemand, der es nicht erwarten konnte, das Tagesende zu erreichen.

Sie stützte sich auf den Küchentisch, als sie plötzlich das Geräusch der Haustür hörte, die geöffnet und dann laut zugeschlagen wurde. Thoraldr musste ihren Hinweis bemerkt haben. Er war hier.

„Er ist nicht der Kapitän, das ist sicher," dachte sie schwer atmend, als ein kräftiger Tritt des Babys in ihrem Bauch sie fast in die Knie zwang. Ein tiefer langer U-laut stieß aus ihrem Mund und sie begann zu hecheln.

Die Schritte auf der Treppe waren eilig, als ob der Besucher keine Sekunde verlieren wollte. Maria wusste, dass sie gleich einen Sturm hereinbrechen spüren würde, und sie war nicht sicher, ob sie ihm gewachsen war. Eine weitere Wehe durchzuckte ihren Körper, und sie musste tief durchatmen.

„Bitte nicht heute Nacht, kleines Baby, halte noch durch," murmelte sie leise zu sich selbst.

„Für wen hast du morgen Zeit?" ertönte plötzlich eine strenge Männerstimme aus der Dunkelheit der Küche. Charlie stand im Schatten, seine Silhouette nur vage zu erkennen, doch seine Stimme war scharf und besorgt.

„Verdammt, was machst du hier? Du dummes, eigensinniges Weib!"
schrie er, stürzte jedoch sofort zu ihr, als er sah, wie sehr sie zu kämpfen hatte, und legte sie vorsichtig auf den Boden.

„Das Baby… es kommt!" stöhnte sie hechelnd, die Wehen raubten ihr
fast den Atem.

„Ich hole Friedrich!" rief Charlie panisch.

„Nein, es ist zu spät! Lass mich nicht allein… hilf mir!"

Charlies Hände zitterten, doch er gehorchte. Er kniete sich hinter Maria, ihr Kopf ruhte auf seinen Oberschenkeln. „Geht es so, Maria?"
fragte er besorgt, während er versuchte, ihr Trost zu spenden.

„Ja, bleib einfach bei mir," murmelte sie, während eine weitere Wehe
sie überkam. „Alles wird gut… die Natur macht den Rest."

„Tücher… heißes Wasser… sollten wir nicht…" stotterte Charlie, völlig überfordert.

„Das ist dein drittes Kind, Charlie. Du weißt, was zu tun ist," sagte
Maria, als sie eine Wehe unterbrach. „Also entspann dich und atme
mit mir."

Plötzlich hörte Charlie ein Geräusch aus der Dunkelheit, das ihn alar-
mierte. Zwischen den Schatten und dem schwachen Licht sah er das
Gesicht eines bärtigen Fremden, der unbemerkt ins Haus eingedrungen war. Charlies Instinkte schrien nach Angriff, doch er wusste, dass
er Maria nicht in Gefahr bringen durfte. Er entschied, abzuwarten.

Der Fremde trat näher und kniete sich neben Maria. Er griff nach ihrer
Hand, die sie ihm ohne zu zögern reichte. Charlie war bereit, zuzuschlagen, doch irgendetwas in der Art des Fremden hielt ihn zurück.
Seine Bewegungen waren sicher, fachmännisch. Er ignorierte Charlie,
konzentrierte sich nur auf Maria.

„Wo ist deine Baby-Tasche, Maria?" fragte der Fremde mit ruhiger
Stimme, als wäre er längst eingeweiht.

„Im Flur," antwortete Maria ihm, als hätte sie ihn erwartet.

Als der Fremde die Tasche holte, wollte Charlie etwas sagen, irgendetwas, um die Kontrolle zurückzugewinnen, aber Maria legte ihm eine Hand auf den Mund und flüsterte: „Bitte, vertrau mir. Alles wird gut."

Charlie vertraute ihr, wenn auch widerwillig. Er blieb in seiner Position, bereit, einzugreifen, aber er wusste, dass dies nicht der Moment für Heldenmut war.

„Erzähl mir nochmal, wie du den hölzernen Verlobungsring gemacht hast, Charlie…" bat Maria zwischen den Wehen.

Der Fremde wusste, was er tat, und die Geburt verlief schnell. Er gab Charlie die Schere um die Nabelschnur zu durchtrennen. Charlies Misstrauen verflüchtigte sich allmählich, als er sah, wie behutsam der Fremde das Neugeborene versorgte. Maria hielt schließlich ihr Kind im Arm, und ihr Blick war weich, als sie zu Charlie sagte: „Ich möchte ihn Thor nennen. Ist das in Ordnung?"

Charlie nickte, ein Lächeln auf den Lippen, und küsste sie sanft. Der Fremde, der inzwischen die Geburtstücher versorgt hatte, lächelte Maria zu, als wäre alles in bester Ordnung. Doch plötzlich rief Maria mit geweiteten Augen: „Ich weiß, wer die Frau heute war!"

In dieser Nacht einige Stunden zuvor, etwa gegen 18 Uhr :

„Hallo Friedrich, welchen Grund gibt es, dass du mich beim Spielen mit meinen Lieblingen störst." Fragte Nimué.

Sie spielte eben mit Agnes, den beiden Mädchen von ihren Zwillingstöchtern und dem Sohn von Tina, der sich dunkelhäutig etwas von seinen Kusinen absetze. Der kleine Aleksander lag schlafend im Bettchen. Niemand könnte erkennen wer von den Kleinen normal oder ein Aeterni war. Nimué erschien als die klassische mit Enkel spielende Großmutter …. und sie schien glückselig damit zu sein.

„Es ist sehr wichtig!" Ergänzte Friedrich als im selben Moment Stanislaus, Prima, Secunda , Tina und Stew eintrafen.

„Was ist denn hier los?" Rief Nimué energisch, die ihre Spielstunde mit den Kindern in Ruhe genießen wollte. Dahinter kamen noch drei

Mädchen aus dem Dorf, die im Haushalt angestellt waren und sie brachten die Kleinen fort. Nur Aleksander durfte bleiben; er war zu klein um irgendetwas davon zu verstehen. Als sie unter sich waren, blickten sie alle erwartungsvoll auf Friedrich. „Eine der Freundinnen von Pepe, ich meine Charlie, ist wieder unten im Dorf! Sie war heute bei mir in meiner Praxis." Berichtete Friedrich schnell, einfach und verständlich.

„Und?" Fragte Nimué.

„Sie will nochmal alles aufrollen: wo und wie wir Charlie gerettet hatten, woran er gestorben sei, was wir für lebenserhaltende Maßnahmen unternommen hatten und warum er so schnell verbrannt wurde. Sämtlich Unterlagen wollte sie nochmals einsehen. Ein älterer Mann aus unserem Dorf hätte ihr kürzlich Hinweise gegeben, dass Charlie nicht eines natürlichen Todes starb. Sie würde zur Polizei gehen, wenn wir nicht kooperieren und seinen Tod lückenlos darlegen." Erzählte er monoton weiter.

„Ein älterer Herr aus unserem Dorf! WER?" Rief Prima fragend dazwischen.

„Was hätte dieser denn verraten können?" Fragte Stew leidenschaftslos.

„Ich habe die Unterlagen leider verbrannt", erkläre Friedrich dokumentierend „ wer hätte gedacht, dass hier nochmals eine auftaucht?"

„Dann schreib deine Unterlagen neu!" Ordnete Nimué erbost an, worauf Friedrich keine Mine verzog. Er hackte dies für einen schlechten Scherz ab,

„Soll ich mich um sie kümmern!" Bot Stanislaus an während die anderen teils betroffen und teils desinteressiert schwiegen.

„Was willst du tun?" Fragte Prima provokant lächelnd.

„Nun ganz einfach! Lockt sie unter falschem Vorwand in die Nähe meiner Bogenschießbahn im Wald. Ein verirrter Pfeil und … Ende Gelände!" Trug Stanislaus vor und fast alle schwiegen aus Überzeugung.

„Nein!" Antwortet Nimué. Sie stand auf und ging sehr nachdenklich

einige Schritte im Raum umher, „keine Spielchen, kein Risiko mehr !
Die Anweisungen von Merlin waren eindeutig, wie ihr wisst! Ich kümmere mich darum! Geht jetzt bitte!"
Nimué blieb alleine zurück im Zimmer und bedauerte bereits jetzt ihre
nächsten Schritte.
"Die letzten Jahre verliefen so ruhig, aber es war nur die Ruhe vorm
herannahenden Sturm, wie ihn Merlin prophezeite. Welcher Mann aus
dem Dorf hätte geplaudert", fragte sie sich ,"und warum jetzt. „Aber
egal!" Ihre misstrauischen Gedanken formten eine Gestalt in ihrem
Kopf; denn es gab nur eine Person, die Marias Mann vom Spielfeld
haben möchte. Sie nahm trotzdem den Hörer vom Telefon und wählte
eine Nummer. Als ihr Anruf angenommen wurde, sprach sie in einer
fremden Sprache: „Es ist soweit!"

Charlie hob den neugeborenen Thor vorsichtig auf, und mit seiner be-
eindruckenden Statur überragte er den Lichtkegel der schwach leuchtenden Esstischlampe. Sein Gesicht blieb im Schatten verborgen, nur
das Baby in seinen Armen war im fahlen Licht zu sehen. Das Weiß
seiner Augen leuchtete im Dunkel, als er Maria und den Fremden
misstrauisch ansah und seine Stimme schneidend fragte: „Was ist hier
los? Wer ist das, Maria?"
Maria atmete tief durch, bemüht, Ruhe zu bewahren. „Alles der Reihe
nach, Charlie. Das ist Thoraldr, der Bruder von Alskear." Charlies
Blick wanderte zwischen seinem neugeborenen Sohn und dem Fremden hin und her, sein Zweifeln war greifbar.
„Hallo Charlie, schön, dich kennenzulernen," sagte Thoraldr vorsichtig und mit einem freundlichen Lächeln, wohl wissend, dass dies kein
idealer Start war.
Charlies Augen verengten sich. „Danke für Ihre Hilfe," begann er
kühl, „aber ich kann nicht behaupten, dass ich erfreut bin, Ihre Bekanntschaft zu machen. Ich hoffe für Sie, dass sich das im Laufe dieses
Gesprächs noch ändert." Mit diesen Worten trat er mit Thor im Arm

weiter in den Lichtkegel, seine Präsenz dominierte den Raum, und Thoraldr konnte nicht anders, als einen Schritt zurückzuweichen, als hätte er ein Déjà-vu. Maria, die noch immer am Boden lag, versuchte die aufkeimende Spannung zu entschärfen. „Jungs, bitte! Das hier ist mein Sandkasten, und jeder darf hier spielen, wenn ich es erlaube."

Doch bevor sich die Stimmung entspannen konnte, geschah etwas Unvorhergesehenes. Thoraldr brach in ein seltsames Lachen aus, das schnell in ein Tränenbad überging. „Mein Gott, dass ich das noch erleben darf! Du bist es!" rief er, als hätte er den Verstand verloren. Seine Worte hallten in der stillen Küche wider, während Charlie mit jedem Schritt näherkam, um Thoraldr auf Distanz zu halten.

Maria verstand nicht, was geschah, doch sie erkannte das merkwürdige Schreien, das nun aus Thoraldrs Kehle drang. Es war kein Wahnsinn, sondern ein Gebet der Nordmänner. Charlie spannte seine Muskeln an, bereit, seine Familie zu verteidigen, als Thoraldr auf die Knie fiel und begann, in einer fremden, nordischen Sprache zu sprechen.

„Was zum Teufel sagt er da, Maria?" rief Charlie, sein Zorn wuchs mit jedem unverständlichen Wort des Fremden.

„Alskaer-son!" wiederholte Maria unter Tränen die Worte Thoraldrs. „Es bedeutet nur: Sohn des Alskaer! Ich …?"

Charlies Verwirrung wuchs. „Das Neugeborene soll Alskearson heißen?" fragte er, während Thoraldr auf dem Boden kniete, lachte, weinte und betete. Die Szene war surreal, als würde Thoraldr eine Art ekstatischen Tanz auf seinen Knien aufführen, während Charlie mit seinem Sohn zurückwich.

Maria wollte weiterreden, doch Charlie hob die Hand, um sie zum Schweigen zu bringen. Er brauchte Zeit, um all das zu verarbeiten. Thoraldr setzte sich auf und grinste, doch Charlie blieb misstrauisch und abwartend. Es war im Nu still in der Küche, nur die Turmuhr schlug die Mitternachtsstunde. Als das letzte Glockenspiel verklang, schien die Spannung im Raum endlich nachzulassen. Charlie reichte Maria das Baby und half Thoraldr auf die Beine. Wortlos ging er zum

Küchenschrank, holte drei Gläser und eine Flasche Anis La Castellana heraus. Er stellte alles auf den Tisch und schenkte großzügig ein. Maria wollte zunächst ablehnen, doch sie wusste, dass jetzt nicht der Moment war, um Widerspruch einzulegen. Alle drei tranken auf Ex.

Das Geräusch, mit dem Charlie sein Glas auf den Tisch stellte, hallte wie ein Donner durch den Raum. Es war ein klares Zeichen, dass er Antworten wollte. Thoraldr deutete Maria mit einer Handbewegung, dass er sprechen würde. Langsam griff er in seine Brusttasche und zog ein Foto heraus. Es zeigte Charlie mit seinem Professor in Paris, ein Bild, von dessen Existenz Charlie nichts wusste, doch das Bild war eindeutig. Die Erinnerung daran war frisch und scharf, als hätte man ihn in der Zeit zurückversetzt. Dann zog Thoraldr ein weiteres Foto hervor, eines, das Charlie gut kannte. Es war ein Bild seiner Mutter und seines Vaters, Albert. Als Charlie das Bild Maria zeigte, sagte sie leise: „Das ist Al, oder besser gesagt Alskaer."

Charlie stand regungslos da, seine Gedanken rasten, während Thoraldr vor Freude fast platzte. Charlie nahm einen tiefen Schluck aus der Flasche, um seine Nerven zu beruhigen. Die neu entdeckte Wahrheit über seine Familie war schwer zu fassen. Das einzige, was sie schließlich aus ihrem Schweigen riss, war das Schreien des kleinen Thor. Das Baby verlangte nach Aufmerksamkeit, und die Erwachsenen mussten ihre Gedanken und Probleme schnell beiseiteschieben.

Erst als Thor versorgt war und ruhig schlief, saßen sie wieder am Küchentisch, außerhalb des Lichtkegels. Die Turmuhr kündigte die erste volle Stunde des neuen Tages an. Maria nahm Charlies Hand, doch er erwiderte ihren Händedruck nicht.

Thoraldr, der bisher geschwiegen hatte, holte einen angebissenen Apfel aus seiner Manteltasche, legte ihn auf den Tisch und begann zu sprechen: „… und mein Bruder Alskaer ist dein Vater und der beste Freund von Maria. Ich bin Onkel Thoraldr. So einfach lassen sich die letzten 1000 Jahre zusammenfassen. Odin sei Dank!"

Die Worte hingen schwer in der Luft, bis Charlie schließlich das

Schweigen brach: „Und ihr erwartet, dass ich das alles einfach so glaube und hinnehme?"

„Es ist ein Wunder, dass ihr euch gefunden habt," sagte Thoraldr. „Du musst doch selbst spüren, welch großes Glück euch zuteilwurde."

Charlie schüttelte den Kopf, seine Stimme war voller Bitterkeit: „Thoraldr, du tauchst hier plötzlich auf, bringst meinen Sohn zur Welt, und im nächsten Moment entpuppst du dich als mein Onkel. Dein Bruder, mein verhasster Vater, der meine Mutter verlassen hat, soll der berühmte Alskear sein, der Maria all die Jahre beschützt hat? F… Fuck you!"

„Charlie!", ermahnte Maria seine Ausbruch.

Thoraldr lächelte und nickte, sein Ausdruck blieb ernst. „Gib das nicht auf, Charlie."

Aber Charlie und Maria verharrten in einem schweigsamen Dilemma. Schließlich sagte Thoraldr leise: „Geht jetzt zu Bett. Ich kümmere mich um den Kleinen und räume hier auf. Ihr braucht Zeit, um das alles zu verdauen. Wir reden morgen weiter."

Charlie folgte Maria ins Schlafzimmer, ohne ein weiteres Wort. Die Nacht würde lange werden, und die neuen Wahrheiten lagen schwer auf seinen Schultern

Thoraldr trug seinen kleinen Neffen die ganze Nacht im Arm und beobachtet die menschenleere Gasse vom Fenster aus in der abgedunkelten Küche. Als die Turmuhr die sechste Morgenstunde ankündigte, klopfte er an der Schlafzimmertür und trat ein. Maria und Charlie waren schon wach und nahmen den kleinen Thor Freude lächelnd entgegen. Es schien als hätte Charlie einiges in sich verarbeiten können.

„Ich mache Kaffee! Kommt dann, wenn ihr soweit seid. "Kündigte der frischgebackene Onkel an.

Als erstes kam Charlie in die Küche und Thoraldr erkannte, es wird erst ein Gespräch unter Männern geben. Beide erwiderten ein kurzes und trockenes: „Guten Morgen!"

Es blieb sehr einsilbig und der Onkel begann mit dem Frage-Antwort-Spiel: „Kaffee?" – „Ja!" – „Milch, Zucker?" – „Nur Milch!" – „Kalt draußen?" – „Ideal für Grünkohl!" – „Es wird einen harten Winter geben!" – „Wir haben hier seit Jahren keine Winter mehr." – „Klimawandel! Überall!" - „Das Leben im Dorf ist einfach!" - „Euer Haus ist schön!" – „Maria hat das Haus eingerichtet!" – „Maria hat schon immer den Blick für´s Schöne!" – „Maria hat ...!"

„Maria hat bald die Geduld verloren, wenn ihr euch nicht bald wie zwei Erwachsene unterhaltet", unterbrach Maria das Männergespräch als sie die beiden Rücken an Rücken, jeder an einem separaten Fenster stehend sah.

„Setzt euch hin, dann reden wir !" Befahl sie.

Die beiden Männer setzten sich an den Tisch und Maria holte noch etwas Butter, selbst gemachte Himbeermarmelade, Käse und Wurst vom Kühlschrank. Sie nahm sich einige Blätter der Zitronenverbene, tat sie in ein Glas und goss etwas heißes Wasser hinein. Ihr Tun wurde nur schweigend beobachtet.

„Du hast dich nicht viel verändert, Thoraldr, seit wir uns das letzte Mal vor 250 Jahren gesehen haben. Außer dein Bart !" Durchbrach sie das Schweigen.

Thoraldr lächelte nur und wollte das Kompliment erwidern, als ihm Charlie dazwischenfuhr. „Lassen wir das Geschwafel und kommen auf den Punkt!"

Charlies Blick war fordernd und die beiden willigten mit ihrer Körpersprache ein.

„Ich habe verstanden und akzeptiere, dass sie …., dass du zu meiner Familie gehörst und danke für die Hilfe gestern Nacht. Aber wieso tauchst du jetzt auf ?" Fuhr Charlie fort und trank einen Schluck Kaffee: „Oh mein Gott, was ist das für ein Gesöff?"

„Kaffee!", erwiderte der Onkel und schlürfte genüsslich.

Charlie goss die schwarze Flüssigkeit ins Spülbecken.

„Maria hat mich gerufen ," antwortet Thoraldr sachlich und fügte die

Lage entspannend hinzu, „deine Himbeermarmelade, Maria, ist immer noch ohne Kerne."

„Wieso-hoo?" Fragte Charlie seine Frau ansingend, um die Schärfe aus seiner Frage zu nehmen. Thoraldr schloss sich dem Blick an und nahm sich einen Löffel Himbeermarmelade pur.

„Ich habe Angst um uns und Al hat sich in den letzten Jahren nicht gemeldet. Deswegen habe ich ….", Maria sprach ihren Satz nicht zu Ende, weil sie der Blick von Thoraldr daran hinderte.

„Weißt du es nicht oder hast du mir nicht zugehört – Alskaer ist tot! Schon fast acht Jahre!" Sprach Thoraldr verwundert.

„Wie tot ? Wie und wann sollte er gestorben sein ? Er ist unsterblich!" Fragte und erklärte sie uneinsichtig und erbost.

„Als du damals das Krankenhaus so plötzlich verlassen hattest, passierte es. Hattest du wirklich keine Ahnung, dass er tot ist, Maria. All die Jahre?" Erwiderte Thoraldr verwundert.

„Nein und jetzt sag endlich was los ist, du wortkarger Stockfisch" Forderte Maria.

„Ja, jetzt sag schon !" Setzte Charlie nach.

„Am Tag als du gingst, gab es zwei Tote in eurer Wohnung. Al und die Laborratte Costa. Al hatte ein gebrochenes Genick - er fiel gegen eine Steinstufe. Costa wurde erhängt dort aufgefunden." Berichtet Thoraldr schnörkellos, als hätte er die vergangenen Ereignis bereits abgehakt. Maria widersprach energisch: „Das wäre vor über sieben Jahren gewesen. Spinnst du? Al und Costa können nicht tot sein! Du lügst! Al hat mir in den letzten Jahren immer an meinem Geburtstag meine Lieblingsblume heimlich hinterlegt. Entweder auf der Türschwelle oder in der Kirche oder am Wegkreuz nach der Steinbrücke." Thoraldr senkte seine Kopf und sagte traurig. „Das war ich, entschuldige! Ich hatte nicht vor dich zu täuschen. Ich sah, dass es dich glücklich macht und …."

„Ich war im Glauben, dass es ihm gut geht" ,schrie sie enttäuscht.

„Es ist aber wahr! Al ist tot" ,wiederholte Thoraldr.

Maria schwieg, atmete heftig und als Charlie ihre Hand nahm, zitterte sie.

Auch Thoraldr nahm ihre andere Hand und hielt sie fest, denn ihre Stimmung und ihr Blick waren zerstörerisch und voller Wut. Trotzdem sprang sie auf und befreite ihre Hände. Charlie wollte mit aufstehen, jedoch Thoraldr hielt ihn zurück, um ihn zu signalisieren besser in Deckung zu bleiben. Sie ging in der Küche umher wie eine Tigerin im Käfig, als würde sie einen ebenbürtigen bzw. den widerstandfähigsten Gegenstand im Raum suchen, der ihre Wut ertragen könnte, wenn sie sich entlüde. Jedoch geschah etwas ganz anderes. Ihre Körperspannung lockerte sich und sie verließ schweigend die Küche und kam mit dem neugeborenen Thor zurück. Sie setzte sich wieder an Tisch, öffnete ihre Bluse und gab dem Baby ihre Brust. Der kleine Thor begann sofort heftig zu trinken. Keiner der Männer wagte ein Wort zu sprechen. Sie streichelte Thors Köpfchen und fragte leise und besonnen, ohne den Blick von Thor zu nehmen, „ Wie konnte Alskear sich das Genick brechen und warum wurde Costa erhängt dort aufgefunden und warum nennst du ihn eine Laborratte?" Eine Träne lief ihr dabei über ihre Wange, aber sie war gefasst.

„Laut Polizeibericht muss es zum Streit zwischen Al und Costa gekommen sein. Dabei muss Al getötet worden sein. Costa soll sich danach angeblich selber erhängt haben. Ich weiß aber, dass SIE es mit ihren beiden Kakerlaken war" ,antwortete Thoraldr und mutmaßte weiter: „Ich denke SIE ließ Al töten und Costa war nur zur falschen Zeit am falschen Ort."

„Du bist dir sicher, dass Friedrich und Stanislaus am Tod Costa schuld sind?" Fragte Maria zornig und nach Vergeltung fordernd. Die Liste der Todeskandidaten in ihrem Kopf hatte sich eben erweitert und neu sortiert.

„Wer bitte ist – SIE ?" Fragte Charlie.

„Nimué !" Spuckte Maria aus und ihre Blicke sollten ihn eigentlich beruhigen. Charlie ließ sich in seinen Stuhl zurückfalle, als hätte man ihn in ersten Runde schon ausgezählt. „Nimué, eine Mörderin?", laberte Charlie gedankenlos. Verunsicherte und fragende Blicke trafen Thoraldr. Dieser nickte nur und fuhr fort: „Zu deiner letzten Frage; ich kannte Costa vom Krankenhaus!"

Maria ließ sich Zeit und fragte kurz: „Welches Krankenhaus?"

Charlie rückte näher an Maria heran und Thoraldr antwortete diesmal ausführlicher um weitere Klein-Klein-Fragen zu vermeiden. „Als du damals deinen Auftrag bekamst, dich mit Dr. Sola zu vereinigen, hat mich Al aufgesucht und gebeten auf dich aufzupassen. Er hatte Angst um dich ! Solch einen Auftrag hatte es vorher noch nie gegeben und niemand weiß bis jetzt was Nimué und Merlin damit bezweckten. Al verstand auch nicht, warum du eingewilligt hast. Ich habe mir in deinem Krankenhaus einen Job in der Wäscherei besorgt und bin aber im Hintergrund geblieben. Ich hasste es, wenn ich sah wie du in die Bettenkammer gingst. Du hast mich nie gesehen oder bemerkt. Aber ich wäre zur Stelle gewesen, wenn es gefährlich geworden wäre."

Ihre Augen fragten ihn, ob er damals dort war, als Xerveria in die Bettenkammer kam und Thoraldrs Augen bejahten ihren fragenden Blick und entschuldigten sich gleichzeitig bei ihr. Charlie stand wieder unwissend da und wollte eingeweiht werden als Maria ihm zuvorkam.

„Dr. Sola war keine Gefahr!" Warf sie erklärend ein um Charlie zu zeigen, dass sie damals wusste was sie tat und Thoraldr sollte wissen, dass es von ihm richtig war nicht einzugreifen.

„Dann war Thoraldr der seltsame und stille , unheimliche Typ mit Vollbart und Baseballmütze", dachte sie.

„Keine Gefahr vom Doktor, sondern von Nimué ! Niemand weiß, warum diese Vereinigung so wichtig war für die beiden – nicht einmal unser Informant. Al und ich wussten aber Eines, dass man den beiden nie trauen darf. Ich sag nur TNT !", beendete Thoraldr ironisch.

„Wollten sie Maria in die Luft sprengen?" Fragte Charlie schnell um sich auch daran zu beteiligen.

„Nein!" Antwortete Thoraldr schmunzelnd und auch Maria hob ihren

Kopf und lächelte etwas.

„TNT heißt unter uns nur , trink niemals Tee! Wenn Nimué dir Tee anbieten, nimm ihn, aber trink nicht davon. Sie ist eine Hexe und eine wahre Brau-Künstlerin wenn es darum geht, deine Sinne zu vernebeln. Sie bringt dich dazu Dinge zu tun oder zu sagen, die du nie für möglich halten würdest", erklärte Maria sanft um das Baby beim Trinken nicht zu stören.

Maria erkannte, dass die alten Geschichten durch waren und sie vermutete, dass Charlie alles verstanden hatte. Nun ging's um die nächsten Schritte und sie sagte: „Lassen wir die alten Geschichten so wie sie sind. Bedauern wir nicht die Toten. Wir müssen im Jetzt handeln ! Gestern habe ich eine Frau im Dorf wieder erkannt - sie war auf einem Video. Vermutlich hatte sie von Nimués Tee getrunken. Ich weiß ihren Namen leider nicht, aber ich werde versuchen, sie wieder zusehen bevor sie weitergewandert ist. Entschuldige die Unterbrechung, Thoraldr, das ist eine andere Geschichte. Aber nochmal zurück; was habt ihr für einen Informanten? Wir brauchen ihn!"

Thoraldr zögerte etwas bevor er antwortet, „ Später, Maria! Ich muss dir noch sagen, dass ich im Krankenhaus noch die Spuren verwischen wollte, aber dieser Kommissar und seine Kollegin waren schneller. Al rief mich an und sagte, dass die Mission gescheitert war. Du warst schon im Zug auf dem Weg hierher. Als ich dann zu eurer Wohnung kam, war schon die Polizei da. Ich konnte nichts mehr tun und du warst vorerst unerreichbar. Eine Zeitlang hielt ich mich versteckt, denn ich musste befürchten, dass sie mich auch beseitigen würden. Nur an deinen Geburtstagen wagte ich mich hierher, um dir deine Blume zu bringen. Ich dachte, du wüsstest von Als Tod. Ich war glücklich, dass du so schnell darüber hinweggekommen warst und als ich hörte, dass du einen Mann gefunden hast und ihr eine Familie seid, reagierte ich nicht auf deine Nachricht. Ich habe deinen Ehemann in den letzten Jahren nie zu Gesicht bekommen und bin ebenso überrascht, dass er meines Bruders Sohn ist. Das Foto in Paris hatte ich damals gemacht. Al hat sich immer um ´seinen Karl´ gekümmert, ohne dass es jemand bemerkt hatte. Ich glaube nicht mal Merlin wusste davon. Dein Vater war stolz auf dich, Charlie und sprach immer von „seinem Karl. Al hatte Karls Architekturprofessor alte Unterlagen und historische Dokumente von unschätzbaren Wert unter einer Voraussetzung gezeigt, dass er sich um dich während deines Studiums kümmert. Dein Professor war ein Opportunist und karrieregeiler Mensch ... und leicht zu beeinflussen. Al konnte aber damals nicht ahnen, dass ihr zwei euch jemals treffen und verlieben würdet.“

„Ich habe nichts davon bemerkt ... “, klagte Maria und gab Charlie den kleinen Thor, damit dieser ihn etwas tragen konnte, „ ... und ich glaube beinahe, Al nie richtig gekannt zu haben.“

Charlie ging mit dem Baby im Arm umher und Thoraldr setze nach, „... und ich schwöre dir, dein Vater hatte damals deine Mutter nicht in Stich gelassen. Er musste gehen ! Er blieb jung, während sie älter wurde. Er durfte nicht zu lang an einem Ort bleiben.“

„.... als wären in Al zwei Seelen !“, dachte Maria und ertappte sich dabei immer noch zu denken, er sei am Leben.

„.... ich spüre es wie einem Phantomschmerz, dass er noch lebt.“ Schloss sie gedanklich ab.

„Al hatte seine Geheimnisse! Leider! Aber er hat dir alles gesagt oder beigebracht was wichtig für dich war, Maria.“ Verteidigte Thoraldr seinen verstorbenen Bruder und wollte unschuldig wirken.

„Lass den treuen Hundeblick, Thoraldr. Wie kann Al ein Verhältnis gehabt haben, von dem ich nichts wusste!“ Fragte sie unverblümt und forsch, aber leise um das Baby nicht zu erschrecken.

„ Als er Karls Mutter bei ihrer Krankheit half und sie schwanger wurde, hatte er keinen uralten Schwur gebrochen“ ,verteidigte Thoraldr weiter seinen toten Bruder.

„Welchen Schwur ?“ Fragte Maria unwissend als der kleine Thor sein Bäuerchen an Charlies Schulter erledigte.

„Er wurde Mönch! Als damals vor gut 1500 Jahren seine Frau Yrsa bei der Geburt ihres Kindes starb, schwor er niemals wieder eine Familie haben zu wollen. Er trat einem Kloster bei, lebte in Askese und das Wichtigste war für ihn, sein Versprechen und seine Ehre."

„Aber warum brach er es für meine Mutter?", warf Charlie fragend ein.

„Es war der Wunsch einer lieben Frau ein Kind zu bekommen und den hat er Charlies Mutter erfüllt. Das sei ihm verziehen! Oder?", erwiderte Thoraldr und ergänzte: „Karl, du wolltest deinen Vater nie sehen und das hat er respektiert. Maria, dich wollte er damit nicht belasten; es war nicht wichtig für dich."

Maria war sichtlich nicht mit den Erklärungen und Antworten über Al zufrieden und ein Gebräu aus Enttäuschung, Hass und Lügen kochte in ihr. Als Charlie etwas sagen oder fragen wollte, rief sie nur: "NEIN!"

Sie brauchte die Stille das Momentes um ihre Gedanken zu ordnen, denn Al stand im Augenblick wie eine alte Ritterstatue in ihren Gedanken - vollgekleckert mit Taubenscheiße.

So fragte sie respektlos: „Al hat also Charlies Mutter geschwängert?"

Sogar Charlie erschrak bei diesen Worten aus Marias Mund und nur Thoraldr sprach erbost: „Auf solch eine Frage antworte ich nicht, Maria! Reiß dich zusammen!"

„Nein, bitte antworte", bat Charlie höflich, „auch ich würde es gerne wissen."

Maria stand mit verschränkten Armen am Küchentresen und die Taubenscheiße brutzelte auf Als Statue in ihren Gedanken in der Sonne.

„Bitte glaubt mir, ich weiß nur Bruchstücke", begann Thoraldr zögerlich und erzählte: „Charlies Mutter war eine herzensgute Frau, aber hatte leider viel Pech und Leid in ihrem Leben. Al hatte ihr mit seinem Blut geholfen ihre Schmerzen zu lindern und sie wusste, dass er ein Unsterblicher war. Deine Mutter, Charlie, arbeitete damals in einer Bibliothek in Augsburg, als wir sie trafen. Sie hatte ... ."

Maria unterbrach Thoraldrs Erzählung und vollendete seinen Satz:

„Sie hatte ... für uns ihr Leben riskiert. Sie war …"

„Ja, Maria" ,bestätigte Thoraldr kurz und wartete.

Charlie blickte sein Frau an und sein Blick forderte Antworten.

Maria hielt sich die Hände vors Gesicht und flüsterte mit geschlossenen Augen: „Deine Mutter, Charlie, arbeitete in der Bibliothek in Augsburg als wir sie 1977 wiedertrafen. Ich kenne die Geschichte, Thoraldr. Oh mein Gott! Jetzt ist alles klar!"

„Mir ist nichts klar! Entschuldigt bitte, ihr redet über meine Mutter und irgendwie habt ihr eine gemeinsame Vergangenheit" ,forderte Charlie.

Thoraldr hob unwissend und unschuldig seine Schultern und meinte: „Mehr weiß ich nicht. Außer, dass Al sie nicht geschwängert hatte, wie ihr es euch … bildhaft … vorstellt."

Charlie ignorierte den letzten Satz von Thoraldr, denn er war noch mit Marias Aussage beschäftigt, dass seine Mutter einmal ihr Leben für Maria riskiert hätte.

„Was, Maria, hat meine Mutter für dich getan?", fragte Charlie und sie wusste, dass sie ihrem Mann darauf antworten musste.

„Oh mein Gott", fing sie erneut an, „ich hasse dieses ewige Leben. So viele Geschichten, für die man sich immer wieder rechtfertigen muss; die für immer in deinen Gedanken sind und für die man aber nie richtig Danke sagen kann."

Die beiden Männer spürten wie schwer es auf Marias Seele lastete und überließen ihr die Entscheidung weiter zu erzählen oder nicht.

„Maria, verzeih mir! Lass es, wenn dich die Vergangenheit so sehr betrübt" ,half ihr Charlie.

„Nein, es ist gut so! Ihre Tat soll nicht in Vergessenheit geraten und du als ihr Sohn solltest sie kennen. Damals 1938/39 vor Kriegsbeginn mussten wir aus Deutschland fliehen, aber nur Al hatte eine Schiffkarte um nach Südamerika auszureisen. Ich nicht und es gab keinen freien Platz mehr auf der Columbus. Al und ich dachten zuerst es sein ein Spiel des Schicksals, dass uns ein Passagierschiff namens

´Columbus´ retten sollte, aber als nur eine Karte noch zu kaufen war, hätten wir nur getrennt fliehen können oder gar nicht. Wir hatten nur diese eine Chance zu fliehen. Dann kam deine Mutter ins Spiel, Charlie. Sie war damals ein junges Mädchen und wir waren befreundet. Al hatte ihr damals schon mit seinem Blut gegen ihre Krankheit geholfen. Sie jedoch hatte eine Fahrkarte auf der ´Columbus´ um nach Südamerika ausreisen zu können. Du musst wissen deine Mutter hatte vermutlich jüdische Vorfahren und musste damals aus Deutschland fliehen. Al ging mit uns an Bord und begleitet uns zu unseren Kabinen, damit nichts mehr schief gehen könnte. Er hatte mir seine Karte gegeben und wollte irgendwie anders aus Deutschland fliehen. Als ich dann an der Reling stand als das Schiff ablegte um mich von Al zu verabschieden, stand deine Mutter am Hafen und winkte mir zu. Auf ihren Lippen konnte ich die Worte ablesen: Lebt ewig für mich!"

Maria machte eine kurze Pause, ging ein paar Schritt wortlos und setzte fort: „Ich eilte zu ihrer Kabine und fand dort Al auf einer Kabinen-Toilette eingesperrt. Sie hatte ihn überlistet und sich für uns geopfert. Die Ärzte damals gaben ihr wegen ihrer Krankheit keine lange Lebenszeit."

Wieder brauchte sie eine Pause und sprach: „Bis Ende ´45 war kein Kontakt zu ihr möglich und auch Jahre danach nicht. Wir glaubten lange, sie sei tot!"

Charlie stand auf, gab das Baby Thoraldr und umarmte seine Frau.

„Dann trafen wir sie zufällig 1977 in der Uni-Bibliothek von Augsburg unter anderem Namen. Ich kannte also deine Mutter, Charlie" , ergänzte sie schnell um die Geschichte abzuschließen.

„Meine Mutter hatte mir nur von damals erzählt, dass sie bei Kriegsende im Fliegerhorst bei Bad Aibling eingesperrt war, als die Amis ´45 hier waren. Während des Krieges lebte und arbeitete sie in Maxlrain in einer Brauerei." Ergänzte Charlie um Marias Seele zu beruhigen, dass seiner Mutter von den Nazis keine Gefahr drohte.

„Nicht ganz, Maria", unterbrach Thoraldr das Ende ihrer Geschichte,

„rechne nach Maria. Charlie wurde 1966 geboren." Er wartete einen Moment bis er erkennen konnte, dass Maria für eine Ergänzung bereit war.

„Leider, Maria", so Thoraldr, „haben Al und ich Charlies Mutter schon viel früher getroffen. Die Geschichte eurer Flucht kannte ich bis jetzt nicht, aber dafür die Zeugungsgeschichte von Charlie. Jetzt kann ich auch Al verstehen, dass er eingewilligt hat."

„Muss das sein! Wir können uns den Rest denken", unterbrach ihn Maria.

„Das denke ich nicht", widersprach Thoraldr, „ihr habt eine völlig falsche Vorstellung. Wenn du dich erinnerst, Maria, sind Al und ich damals 1965 nach London geflogen um des Wembley-Tennisfinale von Rod Laver und Andrés Gimeno zu sehen. Charlies Mutter war auch dabei, aber nicht wegen Tennis. Sie kam mit nach London um Mary Barton aufzusuchen, die Jahre zuvor eine Fruchtbarkeitsklinik betrieb." Thoraldr stoppte hier und ließ seine letzte Aussage im Raum stehen.

Maria schwieg weiter und eben hätte sich ihre Meinung über Al gebessert. Den Mann, den sie glaubte seit Jahrhunderten zu kennen, wurde ihr immer fremder, seit Thoraldr aufgetaucht war.

„Dann habt ihr zwei mich seit Ewigkeiten belogen. Hat´s Spaß gemacht, Thoraldr ?" Fauchte Maria.

„... und ich bin jetzt ein Bastard! Danke!" Ergänzte Charlie.

„Dum kvinne", schimpfte Thoraldr auf Isländisch und musste sich für seine folgenden Worte erst sammeln. Er blickte die beiden an. „Nein, verdammt!", dementierte Thoraldr, „niemand wurde belogen und niemand wurde als Bastard geboren. Egal was du gesagt oder getan hättest, Maria, Al hätte seinen Samen gespendet. Es war der Wunsch von Charlies Mutter und deswegen bist du kein Bastard, Charlie. Wage es nicht nochmal so von dieser Sache zu sprechen! Es war die einzige Möglichkeit, dass Al den einzigen Wunsch einer Frau erfüllen konnte, die euer Leben gerettet hatte ohne seinen Schwur als Mönch zu brechen."

„Ich wurde also künstlich gezeugt!", resümierte Charlie für sich.

Das Küchen-Trio schwieg, aber Maria war innerlich immer noch zerknautscht.

„Von eurer Londonreise wusste ich nichts!" Beschwerte sich Maria, aber ihre Feststellung blieb unbeachtet.

Maria fühlte sich weiterhin von Al belogen und betrogen. Sie wollte die Ritterstatue von Al in ihrem Kopf zu Fall bringen.

„Mönch, sagst du war er ", wiederholte Sie zynisch, „und warum hat er früher Menschen den Kopf abgeschlagen?" Sie musste irgendetwas hervorkramen um ihrer Wut Luft zu verschaffen, denn irgendwie fühlte sie, dass an Als Samenspende nichts Verwerfliches war. Sie war unvorbereitet mit dieser Geschichte konfrontiert worden. Sie kannte nur einen Teil der Geschichte und Al hätte sie einweihen können. Auch sie hätte gerne Dankbarkeit gezeigt.

„Wer hat dir so was erzählt ? Wage es nicht meines Bruders Ansehen zu beschmutzen", raunzte Thoraldr erzürnt. Er stand auf und der Tisch rutschte weg.

Maria sprang auf und ging sofort in Schutzhaltung für Thor ein und erwiderte, „Nimué ! Nimué erzählte mir, dass er Henker im Mittelalter war."

„Quatsch - Lügen - Bullshit ", warf er ihr zornig entgegen. Charlie gab das Baby an Maria und baute sich vor Thoraldr auf.

„Sie hat mir erzählt, er hat Hinrichtungsmaschinen erfunden – unter anderem die Guillotine. Viele Aeternis hat er damals zum Scharfrichter gebracht."

„Dum kvinne - dummes Frauenzimmer", fluchte Thoraldr und schob Charlie bei Seite um Maria direkt seine Antwort ins Gesicht schmettern zu können. Dabei musste Charlie erkennen, dass Thoraldr stärker war als er dachte und seine Hände einen schraubstockartigen Griff hatten.

„Merlin, diese schleimige Nacktschnecke, hatte uns damals an der

Französischen Revolution an Robespierre verraten; er wollte uns loswerden, weil wir nicht nach seiner Pfeife tanzen wollten. Al konnte eine kleine Schar von uns retten. Auch ich entging dem Fallbeil nur um Haaresbreite. Er riskierte dabei Kopf und Kragen. Er hätte damals Merlin töten können, aber es war ihm wichtiger uns zu retten."

„Nimué sagte, er hätte diese Höllenmaschine mit entwickelt", entschuldigte sich Maria fast. Thoraldr wurde etwas ruhiger, drehte sich zum Fenster und fuhr fort.

„Al war kein Henker, jedoch es stimmt, er hatte bei diesen Hinrichtungsmaschinen mitgearbeitet, wie du das so schön beschrieben hast. Jedoch hat er sie weiterentwickelt. Das Schicksal derer, die zum Tode verurteilt waren, war unausweichlich. Aufs Rad geflochten und zu Tode geprügelt zu werden oder den Kopf durch das Schwert zu verlieren, war in Als Augen menschenunwürdig. Mehrere Schläge waren oft nötige um einen Kopf vom Rumpf eines Menschen zu trennen. Al war der Ansicht, dass die Verurteilten einen schnellen und sauberen Tod verdient hätten."

Dem konnte sie nichts mehr entgegensetzen und kramte weiter im Geiste in ihrer Vergangenheit mit Al.

„Ich habe ihn damals in Konstanz bei einer Nutte erwischt", untermauerte sie ihren Standpunkt nochmals, aber wurde von Thoraldr eines Besseren belehrt.

„Keine Ahnung warum er bei einer Nutte war ...!", antwortete er frech und gelangweilt.

Maria schwieg und Thoraldr wartete auf weitere Fragen.

„Vermutlich kann man sie nur mit knallharten Antworten zum Schweigen bringen", dachte Thoraldr lächelnd.

„Wie kam´s dazu, dass Al plötzlich den Eifelturm mit gebaut hatte?" Schoss es aus ihr heraus. Sie wollte Thoraldr mit ihren Fragenpool nicht so schnell vom Haken lassen. Sie wusste wie schnell er sich davon löste und sich davon wuselte.

Thoraldr faltete seine Hände und schien sich erst erinnern zu müssen oder hatte er keine Lust über seinen toten Bruder zu reden.

„Maria, lass ihn doch! Es ist pietätlos über einen Verstorbenen so Vieles nachzufragen", warf Charlie ein.

„Nein! Der Tod, Charlie, ist für uns Aeterni etwas anderes. Aber es gab so viele Dinge, die mir Al anscheinend verheimlicht hat", forderte Maria weiter.

„Nun du hast Al verlassen und einen Hamburger Fischkopf geheiratet", antwortete er wieder flapsig.

„Woher weißt du von meiner Zeit in Hamburg?" Fragte Maria forsch.

„Du bist und bleibst das unwissende Mädel vom Bauernhof, Maria. Glaubst du wirklich dein Al hätte dich all die Jahre unbeaufsichtigt und schutzlos in Hamburg leben lassen?", lachte er ihr frech entgegen und schüttelte den Kopf.

„Viele von uns wurden von ihm nach Hamburg geschickt um dich zu überwachen: als Bäcker, Hotelpage, Haushälterin, Kräutersammlerin oder sonst was. Hauptsache er wusste wie es dir erging!"

Marias Fragen und Attacken gegen Al zerplatzten wie Seifenblasen und sie setzte neu an, „wieso der Eifelturm?"

Thoraldr begann: „Es war Anfang des 16.Jahrhunderts als mein Bruder in Augsburg Jacob Fugger kennengelernt hatte und ... ."

„Wann soll das gewesen sein?" Unterbrach sie ihn unhöflich.

„Hat deine Fragerei auch ein Ziel? Lass mich doch bitte erst mal zu Ende erzählen, liebste Maria. Die Zeitspannen sind für uns Aeterni größer" ,forderte Thoraldr und wartete ihre Zurückhaltung ab. Charlie schmunzelte.

„Also nochmal: Mein Bruder war bei Jacob Fugger und sie hatten eine Idee Sozialwohnungen für die Arbeiter der Fuggerei zu bauen. Damals lernte er das Maurerhandwerk von Franz Mozart und er entdeckte seine Liebe zur Architektur. Als mein Bruder Jahrhunderte später dann die Gelegenheit hatte am Eifelturm mit zu bauen, tat er es. Du warst in Hamburg und er hatte Zeit für sich! Das ist alles, Maria. Keine große Sache!"

Bevor sie einhaken konnte, war Charlie schneller: „Mozart? Der Mozart!"

„Ach ja! Tatsächlich Franz Mozart war der Uropa von Wolfgang Amadeus Mozart. Die Welt ist klein, Charlie! Aber das ist auch schon alles!"

„Nicht ganz, lieber Thoraldr" ‚ließ sie nicht locker, „wann genau!"

„Oh mein Gott, Maria, das ist 500 Jahre her" ‚versuchte er auszuweichen.

„Eben!" ‚forderte sie weiter.

„Lass mich nachdenken" ‚schmunzelte Thoraldr, „als mein Bruder bei Jacob Fugger war, war ich in ... in Italien und die Mailänder Kriege gingen zu Ende. Ritterkönig Franz I. aus Frankreich schloss den ´Ewigen Frieden` im Jahre ...", er machte es spannend und zählte scherzhaft mit seinen Fingern, „...1516."

„Eben, das kann eben nicht sein! Ich kam 1493 mit Al aus der neuen Welt nach Europa zurück und wir versteckten uns damals bei eurer Mutter in Norwegen bis 1525. Als dort mehrere Pestepidemien wüteten, halfen wir den Menschen dort zu überleben. Du kannst deine Mutter Irina ja fragen!"

Thoraldr war sichtlich geschockt, sprachlos und aus seiner Spaßphase gerissen.

Maria und Thoraldr blickten sich an als würden sie ihren Gegenüber nicht für voll nehmen. Selber aber hätte jeder für sich jede Wette angenommen, dass die eigene Geschichte wahr war. In dieser Pattsituation schwiegen beide.

Charlie hatte sich gedanklich aus der Geschichte zurückgezogen und verabschiedet. Ein unerwartetes Geräusch und Kinderstimmen an der Haustür ließ die Drei kurz erstarren und Thoraldr verschwand mit einem Satz in der Speisekammer. Im nächsten Moment öffnete sich die Küchentür und Agnes rannte herein; dahinter kam Friedrich mit dem kleinen Aleksander. Agnes blieb kurz stehen, aber näherte sich dann langsam ihrer Mutter, die den keinen Thor auf dem Arm hatte.

„Das ist euer neuer kleiner Bruder. Er heißt Thor!" Erklärte Maria ihrer Tochter.

„Ich wollte doch ein Schwesterchen zum Spielen haben", bemängelte Agnes.

„Das wollten wir eigentlich alle haben!" Ergänzte Friedrich umherblickend und fragte rhetorisch, „aber was ist denn hier passiert? Wir haben uns große Sorgen gemacht und Agnes ließ nicht locker – sie wollte partout hierherkommen. Habt ihr den Kleinen alleine hier zur Welt gebracht? Darf ich ihn mir ansehen und wie geht´s dir Maria?"

Charlie nahm seinen Aleksander und ging zur Seite, damit Friedrich Platz hatte. Dabei merkte er, dass drei Tassen auf den Tisch standen und er war sich sicher, dass auch Friedrich es bereits bemerkt hatte, aber noch schwieg. Charlie nahm seine Tasse , trank einen Schluck, stellte sie aufs Fensterbrett und ging mit Aleksander auf dem Arm umher.

„Alles in Ordnung?", fragte Charlie beiläufig.

Friedrich antwortete nicht, sondern untersuchte Thor. Charlie machte ein paar Schritte Richtung Küchentisch und nahm nun Thoraldrs Tasse und tank einen Schluck. Dieser Kaffee bestand aus Kaffeesatz und zu 80% aus Cognac. So etwas grauenhaftes hatte Charlie noch nie getrunken und es kostete ihn all seine Überwindung diese Plörre zu trinken. Husten- und Würdereiz zwangen ihn sich hinzusetzen.

„Bei dir alles okay ?" Erkundigte sich Friedrich und tatsächlich fiel sein Blick auf die dritte Tasse. Charlie konnte nicht antworten und jetzt bemerkte auch Maria die Tassenüberzahl und beklagte: „Du tust normal nie Schnaps in deinen Kaffee, Charlie. Und im Übrigen trinkst du die ganze Zeit schon aus drei Tassen. Entscheide dich!"

„Nach dieser Nacht hab ich Schnaps gebraucht." Erklärte Charlie heiser.

Maria kannte den eigenartigen Kaffeegeschmack von Thoraldr und versuchte die Situation zu retten um Friedrichs mögliches Misstrauen zu nehmen. Charlie hatte sich immer noch nicht gefangen, aber

Friedrich schien ruhiger und zufriedener geworden zu sein.

„Es scheint alles gut zu sein!" Verkündete Friedrich und bat, „jetzt möchte ich dich noch kurz ansehen, Maria. Gehen wir ins Schlafzimmer." Resümierte Friedrich.

Die beiden verließen die Küche und Charlie lenkte die ganze Aufmerksamkeit von Agnes auf ihren neuen Bruder. Als Charlies Blick zur Vorratskammertür fiel, spähte Thoraldr kurz heraus und gab ihm zu verstehen, man sollte Friedrich einfach den Hals aufschneiden und kurzen Prozess machen. Charlie musste kurz lachen, denn Thoraldr hatte dabei ein gebratenes Hühnerbein im Mund. Charlie schloss die Tür zur Speisekammer. Nach einigen Minuten kamen Maria und Friedrich wieder zurück und alles schien gut zu sein.

„Ich wusste gar nicht, dass Architekten auch Kinder zur Welt bringen können und für eine gute Erstversorgung vornehmen können." Eröffnete Friedrich das Gespräch mit Charlie mit etwas Argwohn und Unterton.

„Maria hat mir erklärt was zu tun ist. Das war´s!" Warf er ihm schnell entgegen.

„Ich kann Agnes mitnehmen, dann habt ihr etwas Zeit für euere beiden Söhne." Schlug Friedrich mit Nachdruck vor.

Noch bevor Charlie energisch dagegen antworten konnte, willigte Maria dankbar ein, „gut, das ist schön von euch und erzählt Nimué von Thor!" Friedrichs Reaktion zeigte deutlich, dass es keine freudige Nachricht für Nimué sein würde, wenn sie erführe, dass Maria kein Mädchen zur Welt gebracht hätte. Friedrich schien etwas abwesend in Gedanken zu sein. „Anscheinend habe ich die Ultraschallbilder falsch gelesen", dachte Friedrich, „ich muss sofort zu Nimué, um Schlimmeres zu verhindern."

„Komm, Agnes!" Forderte er sie auf ohne sie dabei anzublicken oder diese Antwort zu erwarten.

„Nein!", antwortete Agnes und stellte sich neben Thor. Charlie kam mit Aleksander dazu und Friedrich erkannte, dass er diese Familie jetzt nicht entzweien konnte. Friedrich war nervös und unruhig – er hatte diese klare Ablehnung von Agnes nicht erwartet. Er fing sich aber und konnte nur ein Standardargument Kind gerecht vorbringen.

„Oma Nimué wird aber traurig sein, wenn sie hört …!" Friedrich sprach seinen Satz gar nicht zu Ende, denn er erkannte an ihrem Gesichtsausdruck, dass es Zeitverschwendung gewesen wäre noch weiter nachzubohren.

„Ihr kommt später noch zu Nimué ?" Fragte er noch schnell, aber wartete keine Antwort ab, die er auch nicht bekam. Friedrich schien in großer Zeitnot zu sein, denn er verließ rennend das Haus und fuhr im Karacho durch die engen Gassen als würde Leben und Tod davon abhängen – dem war auch so, aber das konnten Maria und Charlie nicht erahnen.

Friedrich hatte Nimué über die Freisprechanlage im Auto am anderen Ende der Leitung: „Nimué, sie hat letzte Nacht ein Kind geboren – aber es ist kein Mädchen, ich lag falsch!" „Du Narr! Merlin wird außer sich sein!" „Es tut mir leid, das war mein Fehler. Ich übernehme die volle Verantwortung." „Friedrich, deine Mutter hält uns immer wieder auf Trab, nicht wahr?" „Kannst du den Assassinen noch aufhalten?" „Nein! Ich habe keinen Kontakt mehr zu ihm. Er ist bereits unterwegs, und ich kenne weder sein Aussehen noch seine Identität. Es ist zu spät – Charlie wird sterben. Komm nach Hause, Friedrich." "Die Kinder sind bei Maria geblieben!" „Die Kinder sind sicher. Der Assassine hat präzise Anweisungen, und im Gegensatz zu manchen anderen hält er sich daran. Charlie wird heute sterben, und Maria wird nichts bemerken."

Dann brach die Verbindung ab.

Das Versteck

Charlie betrachtete stolz seine kleine Agnes, die ihn mit einem schelmischen Lächeln ansah und sagte: „Mama hat gesagt, wenn das Baby da ist, darf ich nicht mehr weggehen. Sie braucht mich!"

„Genauso ist es, mein großes Mädchen", bestätigte Maria und strich ihr über den Kopf. Die vier standen um das Neugeborene herum, eine vereinte Familie – ahnungslos, dass das Unheil bereits seinen Schatten warf. Während sie sich in den Augen des neuen Familienmitglieds verloren, nutzte Thoraldr die Gelegenheit und schlich sich unbemerkt aus der Vorratskammer. Charlie war der Einzige, der ihn sah, entschied sich jedoch, nichts zu sagen. Er blies einen tiefen Atemzug aus, als wolle er die Last von tausend Sorgen loswerden.

„Na, musst du jetzt stöhnen, als hättest du die ganze Arbeit gehabt?", neckte Maria ihn.

„Ich frage mich nur, wann du genug Kinder hast, Maria."

„Solange es Spaß macht, mein Herr, sind wir noch lange nicht fertig."

Charlie grinste und schwieg, das Bild des zufriedenen Familienvaters.

„Warum schaust du so komisch, Papa?" fragte Agnes mit einer Mischung aus Neugier und Besorgnis. Er lächelte nur.

Etwa eine halbe Stunde später, als die Familie allein in der Küche war, klingelte es an der Tür. Agnes lief hinunter und öffnete sie. Ein fremder Mann stand dort, frisch rasiert, die Haut noch gerötet, ein kleines Pflaster zierte sein Kinn.

„Hallo, ich bin Thoraldr, Alskaers Bruder. Ich wollte Maria und Charlie besuchen", stellte er sich vor.

Agnes, überrascht von der plötzlichen Bekanntschaft, ließ den Fremden passieren, der sich prompt die Treppe hinauf beeilte. Oben angekommen, begrüßte er die Familie mit überschwänglicher Herzlichkeit: „Und du musst die große Agnes sein! Ich habe so viel von dir gehört. Ich bin dein Onkel Thoraldr, und das hier muss dein neuer kleiner Bruder Thor sein!"

Agnes betrachtete den Fremden misstrauisch. Als Mama und Papa lachten, fragte sie unvermittelt: „Woher kennst du seinen Namen,

Onkel Thoraldr?"

„Du musst von der Reise müde sein, Thoraldr. Setz dich doch, wie wäre es mit einem Kaffee?" lenkte Charlie das Gespräch um. Thoraldr setzte sich, nickte und nahm die Einladung an.

„Woher weißt du Thors Namen?" fragte Agnes erneut und legte ihre Hand auf Thoraldrs.

„Nein, Agnes, nicht!" rief Maria, aber es war zu spät.

Thoraldr, sichtlich irritiert, lächelte das Mädchen an, bis Agnes plötzlich sagte: „Du hast nicht die Wahrheit gesagt."

Charlie räusperte sich, um die peinliche Stille zu brechen. „Thoraldr, nur zu deiner Information: Unsere Agnes hat die Gabe, Lügen zu erkennen, wenn sie jemanden berührt. Wie sie das macht, wissen wir nicht. Es ist ein gut gehütetes Geheimnis."

„Kein Grund zur Sorge, ich werde dieses kleine Geheimnis nicht an den Teufel weitergeben!" versicherte Thoraldr mit einem verschmitzten Grinsen.

„Wir werden Agnes später erklären, warum sie deine Lüge gespürt hat", sagte Charlie.

Doch bevor sie weiterreden konnten, unterbrach Maria plötzlich mit einem entschlossenen Ton: „Wir müssen weg. Sofort!"

Charlies Augen weiteten sich vor Überraschung. Thoraldr hingegen schmunzelte und sagte ruhig: „Ich weiß bereits, wohin. Deshalb bin ich hier!"

Maria verschränkte die Arme und musterte ihn scharf. „Ach ja? Und das wäre?"

„Tibet", erwiderte Thoraldr trocken und nahm genüsslich einen Schluck Kaffee. Charlie zog bei dem Gedanken an diesen Kaffee das Gesicht, aber hielt sich zurück, um die beiden nicht zu stören. Sein Geist war noch immer nicht ganz bei der Sache.

Maria verschränkte die Arme noch fester und wartete auf mehr Details zu diesen plötzlich aufgetauchten Reiseplänen.

„Tibet", wiederholte Thoraldr. „Das ist der einzige Ort auf dieser

Welt, wo sie uns nicht erreichen können. Dort sind wir sicher. Ich habe dort viele hundert Jahre verbracht."

„Wie kommen wir dort hin ? …. und du verlangst von mir, dass ich meine Kinder dort aufwachsen lasse." Widersprach Maria heftig und ablehnend.

„Kinder! Wo wachsen meine Kinder bitte auf?" warf Charlie ein, seine Stimme schwang zwischen Panik und Ungläubigkeit.

„Merlin wird sich niemals nach Tibet wagen – das wäre sein Todesurteil. Dort lebt ein noch älterer Aeterni als er, der nur noch aus einem Grund existiert: Merlin zu erledigen. Tibetische Mönche nennen ihn den 'Zeitlosen'. Er allein hat die Fähigkeit die Zeit zu hüten. Ich habe alles vorbereitet, sie erwarten uns dort. Es ist das einzige Versteck, um zu überleben. Ansonsten sind wir geliefert, die werden uns umbringen, deine Kinder entführen und sie zu kleinen Marionetten ihrer finsteren Pläne machen."

„Das lasse ich nicht zu! Sie müssen erst an mir vorbei", rief Charlie heldenhaft, obwohl seine Knie innerlich zitterten.

„Glaub mir, das geht schneller, als du ‚Aua' sagen kannst", erwiderte Thoraldr trocken.

Maria, die sich den Plan noch einmal genau durch den Kopf gehen ließ, hob die Hand und bat um Ruhe.

„Gut!" rief sie schließlich, „wir brechen sofort auf. Lasst alles stehen und liegen. Es muss aussehen, als wären wir nur kurz rausgegangen und kämen bald zurück. Bei Bauer Ricco können wir eine Nacht unterkommen und dann weiterziehen. Mein Plan war, nach Alaska zu Peter Black zu gehen und uns dort..."

„Peter ist seit über einem Jahr tot", unterbrach Thoraldr sie nüchtern. „Sie wussten also längst, was du vorhattest."

„Aber ich hatte vor sechs Monaten noch Kontakt mit ihm! Das kann nicht sein!" klagte Maria verzweifelt, aber einsichtig.

Thoraldr nickte selbstbewusst, als hätte er gerade das Unausweichliche verkündet. Charlie blickte nur ungläubig zwischen ihnen hin und her.

„Was zur Hölle ist hier los? Mir reicht's! Wir gehen nirgendwo hin!" widersprach Charlie, obwohl ihm längst klar war, dass er in diesem Haus schon lange nichts mehr zu sagen hatte.

„Charlie, bitte vertrau mir und hilf mir", beschwor Maria ihn. „Ich habe alles vorbereitet. Wir nehmen nur die Kinder und das, was wir am Leib tragen. Lass die Spülmaschine laufen, die Wäsche hängen – selbst die Reisepässe bleiben hier!"

„Aber was ist mit dir, Maria? Musst du dich nicht ausruhen?" fragte Charlie besorgt, als die Realität ihn wieder einholte.

Maria lächelte und strahlte eine Stärke aus, die ihn verstummen ließ. Er erkannte, dass sie genau wusste, was sie tat. Er nahm Agnes und Aleksander an die Hand, um sie ins Auto zu bringen. Maria kümmerte sich um Thor.

Thoraldr verschwand still und leise in die Garage und kletterte in den Kofferraum ihres Wagens. Auf der Straße trafen sie noch auf die neugierige Nachbarin, die das Neugeborene bewunderte und ihre Glückwünsche aussprach. Maria fertigte sie knapp ab und erklärte, sie müssten unbedingt zu Nimué, um das neue Familienmitglied vorzustellen. Die Nachbarin würde sich später als perfekte Zeugin erweisen und jede Menge Gerüchte streuen – genau das, was sie brauchten

An diesem Tag kamen wieder viele Wanderer auf dem Jakobsweg ins Dorf. Es fiel nicht auf, dass einer von Ihnen ein Meuchelmörder war. Hätte jemand darauf geachtet, wie einer der Wanderer einen Stein aus der alten Stadtmauer herausnahm und einen Schlüssel von dort mitnahm, wäre dieser dem Tod geweiht gewesen. So aber lief ein Wanderer mit einem Schlüssel durchs Dorf, der die Tür zum Haus der Fuentes jeder Zeit öffnen konnte.

Ricco saß auf seinem Traktor und spähte über die Hügel, als er Marias Auto in der Ferne erspähte. Ein flüchtiger Moment des Nachdenkens huschte über sein Gesicht, bevor er zu seiner Frau in die Stube ging. „Es ist so weit, Maria kommt," sagte er mit gedämpfter Stimme.

Ricarda, ihre Augen von Schmerz und Entschlossenheit gleichermaßen geprägt, kämpfte sich mühsam auf die Beine. Ihr Gesicht war von den harten Linien des Knochenkrebses gezeichnet, doch die Aussicht, Maria und ihre Familie noch einmal zu sehen, ließ ihre Augen aufleuchten.

„Gib mir das Aeterni-Blut – ein letztes Mal. Ich will Maria und ihre Kinder noch einmal in die Arme schließen können," bat sie sanft, aber bestimmt.

Ricco ging zum Kühlschrank, holte eine Viole mit dem kostbaren Blut heraus und zog es in eine Spritze auf. Mit zittrigen Händen injizierte er es seiner Frau, die erleichtert seufzte.

„Und vergiss nicht, Charlie zu sagen, dass seine beiden Freundinnen noch leben," erinnerte sie ihn. Ricco nickte nur stumm, die Last der Lüge drückte schwer auf seine Schultern. „Ich werde den richtigen Moment finden," murmelte er, mehr zu sich selbst.

Der Empfang war herzlich. Agnes schnappte sich sofort Riccos Hand und zog ihn eifrig in den Kälberstall. Der alte Mann ließ es geschehen, froh über die Normalität dieses Augenblicks. Für Agnes war es ein Abenteuer wie jedes andere. Aleksander, noch zu klein, um sich Sorgen zu machen, setzte sich wie immer zu Ricarda in ihren Ohrensessel.

„Geht nur!" sagte Ricarda mit einer Geste Richtung Tenne, ohne den zweiten Mann – Thoraldr – weiter zu beachten. „Alexander und ich werden uns eine neue Geschichte von ´Schnigglbiggl´, einer Weinbergschnecke in unserem Kräutergarten, ausdenken", lächelte sie. Aleksanders Augen strahlten: „Oma Ricarda, das letzte Mal hat Schniggl einen Kobold getroffen." Sie nickte nur und begann ihm eine neue Geschichte zu erzählen.

Maria ging voran, gefolgt von Charlie und Thoraldr, die wie neugierige Entdecker hinter ihr her stapften. Doch die Entdeckung blieb diesmal nicht aus. Kaum hatten sie die Tenne betreten, verschwand Maria plötzlich hinter einer scheinbar soliden Strohballen-Pyramide.

Charlie und Thoraldr tauschten verwirrte Blicke aus. Von ihrem Standpunkt aus sah es aus, als wäre dort nichts als die Außenwand. Doch die vermeintliche Außenwand war eine geschickt getarnte Innenwand. Dahinter verbarg sich ein Raum mit vier Betten – ein Unterschlupf im Verborgenen, der weder von innen noch von außen leicht zu entdecken war.

„Genial!" murmelte Thoraldr anerkennend. Charlie verstand nun, warum Maria in den letzten Jahren so versessen auf Geheimgänge und altägyptische Baukunst gewesen war. Maria und Charlie tauschten ein wissendes Lächeln.

„Das ist unser Versteck für die Nacht," erklärte Maria, „… und morgen geht's weiter nach Alaska … aber nur für Nimué. Geld, Papiere und Kleidung sind da; nur für dich, Schwager, habe ich nichts vorbereitet." Thoraldr grinste nur und deutete damit an, dass er längst vorgesorgt hatte.

Sie kehrten in die Stube zurück, wo sich bereits alle versammelt hatten, um den gemeinsamen Abend zu planen. „Der Kobold hat eine magische Schneeflocke, Mami, die nicht schmilzt", rief Aleksander aufgeregt, „und … und…" „Das ist ja wunderbar", und ihr Lächeln danke Ricarda.

Im Haus der Fuentes legte sich die Nacht wie ein schwerer, erstickender Schleier über die Räume. Die Dunkelheit verschluckte jedes Geräusch, doch aus den Schatten heraus drang ein kaum wahrnehmbares Tappen, das die Anwesenheit eines ungebetenen Gastes verriet. Der Eindringling bewegte sich mit der geschmeidigen Präzision eines Raubtiers, das seine Beute umkreist. Jeder Schritt war kalkuliert, jeder Atemzug leise, sein mörderischer Plan bereits im Geiste vollendet.

Er wusste, dass sein Ziel allein sein würde, ohne die schützenden Augen unschuldiger Zeugen. Doch er war vorbereitet – auf jede Abweichung, auf jede unvorhergesehene Wendung. Sollte sich ihm jemand in den Weg stellen, würde er kalt und gnadenlos zuschlagen. Keine Spuren, keine Zeugen, keine Fehler! Der Assassine war ein Meister seines Fachs, unsichtbar wie ein Schatten, tödlich wie eine Klinge im Dunkeln.

Jetzt hockte er reglos in einer dunklen Ecke des Hauses, verschmolz beinahe mit den Schatten um ihn herum. Seine Gedanken waren scharf wie Rasiermesser, seine Sinne bis zum Zerreißen gespannt. Jede kleinste Bewegung, jedes Flüstern des Windes wurde von ihm wahrgenommen. Er war in seinem Element, der Tod war sein Begleiter, die Dunkelheit sein Versteck. Er trug eine schwarze, enganliegende Ausrüstung, die keinerlei Geräusch zuließ, während er lauerte, die Zeit langsam verstrich. Vor seinem inneren Auge spielte sich die Szene ab, die er beobachtet hatte. Die Frau, die den Schlüssel in der Mauer versteckt hatte, tat es mit zitternden Händen, wie ihm die winzige Bewegung ihrer Finger verraten hatte. Sie hatte alles getan, wie es ihr befohlen worden war, doch sie wusste nicht, dass sie von ihm überwacht wurde – wie eine Fliege, die sich in einem Spinnennetz verfangen hatte. Er hatte sie aus dem Halbdunkel ihres Wohnzimmers beobachtet, das schräg gegenüber lag. Sie hatte sich kürzlich von seinem Ziel verabschiedet, in einem scheinbar harmlosen Gespräch. Doch für ihn war Verrat das schlimmste Verbrechen – schlimmer als Mord.

Sein Herzschlag blieb ruhig, gleichmäßig, als die Zeit näher rückte.

19 Uhr! Sein Ziel würde jeden Moment eintreffen, unter einem Vorwand, der so geschickt gesponnen war, dass er keinen Verdacht erregte. Doch der Assassine spürte es – etwas stimmte nicht. Die Stille war zu vollkommen, die Dunkelheit zu undurchdringlich.

Der Assassine verengte die Augen, ließ seine Finger lautlos über den Griff seiner Waffe gleiten. Er würde nicht zögern. Wenn das Ziel die Schwelle übertrat, würde das Spiel enden – endgültig. Doch bis dahin würde er warten, reglos und leise wie der Tod selbst.

Der Assassine hatte das Haus der Fuentes längst verlassen. Lautlos wie ein Schatten hatte er sich in das gegenüberliegende Haus geschlichen, wo die Frau lebte, die den Schlüssel übergeben hatte. Dort, in der Dunkelheit, zwang er sie zu einem Anruf. Als Nimué das Telefon abnahm, hörte sie sofort das gequälte Stöhnen der Nachbarin.

„Was ist los?" fragte Nimué, ihre Stimme angespannt.

„Der... der fremde Mann... er ist bei mir", kam die Antwort, verzerrt vor Schmerz. „Willst du mit ihm reden?"

Ein kalter Schauer lief Nimué den Rücken hinunter. „Nein!" schrie sie.

„Hat er den Schlüssel?"

„Ja, aber... aber Charlie ist nicht gekommen, wie du gesagt hast", wimmerte die Nachbarin, ihre Stimme überschlug sich vor Angst. „Wo könnte Charlie sein? Verdammt, er hat mir die Finger gebrochen! Ich habe doch alles getan, was ihr wolltet! Bitte, sag ihm, er soll mir nicht mehr wehtun!"

Nimué biss sich auf die Lippe, kämpfte gegen die Panik, die in ihr aufstieg. „Sie könnten bei Bauer Ricco... vielleicht sein," platzte es aus ihr heraus. Doch bevor sie mehr sagen konnte, hörte sie nur noch das Besetztzeichen.

In der Küche herrschte eisige Stille. Nimué, Friedrich und Stanislaus saßen regungslos beisammen, während die Uhr gnadenlos die siebte Stunde schlug. Jeder Sekundenzeiger fühlte sich an wie ein Dolch, der ihre Hoffnung Stück für Stück zerschnitt. Ihr Plan war gescheitert. Charlie war nicht gekommen, und der Assassine war unerreichbar, wie ein Raubtier, das in der Dunkelheit lauerte. Der Gedanke, selbst hinzufahren, war gleichbedeutend mit einem Todesurteil. Alles, was ihnen blieb, war beten und die vage Hoffnung, dass Merlin ihnen diesen Fehlschlag verzeihen würde.

Etwa fünf Minuten nach 19 Uhr erhob sich Nimué abrupt. Ihr Gesicht war eine Maske aus Marmor, hart und emotionslos. Ohne ein Wort zu verlieren, schritt sie hinaus in die Nacht. Vor der Tür begegnete sie einem jungen Mädchen aus dem Dorf, das gerade mit einem Wäschekorb die Treppe hinaufgehen wollte. Die angestaute Wut in Nimué brodelte über. Ohne Vorwarnung schlug sie zu. Ein brutaler Schlag mit der linken Hand, gefolgt von einem mit der rechten. Das Mädchen blieb wie erstarrt stehen, den Korb fest in den Händen, während ihre Wangen sich röteten. Doch Nimué hielt nicht inne. Sie schlug wieder zu, härter und erbarmungsloser. Die Schläge hallten durch den Flur, als wären sie ein Echo ihrer gescheiterten Pläne.

Friedrich und Stanislaus hörten die Schläge und stürmten herbei. Nimué, von einem sadistischen Rausch erfasst, ließ ein bösartiges Lächeln über ihre Lippen gleiten. Mit einer schnellen Bewegung schlug sie das Mädchen mit der Faust. Der Wäschekorb fiel zu Boden, Blut tropfte aus dem Mund des Mädchens und besudelte die frisch gebügelte Wäsche.

„Du nutzlose, dumme Göre!" fauchte Nimué. „Halt sie fest, Friedrich!"

Plötzlich rannte Stew heran, seine Augen weiteten sich vor Entsetzen, als er das blutende Mädchen – Yoyo – am Boden liegen sah.

„Die Nachbarin Paola ist am Telefon – es geht um Maria. Schnell!" rief Stew außer Atem.

Nimué ließ Yoyo fallen und eilte zum Telefon. „Nimm sie und wirf sie auf den Müll," befahl Friedrich kalt, während er ihr nachsah.

Doch Stew, angewidert von dem, was er sah, kniete sich neben das Mädchen und versuchte ihren Schmerz zu lindern. Er hob sie behutsam auf und trug sie hinaus in die Dunkelheit. Er wusste, er musste sie in Sicherheit bringen, weit weg von diesem Albtraum. Während er sich entfernte, spürte er die Kälte der Nacht auf seiner Haut und hörte, wie die Küchentür hinter ihm verriegelt wurde. Die Zeit war knapp, und jeder Schritt zählte.

Ricarda saß spät in der Nacht in der Küche und bereitete die Bohnen für das morgige Mittagessen vor, wenn Maria und die anderen wieder abreisen würden. Dank des Aeterni-Blutes waren die Schmerzen in ihren Gliedern vorübergehend verschwunden. Sie wusste jedoch, dass sie bald zurückkehren würden – immer schneller und intensiver. „Ein langsamer und schmerzhafter Tod," dachte sie, „aber jetzt kann ich wenigstens meine Küchenarbeit ohne Schmerzen erledigen – die ganze Nacht."

Glücklich in diesem Moment, begann Ricarda ein altes spanisches Kinderlied zu singen, das sie von ihrer Großmutter kannte. Sie bemerkte nicht den Schatten, der sich lautlos von hinten an sie heranschlich. Plötzlich wurde das Lied abrupt unterbrochen, als ein schneller, lautloser Griff ihr Leben beendete. Ricarda sank sanft in die Schüssel mit Bohnen. Es war vorbei.

Maria, die in einem Ohrensessel im angrenzenden Raum saß, wurde unruhig. Das Lied von Ricarda verstummte plötzlich, und die Stille in der Küche ließ ihre Alarmglocken schrillen. Gedanklich hatte sie das Lied mitgesungen und nun schnürte ihr die plötzliche Stille die Kehle zu. Sie erhob sich und versuchte, eine vorteilhafte Position im Raum einzunehmen, doch es war zu spät. Die Küchentür öffnete sich, und eine dunkel gekleidete Gestalt trat ein. Das scharfe Glitzern einer Klinge blitzte im schwachen Licht auf.

Maria reagierte instinktiv, griff nach einem Stuhl und schleuderte ihn gegen den Eindringling, um Lärm zu verursachen. Sie war nicht auf einen Kampf vorbereitet, verfluchte sich innerlich für ihre Unachtsamkeit. „Dumme Kuh," schalt sie sich selbst, doch der Gedanke verblasste schnell, als der Fremde entschlossen auf sie zuging. Mit fließender Bewegung führte er die Klinge durch die Luft, zielte auf sie und riss ihre Bluse auf. Der Stoff zerfetzte, und ein stechender Schmerz durchzuckte Marias Oberarm. Ein Schrei! Sie war schnell und traf den Angreifer, aber der Fremde war schneller. Blut strömte aus der Wunde, doch Maria presste die klaffende Verletzung zusammen.

Im nächsten Moment löschte der Eindringling das Licht, tauchte den Raum in Dunkelheit. Maria hörte seine Schritte, doch er griff nicht sofort wieder an. Sie konnte sich vorstellen, dass er überrascht war –

er hatte wohl erwartet, dass sein erster Angriff tödlich sein würde. Stattdessen stand sie ihm immer noch gegenüber, den Schmerz ignorierend, bereit für den nächsten Schlag.

Maria warf weiterhin Stühle um, um Lärm zu erzeugen, in der Hoffnung, dass jemand im Haus ihre Notlage bemerken würde. Ein Schrei wäre zu gefährlich – zu ablenkend. Der Fremde setzte erneut an, doch diesmal war Maria vorbereitet. Sie trat gezielt mit der Ferse, verfehlte jedoch knapp einen entscheidenden Punkt. Trotzdem verschaffte es ihr einen Moment Zeit. Der Fremde war nun gewarnt: Maria war nicht hilflos.

Sie gingen aufeinander zu, wie Raubtiere, die auf den richtigen Moment warteten. Als sie die Küche erreichten, nutzte Maria einen Moment der Unachtsamkeit des Fremden, um ihm einen Tritt gegen den Oberschenkel zu verpassen, der ihn auf die Knie zwang. Ein schmerzhaftes, unerwartet hohes Stöhnen entwich ihm, doch er konterte sofort, warf Maria zu Boden. Sie wusste, sie hätte härter treffen müssen.

Der Fremde erhob sich wieder, seine Klinge blitzte gefährlich im Mondlicht, das über das kleine Küchenfenster hereinleuchtete, während Maria auf dem Rücken in eine Ecke kroch. Sie versuchte, ihn mit den Beinen auf Abstand zu halten, doch er ließ sich nicht beirren. Als Maria die Ecke erreichte, blieb ihr nur eine letzte Möglichkeit: Sie rief um Hilfe.

Der Fremde hatte nur darauf gewartet. Er griff sofort an, packte ihren Fußknöchel und zog sie brutal nach oben. Sein Gesicht blieb hinter einer schwarzen Maske verborgen, aber seine Augen verrieten seine kalte Entschlossenheit. Gerade als er zustechen wollte, tauchte ein massiger Schatten aus dem Nichts auf. Jemand packte den Fremden von hinten, riss ihn weg und entwaffnete ihn. Das Messer flog durch die Luft und landete unter dem Tisch.

Der Fremde reagierte aalglatt und blitzschnell, befreite sich mit einem Schulterwurf und warf Charlie, der ihn angegriffen hatte, auf Maria. Doch Charlie gab nicht auf und kämpfte weiter, während der Fremde eine Drahtschlinge hervorholte und versuchte, sie um Charlies Hals zu ziehen. Maria konnte gerade noch ihren Arm dazwischen klemmen, der Draht schnitt sich tief in ihr Fleisch.

In diesem Moment stürzte Thoraldr in den Raum und warf den Fremden mit einer gezielten Bewegung durch die Luft. Der Fremde landete hart auf dem Küchentresen zwischen Tassen und Teller, doch er erholte sich schnell, schnappte sich Küchengeräte und griff erneut an, diesmal bewaffnet mit einer Eisenpfanne und einer Stielkasserolle, die zu gefährlichen Waffen wurden. Charlie raffte sich hoch. Thoraldr kämpfte tapfer, doch die Schläge des Fremden trafen ihn hart. Maria, die schwer verletzt war, sah, wie Thoraldr und Charlie unterlegen waren.

Der Fremde schien unaufhaltsam, seine Treffer waren präzise und brutal. Marias Wunde blutete stark, Charlie rang um Atem, und Thoraldrs Gesicht war von den Schlägen entstellt. Der Fremde stand ihnen überlegen gegenüber, doch bevor er seinen nächsten tödlichen Schlag ausführen konnte, ertönte plötzlich ein lauter Knall.

Der rechte Fuß des Fremden wurde von einer Schrotladung getroffen und fast zerfetzt. Holzsplitter flogen durch die Luft, und der Fremde schrie auf, sackte zusammen. Thoraldr zögerte keinen Moment, schnappte sich das Messer vom Tresen und rammte es dem Fremden in den Hinterkopf. Der Fremde zuckte noch kurz und war dann tot.

Als sich der Pulverdampf verzog, erkannten die Überlebenden Ricco, der mit einer Schrotflinte in der Tür stand.

„Er hat … meine Ricarda getötet! Warum?" flüsterte Ricco heiser, fast ohne Stimme. Aber er weinte nicht und trat mit den Füßen gegen den reglosen Körper des Fremden.

Maria eilte sofort zu Charlie, um seinen Zustand zu prüfen. Er war bewusstlos, aber am Leben. Die Kinder lagen sicher in ihren Betten und schliefen. Ricco kniete sich neben die Leiche seiner Frau, nahm sie in die Arme, doch keine Träne entwich seinen Augen. Als Maria zurückkehrte, war Thoraldr bereits dabei, Charlies Wunden zu versorgen.

„Woher kannst du das?" fragte Maria überrascht, aber auch bewundernd.

„Glaubst du, ich kann und mag 500 Jahre zur See fahren, ohne etwas Neues zu lernen?" erwiderte Thoraldr. „Ich habe zwischenzeitlich Medizin studiert. Falls du's vergessen hast, habe ich deinen kleinen Thor zur Welt gebracht. Ich hatte sogar mal eine eigene Praxis in Warschau. Dann kam dieser Österreicher mit seinem blöden Weltkrieg und machte alles kaputt."

Thoraldr verharrte einen Moment in seinen Erinnerungen, sein Gesicht wurde zunehmend starrer. Es waren keine angenehmen Gedanken, und die anderen ließen ihm diesen Augenblick. Dann wusch er sich das Blut aus dem Gesicht im Waschbecken, betrachtete seine Platzwunde an der Augenbraue und richtete seine gebrochene Nase mit einem schmerzhaften Knacken, während die anderen schweigend die Kampfspuren in der Küche betrachteten.

„Komm her, Maria!" befahl Thoraldr, und seine Stimme war plötzlich wieder fest. „Lass mich deine Wunde sehen."

Zögernd trat Maria näher, zog die blutverschmierten Reste ihrer Seidenbluse aus und stand mit freiem Oberkörper vor ihm.

„Willst du dir nicht etwas anziehen?" fragte Thoraldr sachlich.

Maria hielt seinem Blick stand und antwortete trocken: „Du wirst doch schon Frauen in BH gesehen haben, oder?"

Thoraldr schmunzelte leicht, während Ricco sich darum bemühte, Ricarda, die leblos auf dem Boden lag, so würdevoll wie möglich hinzulegen.

„Ich will keine hässliche Narbe, also kleine Stiche!" verlangte Maria mit gepresster Stimme.

„Die Wunde ist tief, aber keine Sehne ist durchtrennt. Das wird gut verheilen. Ich kann die Wunde etwas betäuben", diagnostizierte Thoraldr und begann, die Verletzung zu nähen. Währenddessen saß Charlie benommen auf einem Küchenstuhl, unfähig, sich zu bewegen.

Als Thoraldr fertig war, reichte Ricco Maria ein Hemd von Ricarda, das er aus dem Schrank geholt hatte. Thoraldr trat dann zum toten Angreifer, drückte mit seinem Stiefel auf dessen Nacken und zog das Messer aus dem Schädel.

„Mal sehen, wer unser Freund hier war", sagte er und eine bedrückende Stille erfüllte den Raum. Als er die Maske vom Kopf des Angreifers zog, erschrak er.

Maria trat unsicher näher und hörte Thoraldr flüstern: „Das war ein Mädchen."

Die Augen des toten Mädchens starrten ins Leere, der kleine Schmollmund stand offen, und Blut sickerte aus ihren Ohren und dem Hinterkopf. Maria betrachtete das Gesicht und murmelte erschüttert: „Jetzt müssen schon Kinder für Merlin kämpfen."

„Sie war kein Kind mehr, sobald sie in die Fänge dieser Leute geriet", sagte Ricco kalt. „Ich kenne dieses Mädchen. Sie lebte mal hier im Dorf, bevor sie vor über zehn Jahren verschwand. Diese Teufel haben sie zur Killerin gemacht."

„Merlin ist nicht der Teufel", widersprach Thoraldr ruhig. „Der Teufel arbeitet mit Gott zusammen – so war es immer. Merlin ist auch kein Dämon, sondern ein kranker Mensch, der die Gabe der Unsterblichkeit missbraucht, um die Welt zu beherrschen."

„Das hilft uns jetzt nicht weiter", unterbrach Maria ungeduldig. „Wir müssen handeln."

„Wir müssen sofort verschwinden. Sie wissen wo wir sind!", sagte Thoraldr entschlossen. „Noch heute Nacht. Wir gehen nach Tibet. Wenn wir es bis dorthin schaffen, sind wir sicher." Sein Blick suchte Riccos Zustimmung.

„Ich bleibe", antwortete Ricco bestimmt. „Ich habe hier noch etwas zu erledigen."

Maria und Thoraldr wussten, was er vorhatte, und sie wussten auch, dass er scheitern würde. Aber sie hielten ihn nicht davon ab. Nur Charlie wollte ihn überreden, doch Maria hielt ihn zurück.

„Ich werde nach Alaska reisen, um eine falsche Fährte zu legen. Das wird euch Zeit verschaffen", erklärte Maria.

„Das wirst du nicht tun!" erklang plötzlich eine tiefe, vertraute Stimme aus dem Schatten des Türrahmens.

„Endlich bist du da", begrüßte Thoraldr die Gestalt, die nun ins Licht trat. Es war Stew. Maria wirkte überrascht, aber auch unzufrieden, ihn zu sehen, während Charlie erfreut auf ihn zulief.

„Stew wird uns helfen", sagte Charlie beschwörend. „Er und Danina werden für uns nach Alaska fahren."

„Hat er dafür überhaupt Zeit? Oder muss er wieder auf kleine Mädchen mit Pfeilen schießen?" fauchte Maria zurück, ohne sich umzudrehen.

„Stew hat sein Leben für uns riskiert", sagte Thoraldr ruhig.

„Wir brauchen ihn!" rief Charlie verzweifelt.

Stew trat auf Maria zu und erklärte leise: „Niemand hat mehr auf Yoyo geschossen. Ich habe den Bogen genommen und ihn ohne Pfeil abgeschossen. Der Bogen ist seitdem kaputt. So oft ich konnte, habe ich Yoyo beschützt. Der letzte Pfeil hätte dir gegolten, nicht ihr. Stanislaus wollte dich treffen, als du seine Übungen gestört hast. Doch als sein Bogen brach, hat er seinen Zorn an meinem Rücken ausgelassen. Willst du die Narben sehen?"

Maria drehte sich langsam um und sah Stew und Danina mit der kleinen Yoyo. In ihren Augen erkannte sie die Wahrheit, aber auch die Narben der harten Zeit bei Nimué. Sie ging auf die drei zu und umarmte sie.

„Verzeiht mir, die Dinge überschlagen sich gerade", entschuldigte sie sich leise.

„Maria, wir müssen...", begann Stew, wurde aber von Thoraldr unterbrochen.

„Genug jetzt! Wir müssen aufbrechen!" sagte er befehlsmäßig.

Die Assassine wurde im Wald in einem namenlosen Grab verscharrt, während Ricardas Leichnam in der Stube neben der Küche aufgebahrt wurde. Die Anwesenden versanken in ein minutenlanges Schweigegebet, bevor sie die schlafenden Kinder im Auto verstauten. Nach einem kurzen, wortlosen Abschied von Ricco trennte sich die Gruppe: Stew fuhr mit den Seinen an der nächsten Feldwegkreuzung nach links in Richtung Alaska, während Charlie und seine Familie nach rechts in Richtung Tibet abbog.

Die Kinder schliefen tief und fest, während die Erwachsenen schweigend in ihre eigenen Gedanken versunken waren. Die Luft im Auto war dicht von Emotionen und Sorgen, und jeder spürte, dass dies nicht das Ende der Geschichte mit Merlin und Nimué war. Die Straße war holprig, und mit jedem Schlag schien die Spannung weiter anzuwachsen.

Nach einigen Kilometern rief Maria plötzlich: „Halt! Bitte sofort an!" Charlie hielt den Wagen an, ahnend, was kommen würde. Die Stille im Auto war greifbar, bis Maria schließlich erklärte: „Ich muss zurück. Ich habe es Al damals versprochen, die beiden zu töten. Ricco wird es allein nicht schaffen, aber zu zweit haben wir eine reelle Chance. Ricco hat Kampferfahrung, er war bei der Fremdenlegion. Ich werde nicht ruhen, solange die beiden leben ... und ich will mich nicht für immer verstecken müssen."

Charlie sah sie eindringlich an und fragte: „Soll ich unsere Kinder allein aufziehen, wenn du scheiterst, Maria?"

Er erwartete eine lange Erklärung, doch Maria antwortete nur klar und entschlossen: „Ja."

Ohne ein weiteres Wort stieg sie aus. Charlie und Stew blieben regungslos sitzen, unfähig, sie aufzuhalten. Sie spürten auch, dass die Flucht keine Lösung war, doch Marias Entschlossenheit ließ sie wie erstarrt zurück. Maria verschwand schnell im Wald, der sie in der Dunkelheit verschluckte. Sie kannte den Weg gut, er war eine Abkürzung zurück zu Riccos Hof. Eilig lief sie, um zu verhindern, dass Ricco etwas Unüberlegtes tat.

Als sie nach etwa einer Stunde den Hof erreichte, war alles still und dunkel. Vorsichtig betrat sie die Küche durch die offenstehende Tür und erblickte die Silhouette eines Menschen, der über den Tisch gebeugt lag – ein Pfeil ragte aus seinem Nacken. Sie war zu spät gekommen. Das Blut tropfte noch vom Tisch auf den Boden. Es waren nur Minuten, die über Leben und Tod entschieden hatten. Sie tastete nach einem Puls am Nacken, aber es war kein Herzschlag mehr zu spüren. Nur einer war zu einem so präzisen Schuss fähig. Vor Wut schlug Maria mit der Faust auf den Tisch. Eine Flasche, die im Mondlicht funkelte, drohte umzufallen, doch sie fing sie instinktiv auf und stellte sie vorsichtig wieder ab.

Plötzlich hörte sie Nimués Stimme von draußen: „Ah, du bist schon hier! Ich wusste, dass du zurückkommst, Maria. Zeit, dein Versprechen einzulösen, du einfältiger, naiver Bauerntrampel."

Vorsichtig blickte Maria aus dem halb geöffneten Küchenfenster und sah Nimué in einem Kapuzengewand. Eine brennende Pfeilspitze flog auf sie zu, doch sie konnte gerade noch ausweichen. Der Pfeil war jedoch nicht für sie bestimmt, sondern für die Flaschen auf dem Tisch neben Riccos Leiche. Der Brandpfeil zerschmetterte die Flasche, Flammen schossen heraus und erfassten den gesamten Raum. Vorhänge, Holzstühle und Ricco begannen zu brennen. Auch ihre Bluse fing Feuer, doch sie riss sie schnell ab.

„Wie gefällt dir mein Molotow-Cocktail? Wird dir warm, Mami?" rief Stanislaus lachend von draußen.

„Ungezogener Sohn!" schalt ihn Nimué lachend, „Fackelt einfach seine liebe Mami ab."

„Hier ein Gruß von mir, Mami", rief nun Friedrich und warf eine weitere Flasche durch das Fenster, die an der Küchenzeile zerschellte und das Feuer noch mehr entfachte. Maria schnappte sich ein nasses Küchentuch und ein Messerbeil, blieb jedoch in Deckung, denn sie wusste, dass ein weiterer Pfeil nur darauf wartete, dass sie sich zeigte.

„Der nächste Pfeil ist für dich, Mutter!" kündigte Stanislaus an, betonte dabei das Wort „Mutter" höhnisch.

„Darf ich dir deine beiden Prachtsöhne vorstellen?" fragte Nimué sarkastisch.

„Das sind nicht meine Söhne! Sie sind aus deinem Höllenschoss entsprungen", antwortete Maria, doch in diesem Moment schlug ein Pfeil haarscharf neben ihr im Kühlschrank ein. Sie schrie vor Schreck auf. Stanislaus war ein trainierter Schütze, der auch auf Geräusche zielte – und er traf fast immer.

„Hab ich dich getroffen, Mami?" fragte er spöttisch, doch die Stille verunsicherte die Angreifer. Es war Marias einziger Vorteil. Doch auch dieser schien bald im Rauch aufzugehen. Die Hitze wurde unerträglich und die Flammen züngelten nach ihr.

„Komm raus, und wir machen dir ein schnelles Ende", fügte Friedrich lachend hinzu, „du Verräterin!"

„Der gute Friedrich ist dein Ältester, Maria", fuhr Nimué fort. „Stell dir vor, als dich der Bauer im Stall vergewaltigte, erwies er sich als geeigneter Erzeuger. Reiner Zufall, aber so etwas gibt's. Zu Anfang entstanden wir Aeternis alle zufällig. Die Natur wollte unsere Zahl klein halten, aber jetzt können wir Aeternis durch Bluttests schaffen, wann immer wir wollen. Wir können Gott spielen." Nimué lachte und tanzte fast, als sie auf Stanislaus zuging, der den nächsten Pfeil schon bereit hatte. Sie küsste die Pfeilspitze.

„... und das hier ist Sohn Nummer zwei, für den du, dummes Mädchen, in die Pyramide gegangen bist, nur weil ich versprach, euch nach der Geburt gehen zu lassen. Hätte nie gedacht, dass du und Al den Wilden entkommen würdet. Zum Glück hatte ich den kleinen Stanislaus auf die Seereise mitgenommen. Die Wilden haben nach eurer Flucht alle Aeternis ihren Göttern geopfert. Hast du eine Ahnung, was für ein Blutbad du angerichtet hast? Über hundert von uns mussten sterben, nur damit du mit deinem Wikinger weiterleben und herumvög–"

„Psst, sei still, du dummes altes Waschweib!" unterbrach Merlin, der wie aus dem Nichts neben Nimué aufgetaucht war. „Merkst du nicht, dass sie dich reden lässt, um sich eine bessere Position zu verschaffen?"

Merlin sah die drei mit einem Blick an, der schien, als wolle er sie mit seinen Augen durchbohren. Sein faltiges, zerfurchtes Gesicht schien vor Wut zu bersten.

„Maria hätte uns alle verraten, Merlin", wagte Nimué zu sprechen.

„Woher kommst ...?" begann Friedrich, wagte es aber nicht, die Frage zu Ende zu stellen.

Merlin packte Nimués Mund mit seiner Hand, um keine weiteren Lügen zu hören. Er zwang seine Finger in ihren Mund und drückte sie auf die Knie – sie würgte, wagte aber nicht, zu beißen.

„Die Assassine hat mich informiert, dass du sie angefordert hast. Warum?", schrie Merlin und drückte seine Finger tiefer in ihren Rachen. Nimué hustete und würgte, doch sie wehrte sich nicht. Sie sah sein Auto und wusste, wer dort noch saß.

„Was tut ihr hier? Zündet ihr das Haus an, in dem Maria ist? Hast du meine Worte nicht verstanden, Friedrich?" fragte Merlin zornig.

„Sie wollte mit ihrer Familie fliehen, Merlin", sprach nun Stanislaus mit gesenktem Haupt, da Nimué nicht in der Lage war, sich zu verteidigen.

Merlin ließ Nimués Mund los, beobachtete das brennende Haus und sprach mit monotoner Stimme: „Was habe ich euch über Schafe und Löwen gesagt? Wisst ihr, was der Löwe mit dummen, ungehorsamen Schafen macht?"

Alle schwiegen, denn die Antwort war offensichtlich. Doch Merlin fuhr fort: „Maria wollte fliehen – gut, verdammt nochmal gut. Ihre Ziele waren mir bekannt. Sie wäre mir in die Falle gegangen, wenn ihr sie hättet gehen lassen."

„Warum hast du ihr die Kinder nicht einfach weggenommen?" fragte Stanislaus weiter, und Merlin war fast erfreut über diese Frage.

„Ihr dumm blökenden Schafe! Wir hätten sie dann im Dorf zur Märtyrerin gemacht. Ich habe nur auf ihre Flucht gewartet. Ich habe nicht damit gerechnet, dass Maria und ihre Familie im Dorf so beliebt sein würden."

Merlin kochte vor Wut, seine Augen blitzten wie die eines Raubtiers, bereit, seinen ungehorsamen Schützling zu zerfleischen. Niemand wagte, etwas zu sagen, während Maria, die längst die brennende Küche verlassen hatte, mit schmerzenden Brandwunden in die Stube kroch. Dort atmete sie kurz durch, bevor sie sich lautlos nach draußen begab, unbemerkt hinter ihre Angreifer.

Das Messerbeil flog gezielt und traf den knienden Bodenschützen im Hinterkopf. Nimué schrie auf, als Maria sie mit einem Fersenkick ins Beckenkreuz traf. Der Schmerz ließ Nimué zu Boden sinken, doch bevor Maria das Genick ihrer Feindin brechen konnte, warf sich Friedrich dazwischen. Maria rollte sich ab und brachte sich in eine neue Angriffsposition, während Nimué hilflos versuchte, im Staub zu entkommen.

„Ich spüre meine Beine nicht mehr!", schrie Nimué verzweifelt, Panik in ihrer Stimme.

„Was ist mit dir, Mutter?". rief Friedrich, seine Stimme zitternd vor Sorge. Maria bereitete sich auf den nächsten Angriff vor, als plötzlich Merlins tiefe Stimme die Nacht durchbrach: „Bata, Maria! Kuuraya , Nimué!"

Wie aus dem Nichts sprangen zwei riesige deutsche Doggen aus der Dunkelheit. Eine Dogge drückte ihre Zähne an Marias Hals, drohend und bereit, zuzubeißen. Die zweite Dogge stürzte sich auf die hilflose Nimué. Friedrich trat zur Seite, doch Merlin schlug ihn erbarmungslos mit seinem Stock nieder. Die Dogge zerbiss Nimués Nacken gnadenlos und ein einziger Schreie verstummte im Rauch des Feuers. Friedrich schrie vor Entsetzen, kniete vor dem toten Körper seiner Mutter und krümmte sich in Tränen.

„Sie hätte nie wieder laufen können, Friedrich," erklärte Merlin kalt, während er die Szene beobachtete. „Maria hat ihr Rückgrat zertrümmert. Ihr Tod war eine Erlösung. Nimué war mir fremd geworden. Sie machte Fehler! Ich benötige sie nicht mehr."

Friedrich sank weiter in seine Verzweiflung, doch Merlin beachtete ihn kaum noch. Stattdessen wandte er sich Maria zu, die regungslos unter der Dogge lag. „Wo sind deine Kinder, Maria?" fragte er ruhig, fast väterlich, während er sie mit der Dogge noch immer am Hals fixierte.

Maria spürte die Gefahr, wusste, dass sie nichts tun konnte, solange die Dogge ihre Kehle im Maul hatte. Merlin beobachtete sie mit einem Blick, der etwas Dunkles und Besessenes in sich trug. Er begann, Marias Körper zu streicheln, seine Hände zitterten leicht vor Erregung. „Du bist eine Schönheit, Maria," murmelte er, während seine Finger vorsichtig über ihre Haut strichen. „Oh, eine frische Wunde, Maria!"

Maria wusste, sie musste ihn ablenken, ihn dazu bringen, die Dogge zurückzurufen. „Deine deutschen Doggen befolgen Befehle auf Pharaonensprache. Klug von dir!", sagte sie heiser, versuchte, ein Gespräch zu beginnen.

Merlin lächelte und antwortete fast beiläufig: „Sie hören nur auf mich."

Maria wusste, dass jedes Wort, jede Bewegung entscheidend sein könnte. Sie spürte, wie Merlin langsam die Kontrolle verlor, wie seine Obsession ihn zu überwältigen begann. Doch als sie ihren Rock weiter hochschob, um ihn endgültig abzulenken, gab Merlin der Dogge erneut den Befehl: „Bata! Bata!" Die Zähne der Dogge gruben sich leicht in ihre Kehle, gerade fest genug, um jeglichen Widerstand zu ersticken. „Lass es Maria, ich bin kein pubertierender Jüngling!", lachte er fast.

Merlin streichelte weiter ihren Oberschenkel, seine Augen glitten über ihren Körper, doch Maria konnte nichts mehr tun. Jeder Gedanke an Flucht schwand, als die Dogge weiterhin drohend über ihr verharrte.

„Würdest du dich mir jemals so hingeben wie Nimué?", fragte Merlin leise, seine Stimme ein Hauch von Verlangen und Zweifel.

„Niemals! Aber warum sprichst du ´Shona´ mit deinen Kötern?"

Merlin ignorierte ihr Frage und sein Blick wollte nur eines Wissen.

„Ich lasse meine Kinder nach Alaska bringen,", keuchte Maria, ihre Stimme kaum hörbar unter der Last des drohenden Bisses.

„Nimm mich, wenn du willst! Aber schick deinen Hund weg, wenn du mich richtig willst," fügte sie hinzu, entschlossen, Merlin in eine Situation zu bringen, aus der es kein Entkommen mehr gab.

Merlin lachte unsicher, aber das Knurren der Dogge an ihrem Hals blieb bedrohlich. Sie spürte den feucht schleimiger Hundegeifer. Er liebte das Spiel, doch Maria wusste, dass ihre Chancen langsam schwanden. Plötzlich hörte sie das Schlagen einer Autotür. Schwere Schritte näherten sich, und im Feuerschein des brennenden Hauses erschien eine Gestalt.

„Darf ich dir meinen Diener und Freund Zóngshi vorstellen? Er wird mir helfen! Wir spielen nun ein Spiel – Wahrheit oder Lüge! ER kennt die Spielregeln", erklärte Merlin mit einem triumphierenden Lächeln. Marias letzte Hoffnung verglühte wie die Flammen des brennenden Hauses hinter ihr.

„Zwei Monsterhunde und ein Riese – Merlin war zu clever", dachte Maria. Ihre Körperspannung ließ nach, und die Hoffnung, zu überleben, schwand. Merlin bemerkte das und sprach höhnisch: „Na, na, kleine Maria, wer wird denn jetzt aufgeben und weinen? Mein Freund wird auch dein Freund sein. Er ist übrigens Chinese, falls es dich interessiert, und ein wahrer Großmeister seines Fachs." Er sprach etwas auf Chinesisch, und für einige Sekunden geschah nichts. Dann stand der Chinese über ihr. Er war über zwei Meter groß, trug einen schneeweißen Anzug, und seine Schultern waren breiter als jede Tür. Im Feuerschein konnte sie kurz seinen großes, eckiges Gesicht sehen – es war entstellt und furchteinflößend, wie das eines Dämons. Der Chinese kniete sich nieder und griff nach ihren Beinen. Damit hatte sie nicht gerechnet. Die Angst überwältigte sie, und ihre Gedanken rasten. „Ein Bluthund an meiner Kehle und ein Chinese zwischen meinen Beinen. Will Merlin wirklich, dass dieser Unmensch mich misshandelt? Was hat er mit mir vor? Welche Qualen erwarten mich noch?" Tränenwasser füllten ihre Augen, während sie sich innerlich von der Realität verabschiedete.

Sie schloss die Augen und versuchte, geistig zu entfliehen. Sie stellte sich Charlie vor, wie er mit ihren Kindern auf einer Wiese spielte, vor dem Haus, von dem sie gemeinsam geträumt hatten. Ein Haus mit Fenstern, die zum Wendelstein, Charlies Lieblingsberg, blickten. Sie würden gemeinsam wandern, Holunderblüten pflücken und den Schmetterlingen zusehen, wie sie von Blüte zu Blüte tanzten. Diese Vorstellung brachte ihr einen kurzen Moment der Erleichterung, und sie konnte der grausamen Realität entfliehen.

Doch plötzlich spürte sie einen stechenden Schmerz an der Innenseite ihres Oberschenkels. „Mein Gott, Merlin, was tust du? Reicht es dir noch nicht?" fragte sie mit letzter Kraft. Die Hündin ließ von ihrer Kehle ab und trat zur Seite. Riesige Hände massierten ihren Oberschenkel, und Maria hob schwach den Kopf. Sie sah den Chinesen, der wortlos agierte, während Merlin triumphierend grinste. Ihre Sinne begannen zu verschwimmen. Der Chinese schlug zweimal auf die Einstichstelle, bevor er wortlos zur Leiche von Nimué ging, sie zum Feuer schleifte und hineinwarf, als wäre sie ein lebloser Sack. Dasselbe tat er mit der Leiche von Stanislaus. Dann stieg er zurück ins Auto, emotionslos wie eine Maschine.

Maria spürte, wie sich ihr Körper taub anfühlte und ihre Bewegungen unkontrolliert wurden. „Nun, wie fühlst du dich, Maria?" fragte Merlin freundlich. „Keine Ahnung, du widerliches Stück Dreck!", schrie sie, als wären ihre Gedanken plötzlich zu Worten geworden. Merlin ohrfeigte sie und fragte: „Willst du mich immer noch töten, Maria?"

„Nichts lieber als das", antwortete sie zögerlich. „Aber du bist mir nicht in die Falle gegangen. Hättest du mich berührt, hätte ich dich zermalmt und dir deine Augen aus dem Kopf gerissen." Merlin lächelte zufrieden. „Hast du Alskaer geliebt?" fragte er. „Das geht dich nichts an, du elender Bastard", fauchte sie.

„Wohin wolltest du deine Kinder bringen?" fragte er eindringlich. „Alaska!" kam es quälend aus ihrem Mund, obwohl sie es nicht preisgeben wollte. „Danke, Maria, jetzt habe ich Gewissheit! Zóngshi Wahrheitsdroge ist wirklich unschlagbar! Ich hole mir deine Kinder, und sie werden ihre Bestimmung erfüllen. Such sie nicht – du wirst uns nie finden! Und dann werde ich zu dir zurückkehren, und du wirst mich lieben und an meiner Seite herrschen."

„Fass meine Kinder nicht an!", schrie sie, außerstande, sich zu bewegen. Merlin stand auf und gab seinen Hunden ein Zeichen. Sie folgten ihm zum Auto, während Maria am Boden lag, unfähig, einen klaren Gedanken zu fassen. Sie rief ihm nach: „Sag mir wenigstens, warum meine Kinder sterben sollen! Was ist dein Plan?"

Merlin hielt inne und schien zu überlegen. „Es kann nicht schaden, wenn du einen Teil des großen Plans verstehst." Er drehte sich zu ihr um. „Nimué musste sterben, weil sie mich verändert hat. Sie zwang mich zu einem Experiment, das mein Aussehen entstellte. Und sie wollte dich töten, obwohl ich ihr das strengstens untersagt hatte. Ich liebe dich, Maria, aber ich werde meinen Plan für dich nicht aufgeben. Ich brauche deine Kinder, um wieder zu genesen."

„Spar dir deine Worte, Merlin! Warum verschwenden wir Zeit? Ich bin wehrlos – setz deinen Plan in die Tat um! Liebe mich!" forderte sie ihn heraus. Merlin lächelte sadistisch. „Sag mir, was du wirklich tun willst, Maria", forderte er. „Dir das Genick brechen!", stieß sie hervor. Merlin lachte. „Ich hätte es wissen müssen! Du bist gefährlich, Maria."

Er gab dem Chinesen einen Wink, er stieg aus und packte Maria am Hals. Nur mit bloßer Hand umfasste er ihren Hals und hob sie hoch als hätte sie kein Körpergewicht. „Mein Plan ist einfach", sagte Merlin ruhig. „Ich will die Welt beherrschen!" Der Griff um Marias Hals wurde enger. „Und du, Maria, sollst dabei eine entscheidende Rolle spielen." Der Chinese erlaubt ihr auf eignen Beinen zu stehen, die kraftlos wie grätenlose Würmer waren.

„Siehst du, so einfach ist alles: Gehorche, dann lebst du. Aber genug davon, kommen wir zu meinem großen Plan, die Welt zu retten. Der Mensch zerstört die Erde Stück für Stück. Schau dir die Weltkriege, die Katastrophen in Atomkraftwerken und die Erwärmung der Atmosphäre an. Der Mensch sucht nach Gründen für Kriege und versteckt sich hinter Religionen, um sie zu rechtfertigen. Ich möchte die Welt vor dem Menschen schützen. Sterbliche können nicht begreifen, wie einzigartig diese Welt im Universum ist. Ihre Lebenszeit ist zu kurz dafür. Aber wir Aeternis können es! Wir sind die Einzigen, die hier leben sollten. Und ich bin der Einzige, der es wirklich tun kann, weil ich die Menschen seit 6000 Jahren beobachte. Es ist meine Aufgabe und Bestimmung! Jeder Aeterni hat besondere Fähigkeiten. Unser Freund aus China hier ist bärenstark und spürt keinen Schmerz. In dir, Maria, steckt Güte, Liebe und seltene Fähigkeit Geschehnisse vorher zu träumen. Ich habe lange nach meiner wahren Fähigkeit gesucht und sie im Herrschen gefunden. Meine heilenden Kräfte sind für mich nutzlos. Doch Herrschen bedeutet auch Verantwortung. Ich habe versucht, den Menschen zu helfen, aber am Ende haben sie mich immer verraten. Ich habe Wissen verbreitet, damit der Mensch die Welt erobert, ohne sie zu zerstören. Ich habe den Mayas geholfen, Mais und Kartoffeln zu kultivieren. Den alten Sumerern habe ich das Wissen um den Weinanbau gerettet und nach Griechenland gebracht. Ich habe die Baukunst verschiedener Völker verbunden, sodass Pyramiden sowohl in Ägypten als auch bei den Mayas errichtet wurden. Mit Cäsar hätte ich die Welt beherrschen können: veni, vidi, vici! Ich entdeckte Amerika schon vor 3000 Jahren. Es ist mein Land, mein heiliges Land! Aber dann haben sie es gewagt, meinem Land einen Namen zu geben – den eines zwielichtigen Kaufmanns, Amerigo Vespucci. Und dieser deutsche Kartograph Waldseemüller setzte noch eins drauf, indem er „Americus" auf seine Karten schrieb. Sie erreichten mein Land, die Neue Welt, mit Dummheit und unverschämtem Glück. Als du, Maria, damals mit deinem Alskaer dort aufgetaucht bist, begann der Anfang vom Ende. Leider erkannte ich das Unheil nicht sofort ..."

Merlin unterbrach seine Rede und studierte Maria. Er blickte tief in ihre Augen, als könnte er ihre Gedanken lesen. „Bist du es wirklich wert?"

Maria antwortete mühsam: „Ich weiß es nicht, du ..."

„Schweig! Oh, verzeih, ich vergaß, dass du unter Drogen stehst. Meine Schuld, eine Frage zu stellen. Aber lass uns zum Ende kommen, Maria. Ich hatte die Welt schon fast in meinen Händen, als ich das Volk der Mayas mit Aeternis überflutete, und verlor sie wieder durch dich. Du bist es mir schuldig! Deine Kinder begleichen deine Schuld bei mir."

Merlin starrte weiter in ihre Augen, als suche er nach etwas, das er nicht deuten konnte. „500 Erdenjahre später habe ich erneut die Chance, meinen Plan zu realisieren und die Welt zu beherrschen. Man kann nicht die ganze Welt auf einmal beherrschen, das ist mir klar. Man muss erst einen Teil zerstören und den anderen schützen. Europa, Asien und Afrika müssen untergehen. Nur mein Amerika muss vorerst weiterexistieren. Von dort aus baue ich mein Imperium auf – mein terra sancta. Ich bin fast am Ziel! Während Nimué in ihrem kleinen spanischen Dorf Königin spielte, habe ich mein Netz gesponnen."

Maria spürte, dass der Chinese seinen Griff leicht lockerte. Sie riskierte einen Blick und sah, dass er zum ersten Mal einen Ausdruck zeigte, als höre er von Merlins perfidem Plan, die halbe Welt zu zerstören, zum ersten Mal. Es schien, als wäre er nicht einverstanden, dass seine Heimat zu den zu zerstörenden Gebieten zählen würde.

„500 Erdenjahre! Rechnest du immer noch in deiner Milchstraßenzeit, Merlin?" Provokant warf Maria die Frage in den Raum.

„Sei vorsichtig, Maria, ich kenne keinen Spaß, wenn es um meine Sternzeit geht."

„Lass dich doch auf die Enterprise beamen und flieg mit Spock und Kirk davon!"

Merlin holte wutentbrannt aus, um sie zu schlagen, aber der Chinese hielt seine Hand schützend über Maria. Der Schlag verfehlte sein Ziel. Merlins Gesicht verzog sich, doch er schien dankbar, dass der Chinese ihn vor einem Fehler bewahrt hatte.

„Du wirst es als Erste spüren, wenn ich die Welt beherrsche, Maria."

„Mein Gott, du bist wahrhaft ein Teufel, Merlin."

„Lass Gott und Teufel außen vor, Maria. Die Menschen benutzen sie seit Jahrtausenden als Ausreden für ihre Schwächen."

Maria spottete weiter: „Hey Brain! Was wollen wir denn heute Abend machen? Das gleiche wie jeden Abend, Pinky!" Sie lachte hustend.

Merlin fing sich wieder und fuhr fort: „Nun zu dir, Maria. Was mache ich mit dir? Ich denke, ich nehme dich mit. Dann habe ich dich unter meiner Kontrolle und deine Kinder kommen von alleine zu mir."

Plötzlich unterbrach ein fremdartiges Geräusch die Szene. Ein Pfeifen ertönte, gefolgt von einem Aufjaulen. Der Chinese reagierte sofort und schirmte Merlin ab. Maria spürte, wie sie zusammensackte. Ein weiterer Pfeil durchbohrte den Oberschenkel des Chinesen, der unbeeindruckt blieb. Er setzte Merlin ins Auto und nahm die verletzte Dogge auf. Ein dritter Pfeil traf den Unterarm des Chinesen, doch er zeigte keine Schmerzreaktion. Er richtete sich auf und deutete wortlos auf Maria – die Botschaft war klar: wenn die Pfeile aufhören, kann sie überleben. Dann stieg er ins Auto und fuhr davon.

Maria hörte Laufschritte hinter sich und als sie Thoraldrs Stimme vernahm, wusste sie, dass sie in Sicherheit war.

„Maria, wie geht es dir?"

„Einigermassen gut," antwortete sie erschöpft. „Ich hätte ihn töten können, aber der Chinese und die Hunde waren zu viel. Bitte hilf mir aufstehen!"

Thoraldr half ihr auf, zog seine Weste aus und gab sie ihr. In diesem Moment fuhr Charlie mit Karacho heran. „Die Kinder?" fragte Maria sofort.

„Im Auto – sie schlafen," antwortete er und drückte sie fest an sich.

Maria nahm Pfeil und Bogen und schoss einen Pfeil hinter dem

338

davonfahrenden Merlin her. Sie wusste, dass sie ihn nicht treffen würde, aber sie wollte zeigen, dass das letzte Wort noch nicht gesprochen war.

„Du bist gar kein so schlechter Bogenschütze, Thoraldr," bemerkte Charlie.

„Wikinger werden in vielen Waffen ausgebildet," entgegnete Thoraldr stolz. „Aber das waren meine ersten geschossenen Pfeile seit über 1000 Jahren."

„Kommt, verschwinden wir von hier!" forderte Charlie auf, doch Maria blieb stehen. Die Droge schien in ihrer Wirkung nachzulassen, und sie dachte wieder klarer.

„Ruft Stew an, er soll zurückkommen. Los!" befahl sie.

„Ungewollt habe ich Merlin angelogen. Er gab mir eine Wahrheitsdroge und fragte mich, wohin ICH meine Kinder bringen wollte … und das war Alaska. Also haben wir Zeit gewonnen!"

„Zeit, um nach Tibet zu fliehen! Dort sind wir sicher," sagte Thoraldr.

„Merlins Freund ist Chinese. Ich denke nicht, dass wir dort sicher sind," widersprach Maria.

„Wo willst du dann hin?" fragte Charlie.

„Nirgends. Wir bleiben hier und laufen nicht davon." Sie war entschlossen. „Ich kenne jetzt Merlins Pläne. Er will die Welt beherrschen, aber das macht mir keine Sorgen, weil er es nicht schaffen wird. Was mich beunruhigt, ist, dass er von unseren Kindern redet, als wären sie seine Enkel. Was steckt dahinter? Wir müssen herausfinden, was dieser Mann in den letzten Jahren getrieben hat. Ich denke, ich muss besser zuhören, um klaren sehen können."

Die Männer blickten sich an, als hätte sie ein Blitz getroffen.

„Ich laufe nicht weg, sondern ich kämpfe. Die Dorfbewohner werden uns helfen. Sie sind Merlins Machenschaften schon lange überdrüssig. Nimué und Stanislaus sind tot, und Merlin hat hier keine Macht mehr. Es wird Zeit, dass Gleichheit und Brüderlichkeit einkehren. Wir verjagen alle Aeternis, die sich nicht danach richten wollen. Dies ist der einzige Ort, an dem wir sicher leben können."

Die Dorffeuerwehr kam mit Blaulicht den Hügel herab, um den Hofbrand zu löschen.

„Die habe ich alarmiert, aber ich denke, es gibt hier nichts mehr zu retten," sagte Charlie.

Maria sah ihm tief in die Augen: „Unsere Kinder werden vorerst sicher sein, Charlie. Merlin braucht sie. Ich kenne seinen teuflischen Plan, aber ich glaube, er kann ihn erst umsetzen, wenn sie 21 sind. Auf diesen Tag müssen wir uns vorbereiten. Wir gehen nicht nach Tibet, aber Thoraldr soll und den ´Hüter der Zeit´ zu uns bringen, um gegen Merlin gemeinsam zu kämpfen. Die Dorfbewohner sind auf unserer Seite."

„Ich werde sie mit meinem Leben beschützen," schwor Charlie.

„Bleibt bei euren Kindern!", forderte Thoraldr, „ich gehe zurück nach Tibet ins Kloster zu Kälätita. Kämpft hier weiter gegen Merlin."

„Egal, Männer"", sagte Maria, „wir kämpfen und bleiben hier im Dorf - **für immer**... ."

ENDE Teil 2

ISBN 978-3-7598-7346-0
00003
9 783759 873460
www.epubli.com